● あまりに野蛮な

太過野蠻的

津島佑子 著

吳佩珍 譯

導讀

津島佑子文學的原生宇宙
——父兄闕如與原始母系社會的幻想

吳佩珍

大家對津島佑子或許陌生，但對她父親太宰治以及作品應該熟悉才是。《虛構的徬徨》、《人間失格》，以自我告白的文體以及半自傳的敘事形式，赤裸裸地呈現自我內部的黑暗怯弱面，曾經陪伴許多人度過青春時期的多感輕狂的歲月，至今仍受眾多讀者的喜愛。

津島佑子晚了大江健三郎、開高健等「戰後第三新人」世代約有一輪，屬與戰後誕生的作家世代。在一九六〇年代後期加入文學雜誌《文藝首都》，與中上健次結識，二人成為一生的文學夥伴。初登文壇的前後，正值日本的社運、學運風起雲湧，反安保的反戰和平運動、安田講堂事件都在此時期發生，而津島佑子作品中的人道與社會關懷，常讓我想起她初登文壇時的日本社會。

對津島佑子最初的印象，是來自太宰治的寫眞專輯中，一張戰後太宰與長女園子、一歲的津島佑子及家中雞群的合照。直到二〇〇四年秋季初次見面前，那位「小女孩」如何變身成為眼前這位知名女作家的念頭逕自在心中迴轉，總回不了神。身旁的日籍老師興奮地如重返文學少女時代般，喃喃地不停重複：「哎呀！長得與太宰一個樣啊！」與津島佑子再度會面是二〇〇五年夏天她再度訪台時。這次她是爲了新小說《太過野蠻的》取材而來，是以日本殖民地時期的台灣爲舞台的作品。在取材的過程中，我見識了她對考據的巨細靡遺，從植物、昆蟲到台灣新舊地名與地理位置的確認，無不細心考量。

津島佑子是太宰治的次女，本名津島里子，一歲時失去父親，父親的死因成爲家中的禁忌，從未從母親的口中得知父親的死因。十歲左右在作家辭典上找到父親的名字，始知父親的眞正死因。但津島佑子登上文壇時，文豪父親的名聲並未對她有實質的助益，世間加諸津島家族的美化與幻想，成爲她作家生涯前半段必須對抗的最大阻力。成就太宰治文學與神話的背後，有未亡人美知子夫人獨立撫養智能遲緩兒的長子正樹（在太宰過世十二年後逝去），以及津島園子、里子姊妹成人過程中不爲人知的心酸與重壓。此外，文學使得太宰的人生支離破碎甚至造成家族的不幸，美知子夫人對於文學世界始終戒愼恐懼，也因此，直到開始寫小說之前，津島佑子與日本文學界一直保持著距離。自己的文學立場以及寫作的契機，並非蒙受文豪父親的恩澤，而是來自個人深層的意識，而這也是她對自己能以作家安身立命的自負。

即使如此，缺席的父親和智能發展遲緩但與自己感情深厚的哥哥，都成爲津島文學重要的中心主題。一九六七年三月以安藝柚子的筆名發表於《文藝首都》的〈某個誕生〉，是津島佑子正式登上文壇的處女作，描寫作家想像自己出生當時的場景。父親憂慮新生兒是否會如上一個孩子般，是智能發展遲緩兒；而一起等待的孩子看出了父親的心事，拿起剪刀，心想：如果必須結束嬰兒的生命，那便讓我來吧。作品當中蘊涵著父親拋棄自己而去的暗示以及與智能遲緩哥哥共生的主題，註定了津島文學對男性中心社會原理對抗的宿命和對社會邊緣關懷的基調。也因此與《文藝首都》時期以來的文學夥伴，來自和歌山縣新宮，部落民出身的中上健次，在文學質性上有許多重疊之處。母子家庭的成長背景，和成長之後結婚、離婚、獨自撫養孩子、痛失愛子的人生經驗也成就津島文學最大特徵——對母系中心社會的憧憬和不受父權約束與社會規範的「性」、「妊娠」與「生產」。

觀察津島佑子近年的作品，便會發現以上的主題依舊是津島文學的基調，但有了逐漸的擴展與變化。如曾經改編成爲NHK連續劇「純情閃耀」的《火之山——山猿記》（1996），這個以母親美知子的家族爲藍本，構思七年的巨著，敘事者以及視點雖然以家族中最小的弟弟勇太郎爲中心，但是故事開展仍以姊妹爲主軸，誠如作者自己所說，是送給「母親故里的禮讚」，同時也是紀念母親家族傳說中最小的「姨母」，也是小說中的「櫻子」的鎮魂曲。

而二〇〇七年贏得紫式部賞的《奈良報告》（2004）。描寫母親與有妻室的男子生下主人公少年森生之後因癌症死去，森生透過靈媒與化身爲鴿子的母親溝通，之後在母親靈力的幫助下將象徵日本佛教全盛期的奈良大佛炸得粉碎，小說的構成則由大佛碎裂後的斷片組成，而故事也進而回歸至佛教支配前的古代世界。隨著故事的進行，可逐漸理解作者暗示對部落民與原始母系社會的壓抑都是源自國家機器與宗教力量結合之後的時代。對此作品，評論家勝又浩譽爲「承襲同時超越中上健次」的文業。

對原始母系社會的幻想動搖了男性中心的民族國家框架，以殖民地台灣爲舞台的《太過野蠻的》（2008）中，關於國家暴力對殖民地、台灣原住民行使的男性原理，與男性加諸女性的男性原理，事實上是同理可證的共犯關係，有極爲巧妙的結合式呈現。而這也是作品中女主人公美霞在身心面臨崩潰的臨界點時，莫那·魯道的聲音與幻影便無時不刻出沒的原因。作者也指出E.M.佛斯特的《印度之旅》對於自己書寫這個作品有極大的啓發，也就是「性」與「殖民地」二者密不可分的關係。這個作品的主題結合了「霧社事件」與殖民者女性的視點，時而平行時而交錯的描寫手法，與戰後觸及「霧社事件」的日本小說多爲「政治正確」的反省筆觸大不相同，也可說是現代日本文學在戰後重新編織殖民地台灣記憶的全新呈現。作者本身對於「霧社事件」的描寫目的，強調絕非是「事件報告的書寫以及正確地還原事件原貌」，而是試圖理解這樣的慘劇是遭受如何的國家（男性中心）暴力壓迫下才產生的緣由。

這個作品在津島文學中另一個象徵意義是，男性形象的變化。作品中登場的台灣人男性楊先生背負著曾經失去妻子、孩子的傷痛，不僅對後來非親生的女兒視如己出，也讓另一位女主人公莉莉自然敞開心胸，對他訴說自己的喪子之痛，而這是津島文學當中從未出現過的父親角色。至此，我們可見津島文學當中父親太宰的亡靈在經過歲月的淨化除魅下，已經逐漸遠去，對父親拋棄襁褓時期的自己轉身離去的怨氣，在這作品當中已經有了和緩的跡象。

而二〇一〇年十二月所出版，爲講談社創社一百周年執筆的作品《黃金夢之歌》，則是以探尋中亞吉爾吉斯的英雄敘事詩〈馬那斯〉（Manas）爲背景的小說。津島佑子長久以來致力於日本北海道原住民愛努口傳文藝Yukara的保存與宣揚，旅居法國期間，曾與法國的日本文學研究生著手Yukara的翻譯，並於一九九五年九月出版法文版愛努敘事詩《下吧下吧，銀色雨滴——愛努之歌》。而對於Yukara的執著，則是來自靈魂深處對父親血緣的眷戀。「父親是北方人（註：津輕），自己身上有一半流的是北方的血，也因此對於Yukara一直抱持興趣，在調查當中逐漸擴展至西伯利亞以及歐亞而觸及了〈馬那斯〉。」這部小說也可說是津島的追尋父性之旅。作者自承一歲失去父親之後，母子家庭的現實如實地與她的文學做了連結，對於父親完全沒有記憶，也不明白何謂父性，因此這成爲她「明白人事」之後的重要課題。而這次的最新作品中，透過了凝神觀察旅行途中的男性身爲「父親」的另一面，「（父親）漸漸已經不再是禁忌的領域」，「『父性』的書寫也變得容易了」。

日本近代國家的敘事框架無可否認地是從明治維新出發的男性中心視點，最近日本的國民文學代表作品，司馬遼太郎的《坂上之雲》被搬上銀幕，其中對明治日本建國諸雄敬畏如神般的謳歌讚美，其實讓人重新省思日本近代的出發是否受到「男性中心」的框架過度束縛。觀察津島文學近年來作品的軌跡——從《太過野蠻的》到《黃金夢之歌》——可看出父兄闕如以及對原始母性的幻想讓她能夠跨越國界尋求人類共同價值的普遍性，而也因此，津島一直以來視爲禁忌的「父性」，似乎也在越界的普遍父親形象中獲得了答案與救贖。

あまりに野蛮な

目次

咚、咚咚，咚、咚咚，咚……。

隨波濤浮沉，口中持續低吟著。

咚、咚咚，咚、咚咚，咚……。

海並非一成不變。隨著地球回轉而搖動，因引力漲潮或退潮，因氣溫或氣壓不同而產生的風而被推動，潮流與潮流相互激盪捲起了漩渦，有時深深沉潛，有時蜿蜒爬升至天空。反射陽光，吸取陽光，光線也因而有了變化。夜裡，也映照出夜晚的光芒。沒有光線時候的海，成爲盪漾的黑暗。我在這樣的海上，朝著南方，向南方持續地漂流而去。

咚、咚咚，咚、咚咚，咚……是我母親那似歌謠又如咒語的聲音。哄我入睡時，母親一定開始說起〈桃太郎〉的故事。然而，故事完全沒有進展。總是在老婆婆洗衣的河川，漂來了個大的桃子的地方便停住。這個看不見的桃子總是咚、咚咚，咚、咚咚地漂流在某條河裡。在反覆地聽著這無止境的聲音的同時，年幼的我便墜入了夢鄉。而我的孩子也在某條河川隨波漂蕩，傳來入眠的鼻息，就在我那似歌謠又如咒語的聲音圍繞當中。

咚、咚咚，咚、咚咚，咚……。

我持續朝著南方，漂流而去。潮流原本應該朝向北方，而椰子也乘著潮汐從南方某個遙遠的島嶼，到達了我先前離開的列島。但是我身體周圍有的只是擁抱我身體的潮汐，一味地將我帶向南方。我是乘著船？緊抓住木筏或是圓木？被禁閉在箱子裡？還是在海潮推送下漂流？

海洋廣漠而蒼茫。我並非橫渡太平洋，只不過沿著附近海域從我出生的故鄉列島往南方延綿的島嶼，進而流向更南方的島嶼，海洋的無垠遼闊卻似乎要將我眼睛浸潰、將我的手足融化。所有的海水都集中於此。發光的海水。浮沉的海水。高高地向上延伸的海水。低低潛沉的海水。潰散的海水。絮語的海水。狂喚的海水。

海洋當中，我認識的魚，不認識的魚，結集成群各自迴游在或孤獨、或深沉的海底，或近海或海洋中央的愜意場所。巨大的鯨魚也悠然地通過其中。我絕對無法到達的海底，有著各形各色的茂盛海草，大小貝類吐出了銀色的水泡。海底據說也有火山、山谷以及河川流動。與地上相似的另一個世界在海面下喧鬧地開展著。唯一不同的是，這一切都在水中罷了。

海的表面是連接著兩個世界的柔軟的水平面，我在這水平面漂流，等候在我身體下方的是海水的世界，在此我無法呼吸，於所在處變成屍體就此腐爛，或者讓魚群撕裂分食。我無法加入海中生物的行列，只因我是不自由的人類。

我只繼續凝視著海面，海面上的海豚，宛若受到驚嚇，身體的姿態彷彿翩翩起舞。

咚、咚咚，咚、咚咚，咚……

能分辨天空的藍以及海洋的藍的時候，分界的海平線吸引了我的目光。海平線總是看來遙遠而傾斜，時而傾左，時而傾右，天空的太陽以及海面反射的光芒太過耀眼，海平線有時也在搖晃當中消失於光芒之中。而那幾乎是萬里無雲的晴天晌午。

爲濃霧包圍，只看見自己四周灰色的海面，有時也似乎要在霧中窒息。如珍珠色彩的霧氣時而輕盈時而笨重地眨著眼，將身在波浪上的我團團圍住。

一下雨，海水便齊發聲，爭先恐後粗暴地跳躍，想要返回空中。隨著雨勢愈發激烈，海面開始往天空上升，我的身體也爲海水的漩渦翻弄。終於雷聲閃電將我頭頂的海水撕裂。海上的雷電與地上的雷電不同，自在地釋放能源，但很少降到海水之中。藉著雷與閃電，我了解海是多麼巨大，幾乎要被它的重量壓垮。

狂暴的海，安靜的海，明亮的海，昏暗的海，我在瞬息萬變的海上，持續地往南方，往南方漂流著，在不知是歌聲還是咒語的音聲迴盪於全身的情況下。

咚、咚咚……

持續在海上漂流的我，是否想仿效補陀落渡海呢？當然不是這樣。既不是朝向淨土所在的西方，而我也還不想往淨土去，對淨土也無興趣。爲了繼續活下去，在海上漂流，從濁世到濁世，無論這是如何無意義的願望，或者無謂的辛勞，只爲了能繼續活下去。

咚、咚咚，咚、咚咚，咚……

很久很久以前，有個關閉在「方舟」從「唐」國被流放到西方海域的女人，她的邪惡幾乎讓人無法苟同她的存在。被拋棄於海上的女人並沒有死去，她漂流到西方列島的海岸，因太陽而受精、懷孕，最後還生下孩子。

而現在我流向南方的海，但我只不過是自己離開了列島。如果想要返回列島，我也可以折返。即使如此，我要返回列島何處？已經來到此處，現在又說要折返？

到底何謂十惡不赦的惡女？

我在那列島上，到底做了些什麼？

到底犯下如何的惡事，以致女人被拋棄到西方的海域？

殺夫？弒子？殺害自己的雙親？不只是殺害，還碎屍？碎屍後煮來吃？或是吃下大量的肉，滋養肥滿身體，以豐滿的身軀媚惑男子——從老人到少年，張開股間，用隱藏於股間的利齒將他們撕碎食盡？那時所流的血將腳指甲、耳穴、肛門以及每一根頭髮全都染紅了，無論使用什麼樣的肥皂，無論使用什麼樣的毛巾、絲瓜巾或是鬃刷來擦洗，也無法消去那鮮豔的血紅？

咚、咚咚，咚、咚咚，咚……

和著波濤低沉的韻律持續低吟，我繼續往南前進。

從唐國到列島，女人乘著「方舟」得在海上漂流多少天？在狹小黑暗的「方舟」中，全身染滿著鮮紅的女人在這當中，如同海底的貝類持續沉睡。或者是盡其所能睜大眼睛，凝視著黑暗，傾聽海浪拍打「方舟」的聲音，黑暗當中赤色的身體吸入海的怒吼聲，反覆嘔吐，憔悴不堪、常常昏厥，即使如此仍然繼續凝視著黑暗。爲何被監禁在「方舟」拋棄在海上呢？雖然想過要探尋因由而一步一步地回溯自己的記憶，卻距離這樣的心境越來越遠，只一心想著：我不會死，我要繼續活下去，我不能死。

黑暗當中，時間並不存在。有的只是饑腸轆轆、口中的嘔吐物以及從臀部排出糞尿臭味的變化。

某日，在波濤忽大忽小持續搖晃的黑暗當中，似乎撞上了什麼東西，一動也不動，彷彿被陸上生物長長的手臂纏住一般。

尚能聽見波浪聲，但黑暗卻一動也不動。從波浪的怒吼聲中解放，女人只是一味地沉睡。咚、咚咚，咚，睡夢當中如咒語也如歌謠的聲音繼續流洩。沒有不安也無期待，是與過去的夢無緣的單純好眠。

已經睡足了，女人衝破自己四周的黑暗，好不容易往外面的世界探出頭來。此時不知是黑夜還是白天，下著雨還是耀眼的陽光從天而降，長久囚禁於糞尿氣味中，鼻子已經許久未感受外面異常潮濕的臭氣，女人或許因此而感到呼吸困難。

泥土或是岩石的氣息。所有的植物、昆蟲、鳥類以及動物的氣息。以及人類的氣息。人類語言的氣味粗暴而喧鬧並相互推擠，互相碰撞，幾乎到了讓人頭痛的地步。

女人不由得回頭望向海洋。

我想要回到海上。

女人畏懼陸地的世界，如此囁嚅。

我不會死，我會繼續活下去。

咚、咚咚，咚、咚咚，咚……

隨著波濤浮沉，我持續低吟著。

而現實當中，我往下看著從列島向南綿延的海，在空中飛翔移動著。現在的時代，無論是誰都如此，大約只要三小時的移動。

從飛翔在空中的工具那小小的窗戶，我可由上方向下看見海。如果雲層擴展，就看不見海。即使如此，我仍然繼續感受著海洋，或許在機上所有的人被安全帶固定的身體都各自深深地感受到海洋的顏色、波浪與聲音。因爲海洋的另一邊是島嶼。

島嶼爲海洋所環繞，即使是列島，也是島嶼。無論面向何方都是海洋，如果想到遠方去，便只有出海。所謂到海外，便是這個意思。從海洋到海洋，隨浪潮搖擺，不停祈求暴風雨別來，爲魚群以及海獸所追趕，趕過他們，眺望著星星渡海。如果看見鳥的蹤跡，便是其他島嶼近了的訊號。

眺望著數座不知名島嶼，再度確認所謂島嶼便是四周環海的不變眞理，這當中，飛機的高度開始持續往下降，如果雲層擴展開來的話，便會衝破雲層，朝海面接近。這麼筆直地接近，似乎能捕捉到海中的怪物，筆直地靠近海面，而這樣的恐懼叫人想閉起眼睛。可以看見船航行過後的白線痕跡，好像是漁船。二艘、三艘。海洋的深藍變化成混雜著透明綠色的淺藍，是珊瑚海的顏色。白色浪頭的律動也能清楚看見。

機內的廣播最初以中文，接下來以英文、日語，最後以閩南語播放：飛機預備降落。我只聽懂英語及日語的部分。機內也因這段廣播安靜了下來。但是距離眞正的降落還有一段時間。

沒問題的。

我身旁中年女性的日語傳入耳中。

別擔心。只要在我身邊就沒問題。我也聽見坐在她對面年約六十男性的聲音。

這樣嗎？那麼就這樣吧。

男性發出沉鬱的低音。女性的聲音則是活潑有朝氣。她方才讀著機內的繁體中文報，日語應該不是她的母語。

是啊。那最好。吃的東西我來幫你做，別擔心，很好玩的。

飛機並沒有墜落在珊瑚海，平安地滑進陸地的跑道。我從肩上的背包取出自己的護照以及入境表，拿在左手。即使我知道時間尚早，也不得不先做準備。

此時隔壁的男女也沉默著，各自拿出護照。打開護照看著自己的照片，或是看著其他頁面所蓋的關印。男性與我同是紅色的護照，女性則不同。男性拜訪這座島嶼，而女性則是回到島上來嗎？

我們還不能下飛機。空中移動所等待的時間很長。焦急地等待著機艙門打開，拿著隨身行李，排隊等待，好不容易出到外頭，還要走過非常長的走廊，到達通關處又得到再度排隊。我與男性在外國人通關窗口排隊。之後則耐心等候輸送帶從機腹送來自己的行李。這時好不容易才能走出建築物，盡情地呼吸島嶼的空氣。但是，距離市中心尚遠，買了巴士票，乘車時間約需一小時。因此，爲了將一些列島的錢換爲島嶼的錢，又得在窗口排隊。

在這樣的等待中，絲毫未能體會越過海洋，自己的身體已被送往這個南方島嶼的感覺。不僅海岸距離很遠，同時地面到處覆蓋著柏油或者是水泥，也嗅不出泥土的味道。既聽不見海鳥的叫聲，也聽不見浪濤聲。但是下飛機之後我便迷失方向的廣大建築物，正是名爲機場的港口。

咚、咚咚，咚、咚咚，咚……

海水並非靜止不動。海洋蒼茫且廣漠。似乎所有的海水都集中於此。閃耀的水。沉浮的水。大大地往上爬升的水。沉潛的水。崩解的水。

在水中，我無法呼吸。我無法從海上逃出。即使如此，如咒語也如歌謠的聲音獨自在海中迴盪，持續往南漂流。正確地說，是往西南方向去。

瞬息萬變的海洋，持續著變化的海洋，即使經過五年、十年依舊沒有改變。總是以變化多端的型態在地球表面流動，即使經過了五十年，或許即使經過了百年。雖然不知未來會如何，至少至今爲止的幾十億年，海洋嘲笑著陸地，不停地搖動大量的水，波浪起伏，有時凍結，吸取陽光、月光，在地球表面發出轟隆隆巨響，持續地流動著。

我朝著一九三一年西南方的海面前進。

這麼多的水，到底從何處湧入呢？世界之初，只有陰暗的水。首先光線射進此處，天之水與地之水自此分了開來。有了天空與海洋，之後才出現了陸地。從前的人們如此相信著。而實際上，最初應該是火球，殘留了許多噴火的火山，等到火球的熱度消失，累積的水蒸氣成爲雲，大雨持續降下，火球的溫度更加冷卻，雨更持續地降下，而水量持續增加，應該是這樣吧。但是我還是寧願相信世界之初只有黑暗之水，爲海所包圍，爲波浪所搖動。

要是不知道海這個字彙，我或許對於這廣大的水域一天都無法忍耐。這就是海洋。爲了給自己打氣，我低語著。這是，海洋。

但是，擅自跳入我眼中，緩緩地，上下起伏的這不斷搖動，不見邊際的水平面，根本無法收編進入海這個字眼。從海這個詞彙溢出，瞬間便吞下已成爲空殼的這個字。

我不知如何稱呼**這個**。被幽禁於船上的我無法從**這個**逃出。船駛向南方。正確地說是朝向西南方。航線已定，如果沒有意外，應該不會偏離。不是獨木舟或是帆船，近一噸的大蒸氣船，吐出大量的煤煙，精準地駛在已定的航線上。一想到船的規模，我稍稍安心，再度掌控了對海的意識。

海。海波動著，流動著，捲起漩渦。但海爲何總是不停地流動呢？或許是不知如何安定下來吧？希望儘可能別出海，這麼過一輩子，像我父母一樣。

咚、咚咚，咚、咚咚，咚……，母親帶著睡意聲音低迴在我耳旁。我現在變成桃子了嗎？朝西南海面漂流的桃子。

爲何是桃子呢。因爲與子宮的形狀？但是我不清楚子宮的形狀爲何。即使這個身體當中，應該有子宮的。我酷愛桃子。總是等不及桃子盛產的夏季來臨。但在水果店看見眞正桃子，總是吃驚不已，因爲這才知道沒有水果像桃子這般容易受傷。

成爲桃子的我因爲重度暈船，食不下嚥，臉色蠟黃，在和室的船艙中捲曲成一團。在列島的港口上船，第二天再度停泊另一個港口，之後便離開列島，直往南海的方向前進。即使如此，只不過是前後四天的船旅。

從習慣往返的人看來，這段航期並沒有什麼。然而對在山中成長的我來說卻是痛苦不堪的長期船旅。但我不想被人嘲笑，所以連夢裡都忍耐著別讓自己說出海好可怕，或者討厭船之類的。

海洋太浩瀚。水量太多。風一吹來，大浪便向我襲來。一下雨，海跟著膨脹，將我吞噬。我這顆桃子無法變身爲魚。只能隨波逐流。桃子遍體鱗傷，表皮也跟著剝落。魚兒啄食著我。不知不覺中鯊魚或鯨魚將我囓食。海洋當中有河川流過，有火山，也會噴火。這是水中另一個喧鬧的世界。對我這桃子來說，那是死亡的世界。

海洋是可怕的。我想逃離海洋。但是所有海水都集中於此。即使如此，我仍然朝向目的地的島嶼繼續前進。不管海洋如何，我都得繼續往前行。游渡海洋，如果可能的話，就算是得在海洋上奔馳。以東經一百二十一度，北緯三十三度爲中心的島嶼爲目標，我正朝著這個島嶼——它與列島當中與被稱爲「Kyushu」的島大小約略相同。

我眞的想要以自己的雙腳行走於波濤上。奔跑，流汗，全身沐浴在風中。我這顆受傷的桃子在夢中，開始輕盈地奔跑於波浪之間。宛如故事中登場的小小女神。

海面的陽光耀眼奪目，光線跳躍反射，藍、綠、黃、赤、紫各種顏色的光芒四散，反射於天空。波浪聲從前方、海底、空中、以微妙差異的音調相互唱和。拂觸我赤裸腳底的海洋是柔軟、溫暖的。軟綿綿的不安定的羽毛海。我的耳朵、鼻子、眼睛都被羽毛所包裹。我變身如鳥般的生物，持續在海上奔跑。如鳥般嘻笑，如鳥般尖聲鳴叫。

鳥叫聲？那眞是鳥叫聲嗎？

我急忙起身，將臉湊近圓窗向外看去。天空與海洋依舊。但從小窗看見的天空與海洋，感覺似乎有白色的物體快速掠過。胸中悸動加速，爬向船艙的入口，套上草屐開了門。

通道上站滿了人，眺望著欄杆彼方的海面。往海上伸出手，急忙地指向某處，瞇著眼，對望微笑，到了呀，看見了、看見了、海鷗又飛來了。是海鷗呦，是海鷗，人們彼此互相傳達。撕裂這喧鬧的是掠過的一條、兩條的線。第三條從我的頭上飛快通過。

海鷗的叫聲似乎正鄭重警告船上的我們不過是場朦朧春夢。羽翼對夢中的人們送來清新的風。羽翼的風送來青草的氣味。泥土的氣味。樹木的氣味、以及昆蟲的氣味。

我擠進船客的人潮中，將臉龐迎向海面，水平線上什麼也看不見，追隨四周人們的視線，我也往上眺望天空，映入眼簾的是帶有水色的朦朧山影浮現在天空與海洋之間。山脈的高大讓我震撼，禁不住熱淚盈眶。不禁令人想雙手合十，送上祝禱。發覺搭載許多人、近一噸的汽船接近，浮現在正午白色天空的水色山影震動著身子。

即使是冬季，綠葉仍然隨風搖曳，夢中的島嶼在遠方
與你航向南方北回歸線，月亮高高掛在新高山上
椰子樹蔭下微風吹來，島上少女的秀髮飄動

歌聲如雷鳴般開始流瀉而出。這能說是歌聲嗎？船上所有的擴音器以最大的音量放送，原本應為女性的歌聲，卻因爲劇烈震盪只發出讓耳朵隱隱作痛的聲音。

在這之前在海上默默前進的蒸氣船，於航程最後的瞬間鳴起爆音，毫不猶疑地朝向顫抖的水色山影之下沉潛。海鷗的叫聲被沖散，風中帶有草木的香甜氣息也爲之潰敗。

時刻正好是正午。天氣晴。最慶幸的是，也無風。

再三十分鐘，船就會入港。

完全如預定進行。

咚、咚咚，咚、咚咚，咚，咚，咚……

一、書信 一九三一年

1 從東京到東京

小泉明彥先生

在您身邊的話，或許能夠理性地告訴您，但是當我一人獨處，便坐立難安。打亂了您寧靜的生活眞是抱歉。對此我深深地表示歉意。

回到寄宿的親戚家中，知道你回絕了與我的婚事，覺得腳都軟了。我想只要我死心，一切都能了結。

長久以來我所憧憬的突然成了現實，而現在我想，如果沒有您，我是活不下去。要是您說「不愛你了」，那也無可奈何。然而如果因您母親大人反對而拒絕的話，我便無法死心。

我想見您一面。無論成敗如何。

今年春天我將從東京的高等女校專門學部畢業，而您將前往台北。我到底該如何是好呢？一想到被逼入絕望的境地，到底該如何活下去時，便恐懼不已。我是如此地矛盾。因爲感情已無法服從理性的命令。

我完全陷入慌亂的境地，請見諒

三月二十日夜　美世

明彥先生

無論如何我都得死心嗎？我曾經以爲微微的春光已經降臨。

就照您提議的，我回故鄉吧。但是我非得再見您一面不可。春草沒了太陽如何能獨生？如果這不過是如幻影般瞬時即逝的，就讓它存在於夢幻之中吧。我已經習慣幻影所帶來的痛苦。

美世敬啓

2 從韮崎到東京

明彥先生

現在的我滿心狂喜，宛如患了熱病。

爲了搭乘前往台北的船，到神户的途中，會經過此地吧。看了您的信，我高興得如要昏厥過去一般。我一定等您。父親已過世，姊姊以及年長的弟妹都去了東京，現在只有與年幼的弟妹和母親寂寥度日。而位於鄉間的零落家中，連能招待你的像樣食物都沒有，非常可憐。

啊，接下來至夏天爲止我前往台北之前該如何度過。兩年前開始，我在學校便默默地注視你。我錯失了機會，無緣上您的法文課，而去年您前往台北上任後也總想著您，連像這樣的信也無法寄出。然而現在您寬大的心如同慈雨般守護養育我的生命。無論發生何事，也請相信我愛護我。您母親大人的怒氣決不會持久。

啊，我是太高興了以致筆不成書。之後您母親大人也應該能夠諒解才是。一定會想：當時明彥前往神户的途中，偷偷地路過韮崎是正確的判斷。

請您早點出發吧。我羨慕比我還早送到您手中的這封信。我一定會等您。

二十七日　美世

明彥先生

讓我再多寫一點吧。我無法停筆不寫。雖然不知道會不會寄出這封信。

你的信我已經讀得都會背了。你的照片我也看得都要透出洞來了。這張照片稍稍從側面看去，非常好看。麻雀叫個不停。這樣閑靜的時刻您如果能來的話該有多好。只要能聽到您那溫柔的聲音。

無論怎麼寫，信還是無法治癒我的思念。趕快趕快來吧。因爲新學期就快開始了。

二十七日晨　美世

我的明彥先生

謝謝您今天的來信。

我們得要好好相處過日子。但有時也會吵架歐。啊，想像著台北的生活讓我滿心歡喜。

我是個無可救藥的幻想家，完全無視於現實。夢想實現之後，接著便會朝著新的夢想發展的那種喜悅。雖然您說沒有自我的女人令人困擾，但我整個人彷彿融入您之中。您會讓我幫助您的工作吧。眞的好高興。我完全相信您的決心。我祈禱您與母親大人之間能和平解決。

到三號爲止，那麼我便安靜地忍耐。三號一定要給我打電報。

三月三十日　您的美世

3-1 從韮崎到台北

一路上是否平安無事呢？台北現在的天氣如何呢？你出發時還感冒，讓我很擔心。這是你第一次特意來到韮崎，下面的弟妹卻吵個不停，眞是對不住。而且到了東京還拖著你到處買東西。不過你在銀座爲我買的陽傘和手提包看來都很美，我眞的很高興。兩天的東京之行是連母親都不知道的祕密，眞的愉快極了。還有在旅館和你兩人一起洗了很久的澡……。因爲去了別的地方所以你的出發也晚了，母親一聽馬上說：我早就料到了，所以我也無言以對。我忘不了從前教你法文的俄國老太太。她的眼睛看不見，眞是可憐。因爲見到你，我母親也很高興。你一起來掃墓，地下的父親有知當會安心才是。接下來要爲嫁到台北而忙碌了。摩登夫人之路可是艱難的。我雖不成材，希望努力能夠補足幾分我的不足。

給明

十二日　美世

接到您的通知，知道你感冒並沒有惡化同時已經平安到達，我安心了。

今後在台北生活我想並不一味是愉快的。我想遭遇幾多的苦難看盡好壞兩面才會漸漸成爲眞正的夫妻。

今天與母親到甲府鎮上。買了些細軟後，去看要送到台北的被子，忽然覺得無趣起來，因此作罷。因爲我想與你一起挑選花樣，如何是好呢。母親每天都爲新婚初夜的準備忙得起勁。下午獨自到甲府的圖書館尋找情色學的相關書籍，一本也沒找著。必要時期，圖書館一點用處也沒有。

努力勤學雖然重要，也請你好好保重身體。這裡現在紫羅蘭盛開。希望你能找到理想的房子。今天就此拜拜。

給明彥先生

四月十五日　美世

台北好像已經變熱了呢。韮崎這裡各式各樣的花朵也好不容易盛開。梅花、水仙、石榴、繡線菊。

每天、每天總想著你的事。因爲總是提到你，今天母親忍不住對我冷嘲熱諷起來。說什麼諸事期待吧，現在正是蜜月期呢之類的。台北溼氣應該很重吧。不過比起過度乾燥的空氣，總是對身體好吧。營養豐富的粥也能隨時品嘗，眞是太好不過。我到了台北也要好好地研究台灣口味的粥點。不過笨拙的我是否能做出合你口味的粥，你還是別太期待。

對了，找到理想的房子沒有？

學校方面也很忙碌吧。明年是否能去旁聽你的課？請你教我法文吧。我想吸收大量的知識盡情拓展我的世界。我總想著遠方台北的天空。爲何我沒決定四月到台北去呢？距六月起的暑假，也就是你返回這裡的時間，還有整整兩個月，我該如何度過呢？一想到此心中便痛苦不已。

昨天作夢了，夢見與母親兩人走過河川附近的農村。剛到像是市場的地方，說是皇太后還是皇族將經過而禁止通行，站了許多看熱鬧的人。就在他們即將通過時，突然被衝散的人群中傳來喊叫聲，有數名暴徒持著短刀襲擊而來。於是拚命地拚命地逃跑。就在即將被追上時，逃過了其中一人，但是另一名暴漢追了上來，此時場景變了，與你兩人等著電車。無論來了幾班車，都因客滿而搭不上。好不容易像是能搭上車時，卻又因爲中學生畢業旅行之類的關係而無法搭上。終於上了車，是最後一輛車廂。

你：要上哪兒去？

我：想到俄國老太太那兒去。

我坐了下來，你則茫然地站在我的左側。我問你何不坐下來時，你毫不在意地坐了下來。

我：不懂俄語也不懂法語，我到俄國人那兒去也無計可施。不過，或許再也見不到面了。

你沒有回答，而夢就到此爲止。

母親每天聽著我無止境的**胡言亂語**。父母眞的是不可思議。看著孩子高興便跟著高興。我們一定要創造美好的家庭。

我想利用這次機會，跟醫生請教性知識。即使我曾結過婚，仍可說是完全無知。也是順便學習避孕等知識的好機會。

我一直對結識你之前的那段婚姻覺得遺憾，當時的我年紀輕，僅二十歲左右，只能傻傻地服從父親的指示。雖說這段婚姻僅維持兩年便告結束，之後決心捨棄過去，決意後半生以女教師身分度日而在東京過著如僧尼般的生活，這是多麼令人悔恨的事。即使你能諒解，但也抹消不了我的過去。我眞的是抱著重生的決心。

關於你所煩惱的事，有雜誌說過第一次的嘗試都容易失敗。雙方的技巧漸漸進步了，一定能夠達到美妙的境界。因爲你以前接觸的女人都不是良家女子，你也試著與醫生商量看看吧。

還有，母親大人要怎樣應對才好呢？不如趁此機會，堂堂正正地宣佈：我要和她結婚，如何呢？如果母親大人能放手，只要我們建立起幸福的家庭，有一天她一定會贊成的。沒有母親會拋棄自己的孩子的。請你一定要相信這一點。

無論如何也書寫不盡，就此壓抑我無盡的思念。

給我的明

你的美霞

「此時的新綠看來像是在祝福著我們，我只要有您就萬事滿足。生活與藝術得要一致才行呢。我認爲生活即藝術是可能的，大家卻都認爲那是夢想。但我與你兩人還有什麼是辦不到的呢！

您每天都做些什麼呢？您忙嗎？腦袋沒有休息的空暇嗎？睡不著？在台北生活三、四年後接著到巴黎吧。我只要在您身邊便覺得輕鬆，但您很辛苦吧？爲了達成您的研究目的，無論是什麼事我都會幫忙，所以呢，您非得教我法語才行。

您在錦町找到房子了吧？雖然到市中心有些不便，但高等學校就在市區邊緣，也沒辦法。希望這個家住起來舒適。不知道能否從這房子的緣廊欣賞台北的夕陽？能否聽見胡琴與銅鑼的聲音呢？能看到山嗎？我是在山中長大的，所以看到山就能安心。台灣有許多雄偉的山群，就算只能見到山影也好。雖然無法眞的去登山，也聽說台灣山中有番人所以無法接近，但還是希望能瞻仰聳立在南國明亮天空中的山影。

長久以來我過著與情慾絕緣的生活，所以覺得情慾是件壞事是不好的吧。讓我們一起大膽地沉浸於快樂之中吧。因爲總想著你的事，走在鎭上也不禁旋轉陽傘或者忍不住笑出來，眞是失態呢。

大弟上了東京的大學後，便擺出起大哥派頭，他說，要是母親大人不答應我們結婚而你不能住到母親大人家裡去的話，他會在東京幫你找住的地方，或者也請別客氣，利用他的住處。母親大人可有任何消息？早點回來吧。我已經等不及那一天了！

從遠方送上我的吻

二十六日　美

給彥先生

少爺

多謝你台北街景的風景明信片。眞是個漂亮的城鎭。夏天時，兩人手挽著手就會在這個台北車站下車吧。是個適合我們新生活的美麗城鎭！

母親與弟妹都不在家，只我一人做著裁縫。我不太喜歡裁縫。人家呢喜歡洋裝，因爲舒服，同時也能巧妙地展現野丫頭活潑的特質嘛。平常生活中使用椅子的確能提高效率呢。不過要買齊這些家具不是很花錢嗎？台北有台北的生活方式，巴黎則有巴黎的生活方式，所以不要太勉強才好。在台北要做出好吃的法式料理我想相當困難。不過每天會爲你做咖啡牛奶。請你務必買來漂亮的餐具。

野貓好像在屋頂裡生了小貓，一大早便喵喵地叫個不停。如果我的漢文能力更好些，爲了我們每夜的歡樂，我會多讀讀支那的情色文獻。關於避孕，聽說生完第一個孩子後再實行較好。不過，我可不希望馬上有孩子呢。

夏天的話，一起到鄉下的溫泉鄉去逃避一週吧。在深夜裡星星落下的岩石浴槽，邊踏著露水散步。山百合與桔梗花應該爭相盛開。這附近山中也幸好沒有獵人頭的番人出沒。台北已經相當熱了吧。少爺好好讀書。我在這個盆地的鍛鍊下，對於暑氣完全不在意。

我一定會好好地幫助你抄寫、校正，請你安心。

希望夏天快到。快來，快來。

五月四日　美

我所思念的少爺

今天下著雨。下面的小鬼欺負我，傷透腦筋。兩人將我推倒搔我的癢，還脫光了我的衣服。我一叫：救命呀，救命呀，他們便說：歐，台灣那兒聽得到嗎？

我說：再這麼欺負我，我就不回這個家了，在台北築個甜蜜的家。小鬼：什麼？我們知道的，甜蜜的家，甜蜜的家那是首歌，別以爲這樣就能饒過你了。然後繼續搔癢的攻擊。

每天弟弟從學校回來一直到晚上就寢，都是這個樣子。

還有前幾天的貓，我戰戰兢兢地爬上屋頂後方，箱子裡只有一隻花貓，還未睜開眼睛，虛弱地叫著。或許是母貓忘了帶走的吧。於是便把它放到光線充足的外面草坪上，不久之後便行蹤不明了。

少爺，給我回信。我不要您音訊全無。您爲什麼不回信呢。因爲有山？還是因爲有海？

不知今晚能否睡得著。來，給我一個臨睡的吻吧！

給少爺

美霞

六日晚上

心中體內都是你，我遠方的少爺

一整天什麼都做不成。在家中到處晃蕩所以被母親罵了。

今天是可怕的一天。母親大人給我母親寫了信。因爲害怕，我沒讀信。不過倒是從母親那裡聽了信的內容。也就是：之前明彥曾經告訴我想與令嫒（也就是我！）結婚，我已經拒絕過一次了，今天明彥突然通知我，他還是想結婚。我還是無法答應，所以希望令嫒能另覓良緣。而我也寫了信要我兒子打消念頭。

我害怕得要停止了呼吸。我母親告訴她：兩人情投意合，也沒有特別不好的條件，因爲是已經獨立的成人，就算是父母也不好干涉。

我該怎麼辦才好呢？只有相信你了。兩人之間堅定不移就沒問題了。說什麼另覓良緣，相思相愛才是可遇不可求的。

少爺現在一定已經接到母親大人的回信而擔心著。如果我能在你身邊就好了。不過台北也非遠如月世界。如果你回到內地就讓我倆安安靜靜地過日子吧。遠離人世間的一切雜音。

我想結婚儀式就免了吧。我家中因爲父親不喜繁文縟節，一直免去俗套。因此關於此事你無須擔心。我想你也不好受，還請你多多忍耐。

那麼一切珍重。

給我視如生命的明

週六午後

對了，台灣好像有種叫相思樹的植物。到底是什麼樣的樹呢？這名字一聽便令人難忘。有著古老文明的支那人眞的是詩情畫意呢。

美

少爺

去了睽違一段時間的甲府，一看壕溝中飄著小小蓮花的嫩葉。清新的五月，馨香的五月。風還是沁涼的。富士山與白連根山仍白雪蓋頂。仰望西方的天空，甲斐駒眞是美麗。梅、杏子也開始結果。這個夏天與你乘著船讓我的裙襬隨海風搖曳，與你挽著手暈著船（或許不會暈船），看著海對你撒嬌。

剛才小鬼們圍著我，異口同聲問著：神武、安寧、綏靖，美姊喜歡哪個天皇？我全部都討厭。「什麼」？那明彥先生呢？我最喜歡。小鬼：什麼！！敗給你了！

這句「什麼」是甲州（譯註：山梨縣的舊稱）特有的驚嘆詞。類似哎呀、歐、唉，但又有有些不同。今年夏天你自己實際聽了便知道了。（剛好小鬼進來，說道：寫了小鬼歐。一定是我們的壞話。我：才不是，我要他帶禮物來。兩人興奮起來，好呀好呀，明彥先生眞是好人。）

昨天我又犯相思病時，小鬼兩人把我雙手雙腳綁住，用被子蓋起來，不時打開來看搔我的癢，我只要一笑，唉呀還活著，還活著，便又開始欺負我。我大聲地喊著：明哥，明哥救我啊！不知是否因爲遠遠地隔著山與海的關係而聽不見，少爺並未前來救援，兩個小鬼的攻擊越發激烈，所以我又敗北了。

夏天呀夏天，快點來呀！

少爺，快點回來呀！

十三日

美

母親大人那可怕的信已經寄到了吧？當然有錢要比沒錢要來得有利。母親大人的想法完全沒有不妥。要出人頭地，有錢也肯定更方便。不過喜惡一事是無法左右的。

所謂忠孝這樣的道德思想完全以強者犧牲弱者爲前提。我們應該朝著由更偉大的人類互愛所產生的新道德前進。所謂戀愛便是新生。戀愛結婚決非意味著任性或是放縱。

無論怎樣也罷，無須什麼冠冕堂皇的理由。

少爺看這裡。給我一個吻！請更用力抱緊我。你不好好地爲自己而活可不行。善用自己的特色可是對社會盡最大的義務呢。不這樣的話，社會上便沒必要存在著各型各樣的人。

這是不需要理由的。

再給我緊緊的擁抱。

Kiss！Kiss！

給明彥少爺

五月十六日　美霞

二、二〇〇五年 夏 第三天

陰霾的天空蒙上灰色，又悶又熱。

老人一人獨自佔據了咖啡店面向道路的露台座位，喃喃自語。有客人通過露台要進入店裡時，這個老人便如看門者般大聲地對來客說話，但無人理會，只露出曖昧的微笑，由自動開關的玻璃門入口匆匆進入。或許覺得他們的樣子滑稽，老人拍著手笑翻了。

發現了這家在台北常見的咖啡連鎖店，莉莉一上露台，老人也一樣地大聲與她說話。生長於日本的莉莉，一點也不懂老人說什麼。她猜想可能是無關緊要的內容，所以學著其他客人，若無其事地進到玻璃門內。她努力讓身體不要因無法完全理解的語言的單方面攻擊而顯得緊張。從玻璃門內側回頭一看，老人看到莉莉的反應與其他的客人一樣，拍著手笑著。

當然老人對莉莉到底是何許人完全不在意。稍稍地安下心，走到櫃檯讀著菜單上的英文，點了冰拿鐵。對看來只是個打工學生的年輕店員，莉莉還能夠講英文。莉莉的英文只是基礎程度，如果對方再多說幾句她料想不到的話，可能便會不知所措。不過身體並不因爲能夠使用英文而解除了緊張。拿了放在小小黑色托盤上的大塑膠裝的中杯拿鐵，看看店裡後，決定出到露台來。露台雖有老人，但沒有其他人，最重要的是能逃離冷得太過的冷氣房。台北的夏天無論到哪裡，冷氣都太強，讓人發冷。兩天前到達台北的莉莉最先對此感到驚奇。這裡也不例外，店裡冷得徹底，讓人感覺彷如深深地沉入水底。

等到自動玻璃門打開，莉莉正要出到露台，手腕被什麼東西勾住了，黑色托盤從手中滑落，裝著冰拿鐵的杯子摔到地面上。大量的碎冰塊發出華麗的聲響撞擊著地板，向四面八方滑去。拿鐵的淡褐色液體飛散到涼台、甚至店裡的地板。莉莉穿著涼鞋的腳與咖啡色的褲子都被拿鐵沾濕了。回過神來時，這些事情已經發生了。

露台上的老人似乎對這個意外高興得不得了，更是放聲大笑。雙手上下擺動，身體左右搖晃，傾全身之力繼續笑著。老人的聲音引來店裡的客人伸長了脖子回過頭。小孩子刻意爬上椅子，從椅背後方窺視，不可思議似地來回打量著呆立在開著的玻璃門前的莉莉以及在露台上笑著的老人。

當下不知該如何反應，這樣下去似乎也沒人會來幫忙。首先把滾到涼台的塑膠杯以及腳邊的托盤撿起回到櫃檯。接下來用手指著在入口四處飛散的拿鐵，小聲地說著：「對不起（dui-bu-chi），sorry。」

皮膚白皙，帶著流行眼鏡的年輕店員，看了入口一眼之後，面不改色地與身旁另一位店員低語著。不知下了什麼樣的指令，拿著拖把的長髮女店員以出乎意料的速度出現在櫃檯旁，雖然潦草但是快速地整理店裡的地板。另一位女店員也從店裡出來，用抹布迅速地擦式其他地方，故意不看站在櫃檯前的莉莉。一開始打掃，其他的客人與露台的老人也失去興趣，老人面向著外面的道路。

看著女店員俐落的動作，莉莉迷惘著，是不是能就此離開。莉莉製造出來到處四散的髒污，正迅速消失。背後似乎傳來聲音，回頭一看，面前已經放著新的拿鐵。剛才的年輕店員朝著不知所措的莉莉點點頭，將放著拿鐵的黑色托盤稍稍地往前推。然後便看著收銀機，既無笑容也無怒氣。

像這樣的情形，應該重新點杯冰拿鐵，一想到這裡，莉莉急忙地要從肩上的背包中掏出錢包來。店員注意到了，搖了搖右手。此時，第一次見到她臉上浮現不耐，用下巴指揮著，以手作勢將莉莉推到一旁去。莉莉後面有兩名大約是中學生的女孩，手上捏著粉紅色的紙幣，正依序排著隊。

莉莉又是一陣狼狽，紅著臉。兩手拿著黑色的托盤，以北京話重複說著「謝謝，謝謝」，離開了櫃檯。雖然方才想盡速逃離這家店，但情況至此，只好暫時坐下來。不過，坐到哪兒才好呢。莉莉看了看外面的露台。老人還坐在同一個位子上。依然沒有其他的人。只要小心注意，應該不會重蹈方才的覆轍。無論如何，莉莉想到外面去。

這次慎重地等待玻璃門緩緩地完全打開後，一步一步地小心腳下，走到露台來。微微地吐了一口氣，來到最裡面的桌子，放下黑色的托盤，在鐵製的椅子上坐下來。接著又嘆了一口氣。終於到達目的地，已經沒問題了。

莉莉將肩背包放到另一張椅子上，先喝了一口冰拿鐵。老人與莉莉的距離有三張桌子之遠，沒有回頭看從店裡出來的莉莉。老人似乎只對經過露台打算進到店裡的人感興趣。剛才的事件是例外。

打開肩背包，拿出水藍色的筆記本與讀到一半的書放在圓桌上。打開筆記，盯著自己以日文寫的滿滿的內容。莉莉決定無論在咖啡廳、餐廳或者小吃攤便打開這個筆記本，無論用什麼語言，只要在筆記本上寫些東西，至少看起來是有事忙的，或許不會被認爲是個幾乎不懂這片土地語言的日本人。即使一個人獨處，也能避開他人以自己不懂得的語言來攀談的危險。莉莉只懂得旅行者所需的基礎北京話。

即使如此——莉莉第三度嘆氣。「莉莉」這樣的名字連自己也覺得不好意思。「又不是貓熊」，日本人聽了一定會笑了出來，而台北的人聽了，可能覺得不可思議：「日本人幹嘛東施效顰，取個中文名字。」如果是年輕女孩還情有原，已經年近六十，完全沒打扮的「歐巴桑」說自己叫「莉莉」，不僅不得體，也太離譜了。

不過莉莉並未跟任何人提過這個名字，「莉莉」這個名字只在水藍色的筆記本中悄悄地存活。儘量想遠離自己眞正的名字，莉莉卻不了解「眞正的名字」到底意味著什麼。如果被此處的台北人問到「你是誰？」「你是什麼人？」，也無從說明起。然而現實當中，並沒有任何人問莉莉這樣的問題。除了機場審查簽證的海關官員以及旅館的櫃檯以外。

美霞。

莉莉拿下眼鏡，輕聲說著。

如果不是美霞，「莉莉」不會來到這兒。

莉莉急忙用原子筆在筆記本補上自己在這咖啡廳發生的事件。雖然沒人會偷窺，卻以需要放大鏡閱讀的字體，寫得密密麻麻。

記述美霞的頁數已經增加許多。莉莉的筆記本也是爲了美霞而存在的。美霞，也就是美世，是莉莉出生十年前便已去世的阿姨。美霞的外甥女以前叫作茉莉子，追尋姨母的蹤跡來到台北之後，便仿照美霞，叫自己莉莉。台北的姨母一直使用美霞這個名字。Lily寫成漢字便是「莉莉」，而這是非常中式的名字。自己的暱稱應該不屬於任何地方。就和美霞一樣。莉莉感覺名叫「莉莉」的外甥女應該更容易接近美霞。

住在Taihoku（台北）的美霞約在七十年前，或許每天都經過露台前面這條道路。莉莉重新戴起眼鏡，環視咖啡廳的四周。車水馬龍而喧鬧的道路對面，可看到「理髮院」。處處可見崩塌的痕跡，是棟相當古老的三樓紅磚瓦建築。不知是否自美霞的時代便矗立在同一個地方。紅磚瓦的縫隙中雜草叢生，隔壁則是書店，從露台探頭往右側看去，可見公園樹木夏季的濃綠。戰爭結束後，在一九四七年二月二十八日，爲對抗國民黨專政而發生了暴動，爲紀念眾多犧牲者，現在命名爲「二二八和平公園」，之前的日本稱同樣的地方爲「新公園」。不知是否只是單純地意味著「新落成的公園」？

這個「新公園」有著希臘式宏偉的博物館，昭和十年舉行了「台灣博覽會」，似乎是爲了紀念日本統治台灣四十年的大型博覽會。除了博覽會外，還有煙火大會、棒球大會、「超級客機」的遊覽飛行，此外也舉行了軍隊閱兵。據說博多Dontaku祭典、女性相撲、美術展以及原住民的「番人舞蹈」也獲得好評。莉莉想像著，昭和六年起開始居住在這個城市的美霞或許在人群背後觀賞了遊行於市街的騎兵部隊與軍用犬，或是原住民的「番人舞蹈」。或許露台的老人依稀記得年幼時的「台博」，如遙遠的小小流星。

老人脫去了腳上如拖鞋般的髒污鞋子，將赤腳伸展到露台的磁磚地板上，打起盹來。老人到底打算在這個露台待多久呢？

靜坐在露台上，微風徐來，感到格外清涼。不過也並非是流了滿身大汗。

這裡是城中，從前被稱爲「城內」。城牆四周環繞，有著東西南北門的「台北城」完全被日軍破壞，改造成爲日本人的城鎭。據說當時的日本兵被當地人稱爲「東洋的蠻人」。即使到了今天，總統府以及政府機關所在的城中是台北的中心地帶，遺留許多從前的建築物。年長的人們也似乎留戀於自己熟悉的狹小地方，一直居住於此地。直到最近，由於城中實在太狹小了，所以市政府中心移轉到台北東邊，也建起貿易中心，出現了現代的「新都心」，美霞居住的時期，那一邊應該都是田地吧。

昭和六年也就是一九三一年夏天開始居住在Taihoku的美霞，從這年春天起便開始給Taihoku方面寫信。而莉莉也持續地讀著這些信。幾乎每天都寫信的美霞同時也持續讀著對方來的信。從Taihoku來的信，從內地來的信。信總是度過海洋，送到對方的手裡。

在那之後七十多年的時間裡，莉莉只能讀到美霞所寫的信。這些信偶然地留在死去的母親手邊或許已經足以令人驚奇，不過莉莉並不覺得太驚訝。母親抱著好些過往的東西死去，而這是莉莉所不知道的。母親幼年早夭的妹妹的衣服、或是同樣早年病逝的哥哥的心愛書籍、或是與其他女人私奔的丈夫的結婚照片——這一件似乎捨不得丟棄是祖父母在照相館所拍的紀念照、母親嬰兒時期的照片、母親精心打扮用於相親的照片、從前的家計簿以及日記、從前的信。

美霞的信也是其中之一。裝在以十字結繩綁住的大型咖啡色信封袋中。信封外母親的字跡寫著「寄自小泉氏」。美霞從對方那兒收到的信一封也不剩，只有對方所收到來自美霞的信，在美霞死後全部退還回來。交由莉莉的母親保管後，便一直留在她手邊嗎？美霞的其他姊妹以及兩個弟弟也都過世了。

沒有信封，咖啡色的大信封袋裡只有信與明信片。明信片的字幾乎無法辨識，而信的字跡也都很模糊。美霞的字與母親很像，所以莉莉一開始以爲是母親寫的信，閱讀之下因爲碰觸了「母親的祕密」而感到不安，之後不由得獨自笑了起來。仔細一看，比母親的字更大開大合，字體的直線以及躍動的程度可說是近乎粗魯地鮮明。

美霞只有對方不在身邊時才寫信。人在身邊時，任誰都一樣不會特地給對方寫信。此外，似乎也有因生病、想寫也力不從心的時期。而莉莉認爲，美霞沒有寫的話，七十年後自己非得幫她補上不可。因爲已經聽見了美霞不完整的、斷斷續續的聲音了。

莉莉小時候，母親便告訴她，她與阿姨美霞的長相極爲相似。莉莉有著和父母妹妹都沒有的長臉與細長雙眼，與美霞一模一樣。雖然沒有見過美霞，但莉莉深信自己有著一張與美霞相似的臉孔，比誰都要接近美霞。

美霞也寫一點日記。因爲眞的很少，莉莉也掛念無法寫下的日記，開始由自己將它補上。彷彿用新的布片盡量按照原有的顏色與花樣去銜接舊布上的大破洞。

美霞持續地寫、持續地讀，然後再持續地寫。

時間經過了七十年，莉莉也持續地讀，持續地寫。

莉莉寫著。在台北各處的咖啡廳。旅館的房間。在其他的城鎮以及山中，莉莉追尋著美霞，追尋著自己，逃離了自己，與美霞的距離忽遠忽近，仍繼續地寫著。繼續地讀著。

例如像這樣。……

三、一九三二年夏

美霞走在Taihoku的路上。

撐著白色的陽傘，穿著碎花便裝，白色的襪子與全新的咖啡色涼鞋，右手提著布製的提袋，有時停下來用紗布手帕擦去額頭與脖子上的汗珠。脖子後綁成一束的長髮滑落，幾根髮絲附著在頸上。美霞自己縫製的便服因汗水而變形，無論怎麼擦，從鼻子與下巴匯流的汗珠還是不停地滴落。

這是美霞在Taihoku這個城鎮度過的第一個夏天，應該對所有的東西都覺得新奇。與內地不一樣天空、氣味、樹木與花草、街上並列的房屋。無論是道路上回響的聲音還是店裡販賣的東西，應該都覺得稀奇。因為這裡不是內地，而是外地的台灣。

但是實際上來了之後一看，並不那麼覺得。從內地到這裡是那麼地遙遠，但這個城鎮卻與內地十分相似。如果不仔細看，似乎會產生錯覺。如果進到較少內地人的地方，景象應該極爲不同才是。雖然想去看看，但目前還去不了。丈夫——這個字眼讓美霞有些臉紅，同時不安；過一段時間，美霞應該會習慣這麼稱呼明彥——明彥也如此提醒她。本島人，也就是台灣人當中，也有人對內地人懷有敵意，內地人的家庭主婦沒事千萬別一個人在本島人的街道閒逛。

美霞走在內地人的城鎮「城內」最大最熱鬧的榮町，只要到這裡來，有大型百貨公司，也有書店、相機店、喫茶店、和服店、日式點心店，可說是應有盡有。

雖然有人稱Taihoku是「東洋的巴黎」，但是美霞不知道眞正的巴黎，所以無從判斷Taihoku到底有多像巴黎。「城內」有許多華麗的西洋式建築，牆壁以及窗戶的裝飾都極爲講究，讓人認爲巴黎是否就是這樣的一個城鎮，然而美霞居住的一帶並非「城內」而是「城外」，附近有監獄和牧場，再稍微往南行，便有廣大的田地。田地裡黑黝黝的水牛佇立著，白鷺鷥翱翔其中。

Taihoku雖沒有東京大，比起甲府絕對是更都會的。巴黎是多大規模的都會呢？四年或五年之後，美霞，應該說是美霞的丈夫打算到眞正的巴黎去實現他第二次的留學夢想。據在Taihoku高等學校教授法語的丈夫說，巴黎和Taihoku毫無相似之處。因爲Taihoku既沒有塞納河流過，也沒有鑲嵌著彩繪玻璃的聖母院、羅浮宮、蒙馬特山丘與艾菲爾鐵塔。

榮町寬廣的道路上公共巴士以及叫作塔車的人力車疾駛通過。有時道路一旁會有似乎是坐著總督府高官的大型黑色汽車，宛如在陸上游泳的鯨魚，悠然駛過。推開看著龐大汽車入神的美霞，以扁擔挑著東西的小販，擦肩而過。

「空瓶空罐拿來賣歐」，收購空瓶的本島人男性邊大聲叫喚著，大步走過。扁擔兩端可容納孩童大小的大型竹籠搖晃著。

「Boggue，boggue」叫喚著的boggue也就是賣木瓜的。

「Nappu，nappu」的叫喚聲，nappu就是內地所說的番石榴，現在美霞已經知道了。這水果有時候讓人吃壞肚子。

芒果，這裡的人叫作「shuaia」，來到台北之後因好奇而做了第一次嘗試，味道濃膩，讓人不想再試。

內地人的聚落中，當然也有很多內地看不到的東西。大王椰子和酒瓶椰子到處林立，鳳凰木和火焰樹則盛開著南國風情的紅色花朵。相思樹或者栴檀，開著黃色花朵的樹木極多。樟樹、芭蕉以及榕樹在這裡都不稀奇。

美霞也知道了亭仔腳一詞。類似內地雪深的奧地特有的雁木，是有屋頂的步道，這裡不是為了避雪，而是為了躲避強烈的陽光和雨。屋頂之上還有建築物，叫作騎樓。雖然不知什麼時候開始有了這樣的亭仔腳與騎樓，走在台北的街上——美霞也只知道其中的一部分——，的確感到非常方便，應該是由來已久經過考究的。

天氣一放晴，便想從極度強烈的陽光中逃離。在夏天無論是怎樣的晴天，一到午後便會下雨。多是極大的雷雨，就連雨傘也撐不住，更別說是陽傘了。美霞和其他人一起逃入亭仔腳，雨後，稍微轉涼，但是馬上又變得悶熱起來，是盆地特有的悶熱，不過這對在內地甲府盆地長大的美霞而言是很熟悉的。

有四五個襤褸的本島人小孩，叫喊著美霞無法理解的話語，赤著腳跑了過去。雖說是內地人聚落的中心，本島人仍會突然出現，不知從何處冒出然後消失。不過內地人，特別是像美霞這樣完全不懂台灣話的女性，可不能隨便接近本島人的聚落。但原本，這裡是本島人的土地。

穿著白色短袖襯衫的女學生並排坐在盛開黃色花朵樹下的座椅上，哼著美霞也聽過的日本歌曲。膚色白皙綁著辮子的女學生是內地人還是台灣人，美霞分辨不出。

隨著女學生的歌聲，美霞爲了趕走這暑氣，也開始哼起歌來。

紫羅蘭的花開時節
與你初相識
為你日夜相思與煩惱
自從那日起
紫羅蘭的花開時節……

美霞上內地女學校時，朋友都叫她小美。家裡則叫她美吉或者美太。「美太」是她兩年前已過世的父親特別喜歡的小名。如果老爸還活著，我恐怕不會來到這台北吧，也不會接近小泉明彥那個人吧——美霞輕輕地搖著頭，要自己別想些無謂的事。汗水從臉上滴落到頸上。即便如此，老爸的聲音還是令人懷念。

這個春天在東京和尚未成爲自己丈夫的明彥，一起到築地的醫院探望一位眼睛失明的俄國老太太，因爲很喜歡她，便開始使用「美霞」這個名字。明彥也叫她「美霞」，已經有好幾次幾乎要放棄與明彥結婚，但好不容易在這塊土地開始，比起美世，覺得「美霞」更像是自己正式的名字。在這塊土地，除了明彥之外並沒有其他親近的人。丈夫明彥的朋友現在都用明彥的姓「小泉」來稱呼美霞。也就是小泉師母。

從神戶搭了四天的船，搖搖晃晃地好不容易才到達，初次見聞的事物很多但卻不覺得稀奇的理由是：只跟內地可能到處可見的內地人太太說過話，同時在此地，美霞是高等學校專任講師太太的身分，也因此得與副教授、教授的太太往來，美霞邊擦拭臉上與脖子上的汗一邊想著。

事實上幾乎不太從高等學校附近昭和町的家來到榮町這一帶。平常只在家中附近轉來轉去，和在內地時並無兩樣。比在內地更需注意自己內地人的身分。必須挨家挨戶地拜訪資深的老師。把日式點心裝在包袱巾中，穿著和服走在路上，因為太過炎熱而頭痛，她幾乎要昏過去。

遣詞用字也很困難。裝腔作勢的東京話即使讓舌頭都要打結，也得忍耐著說。雖然在東京的高等女校時期已經習慣這個語言，但是與女學生時期不一樣的，是成年人的社交辭令，所以非常令人緊張。此外，相互不停地深深低頭，鞠躬，陪笑。即使在家裡，太太群不知何時來襲，也不能只穿著襯衣晃蕩。因為薪水微薄，如果錙銖必較地採買時，忽然遇見了人，不管是在蔬菜店，或者是豆腐店，爭相點頭致意後，便急急忙忙地逃離現場。

本島人沉默不語地凝視著這樣的內地人，既無歡喜也無不悅。許多說著台灣話的人包圍著內地人生活。據說也有內地人難以想像的富豪名門，但是美霞是看不見那個世界的。因為語言完全不通，所以才什麼都看不見。在東京遇到的俄國人多少懂些日語，但美霞也並不曾在俄國人族群中生活過。那位俄國老太太才是日復一日地生活在日本人群當中。

這裡的山中甚至潛伏著專獵人頭的恐怖「番人」。是否是一群赤著腳自在地在山中奔跑，身體黝黑發出如動物嘶喊聲的人們呢？不知道他們是否有著不會錯過山中任何聲響的雙耳以及任何變化的雙眼呢？即使現在已經不是「番人」，許多人過著宛如「日本人」的生活，據說山中仍然存在著危險的「番人」。前年的秋天，在叫作霧社的深山中，許多日本人被「番人」殺害，斬去了首級。當時美霞並沒有想到自己會在第二年夏天前往台灣，當時只不過當成是一則在非常遙遠的地方所發生的悲慘且駭人聽聞事件的報導。

來到台灣不過一個月，就連台北最近的草山都沒去過的美霞，對於山中的情況當然無從得知。美霞暗暗地祈禱著，如果可能的話，希望有機會接近山中的世界。因爲美霞在群山環繞的甲府盆地長大，特別是南阿爾卑斯山，是美霞從小便熟悉的。山裡的人比支那人更早定居在這個島上，或許他們被後來的支那人驅逐才住到山裡吧。以比富士山還高的新高山爲中心，連綿開展的三千公尺高度群山。山中人們居住在約莫海拔一千公尺的地方。美霞曾從明彥那裡聽說，山中的人們狩獵鹿、羌、野豬、熊、鼯鼠以及豹。

無論與內地如何相似，這裡不是內地。美霞邊說服自己，邊走近官廳。這裡是外地，外方之地，我來到了外方之地，在度過了「自從那日起，爲你日夜相思與煩惱」的日子之後。

這個三月之後的日子，不到半年，但已不願再回顧。宛如在山裡的溪流中到處碰撞岩石，身上的鱗片脫落、背鰭與尾巴受傷、身體也坑坑疤疤的魚兒，美霞終於度過了那段苦痛的日子，所以現在才能成爲住在台北昭和町的「小泉師母」，希望所有的痛苦都已過去。

但事與願違，美霞過去寄到台北的成疊的信件正等著她。明彥給她看這些信時，她扭曲著臉不覺大叫著：求求你，別讓我看那樣的東西。

市公所前有棵大榕樹，延伸的枝葉形成的樹蔭底下，帶著竹斗笠的本島人正賣著愛玉冰和西瓜。臉盆的冰水之中放著錫鐵箱，裡頭愛玉冰和西瓜都用香蕉葉包住冰鎮。涼蓆圍住了四周，錫鐵箱用玻璃板當成蓋子，黑色的蒼蠅成群飛舞，覬覦甜汁，男性攤販用棕櫚扇不停地驅趕著。美霞被紅色的西瓜所吸引停住腳步，攤販用日語招攬著：太太，便宜歐，三錢歐。

美霞的丈夫曾告訴她：街上的攤販以及貨車上賣的東西都不准吃。特別是沒煮過的食物絕對不行。因爲不知道會讓你生什麼病。就怕吃壞肚子，如果感染了重症更可怕。即使如此，卻忍不住不吃西瓜。好想將冰鎮的紅色西瓜汁含在嘴裡。不只想吃一片，而是想大啖三、五片。

美霞像是丟東西似地把三個一錢銅板放在本島人被陽光曬黑的渾厚手掌，將收好的陽傘放入手提袋中，逕自打開玻璃蓋，拿起一片西瓜。接著走到榕樹的另一側吃起西瓜。與其說是吃，不如說是美霞的嘴吸住了紅色的果肉，盡情吸吮甘甜的汁液。意外地馬上就吸完了一片，將西瓜皮丟入台子下開著口的麻袋，美霞輕輕地嘆了一口氣。有幾隻大蒼蠅圍繞著美霞飛舞。想再吃一片，但那是不行的。用紗布手帕擦了嘴角與雙手，也擦了臉上的汗之後，美霞從手提袋裡拿出淡桃色的扇子，驅趕蒼蠅，也開始對自己搧風。斜眼凝視著官廳西洋式的建築。可不想這麼全身大汗地進到官廳，無論是什麼樣的官廳，她都敬而遠之。

與甲府盆地的韮崎官廳不同的是，Taihoku的官廳都是威武雄偉的建築，幾乎要使人窒息。天花板異樣地高，地板也磨得如鏡子般光可鑑人。光是爲了不失足跌倒而小心翼翼地行走都很累人。此外，連警備員與櫃檯人員都以冷淡的惡意眼光盯著美霞的步伐，似乎只要滴落一滴汗珠，馬上就會被揮舞著的警棍趕出去。

穿著浴衣背著嬰兒的女人從眼前的官廳走了出來。騎著腳踏車貌似官廳人員的男子由道路進入官廳的內部，建築物旁邊並排停著十幾輛的人力車，後面停放著黑色汽車。入口前的榕樹伸展著枝幹，氣根下垂。

你別給我看那樣東西，美霞不由自主地說出來時，明彥真的嚇了一跳，問道：

——怎麼了？這可全部都是你寫的信歐。你看仔細了。

美霞無言以對，垂著頭。接著便流下眼淚，緊抱住明彥又瘦又貧瘠的胸膛，撒嬌似地開始哭了起來。這一來，明彥流露出稍帶欣喜的聲音：

——怎麼了？美霞可真是個奇怪的孩子呢。

——可是，可是，我想這該不是夢吧……

繼續呢喃著近乎無意義的話語，明彥的手探向美霞的乳房，接下來探向她的股間。

——可不是夢呢。看哪，美霞，這是你最喜歡的「小黑」，親親你的「小黑」……。

不知不覺間，美霞握住了從外褲與裡褲解放了的明彥的「小黑」，湊近她的口。明彥發出呻吟聲，吸吮著美霞的乳頭。兩人急忙地脫下全身的衣物。美霞死命地與明彥耽溺於「性的愉悅」中。在汗水、唾液與粘液當中，身體或上下，或趴臥，或互相咬囓著彼此的臀部，或將腳趾一根一根含入口中。

於是信件一事被遺忘了。大概，應該。

美霞想：信如同枯原中的野火般。一旦點著了，火勢便一發不可收拾。怎麼辦？怎麼辦？焦急當中，腳下也爲火舌包圍。微少的懷疑、怨恨與痛苦在信中化爲火傷的痛苦，但是卻無法直接告訴對方，難以其他的言語陸續化作火花，四處飛散，化作火燄，瞬間擴散開來。在一片火海中，連自己的避難處也都錯失了。對方怎麼想這句話？怎麼想那句話？被炙熱的火燄燒灼著，即使在夢中，仍然在火裡狂亂地奔跑著。

已經不想寫信了，但卻不得不寫，只要一開始寫，在自己的手捕捉到對方現實的身體爲止就非得繼續書寫不可。美霞覺得信的話語宛若咒語，是不讓對方脫逃的咒語，讓對方深信這世界上只有美霞一人的咒語。然而，對方也有對方的咒語，爲了實現新的愛情生活，必須尊敬同時必須支持自己這一個絕無僅有的丈夫的咒語。也是美好的理想中的夫婦，眞正愛的誓言的咒語。

兩人的咒語透過魚雁往返而相互糾纏，相互束縛，而另一方面卻隱瞞了彼此的眞心話。在信中，自己到底寫了什麼，美霞其實幾乎都心不在焉。話語不是問題，讓咒語的歌聲繼續響起，這個願望成就了美霞的信。如果歌聲嘎然而止，到底會發生什麼事，因爲完全不想去想這樣可怕的後果，所以美霞只有拚命地繼續寫信。通信是種魔術，無論是正當的魔術或是邪惡的魔術，大概無論何時都是正當而且邪惡的。魔術在第一封信的開頭第一句話便已經開始，也因此從未料想到，不知演唱者爲何人的歌聲會同時從此中流洩而出。並不是謊言，只不過不是自己的歌聲罷了。紙上紀錄的一字一句傷害著握著筆的自己，無法喘息。視線模糊，而耳朵也聽不見。

令人吃驚的是，美霞與成爲自己丈夫的男人相處的時間僅僅只有三月中旬的三天以及四月初的幾天。再次見面是在上個月，七月。之後就無法自由地相見了。連像樣的結婚典禮也沒有舉行，七月底在甲府碰面後，為了搭乘前往Taihoku的船，乘上特別快車前往神戶。雖然美霞兩年前便認識了小泉明彥這位法語教師，維繫兩人關係的幾乎就是通信，但到底她了解這個男人多少？這個男人又了解美霞多少？

三月中旬，美霞突然出現在小泉明彥的面前，希望與他結婚。曾經結過一次婚，失敗之後成為東京女學生的美霞，老教師，也可說是明彥的恩師，對她很疼愛。也曾經聽說，這個常到老師家拜訪，現在在學校教授法語，是社會學學界明日之星的小泉明彥。雙親很早就離婚，他先跟著父親，之後因為父親再婚，便與母親同住。母親是位成功的實業家，但是因為太忙碌的關係，明彥是家中傭人帶大的。在母親豐厚的資金支助下，明彥曾到巴黎留學兩年。Taihoku之後，明彥應該會進到巴黎的研究所正式地攻讀社會學。因忙於讀書，一直找不到適當的結婚對象，在台北過著寂寞的生活。明彥是現在難得的，律己甚嚴，但卻非不懂世事的純潔青年。

如果這樣的話，我相信於身於心我都能夠支持小泉老師，應該是他最合適的結婚對象，美霞這樣告訴老教師。我從以前便在遠方的看著、愛慕著小泉老師，雖然我已二十八歲，不算年輕，同時有離婚紀錄，但我想也因為這樣，我已經是個能拿捏分寸的大人，在這高等女校也多少讀過一些書，能夠無懼於台北或巴黎的生活，圓滿地達成家庭方面以及幫助小泉老師研究方面的任務，我有這樣的自信。所以請務必將我介紹給小泉老師。美霞如此懇求著。

種種的計算在此時流竄於美霞的身體中，那是無法否定的。巴黎留學或者是優秀的學者這些話或許也有效果吧。同時對於明彥家庭的遭遇也感到同情，美霞眞的認為明彥的結婚對象就該是自己。父親在兩年前因腦溢血過世或許也影響了美霞的決定。父親是地方報社的主管，留下了土地房產，雖然不用擔心家人的生活，但與明彥這樣前途大有可爲的「可靠人物」結婚的話，母親應該也會安心。離婚之後不顧反對來到東京上女校，美霞一直一來都讓父母操心。

一開始，不知明彥到底做何打算，所以還有幾分保留。將美霞關進魔術的世界的原因是：與明彥母親這個障礙物產生了正面的衝突。遇上障礙，從痛苦中產生火花，而讓自己原本眞正期望的東西完全迷失了，也因此無法從火焰的魔術當中逃脫。

對於明彥，到底了解他多少，是否眞的信任明彥，是否眞的喜歡明彥，連反省的餘裕也沒有的狀況下。美霞便開始寫信。就在連信到底是寫給誰也看不清楚的狀況下。明彥也開始寫信。雖然頻率只有美霞的三分之一，但明彥也與美霞一樣被相同的魔術擄獲。美霞到底是誰，是現實當中的女性還是幻影之人，幾乎在一無所知的情況下，明彥也繼續寫著信。

通信這個魔術活在兩人之間。信裡所寫的話連美霞自己都害怕起來，被壓倒，已經離自己越來越遠，雖然發出這樣的呻吟，但仍繼續寫著信。

啊！這是多麼愚蠢！如此呼喊的同時，也打從心裡詛咒著無法下定決心撕毀書信的自己。

四、書信 一九三一年

3-2 從韮崎到台北

少爺，少爺，少爺

終於到了六月，我等待已久的六月，我已經卯足全力準備。現在是芍藥與牡丹盛開的季節，歐巴桑會給你煮些好吃的菜？少爺你的肚子隱隱作痛啊。是蟲的關係嗎？我會拚命做菜，所以蟲子也會全軍覆沒的。如果你不中意我的菜，請別客氣，儘管告訴我。我可不想兩人互相刺探彼此的內心。你今天怎麼過的呢？我家的小千金拿著少爺你的信，飛也似地跑了進來，美姊，你看你看（雀躍不已地），什麼，少爺我最珍愛的……唉！眞的是服了你們了！（邊蹦蹦跳跳地，邊拉著我的手）。

到了晚餐時間，母親說：小鬼頭欺負美姊的事，聽說在台灣也很有名了。男小鬼頭：什麼？那麼就更要欺負她了，搔她的腳底好了。女小鬼頭：在明彥面前欺負美姊好了。男小鬼頭們：對，我想玩相撲呢。

這些小鬼到底打什麼主意呢。少爺你可得多小心，多小心。

唉，少爺的回信如果遲了怎麼辦？我的心像是要撕裂開來。對所有的事物都感到焦躁不堪。我也無法靜下心來讀書。又要去看看郵筒了麼？接下了又是一連串的嘆息。

我好像著了火似的，不，不，我就是火，我已經燒焦了。少爺呀少爺。

六月一日早晨

美霞

明彥少爺

今天彷彿天要塌下來似地。我讀了你寄來的母親大人的信。少爺你也很痛苦吧。今年夏天該怎麼辦？

我好想投到少爺的懷抱痛哭一場。然後忘掉迫害我們的那些人。好想早日陶醉在眞正過生活的人才擁有的眞正勝利的喜悅中。好想到鄧南遮《死亡的勝利》中那美麗的田園，法國的葡萄田與羅亞爾河。

唉，太痛苦了！爲什麼所有人都這麼欺負我們倆？

算了，就在只有我倆的寢室成爲世界最專精的情色專家吧。

快點快點到我身邊來吧。

三日

美世

◆0◆

少爺

我反覆拜讀你的來信。我也乖乖地等待著。

你所信賴的田中老先生說到九月爲止我們最好別在一起，或者在他把東京所有的事情解決之前，少爺最好別從台北回來。如果眞是這樣，那只有等待了。你說母親大人到處訴苦，希望能讓你屈服。兩人只要緊緊地手牽手一起前進，絕對不會輸給任何人。母親一開始說要寫信給母親大人，但是如此一來又怕多生枝節，所以還未寄出。如果四月的時候我就到台北去，先斬後奏的話，現在就不會有這麼多的麻煩了。不過已經無濟於事了。

少爺呀少爺，如果你相信這段婚姻能夠帶給你幸福，你就必須堅強。你與母親大人之間的事，我不好插嘴，與其麻煩田中老先生，最理想的還是由你自己來解決。如果從台灣到東京，兩三天內就能解決的話。不過從空想回到現實中，我知道那是近乎不可能的事。我想要得到她的許可這個想法就是錯的吧。

此外，關於錢的事，母親大人如果說虧我照顧你至今等等的話，你何不妨用自己的積蓄還債與她算清楚呢？照自己的意思結婚，無論她怎麼說，你還是要結婚，如果這麼告訴她：已經不能像從前一樣全部都依她，之後也不受她照顧，也沒有允許不允許的問題了。已經不是爲了報答父母的恩情便犧牲自己的時代了。

我不打算受她照顧，雖然不知道之後將會如何，但至少我是如此下定決心的。我不要家庭受到外力的干涉，這是只有我倆的家。要獨立啊！無論在東京或者在台北，我都不要與母親大人一起住。

當然我不是要你捨棄已經無法挺起腰桿的年邁母親，但是我們要是有了孩子的話，就必須負起養育教育的責任。而這個責任要比對雙親盡孝來得更重。

獨立也就是自我解放。從舊的道德觀念，從慣性的順從。我們非得正確且有力地朝眞實的道路邁進。並不只有這次，如果父母的權力之後仍持續讓我們痛苦的話，我想活著也沒有意思。

現在是重要的時期，即使火苗從四面八方竄燒過來，我們也需毅然決然地宣示家庭的神聖吧。無論現在對方如何地怨恨或生氣，絕不可妥協或者敷衍了事。

啊，眞是煩人。這樣的事，理論講得再多還不如具體實行。能夠實行的人請舉手。

少爺，你可得堅強啊。這樣的話，母親大人的事就不會讓你那麼痛苦了。你也知道的，不過情感上還是會投降。而我自己，當自己一點都不喜歡的人來求婚時，對他的說詞居然會覺得很有道理，同時覺得他很可憐。但是這種時候是絕對不能感情用事的。

好了。Kiss，kiss。

你可以期待母親爲我們做的情色被褥。少爺呀少爺，我柔軟的乳房隱隱作痛了起來。

啊，好想你啊！

今晚如果能入睡就好了。海洋的那一端你可要捎來晚安的吻歐。

Byebye

七日　美

少爺少爺

謝謝你的信。托你的福我又活了過來。這次眞的只剩下一個月的時間了。不可再有變動了。我得趕緊到鎮上買東西才行。因爲有很多必需品。我想要洋裝但是媽媽不答應。現在這裡已經很熱了，衣帶下全都是汗，台北想必更熱吧？再一個月，眞正的夏天就要到來。

你找到好地方了嗎？和錦町比起來，昭和町似乎是比較安靜的環境，但是房租較高，這是較令人擔心的，沒問題嗎？不過為了你的研究，這都是必要的。如果是隔間寬敞的房子同時能夠有工作室的話，就太棒了。房子前方如果有蘇鐵樹的話便充滿了南國風情。如果有蘇鐵樹的家變成我們的根據地的話，便不需要常常回到內地了。決定了房子便安心了。我也向小鬼炫耀了一番，你可要幫我掃除歐。廚具設備要怎樣才好呢？窗簾的話你覺得法國刺繡如何呢？啊！在這個家叫你**親愛的**的日子就要來臨。庭院也種了許多植物。在花朵盛開的美麗房子裡，吉吉爾與米吉爾相親相愛的過日子。真好。這樣的時間就快到來，房子也已經決定了。

庭院的梅子已經紅了，少爺在的時候，還只是開著花，現在已經結果成熟了。今年夏天的工作會很辛苦嗎？詳細的事情等您回來再與你好好商量。

中等教育的教員證書已經從東京寄來，這樣一來我也可以成為國語老師。不知道何時能派上用場，所以我一定會帶到台北去的。好想早點在我倆的家安定下來，沒有比家更好的了，這是只有我與少爺的兩人世界。

想到母親大人的事，我們的紀念照就算拍了，最好還是等到明年或者之後再公開吧。唉，無所謂了，我只想快點與少爺在這個夏天開始我們在台北的家庭生活。只是乾著急，結果卻什麼都做不成。一想到被少爺抱在懷裡的那一天的到來，便覺得胸口喘不過氣來。要保重歐。可不能生病歐。

拜拜

六月十一日　美世

少爺

你果眞要直接回東京嗎？還是要到韮崎來？趕快告訴我你的決定。美霞這麼聽話，所以少爺你可得好好同情我呢。

如果父親還在世的話該有多好。這次的事他不知會多麼高興地幫助我們。父親對我非常疼愛。以前有時會與提著釣籠的父親到河川釣魚，或在山裡散步的途中從獵人那兒買來山雉與山鳥。

雖然我是如此受疼愛長大，但卻不聽父親的話，總是強迫父親順從自己的意思。進學校讀書的事是這樣，而這次的事大概也是一樣的。我是個任性的女孩。

母親說過，如果母親大人無論如何不答應，就把這裡當成自己的家，雖然是鄉下，休假時可回來，用不到的東西便放到這兒。如果需要設定户籍地的話，便姑且將這個家設爲户籍地如何？因爲這個家也沒有主人，如果能夠幫上忙那便再好不過。

我眞的快像個病人了呢，根本就睡不著。服用鎭靜劑，就只等只等只等少爺您，您也要快點快點快點快點。

六月十二日
美太

今天發生了地震。最近地下的鯰魚先生常常暴衝，實在令人困擾。台北的鯰魚先生好像也不容小覷。而且颱風也是大問題。索性我變成颱風登陸台灣好了，雖然從未聽過有什麼樣的颱風是從北往南吹的。我並不討厭颱風。不過台灣的颱風不知道能不能讓我說出這樣的風涼話。如果少爺搭的船遇上颱風就糟了。這次我自己一個人去接少爺，因爲小鬼可是會告狀的。他們是這麼說的：哎，媽媽，上次啊，明彥先生來的時候啊，火車還沒在月台停穩，他便要下車，而美姊啊就等不及了。我們一哄笑呢，她就臉紅了。母親是這麼回答的：美姊很高興吧，她這次同樣非常非常地期待，所以把她抬起來慶祝好了。少爺，早點回來帶我到天國吧。

少爺你爲什麼不給我寫信呢？很忙嗎？一定是騙人的，那不過是你逃避的藉口。說穿了便是你的怠慢，偷懶。

小鬼有時把報紙之類的丟到我房間，說：看啊，是信歐。而拜託他們寄信時，便會說：噢又是給明彥先生啊，便蹦蹦跳跳地跑走了。

給我一個吻。山高水遠，請你看著這一邊！

給我可人的可人的少爺

十六日 美霞

謝謝你的信。台北已經是盛夏了吧。這裡正好是梅雨季中的停歇期。在這樣的黃昏如果能跟少爺一起在銀座散步、喝汽水，應該很舒服的吧。少爺應該喝咖啡吧，我點的一定是汽水。

就像你說的，別焦急，房子可以慢慢整理的。我也來幫你謄寫稿子吧。晚上便專攻情色學。你是我的實驗台呢，我要好好地欺負你，讓你叫喊求饒。

我發現了一個夏天短暫旅行的好去處。鳳凰山麓的白樺林，附近有溫泉，有溪流，放牧的牛不怕生，會用鼻子磨蹭人。富士山麓似乎也有好地方。夏天應該非常涼爽，令人心曠神怡。這樣的休息對我們來說是需要的。

不管之後的事情如何，在台北安頓下來之前，我們實行避孕吧。不知道感覺如何，不過保險套好像是男性戴的東西。聽說這是最確實且沒有害處的。只不過破裂的話，有時會殘留在女性的體內，聽說是非常不好的。也有放入女性體內的藥品，但是會從黏膜吸收，因爲有害而不能連續使用。聽說女性避孕套往往會傷害黏膜而阻礙血液循環，成爲婦女病的主要原因。產前兩個月以及產後六週都絕對禁止用於子宮，眞是非常麻煩。

不過只要七月五號一到電報一來，只要明彥與美霞一親吻就能解決一切。不要什麼麻煩的道理。第一天整日都將沉浸在親吻中，少爺與我緊緊地擁抱在一起。親吻親吻親吻。管他大學教授還是總理大臣。只要親吻。我會吻遍你的身體。

只要再受苦十六天！

給明彥先生

十九日　美太

不可以！你不可以遲於五號以後！我絕對不能再等了！馬上就飛來。然後便能早點到台北去了。已經臨到勝負關鍵的時候了。（剛剛小鬼跑了進來，喊了聲：啊是明彥先生，然後把我的腳綁了起來，脫去我的衣服，在肚臍與乳房塗上墨水，把神聖之處都給弄髒了。這時母親剛好進來，所以得救了。）快點回來吧。否則我會被他們凌虐致死的。

快點讓我們安頓下來，然後親吻個夠。非得補償我二十八歲所損失的這寶貴的半年不可。不過西洋式的計算我剛滿二十六歲歐。

我對東京沒什麼好惡，不過我想在東京尋找洋裝與布料。
反正就是**五號**的晚上了。我可愛的你呀。

給明彥少爺

五、二〇〇五年 夏 第七天

接近中午時分，東邊的天空漸漸暗了下來，從遠方也傳來陣陣雷聲。午後的陣雨似乎就要降下。幾乎每天都有雷陣雨，所以莉莉已經不害怕了。有時三四點鐘便下起雨，有時只是因沉重的熱氣形成烏雲包圍了天空下方，卻沒有下雨。但是只要一下雨，便是幾乎完全看不見周遭的傾盆大雨。或許是兩三天前有個颱風經過附近海域的影響；才因爲颱風從其他地方通過而鬆了一口氣，緊接著下一個颱風就從南方海域接近。台灣夏天的颱風的確很多，令人感謝的是，侵襲範圍籠罩全台的颱風並沒有那麼多。

這些是莉莉抵達Taipei之後學到的。

到的。早上有太陽時，就會帶上遮陽帽，把折傘放入手提包再外出。但如果眞的下起傾盆大雨，雨傘也不管用，除了進到附近的亭仔腳或建築物中、等到雨勢變小之外別無他法。這也是莉莉在盛夏的Taipei學到的。

由於雷聲近了，莉莉看了看道路兩旁，馬上走進第一眼看到的美式餐廳。冷氣依舊很強，因外面的暑氣已如黏土般開始變形的身體在一瞬間又緊實起來，現在莉莉覺得很舒服。不過三十分鐘後，身體又因爲寒冷而瑟縮起來。莉莉的手提包當然帶著應付冷氣房的棉質開襟外套。

選了窗邊的位子坐下來，先用手帕擦了擦臉上的汗，然後喝了口與菜單一起放在桌上的水。在夏日的Taipei行走，水是必需品。如果不常常補充水分，便會頭痛，像是時常耳聞的中暑。雖然覺得這裡眞的很熱，但在盛夏的東京，白天可不會這樣長時間在外行走，所以也無從比較。

從前的東京，到處都有飲水處。車站、廣場和街道角落。Taiepi從前應該也是如此。現在無論在Taipei或東京，到處都可在這裡稱作「便利商店」的超商買到適當容量的瓶裝水。莉莉投宿的旅館也提供水，而這瓶水便放在莉莉的手提袋裡。爲什麼總是要帶著這麼大包行李出門，莉莉也覺得不可思議，但還是每天帶著裝滿東西的沉重提包在Taiepi街頭行走。

打開菜單，食物與飲料有著彩色照片及英文說明，對莉莉也容易理解。附炸薯條的漢堡排，有沙拉附餐的蛤蜊義大利麵、牛排、義大利千層麵。無論哪一樣都引不起她的食慾，而且她肚子並不餓。十點才在旅館吃過早餐。莉莉合上菜單，向年輕的店員點了熱拿鐵。也是貌似打工學生的年輕店員正愉快地工作的。「café latte」這個字說一遍大概都能夠理解，如果有菜單，只要指著自己想點的東西就行，但如果說的是英語發音的coffee，或是法式發音的 café，則與店員無法溝通，只是讓他們覺得困惑。後來發現只有「café latte」這個字似乎到哪裡都能夠溝通，之後便只點拿鐵。

窗外可見的綠樹開始重重地搖晃起來。斗大的雨珠響起如金屬球般的聲音，打在窗戶玻璃上。外頭顯得更暗了，有時閃電刺眼地閃耀著，還有雷鳴的聲音。行道樹的樹枝——看來像是樟樹，或許不是——搖晃得更厲害了，雨珠群聚後落了下來。也可見對這雷雨毫不在意，不撐傘也不快跑，逕自慢慢地走在路上的人。或許對衣服溼了，頭髮、身體都濕透了不以爲意，並且對打雷也不害怕吧。大雨打在因汗水而黏糊糊的身體，或許更舒服吧。

而窗戶玻璃被雨幕完全遮蔽，只能看見行道樹的青綠色，好似窺視著水面搖動的湖底。每次閃電照下時，水底的綠色便閃耀成透明的翡翠綠。呆在被雷聲包圍的店內，感覺這地方好像要整個被移動到別處一般。三個店員並排站立，眺望著沿窗戶流下的瀑布。莉莉旁邊的位置，有位貌似上班族的年輕女性正吃著漢堡排，離得遠一些的位置坐著三名中年男子，在桌上攤開了文件，正壓低聲音以莉莉無法理解的語言交談。原本或許是普通的聲音，但在這雷雨當中，聽來似乎只像是男子悄悄地互相耳語。

早上在旅館附近的溫州街稍做散步之後，打算到青田街去。手邊有地圖，地點也就在這附近，應該能輕鬆到達目的地。在暑氣中，希望儘量避免長時間在外行走。但是往往事與願違，必定會迷路，或者來到意想不到的道路而吃了一驚，然後繼續往前走，接著又來到完全出乎意料的地方，只好自認像是上了當。雖然小心翼翼地按照地圖以及綠色的住址標示行走，但總是到不了目的地，或許是地址的標示方式與日本不同。

今天早上莉莉必須先到溫州街繞繞，散步一般隨性地走在溫州街時並沒有問題，一走到溫州街北邊的青田街附近，便完全失去了方向，不知東西南北了。如果一直往北走，應該會先到辛亥路這條大馬路，便開始往北走。然而卻走到羅斯福路去了，一看地圖，原來是溫州街南邊的道路。急急忙忙折返，心想這次該不會錯了，邊看地圖邊確認地址的標示，往著自認爲是北邊的方向走。

溫州街是閑靜的住宅區，還留存許多古老的日式房屋，現今仍作爲住宅使用。過去是Taihoku帝國大學的教授居住的區域，現今似乎仍是台灣大學教授的住所。隔著圍牆，只能看見灰色的瓦片屋頂與庭園的樹木，卻是莉莉熟悉的街道房舍。但是庭園裡的大榕樹、棕櫚樹、椰子樹或者鳳凰木，讓人重新想起台灣此地的風土。這些樹木是何時種植的呢？又，即使房舍是從前就有的，圍牆也一樣嗎？在美霞的時代，道路應該還未鋪上柏油吧？莉莉這樣想著，繼續走在溫州街上，國立師範大學的紅磚牆突然出現在眼前。

根據地圖，從溫州街到師範大學必須經過辛亥路，但是莉莉不記得曾經行經這樣的路。首先，師範大學應該在溫州街的西側。腦中一片混亂，莉莉環顧四周，深深嘆了一口氣。因爲雙腳的疲勞與暑氣，使她想當場蹲下來。

貌似師範大學學生的白人女性走近了她。或許是暑期的語言進修吧，也有其他黑人女性快步走著，有三位來自亞洲地區的——至少看來不像日本留學生也不像當地學生——青年與年輕女性，看來好像是方才認識的同班同學，正興奮地互相喧化譁嘻鬧著。

莉莉用英語向白人學生問路：

——不好意思，能不能告訴我路怎麼走？我想到這個地方，但卻迷了路。

白人學生看了看莉莉打開的地圖，笑盈盈地告訴她。

——這條路是龍泉街，往前走便是和平東路，你看，這是「和平東路」。如果往右轉再走一段路，你會看到左邊有警察局。嗯，就是這個轉角。

她用食指指著地圖上的一點。

——眞的很近。在警察局的轉角往左走的話，便是你的目的地，青田街。

說完，白人留學生便朝著與莉莉相反的方向快步消失了。似乎是美國的留學生。不可思議的是，她決不會像日本人莉莉一樣將「青田街」唸成「aodakai」。受日語教育成長的，會反射性地將漢字以日語音讀。每天連開口說話的對象也沒有，並不需要特別以北京話讀出來，日語音讀總是糾纏著莉莉。

這次沒有迷路，順利來到和平東路，也找到了警察局的四角型建築。原來也想順便看看師範大學的建築物，但是不敵疲憊，轉身離去。邊給自己找藉口，想著還有下次的機會，因爲已經參觀了日本統治以來的各種建築物，例如台灣大學、台大醫院、中山堂等等，是什麼樣的建築，大概能夠想像。

師範大學的部分建築是沿用美霞的丈夫明彥擔任法文教師的Taihoku高等學校的建物。或許是明彥每天都會前往的地方，莉莉可以想像，美霞只要沒有必要，儘量避免接近這裡。而「高等學校」在當時的制度相當於大學的教養課程，同時也沒有女學生，是出類拔萃的青年聚集的學校，應該不是家庭主婦美霞在買菜的途中可以順便散步玩樂的地方，更別說附近的Taihoku帝國大學了，美霞應該不會有親近感。

美霞所居住的是青田街，從前的日本人將這一帶命名爲「昭和町」。Taihoku高等學校中相當於大學預科的高等科成立於大正十四年，所以高等科教授的宿舍陸續落成剛好是在大正末期到昭和初期，引此取名昭和町。但怎麼會如此輕易地取了這樣一個無聊的名字，莉莉不禁吃了一驚。或許殖民地的地名都是這樣來的。

昭和六年的夏天，美霞來到這個城鎮。當時所有的房舍都很新，四周好像還有田地與草地。日本人離開後改的名稱「青田街」，或許是因爲四周眞的有「青田」，也或許有別的由來。

特別是美霞到來時的昭和町，應該是郊外的新興開發地。只要一下雨便泥濘不堪的道路兩旁，稀稀落落地並列著剛興建不久，看來廉價的日本房舍。一離開城鎮馬上便是廣大的田地，附近還有監獄與牧場。如果是教授階級，便能住在二層樓房舍；有西洋式的客廳，有錦鯉悠游的池子。這樣的房子有圍牆圍繞，應該也有專門的女傭人。明彥雖說留學巴黎，但不過是個三十歲左右的講師，只能租借與圍牆以及錦鯉無緣的素樸房屋。

殖民地的住宅嚴重缺乏。莉莉聽說，在台灣人的城鎭勉強建造的日本人街區是與世隔絕的世界，比起內地，階級意識更強，買賣的競爭更是毫不留情。先來到Taihoku，順利取得土地的人建了許多出租房屋，租給後來的人，也儘可能收取高額租金，所以一定任期內就任的學校老師便成了待宰的肥羊。

比起溫州街，青田街上有更多從外觀看來便極爲風雅的陳舊日式房屋仍然有人居住。與戰爭末期受到美軍激烈轟炸的總督府及軍司令部所在的城內不同的是，這一帶並未遭到空襲。在現在的Taipei，這條綠意盎然有著陳舊獨棟房舍的住宅區，到底是只有大學教職員才能入住的特權階級高級住宅區，還是特別喜歡往昔的日本房屋、在戰後六十年中頑固地繼續居住而形成的特殊區域呢？外來者的莉莉無從判斷。

與溫州街相比，青田街的道路也較寬廣。不知道是是否從昭和町時期像這樣。一間一間房舍的占地也比溫州街大。水泥高牆緊緊守護著各家各戶，同時榕樹或者梅檀的大樹遮蔭，只隱約可見各家屋頂，完全感覺不到有人居住。當然並非空房，在森嚴的不鏽鋼門扉一旁，並排著仔細打理過的汽車與摩托車，門牌旁的信箱也沒有塞滿廣告紙。街道上到處可見全新的高價公寓，也有公寓正在出售。不過，莉莉卻也沒有佯稱買家一探公寓的勇氣。

溫州街的公寓較多，開始拆除老舊的日式房子比青田街要早上幾年。邊想邊走的莉莉，身體已經被汗水浸濕，如同果凍般黏糊糊的，開始變形。雖然外表看來與當地人無異，但語言幾乎是不通的，只靠著書寫文字來掌握意義是莉莉的「祕密」，而這使得她總抱著愧疚感，總有逃跑的衝動。也因此，她無法自在地停留在某庭院的樹蔭底下，總是緊張地不停前行。此外，現在的日本人可以單憑好奇心窺探殘留在台北的日式房屋嗎？連自己都因爲自己的視線感到狼狽。

盡可能希望不要被發現是日本人。莉莉希望自己只被看作是個過路人，抱著這樣的希望一直走著，頭腦因疲倦而昏沉，忽地想起了什麼事。

寬廣的道路兩旁綿延著寂靜無聲的舊日本房舍。比起人，庭園的植物的生命力更旺盛，綠葉茂密，貪婪地伸展枝枒。香蕉的大葉片，處處可見破損。生龍活虎地竄上圍牆以及屋頂的不知名藤蔓。紅、黃、橘色的花朵。植物也入侵到家中。從天花板、牆壁藤蔓伸展，葉片層層疊疊，氣根下垂。已分不清戶外與家中的界線，黃色的大花朵在地面盛開，羊齒葉隨風搖曳。

植物當中橫躺著影子，有一個、兩個人體的影子。那是莉莉所殺害的人的屍體，從開始腐爛的肉中也長出羊齒。

怎麼可能！

莉莉用力地搖了搖頭，汗珠趁勢從臉上落到肩上。

而這樣一來，屋內繁茂的植物當中，有幾個與碩大的果實極爲相似，搖搖晃晃的人影，掠過莉莉腦海的一隅。上吊的屍體沉重地搖晃在植物的枝芽之間，搖晃的頻率並不一致，不是風所搖動。

是誰的屍體？是莉莉至親的人嗎？

莉莉的腳開始抽筋，幾乎快要倒在路旁，她停住腳步，從手提包中拿出瓶裝水，倒入口中，連口裡都感到要溶化到黏著的汗水中。然後，抬頭看了看天空，看見黑色的雲彩，遠方的雷聲已經開始響起。

莉莉朝著和平東路的方向走去，邊告訴自己：我可不是殺了人之後才逃到這裡來的，也不是棄上吊自殺的屍體不顧，應該是這樣。不過現在東京的房間裡或許有什麼東西已經斷了氣而開始腐爛也說不定。在應該已經是空蕩蕩的房間裡，在那無論如何想讓它變得空盪盪卻無計可施的那個房間裡，有東西或者人，正開始腐爛。

閉上眼睛深深吐了一口氣，耳旁或者肩膀後方有那麼一抹恐懼掠過。即使在夢境中，井底一般的影子也同樣搖晃飄過。

走過青田街的莉莉不想去想爲何獨自一人處在這樣的地方。想不起任何事情，也沒有可回去的地方，就是想這麼做。只要能夠繼續每天追溯美霞的時間，別無他求。

但是實際上這是不可能的。沒有簽證的「觀光客」只能在台灣停留三十天。超過這個期間還留在台灣，便成了「非法滯留」。這個夏天莉莉打算在台灣停留二十天。如果要待更久，經濟上恐怕會有困難。在東京的工作，三年前從長年服務的公司自願退休後，轉而替現在這家公司製作圖鑑和型錄。也不能老是請假，如果今後還打算繼續生活下去的話。

莉莉並沒有放棄目前東京的住處，也不是某天突然離開東京行蹤不明。她也告訴公司的朋友和住在札幌但平常並無來往的妹妹，這個夏天自己要到台灣的事。對家中小小祭壇上的照片和一直飄遊在母親遺留下來的舊家當中的影子，也都告訴他們了。數量不多的郵件在管轄郵局裡的一角繼續堆積。

應該來到南邊的和平東路卻到達了東邊的新生南路，莉莉又停住腳步，用手帕擦了擦臉和脖子，抬頭看著烏雲密佈的天空。

其實在那房間裡被殺死的或許是我，這樣的想法與遠方的雷聲同時穿透了身體，背上正中央被刀子刺入的感覺又甦醒過來。不知何時，看見車站前擁擠的人群中有男子突然倒下，也目擊拿著刀子逃走的犯人。或許是作了這樣的夢，被刺殺的男子連感覺痛的餘裕也沒有，只感覺背後到胸口突然有東西飛入的衝擊，就這樣倒在地上，馬上失去意識。就這樣，莉莉反覆想像隨時都會到來的死亡。

曾經有過這樣的時期。

莉莉不得不承認，在這個街道，比起過世許久的美霞，現在的自己更像是幽靈。就算是日本人擅自建設的出租房屋，美霞還有自己的住所，也有丈夫。丈夫在學校工作，每月領取薪水，美霞用這薪水買菜、買肉、做飯，在外面的水喉洗衣服、種田，也與周遭的日本人來往，只要說日語便足夠的Taihoku的生活。

莉莉身後，圍繞著古老日式房屋的巨大榕樹越過道路蹲距著。如果榕樹枯萎，房子也會崩塌吧。而這樣的房子好像也有人居住。莉莉眼前的新生南路上，大車、小車、摩托車相互推擠，更遠處則能看見公園的綠意。應該是叫作大安森林公園的公園吧，莉莉透過地圖確認。據說此處在不久之前是戰後與北京話共同過渡到台灣的國民黨人所居住的廣大違章建築區。

莉莉抵達Taipei之後已經過了一個禮拜。美霞一定也曾經進出過的，日治時期使用至今的台大醫院、台北郵局——之前的Taihoku郵便局——和台灣銀行等建築，莉莉都已經看過了。自來水廠、台灣大學與植物園也去過了。日治時期的大型建築到了現在，大多成爲莊嚴堂皇的公家機關，像莉莉這樣的外國人能夠自由進出的只有少數。

偶然地，總統府的部分空間對外開放，排著長長的隊伍，交給相關人員護照與行李，進到裡面參觀。不能夠想像美霞曾經接近過這個原來是「總督府」的建築。

一樓的一角整理得如同博物館一般。十人左右的參觀者依照各自的語言群聚在一起，有導遊就建築物、台北的歷史以及證明日本人對山中「原住民」不人道對待的照片以日語詳細說明。日本軍警對反抗日本統治的「原住民」的報復極盡殘虐，令同爲「原住民」的人幫著實行獵首。其中的「成果」，是將反抗的「原住民」高達百個——到底正確數目是多少也不得而知——的人頭排列在地面上，「協助」日本人的「原住民」與日本警察一起合照留念。當時被日本警察追趕得走投無路，反抗的「原住民」的家屬有許多在深山中上吊自殺，他們也是日本殘酷統治下可憐的犧牲者，也因此有屍體吊掛在樹枝上的照片，還有戰時以「高砂義勇隊」的名義被送上戰場的原住民士兵的照片。

最後的房間則裝飾著來自各國送給歷任總統的紀念品。

或許是暑假的關係，小學生團隊陸續來訪，有學生邊聽著老師說明，一邊熱心地抄筆記。統治台灣的要塞總統府，就連小學生也不敢造次喧譁。

莉莉每天揮汗走著看著從前的建築物。但是無論看了多少，還是難以想像美霞居住時期的Taihoku。日治時期日本人建造的建築物居然有這麼多，時至今日仍平常地使用，這是首先讓她感到意外且困惑的。莉莉也想，這能說是與日本人使用時相同的建築嗎？無論是什麼樣的建築，實際上可能因使用的人而有所改變。窗戶玻璃映照的光線，地板與牆壁迴盪的聲響，都微妙地持續改變的整體建築。

美霞居住的時期，在這樣的建築和街道上都迴盪著日語。當然其中也混雜被稱作本島人的台灣人的聲音，但這語言現在卻在莉莉的耳邊持續迴響，與振幅極強的北京話聽來完全不同。美霞在Taihoku是沒有聽過北京話的。

聽不到北京話的Taihoku，有許多隨意穿著和服的日本女性走在路上，穿著洋裝的年輕女孩與兒童也朝氣蓬勃地穿梭其間吧。如果是社會地位高的男性，鼻下會蓄著鬍子，穿著麻紗布料的西裝，而戴著巴拿馬帽、呢帽或者軍帽的男子也可能走在路上，戴著學生帽的學生也很多吧。應該也有戴著獵帽穿著木屐與輕便和服行走的男性。木匠、園丁等工匠以及車夫，應該承襲與內地傳統一樣的工作服樣式。

Taihoku的街上也能看到穿著傳統絲綢質料的中國服，髮際裝飾著金飾或者香氣濃郁的茉莉花的有錢人家的本島人女性——眞正上流家庭的女性幾乎是不出宅第的。而穿著更樸素，寬鬆的台灣服老人與小孩，被日本人稱作「汝呀」的「勞動者」，或者是帶有鰻魚的意味，被稱作「鱸鰻」的「混混」也應穿雜在行人中吧。

「汝呀」與農民的頭上都帶著頭頂尖尖的竹皮斗笠，避免強烈的陽光照射。即使是現在，拉著車賣甘蔗或花生的人，還有清道夫，也戴著這樣的斗笠，輕巧，頭部也不至於悶熱，應該比起這塊土地上的任何帽子都要舒適吧。而大部分的本島人不穿木屐與日式拖鞋，喜歡穿著好穿的簡單拖鞋。

現在的Taipei幾乎所有的人都穿著全世界流行的洋裝、鞋子——主要以綁帶涼鞋或者是簡易涼鞋爲主——也無法分辨到底是東京還是Taipei。當然沒人穿著和服，除了餐廳的制服外，很少看見穿著中國服的女性。留下的只有古老的建築，香煙嬝繞的寺廟或許與從前沒有不同，但那幾乎只存在於美霞不太知道的本島人城鎮。

即使住在Taihoku，美霞連有名的龍山寺跟孔廟都不知道。美霞在Taihoku的活動範圍本來就很狹小，行動也一直被束縛在「內地」當中。

美霞如果在Taihoku生下小孩並在此扶養的話，這個小孩肯定會被叫作「灣生」。本島人女性與內地人結婚的話便被叫作「灣妻」，只要長時間居住在台灣，內地人的臉色不是變黑，而是變成被稱作「台灣色」的深黃色。不僅日語漸漸變得零落，連家庭料理都成了「台灣味」。內地嚴重的不景氣，因而打算渡台謀職，卻不敵由中國大陸來台謀生的支那人。貧窮的內地人找不到工作，結果變成「浮浪者」，多數居住在新公園和植物園。這樣的內地人與學校教師、公務員和軍人等赴台的內地人是不一樣的。

像美霞這樣的內地人女性，除了必須避開本島人的區域，也必須避免走入這樣的內地人領域，台灣對美霞而言只不過是暫時的棲身之地。

美式餐廳持續籠罩在激烈的雨勢下，落下的雷聲直接震晃著店裡的莉莉。照明暗了下來，又亮了起來。這陣雷雨中，並沒有客人離席，也沒有新的客人進來。到底還要等多久才能夠出得去呢？莉莉離開座位上了洗手間，又叫了第二杯拿鐵。如果一直喝水的話，在如此強烈的冷氣當中身體會凍僵，當然想要喝點熱的東西。雖然現在到處有冷氣，但美霞居住在Taihoku的時代，當然沒有冷氣。即使在東京，一直到莉莉生產時，冷氣也不普遍，而只能靠電風扇與自然風，而Taipei也一樣。不過在今日，無法想像沒有冷氣的Taipei。

伴隨著雷雨而來的激烈驟雨一下，讓人不禁想欣喜地嬉鬧一番，全身淋個濕透。莉莉許久之前的感觸，在因冷氣而徹底冰涼的身體微微地甦醒過來。兒時，莉莉只要到百貨公司，就會看到賣場正中央放著冰柱，穿越街道的電車，窗際吊掛著人造花造型的香水盒。

雷陣雨已經下了有一小時，降下的雨量不禁讓人懷疑這些水到底打哪裡來。就算是Taipei的雷雨，應該也很快就會變小停止。那之後，到處都會有積水，車子經過時激起水花，有時冷不防地便會當頭潑下，但之後積水退去，原本含著熱氣的路面、建築物的牆壁以及行道樹很快地便會將水分吸乾。

即使街道的景觀和語言已經完全改變，美霞那時居住的Taihoku同樣有雷陣雨，也應該有颱風以及地震的來襲。現在的Taipei已經看不到從前那樣泥濘的道路，方便的MRT或被稱為「捷運」的交通系統縱橫無阻，從前的昭和町現在也成為市中心，當然沒有田地也沒有白鷺鷥飛翔，冷氣房所吐出的熱氣或許讓台北的夏天更加悶熱。

但是從城裡所能看到的山，位置不變，從淡水河口延伸到海域之處一定也沒有改變。城裡處處可見枝枒伸展的榕樹、樟樹、鳳凰木、大王椰子以及酒瓶椰子等巨木，不知道已經經過了多少歲月。在台北城的城牆遺址上建設的「三線道路」，也就是現在的中山南路，以及台灣大學裡的大王椰子行道樹，據說是因為日本人喜愛才栽種的。大王椰子大得驚人，南國的樹木似乎能夠無止境的成長，那氣勢彷彿能輕易擊倒人微不足道的生命。

莉莉忽然想了起來。

莉莉的孩子獨自一人在熱帶植物叢生的溫室中奔跑，溫室中宛如迷宮。椰子、棕櫚、蘇鐵樹等聳立其間，大型羊齒類植物葉子茂盛，扶桑、九重葛爭奇鬥豔，王蓮的巨大葉片浮載於池中。呼喚莉莉的孩童的聲音。媽媽！你在哪裡？我看不見你！莉莉也到處尋找孩子的蹤影，但是遍尋不著。

這樣的夢境，這樣的記憶。

莉莉產下孩子的醫院大產房，冷氣裝置不斷發出噪音，如果有人打開冷氣，一定有人馬上關閉，也因此爭吵不休，結果似乎是將窗戶大大地打開。莉莉不記得房間是悶熱的，這已經是將近三十年前的事。

抱著剛出生的孩子回到公寓房間，不消說這裡並沒有冷氣設備。由於孩子的汗疹實在太嚴重，孩子的父親從附近的超市買來將夜風送入房間的細長設備裝設在窗戶。好涼快，好涼快，莉莉想起才二十五歲的自己當時高興得不得了。

因為即將臨盆而向公司請了產假，不同於有冷氣設備的公司，自己的房間太過悶熱難以忍受，因此想到電影院應該有冷氣可以納涼，所以也曾經獨自一人去看電影。但是坐在電影院的椅子上，兩邊的腋下因肚子的重量牽扯而疼痛，中途便放棄，回到自己房間。當時到底去看了什麼電影也不記得。

曾經有過這樣的事。

就這樣，在盛夏裡，莉莉的孩子來到世上，在自己有限的時間裡成長的孩子。之後，到底發生了什麼事了呢？

莉莉重新凝視著在窗邊閃耀的翡翠綠。

一頭美麗的野獸全力奔走，全身有著黑色斑點的野獸，彷彿被水濡濕般，閃耀著美麗的金黃色光芒。被稱爲豹的這頭優雅的野獸某日出現在東京街頭，敏捷地發現了在盛夏出生的孩子，一口便咬碎了他的頭，孩子既沒喊叫也沒哭出聲，因爲這頭豹便是孩子的母親莉莉。

這是十七年前夢境當中的事，在夢裡無論什麼事都可能發生。

母豹自此之後便知道咬碎人類頭顱的快感，也因此襲擊了孩子的父親、莉莉的母親，以及之後與莉莉共同生活的男性、四周所有的人。即使如此，並沒有人眞的死去，而是繼續緊抓住母豹的背，母豹因趴在自己背上死去的人受到驚嚇，爲了擺脫他們，只能繼續奔跑直到自己斷氣爲止。

從前在台灣的山裡，有雲豹到處奔馳。不管是豹或者是錦蛇，如果不是被隨處可見的一般卡車而是被如此美麗的生物以銳齒痛快地絞碎了頭，反而是可引以爲傲的。愚蠢的莉莉在紅綠燈的對面大聲地催促而招來十一歲孩子的死亡。飛散到莉莉臉頰上，紅色的、溫熱的如光芒般的東西，如淚水般的東西。突然而簡單的死亡，孩子在瞬間凝視著殺死自己的母親。

莉莉緊鎖著眉，閉上雙眼。雷鳴在耳邊迴盪。莉莉不想轉身回顧，無論是已經乾涸、千瘡百孔，腐臭揮之不去而依然繼續存在的舊身影、新身影，在翡翠綠的光芒以及冷氣房中的冷氣當中飄蕩著，想要接近莉莉。

聽見了女子的笑聲。莉莉睜開眼睛，環視店內。當然那不是七十幾年前生活在這土地的美霞，而是站在一旁的店員談笑的聲音。

六、書信 一九三一年

3-3 從韮崎到台北

少爺呀少爺，我日思夜想的少爺。你何時才會到達甲府？啊，好心急。不管是神户或者是基隆，都想去迎接你。我眷念的少爺，只要再十天，就能每天滿心歡喜。

少爺呀我的少爺，如果你有了意外，我該怎麼辦。我可不能獨活。祈禱火車別翻覆，石頭落下、被風捲走這樣的天災可別發生。你在火車中也要跑步地來呀。一到明天就只剩下九天！眞的就快到了。只要再九天我便能在少爺懷裡安穩地進入夢鄉。我每天盯著少爺送來的旅程表，慰藉我痛苦的心情。

早日平安歸來

給我眷念的少爺

二十六日早晨　美霞

少爺

母親大人來了信。就如母親大人所說的，在你來到韮崎之前應當先到東京與母親大人將話說清楚。如果一切能夠圓滿解決，別說是八月，就算是九月還是明年我都會等你。不過，到底能否解決呢？少爺你的想法呢？偷偷摸摸地瞞著她在韮崎過上一週或十天當然不是愉快的事情，而且如果因爲這樣讓事情更複雜也是麻煩事。對啊，這樣母親大人也會有面子，你還是直接上東京吧。我既不逞強也不性急的，只要結果圓滿。

等待著等待著我可人的少爺。

二十九日　無比貞潔的美世

不行，我絕對不答應。就算到另一個世界被鬼給咬了，在這世我也要跟少爺在一起。少爺得到馬上飛到韮崎來，否則我不依。我才不要乖乖地等，不要。覺得這樣似乎會有事發生，好可怕。

不過你如果認爲一定得直接上東京去的話，我便死心。我擔心的是你無法馬上告訴母親大人我們要結婚的事，又拖拖拉拉地。十天、二十天很快便過去了。這當中也無法寫信。首先我精神上可無法承受。好傷神呀！你呀，五號來好嗎？不過還是配合你的時間。再遲，也是七月十五號歐。

眞討厭。發生這樣無趣的事。媽媽與小鬼可都在等待著你呢。

六月三十日早晨　美霞

4 從韮崎到東京

我可人的你

我想少爺還在前來內地搖搖晃晃的船裡。由於您從神户直接前往東京母親大人之處，所以我便把信寄往母親大人家的幫傭婆婆那裡。我相信婆婆定會將信交給你。

母親大人突然於今天三點左右來訪。以下是母親大人的說詞：離婚之後，明彥的父親毫無責任地枉顧妻兒。做母親的一直保護著明彥。也供給他到巴黎留學的龐大費用。到台北就任前，為他打點一切，讓他看來能像個紳士。然而結婚對象卻自己擅自決定，不顧母親的意見，這不是做人的道理。一開始，反對這樁婚事是因為身為母親的自己完全清楚明彥與父親的性格體質一樣，都很棘手，也因此，一直以來都為明彥的結婚對象煩心。無視於我這番辛勞，真是令人痛心。您家小姐也無須和這個大近視眼，頑固，雖無財產但喜歡奢侈又無一般常識的人在一起。而明彥如果跟這個年近三十，不知是再婚還是梅開三度，像是來歷不明的藝妓，老是有口無心愛出風頭的女人在一起，一定馬上便會厭倦的。這一次就與他父親愛上別的女人時一模一樣。無論如何，有異議的婚姻便作罷吧，如何呢？就算不嫁給明彥，嫁到別的地方去也一樣要準備嫁妝，所以可留著備用。一時心血來潮的戀情，時間一久便會遺忘，明彥應該也是如此。我選擇媳婦並非基於財產或美貌，然而沒將母親放在心上的媳婦，可敬謝不敏。明彥離開了做母親的我一定會墮落的。您也應該好好地想想，跟這麼一個不牢靠的人在一起到底是幸還是不幸。事情如上。

還抱有一絲希望的是，為了與親戚商量，所以她帶走了我的照片。母親大人的意見是：少爺是不值得女人愛的男性，會愛上你，是女人一時的迷戀，而我也沒有資格愛上像少爺這樣的人，你愛上我也是一時的毛病，所以結婚是無望的，她是反對的。

少爺啊，求求你。請捨棄所有的盤算，明白強烈地表示自己的意思。這樣一來能讓母親大人安心。母親大人說因為你總是三心二意，所以無法相信。

少爺啊，請你堅強地去愛，我也會成為與你匹配的妻子。

母親大人是個不幸的人，因為被丈夫背叛，已經無法相信任何人。我也從母親大人那裡才知道少爺的痛苦，因爲我而增加你的痛苦眞是抱歉。如果我更年輕，是個處女，身分更高貴同時也有錢的話，少爺應該便不會這麼煩惱了。

我一直相信著少爺而等待著你。昨夜也睡不著，今天也睡不著，已經過了兩點了。也吃不下飯。不過在你來到之前，我是不會死的。

字寫得潦草，請見諒。雖然我很痛苦，少爺你更痛苦吧。我覺得對不起你。

七月四日午夜二時

給明彥先生

美

少爺

你應該早就到東京吧。母親大人的心情如何？彷彿已十年沒見面了。爲了想到東京見你一面，我已經身心俱疲了。不過，不過沒事的。

母親大人的聲音猶在耳邊迴盪，就算我們想說話，她也是一味制止，一個人長篇大論。而我的母親只能一味地點頭，說道：是很勉強，如您所說的。

對母親大人主張我們大家聯合起來將少爺據爲人質的說法，只能好不容易擠出「這是不可能的」。但母親大人絕對不能理解這樣的說法。她是爲自己找媳婦吧。同時認爲只有自己的說法才是對的，決不肯讓步。

我們到底會怎樣呢？我可以寫信嗎？如果會帶給你麻煩那我就不寫。如果你已經做好決定了，半夜也好，深夜也好，請到韮崎來。請隨時給我打電報。

前幾天晚上每一天在最後一班電車到達前，我都是醒著的。

七月六日　美世

明少爺

眞的眞的謝謝你的信。

無論發生什麼事，我會遵守我立下的誓言往前進。只有少爺是光，是我的力量。

無法信賴等於是宣告我的毀滅。無論怎樣的毀謗，我都會堅決貫徹我的信心。母親說：經歷了這樣的苦難才結了婚，所以死都別再回頭。

我已經準備好隨時出發了。我並未期待能安樂戰鬥，而是爲了進入苦境戰鬥。同時爲了履行我重大的責任。

啊，我不善說道理，只是一股作氣。我不會再恨母親大人，我只覺得我與她對事對物思考的道理不同罷了。不過我們家庭的神聖無論如何都得固守。母親大人說了好幾次，說你有愛撒謊的傾向。我的母親則說，那當然不是男子漢的作爲，但是明彥可能是軟弱，才說些讓自己解圍的話吧。你不妨想成是自己做了些讓他不得不說謊的事，如何呢？母親大人假裝沒有聽見。

我的缺點便是總善意地解讀別人的話。人是很單純的，我討厭爲自己辯解。因此常常招來意想不到的誤解。也因此無論在任何情況下總是先責備自己，責備自己的不聰明，所以羨慕母親大人那般堅毅的性格。但我這內向的性格應該會持續一輩子吧。

只有相信你才是我的慰藉。

隨信附上給母親大人的道歉信。

七月十日　美世

明彥先生

突然再次被推落黑暗中，握著筆的手不停地顫抖。爲何意料不到的試煉會接二連三地降臨呢？還再三請你千萬諒解這其中有極大的誤會。

我與中井老師之間絕對沒有像母親大人所說的那樣的關係。中井老師是我的國文的老師，也是俳句會的主持人，他的妻子留下三個孩子先他而去，我因感到些許同情有時會幫忙他。而他也因此戀慕我，一直表示希望與我結婚。我並沒有直接告訴他我不喜歡他，只說是父母不答應而一直逃避，僅此而已。

這次因爲母親大人反對，抱著一線希望對中井說明了一切，希望得到他的幫助。他是你過去的同事，也與你彼此熟悉，而這是我的大失策。因爲實在太痛苦了，心想要是有老成的中井說幾句好話，或許會對母親大人起作用。一時衝動便給中井寫了求救信。中井對我的怨恨或許特別地深吧，居然寄信給母親大人，揑造我與他一直有特別關係，這次是因爲少爺的關係才放棄的話。啊，這人是多麼可怕而且充滿惡意啊。

我太愚蠢了，請原諒我。同時也請你相信我。

而我的確曾經居住過大阪與神户。之前的結婚對象從事貿易，一年要前往台灣幾次。在那兒似乎也有很多朋友。我在婚後不久健康出現問題，並未一起前往台灣、上海與法屬印度支那。在大阪期間得了肺病，在須磨的醫院住院治療，之後在此地租借房子療養了一年。

我從未想要隱瞞，只不過一心想要趕快忘記那段痛苦時期的事情。你如果問我，我當然會如實告訴你。一開始你便知道我是再婚，所以關於這點我是安心的。我的病也已經完全痊癒了，如你所知道的，現在非常健康。我想無須擔心復發，如果你對我有半點疑惑的話，那我也無法再活下去了。無論你想知道什麼，請儘量問吧。

我是徹頭徹尾如你所知道的一個人，而我現在所愛的也只有你一人。

我什麼時候拜訪你好呢。讓我直接與你見面，讓你至今為止不停地操心，致上歉意。如果能給我打電報的話，非常感謝。

那麼請多保重，也祈求與你見面，希望笑談這一切的日子能早日地來臨。

也請求神明保佑你這之前一切平安

七月十五日　美世謹啓

七、一九三一年夏

七月末，好不容易從內地到達日思夜想的Taihoku，美霞已經精疲力盡。從甲府到神戶的列車之旅，以及四天的船旅——一直嚴重暈船——之後，抵達台北租屋處時，美霞已經像個病人。不過不是眞的生病，也不能像病人一樣躺下靜養。由於是「新婚妻子」，不得不積極地盡情「親暱地嬉鬧」，但疲勞一直沒有回復。

明彥抱著妻子的身體，不可能不注意到她瘦得太厲害。至今爲止，美霞到底是如何度過這段時間的，從手的觸感便可直接推測，而身爲丈夫的自己也應該有責任。當然這絕對是美霞自己自作自受——居然藏有這麼多祕密。即使如此，理當更相信明彥，處之泰然，但女人是情緒化的動物，總容易陷入慌亂。明彥努力地冷靜判斷妻子的精神狀態。

到達Taihoku後最初的三天，優先目標是讓美霞休息，而不是讓她進廚房。明彥在本島人的店裡買來鴨肉、豬肉、粥、豆漿以及叫作油炸鬼的油條，此外也從內地人的店裡買來豆皮壽司，叫來烤鰻魚便當，兩人一直吃著這些東西。明彥說這是紀念新婚生活特別的三天，也沒讓美霞與房東和鄰居打招呼。吃飽了，便在臥室與美霞打情罵俏，之後睡下，又與美霞親暱嬉鬧，吃點東西後，只做些翻譯的工作。就是如此短暫，愉悅的特別的三天。

明彥或許是這樣想的，美霞既高興又感謝。但是明彥的體貼如果能持續一個禮拜，不，十天的話，美霞會更高興，如果能讓她繼續睡到了連飯都忘記吃的程度，同時，明彥單身時代幫忙家務的伯母能繼續幫忙的話，她一定會更感謝。由於七月會帶著新婚妻子回來，六月中旬便辭退了這個幫手。石垣島出身的這位伯母雖然懇求明彥讓她繼續幫忙，但明彥頑固地拒絕了。伯母已經在其他內地人的家裡開始工作，現在應該不會來了。

說是給美霞「特別的三天」，實際上因爲長久沒人在家，必須先讓房子通風，將飽含濕氣的棉被全部曬乾，整理從韮崎送來的行李。家中因爲嚴重的塵埃與霉氣，蜘蛛、節足蟲、團子蟲都肆無忌憚地到處爬來爬去，不打掃的話，連榻榻米都不能坐，廁所也無法使用。連倒杯茶都先得除去佔據了流理台的巨大蛞蝓才行。因爲汗流夾背而不舒服，不能不洗澡，也得打掃浴室。將浴桶裝滿了水，從外竈的火口放入木材時，巨大的蟾蜍衝了出來，把美霞嚇得魂飛魄散。除此之外，明彥出發到東京時，把水果與蔬菜留在廚房，把用過的碗盤丟在流理台，因此完全腐爛的水果與蔬菜出現了小蒼蠅，不知名的黑色蟲子也到處爬，碗盤的髒污無論如何都去除不掉。

美霞的這些辛勞根本入不了明彥的近視眼裡，明彥邊抱怨著：照這樣下去絕對來不及。因爲一直偷懶的關係，在三坪大的書房裡埋首原文書和字典，繼續前些時候從五月開始進行的翻譯工作。那是美霞絕對無法理解的法國社會學家艾米爾．涂爾幹（Emile Durkeim）的論文，雖然她被分派了謄寫原稿以及製作索引的工作。

一直從明彥的口中聽說涂爾幹，雖然好奇到底是那一號人物，但在美霞到達Taihoku之前，已經對這名字感到厭煩了。因爲美霞在韮崎等待，而明彥則在東京母親身邊進行這個翻譯工作。但美霞這段期間幾乎無法進食，處於近乎狂亂的悲傷狀態，想著再這樣下去自己可能會死去。

六月底明彥從台北到達韮崎，馬上舉行只有家人參加的簡單婚禮。美霞一心一意地一直等待這天的來臨，但婚禮舉行在即，明彥卻先回到東京母親身邊，說是要稍微整理「涂爾幹」，之後，明彥的母親來信了。信的內容如下：我還未正式從明彥那裡聽到任何消息，偷偷摸摸地住到與我們非親非故的人家裡，更別說是結婚這樣令人吃驚的事了。我已經鄭重地對明彥說過，所以這次的事情，請你們別操心了。

之後美霞便無法入眠，白天即使睜開眼睛也視而不見，充耳不聞，連眼淚也流不出，就這樣一天天地過去。婚禮已經準備好，要送到台北的行李也都整理好，也預約了甲府的照相館。韮崎家中母親與弟妹原本完全沉浸在一片祝福的氣氛中，也屏住氣息守護美霞。

意想不到的事情接二連三地發生了。當明彥人還在駛向內地的船上時，明彥的母親獨自一人拜訪韮崎。美霞與美霞母親震驚的程度可想而知，當然不可能將她趕走，與明彥母親直接會面談談反而是能讓兩人早日結婚的絕好機會也說不定。美霞的母親馬上轉了念頭，將明彥的母親迎入客廳。

美霞因為這出人意料的發展而顫抖，還是預備了茶水，坐到母親的身邊。但仍顫抖個不停，頭暈目眩，同時想要嘔吐。穿著居家服，沒有化妝，頭髮也僅僅隨便挽了挽。偏偏是這副模樣與明彥的母親初次會面，光是這點就足以讓美霞伏地痛哭了。

明彥的母親穿著灰色的連身洋裝，是個相當肥胖的女人。因為汗水的關係，口紅與腮紅斑駁地脫落，臉蛋與明彥並不像。

明彥的母親深入「敵陣」，當然也非常地緊張，腦子裡滿是各種「作戰」計畫，想著各種的說詞。對明彥的母親而言，決定這天無預警地前來訪問並非易事，這是走投無路之下的非常手段。為了獨生愛子，為了曾經的生離，之後重回自己懷抱的兒子，為了他不惜耗費金錢，為了好不容易前進帝大教授的道路漸漸明朗，這個令自己驕傲的兒子。

或許因為如此，明彥的母親一進到客廳，無視於美霞等人的招呼，便性急地以響亮的聲音開始說明自己的立場。美霞與母親都不知所措，只茫然地盯著明彥的母親的臉。而明彥的母親則靈巧地轉動著舌頭，一個人說個不停，當然連應該三思的話也都說了出口。美霞的母親素來嫻靜，但這樣一來也覺得不愉快，不得不反駁她說的話。明彥的母親更加生氣，不僅生氣，還認為在這樣的熱天，放下工作，來到韮崎這個偏遠的鄉下地方，真不知道自己在做些什麼，覺得渾身不舒服。為了這個兒子，為何自己得這麼吃盡苦頭不可呢？連自己都不禁為自己悲哀。

從兒子明彥的來信，知道他與美霞已經有了肉體關係，事到如今要毀棄與美霞的婚約，不僅在道義上說不過去，明彥也不想成為如此卑鄙的男人，總而言之便只有同意兩人結婚，明彥的母親也已經死心。無論如何憤怒，身爲母親無可奈何的悲哀是由於事情已發展至此，也正因爲如此，無論怎麼責備美霞或者美霞的母親，那無可奈何的悲傷心情都無法紓解。

明彥的母親想起太長時間的打擾也不成，於是突然站起身來，頭也不回地往玄關走去時，因爲自己的落寞而不覺想要哭泣。或許是想讓美霞或美霞的母親對她到目前爲止的一切辛勞說些安慰的話，但這樣一來自己就像典型的壞人，只是個有錢且冥頑不靈的惡婆婆嘛，實在是太吃虧了。明彥母親的憤怒心情不但沒有消解，反倒更加深了。有錢有什麼不對，眞想跟人這麼說。明彥能上東京帝大、能到巴黎留學都是因爲有了錢，而期待兒子能夠相親結婚到底有何不對？遭丈夫背叛的女人，辛勤勞苦的結果，不但事業有成而且累積了財富，爲何得被認爲是冥頑不靈的惡婆婆，遭人輕蔑呢？

這一切紛擾都是因爲明彥的優柔寡斷。與追求夢想的美霞通信，沉浸於這樣的喜悅，明彥不斷地逃避面臨母親這棘手的現實。暑假期間，返回內地之際，明彥好不容易想起自己母親，感到狼狽不堪。如果惹得母親不高興，不要說再到巴黎了，連研究所需的書都買不了。美霞這樣女性的出現對明彥而言是意外的，吹送著至今爲止不曾經驗的熱風，刺痛地燒灼過他全身的肌膚。這熱風的魅力無法與母親說明，如果能用語言說明，那都是置美霞於不利立場的事實。

明彥的母親迎接從Taihoku抵達東京的明彥，告訴他自己去了韮崎。邊瞪著戴著厚厚眼鏡的兒子，邊抱怨：你會何這麼愚蠢？那種耍小聰明，裝新派的女人是最難纏的。

無論是到Taihoku或巴黎，那張似乎從未曬過太陽、不健康而慘白的臉，薄嘴唇，小眼睛，與和女人逃跑的父親極爲神似。而迷戀上這種男人的女人也令人匪夷所思。事到如今，明彥的母親仍然非常吃驚，從鼻子呼了一口氣。即使外表不好看，或許是因他留學巴黎，將來可能成爲帝大教授這樣的理由蒙蔽了自己吧，爲了這些理由，目前爲止到底花了多少錢呢？接下來也還會繼續花錢，眞想把這錢的數目直接送到明彥和那個女人面前去。

媽媽你就是愛操心，明彥面無表情地喃喃自語。不過一定沒有問題的，我想她一定會全力以赴的。她擅長寫文章，無論到那裡去都落落大方，無論是巴黎或Taihoku，她都會馬上適應的。

明彥的母親以尖銳的嗓音回應著：是這樣嗎？純粹是你的主觀的話並沒有問題，不過談到結婚，單憑主觀是解決不了的，得做身家調查。因爲是以結婚爲前提嘛。在結果出來之前，請別隨便和對方見面，那樣下流的勾當會帶來困擾，知道嗎？

反正我也有必須集中精神全力完成的工作要做，就隨你便了。

明彥依然面無表情地回答。

過了十天之後，明彥從母親那裡聽到了非比尋常的「嫌疑」，此時明彥也不禁感到不愉快。如果這事屬實，便像母親所說的，不是能夠結婚的了。

明彥也認識的國文學中年教授據說與美霞交情匪淺，同時兩人還繼續交往。美霞是個處處留情的女人嗎？好像有那麼回事，男子本人寄給明彥母親的信是令人不快的。信的內容如下：美霞到目前爲止對我非常地盡心盡力，所以我想盡量優先考量美霞的幸福，請安心地決定她與明彥氏的婚事。而非常巧合地，身家調查的報告指出，美霞有結核病病史，曾在須磨度過長期的療養生活，當時的丈夫因工作關係與台灣人和中國人都有密切的往來，台灣是她熟悉的地方。

明彥非常不高興。想到與美霞是不可能結婚的，因此陷入極度厭惡的心情，不得不寫封信質問她到底是怎麼回事。美霞馬上回了信。苦悶且奄奄一息地解釋：與那男人之間絕沒有那回事，他那套說詞只不過是藉口罷了，而結核病也已經完全痊癒。但美霞的言外之意則尖叫著：爲何你要翻舊帳呢？你自己過去不是也與不足取的女人往來，也忘不了與她們之間的快樂嗎？到這年紀，誰沒有過去呢？即使如此，我與那男人之間決沒有不可告人的肉體關係。

明彥陷入苦惱，眞是這樣嗎？母親則輕蔑地笑著：你看吧，果眞是這樣的女人。在陷入極度的苦惱後，明彥選擇相信美霞。至今爲止沒有過問美霞的「過去」的確是明彥的缺失，或許曾經與美霞交往過的男子不過是有三個孩子，年過五十的鰥夫，無論怎麼看，都不是明彥的競爭對手，並無損於年輕明彥的優越感，不過「嫌隙」的陰影並未從明彥的內心深處消失。

後來到底發生了什麼事？總之美霞來到東京，不停地向明彥的母親低頭懇求，她就勉強答應了。關於戶籍，現在無法立即辦手續，必須等到不久的將來。所得到的許可竟是如此消極。

與沉浸於喜悅的光輝之中雖然有極大差距，不過總算能鬆一口氣而全面放鬆之後，累積的疲勞反而浮現。腦袋一片空白的美霞先回到韮崎，重新整理即將送往Taihoku以及自己隨身攜帶的行李。

耳邊聽著母親悲傷的聲音：無論怎樣，都要選擇明彥是嗎？我心臟都要嚇得出毛病了，「戀愛結婚」也未必全然是快樂的。美霞一直等待明彥的電報，在明彥指定的時日與他在甲府車站會合，就這麼搭上特快列車，正值暑假返家的年長弟妹、小鬼頭以及母親都到車站爲兩人送行。此時，美霞眼淚掉個不停。

美霞與明彥在名古屋換了車到神戶，登上內台航線的大型客輪「蓬萊丸」的二等和室。由於是新婚，雖想搭乘一等艙，還是量力而爲選了二等艙。一想到即將在台北展開的生活，便無法任意揮霍。船即將出航，開始緩緩地駛離岸邊，站在甲板上的美霞落下的淚卻怎麼也停不了，明彥攬住美霞的肩在耳邊對她低語——我們決不會後悔的。

美霞吸了吸鼻水，兀自點頭。

告別港口的「蓬萊丸」響起汽笛聲，美霞因而吃了一驚，啊的輕聲尖叫，直盯著明彥的臉。戴著巴拿馬帽的明彥微笑地看著她，在她蒼白的臉頰飛快一吻，美霞用手帕壓著臉，又開始哭泣。那是身旁的明彥無法共有的，自己一人孤獨的眼淚。

不後悔，怎會後悔呢？美霞眼中流出的一顆顆眼淚如此叫喚著。

船搖晃著，持續地搖晃著。

這是美霞有生以來第一次的船旅。雖然知道船是會搖晃的，實際上如何搖晃是不得而知。

無論多大的船，浮在水面上的事實是不變的，水像是有實體又沒有實體的奇妙物質。渡海時，人們唯一能依賴的只有船隻，無論遭受海浪如何搖晃或者翻弄船隻都沒有怨言。因為是人們任意要船隻渡過廣漠的海洋表面。

從蓬萊丸離開神戶起，美霞就開始不舒服。明彥笑說，在這個瀨戶內海裡便暈船，之後可不得了。但美霞因為很痛苦，也無言反駁。

雖然眞想跟他說，那是至今為止所累積的疲勞，可不光是因為身體不適應海洋。好不容易能夠與明彥兩人單獨相處，但是在船內必須忍住嘔吐，只能繼續朦朦朧朧入睡。

再也不要上這樣的船，美霞不斷地詛咒成爲船客的自己。台灣很遠，太遠了。在不停翻騰的海洋的遙遠的另一邊，有個叫作台灣的大島嶼。在到達台灣之前，無論如何痛苦都不能離開船；如果是列車的話，便能跑到外頭呼吸新鮮的空氣，用自己的腳走在貨眞價實的道路上。

在甲府盆地長大的美霞對海有恐懼，連看見海都不願意。即使接近一萬噸的船隻，從海來看只不過如麵包屑般小而輕，而攀附其中的人們也不過如麵包屑上的黴菌罷了。船終於離開門司，在抵達基隆爲止的兩天當中，美霞服了暈船藥，在搖晃的海洋當中繼續沉睡。

台灣很遠。雖然台灣還沒到，對於韮崎以及東京的歲月，美霞已感到彷彿如遙遠的過去。聽著海的浪濤聲，思念著父母。姊姊、年長的弟妹、年幼的弟妹以及之前的丈夫，和到今年的二月爲止還煩惱著是否要與他再婚的鰥夫中井的臉，都出現在夢中。

迎接從休養地須磨返回韮崎家中的美霞，母親的眼中泛著淚水。美霞相親結婚後卻以不幸收場，無論是父親或母親都因此感到愧疚，那之後無論美霞說什麼，父母都無法反對，美霞也認爲應該挽回自己的人生，一直都自由地行動。即使父親意外過世，美霞也未停止狂奔，對東京的新戀情勇往直前，居然飛到外地的台灣。事到如今也無法從蓬萊丸跳船，如海豚游回內地。

父親已經逝世兩年，對母親而言，失去丈夫才只有兩年。母親那缺乏自信的笑容悠悠地在眼前浮現。美霞高興，母親便跟高興，美霞悲傷，母親便跟著悲傷。從美霞那裡第一次聽說明彥的事，母親只說，那太好了，看著美霞高興的樣子而入神。女兒的喜悅對母親而言是耀眼的，對這個命運多舛的女兒的將來，連丈夫也曾經那麼地擔心，所以他應該也會對女兒獨力爭取來的幸福給予祝福吧。

母親悄然地繼續守著失去丈夫後的孤獨生活，而美霞一直完全依賴這樣的母親。最大的女兒老早就結婚，住在東京。排行老二的長子在中學時便病死，排行老四的次子則上東京的大學，老五的女兒也上東京的女子師範學校，老六在十歲時病死，其餘還留在家中的有「離婚返家」的美霞，以及剛進女校的老七，還有才十歲，排行老八的男孩而已。一想到家中最熱鬧的時期，格外令人覺得寂寞、不安。不管是明彥或是其他人，母親的心願或許只是希望值得依靠的男性能成爲家中的一員，在具體的情況都不明瞭的情況下，美霞突然宣佈訂婚，對母親以及老七、老八的小鬼來說，宛如庭園的花朵齊放，雉雞、百舌鳥、竹雞、杜鵑與布穀鳥群聚開始齊聲鳴叫般，令人有著頭暈目眩般的熱鬧與興奮。

小泉明彥到底何許人也？韮崎家中頻繁地收到來自小泉明彥的信，而上頭的確寫著台灣的住址。這是眞的，遠從台灣不斷捎來的情書。六月一到，美姊似乎便要到台灣去了，之後好像還要到巴黎去。小鬼興奮不已，母親看了那樣子也笑個不停，春假期間從東京返家的大弟與大妹也因美霞的訂婚而大吃一驚。啊，那個春天！在那之前，緊閉在陰沉的線香氣味韮崎家中，春天再度復甦，百花齊放。

躺在二等艙裡的美霞，從眼中灑下了串串淚珠。

「現在是『自由戀愛』、『戀愛結婚』的時代歐。」大弟與大妹發出雀躍的聲音。「聽說明彥先生是曾到巴黎留學的社會學學者？現在人在台灣，以後會到巴黎留學？眞了不起！那麼，像這樣的人，應該是不會接受舊式的家族制度才是吧？」，大妹這麼說。美霞自信滿滿地回答道：

「是啊，所以他才不要什麼累贅的儀式，像訂婚、嫁妝，他說是那些都是無謂的。」應該是這樣吧，母親邊想著邊附和。對於像是「戀愛結婚」，做父母的該如何是好，母親也不知道。感染了美霞的喜悅，母親也感受到時代的巨大變化，或許正告訴自己沒有什麼東西是不會改變的，就把一切交給年輕人，像自己這樣的老人就什麼都別說，同時也沒有那樣的資格。

「無論是支那或是台灣，女性一個個剪短頭髮，也擺脫了惡名昭彰的『纏足』回復『天足』歐，支那再也不是往昔的支那了。」大弟說道。

聽到這話，母親想到，精采的時代來臨了。對女人而言，綁手綁腳，因循苟且的時代終於要結束了，我也好想穿上一次洋裝。如果生活更寬裕的話，老二和老六或許也不會無謂地死去了，老七與老八都這麼地健康長大，爲何老二和老六會死呢？做母親的一直沉浸在如此的悲傷中。

「我嚇了一跳！美姊居然是那位秋瑾的學妹耶！你知道嗎？」某一天，大弟這麼說。

雖說與自己並無直接的關係，美霞還是紅著臉回答。

「我當然知道。不過聽說那人是個酒鬼。」

知名的支那「革命烈女」秋瑾。美霞在東京上的高等女子學校，由於對入學成績要求不高，同時比較容易取得教師執照，在那之前有許多來自支那的女留學生。美霞也因爲想取得教師執照，報考了這所高等女校的專門學部，入學以後才聽說支那留學生的事。

「唉，對於清朝的頹敗悲憤激昂，才不得不借酒澆愁吧。能到日本來留學，應該會說日語吧！」大妹高興地說著。

「如果像她一樣被殺頭那可敬謝不敏，不過美姊也像秋瑾一樣吧。受挫於封建婚姻而在同樣的學校讀書，美姊也趁此機會剪短頭髮如何呢？」

為了拍結婚紀念照所以不想剪去頭髮的美霞，笑著敷衍過去了。

一到四月，明彥的母親一直反對美霞結婚的嚴峻事實，也傳到了大弟與大妹的耳裡。

「我不會為了這樣的理由而放棄結婚，這是我們兩人之間的問題。」

美霞表情嚴肅如是說，弟妹兩人都深表贊同，兩人也越發將美霞當作革命的女戰士而寄予期望，同時開始將明彥的母親看做是固陋老舊世界的象徵，美霞的婚姻成了年長的弟妹不能錯過的典型「階級鬥爭」。

春假結束後，大弟與大妹返回東京，只要有兩三天的連假，同時手邊寬裕，由於東京很近，兩人都會立刻返鄉。每次兩人都會確認美霞婚事的進度，同時儘可能熱心地激勵美霞，雖然美霞覺得有些詫異，認為事情是更單純簡單而覺得困惑，但是大弟與大妹戰鬥式的語言聽來十分悅耳，也不得不笑著贊同。

「……媳婦與婆婆這樣的詞彙因該讓它根絕！」大妹這麼一說，大弟也心有戚戚焉，開始「演說」。

「連盧梭都說過，人創造的所有東西，人都能夠破壞，只有自然所烙印者，王侯、富人、貴族都無法創造、抹煞。即使是到目前為止支撐社會秩序的制度，如果那是無視於人性的東西，我們也須不惜破壞。」

「所謂正義，是人類互愛的情感，母親的愛應該也是無所求的正義，而成就男女愛情的也應該是正義吧。」

「至今為止女性受到凌虐，女性應該更加抬頭挺胸地自我主張，擅用自己的才能活下去才是。男女不是孰尊孰卑，應該是自由、平等、博愛！」

「對啊，美姊絕對不能屈從。」

「你應該儘快到Taihoku去，台灣也逐漸出現像是離家出走的『新女性』，女性的自覺比起內地或許更先進。」

大弟與大妹所掌握的台灣新情報，比起即將前往Taihoku的美霞本人還要多，這讓美霞很佩服。即使這只不過是內地普通學生能夠知道的範圍，同時對於結婚的觀點，也大多是年輕人特有的輕率判斷，恣意膨脹的自我想像。

大弟得意地說道。

「……台灣支那人的社會，新娘都有價碼，聽說新郎家不付錢的話，就不能夠結婚。此外，有錢人家女兒出嫁時，爲了照顧新娘起居，習慣從娘家帶來小女孩。這個小女孩是以少許的代價從貧窮人家帶來，說穿了便是童奴。而且有這樣的制度：把小女孩當養女，不停地讓她從事沉重的家事勞動，到適婚年齡便成爲此家笨兒子的老婆，而繼續被迫勞動。現今這制度已經行不通了，爲了從這樣的奴隸狀態解放出來，只有逃亡。不過這樣的自主性逃亡似乎被視爲犯罪行爲。」

大妹鏗鏘有力地說。

「此外，有錢人家中一定有好幾個老婆歐，雖然日本的有錢人也一樣。如果生了健康的男孩子，妻子的地位也會因此提高。階級社會當中的貧富差距，主要可從對女性的待遇看出，也因此才會有秋瑾這樣的女性革命分子產生。秋瑾被迫嫁給父親做主的對象，因此逃到日本來，與美姊在同一所學校努力讀書，同時也偷偷地學習射擊與炸彈的製造方式。」

圍繞著美霞，弟妹的聲音顯得興奮，這樣的話題有時直到深夜，有時延續到天明，最後想起自己談的原本是美霞與明彥的婚事，又重新地爲美霞打氣：如果眞的喜歡明彥先生，美姊應該馬上跟明彥先生在一起，事情就簡單了，我們都支持你們。

這對大弟與大妹而言是在故鄉隨性談心的時間，而對魂魄已經飛向Taihoku的美霞而言，也是在韮崎和弟妹徹底談心的幾個寶貴的夜晚。

韮崎幽靜的夜晚！庭院飄來梔子花濃郁的香味，也聽見河鹿蛙的鳴聲，有時也聽見山中鳥叫聲。不知道台北是否也有河鹿蛙？山中有什麼樣的鳥鳴呢？

躺在「蓬萊丸」二等船艙的美霞豎起了耳朵，如火車般的引擎聲持續在船板迴響著。

無限廣闊的海洋波濤起伏、搖動、傾斜，船隻破浪前進，四周的海浪持續騷動著，最後成爲白色的泡沫。

「今年，爲『霧社事件』的孤兒以及寡婦所捐助的公益金聽說已經高達十三萬了，而山裡的人也決定平分這些錢。」大妹如此說道。這個夏天的夜裡，晚風徐徐吹來，三人坐在濡濕的和室緣廊，如往常般聊得入迷。

大弟皺著眉，回答道。

「那反應了對日本的忠誠度吧，反正這筆錢約莫不過是日本人的自我滿足罷了。日本人對於賺人熱淚的故事最容易一面倒了。這次事件一定是日本政府的失策，應該讓日本政府負起應負的責任。」

美霞插了話。

「不過總比什麼都不做的好吧。至少這點錢如果能夠有所幫助，像這樣的心意不是很寶貴嗎？」

「如果日本政府不會就這樣逃避責任的話，那便另當別論。像這樣的大眾集團心理如果不好好處理的話，可是會造成可怕的後果的。對於台灣山中的人們，日本人大都毫不掩飾地抱著露骨的好奇心，因爲一看到這些人，就能感覺自己文明人的優越感，因此日本人才那麼喜歡未開化的世界。」

台灣的深山中發生悲慘的「霧社事件」是一年前的十月，在內地也成爲重大新聞，隔年則開始有「記述事件眞相」的連載報導出現在內地的報紙上，無論是誰都熱中地讀著這個報導，美霞與大弟、大妹也不例外。

「從地獄的殺戮中奇蹟似地獲救，被害者的妻子與孩子如今每晚仍受到惡夢的侵襲。悲慘地被奪去了丈夫、父親以及孩子受到的衝擊與悲傷，是無法輕易復原的。」

「該留在台灣？還是回到內地？日本孤兒們今後的命運多舛。」也如此敘述成爲日本警官妻子的美麗「番婦」的悲劇。

「所遺留的孤立無援的混血兒們該當成日本人來保護？或者是應該留在『藩界』？這是困難的決斷。」

「『番人』對日本人的叛亂付出極大的代價，而加入叛亂的『番社』也逐一壞滅，殘餘的居民被移居到人煙較稠密的『新天地』，將從可怕的未開化黑暗中漸漸被解放。」

霧社這個地方位於台灣的山裡，幾個小村莊散落在山中，被統稱爲霧社。住在其中幾個村莊的「番人」突然猙獰地現出隱藏至今的兇殘面目，以「番刀」以及槍枝一舉屠殺了百名以上服務於山地的日本警官以及其家人，這便是讓日本人震驚，令人不敢置信的「霧社事件」。

這事件被報導的當時，在如此蠻荒的山地中有這麼多日本人無私奉獻的事實震驚了多數內地的日本人，美霞也不例外。而不解事理的「番人」竟背叛、殺害如此盡心奉獻的日本人，是令人咬牙切齒且悔恨的。也有日本人傷心地想著：「番人」終究是「番人」嗎？美霞大妹的想法接近於此，因爲即將成爲女教師，所以她非常關心「教育」。

這個事件的主要現場居然是和平的運動會，這使日本人的心情更加混亂。三人對此意見一致。

在山地服務的學校教職員、警官以及他們家人爲了一年一度的運動會，也就是小學校的日本孩童、公學校的當地孩童以及各地「番童」教育所的孩子群聚一堂的這個運動會，是最令人期待的。從前一天和大前天開始，許多人由很遠的地方出發集結，當天一大早便占據了廣大的校地，各就定位。這樣的場合有很多孩童，有母親以及幼兒，也有「番人」的保母懷抱的嬰兒。所有的人都對當天的晴空萬里滿心歡喜。也許也掛上了運動會必備的萬國旗吧？校園當中孩子並排在一起，在運動會即將開始之際，「番人」瞬間一起衝入會場，見到日本人便開始殺戮，無論女性或孩童都不放過。

爲什麼連女性孩童都不放過呢？內地人無不感到訝異，同時也流下了眼淚。包括嬰幼兒，犧牲者多達六十名，實在太多了。由於過分殘酷，無法馬上對外公布。此外，「番人」有「獵首」的習慣，大部分的犧牲者都被割去了頭顱。這個殺戮計畫實行之前「番人」都已經知道，所以「番人」女性與孩童都快速地逃離了現場，這個事實讓日本人的怒氣更加上升。

如果是這樣，應該不需考量「番人」的文明化，對「番人」實行半吊子的教育，開展他們智慧的方式也不徹底，還不如不實行。類似這樣的粗暴論調都冠冕堂皇地刊載在報紙上，例如「番人」的命與日本人的命哪個比較重要之類的。

這個事件馬上在軍隊大舉出動的鎮壓下徹底平定了，內地的日本人和在台的日本人也都鬆了一口氣。知道事件的首謀者是叫莫那．魯道的部族首領，雖然進行了幾次大搜山的行動，只有這個首領不見蹤影，被推測已經死在某處了。要說是遺憾也是遺憾，對日本人而言，隨著時間的流逝，彷彿對已經滅絕的日本野狼的想念一般，對莫那．魯道的情緒已漸漸轉變為對「蠻荒世界」的某種期待與敬畏。

日本人？

美霞在船裡覺得不可思議。

日本人指的是誰？或許只有我會這麼想，只有我與大弟大妹會這麼想。

據明彥的說法——是明彥從台北帝大認識的教授那裡聽來的，專攻社會學的明彥本身也對這事件有極高的興趣——劫後餘生的「番人」被強制移居到「新天地」，實際上稱之為「流放地」是較接近現實的。悲慘的現實則是：由於他們一直在山中生活，從事耕種是有困難的，而氣溫和溼度極高的這塊土地瘧疾四處蔓延，對未來感到悲觀而自殺的人也絡繹不絕。美霞悄悄地告訴大弟與大妹，他們不禁嘆息。

「……劫後餘生的人都是沒有參與叛亂的老人、女人與小孩，無須如此逼迫他們啊。」大弟憤怒地說道。

「也就是『順者撫之，逆者滅之』。不會有人認為自己與『未開化人類』是一樣的。因此，要是日本人被他們殺了，就如猿猴殺了人，是絕對不可原諒的。從前愛努人的胡奢魔尹之亂與這次事件的背景不是很像嗎？」美霞回答。

「我雖然不清楚，但在『理番政策』下，莫那．魯道在年輕時曾被安排到內地旅行，聽說他對族人說日本人的數目要遠比河原上的小石子多，絕對不是他們的對手，也就是他應該知道是絕無勝算的」。

「不過，美姊，不害怕嗎？在台灣，還有那樣的人在山中呢。聽說霧社的莫那．魯道還未發現。」

被大妹一說，美霞微笑地回答。

「Taihoku與深山是完全不同的世界。莫那．魯道音訊全無，一定是已經在某個地方自殺了。」

「自殺？是上吊嗎？」

「不清楚，不過我覺得好像不是上吊……」

大弟像是嘲弄姊姊似地說。

「美姊你該不是想要自己進入深山，尋找莫那．魯道吧？那可不行，可不能做那麼魯莽的事。」

「那種事，不會，不會。」美霞邊笑邊回答。

在韮崎家中因夜露而濡濕了的緣廊，三人爲了不吵醒已經進入夢鄉的母親以及年幼的弟妹，壓低聲音笑了起來。不過吊掛在昏暗的深山的樹叢下，大大小小數具吊死屍的影子正在三人的腦裡晃動著。

躺在二等船艙的美霞，腦裡正浮現同樣的影子，於是打起顫來。

三人各自看到了新聞報導的照片。攝影的條件惡劣，照片中屍體的樣子也無法清楚辨別，也因此與噩夢中的光景也無法區別。

在月光照射下微明的深山中，只有鳥獸的聲音震動了山中的空氣。一顆特別巨大的樹木上，許多人的吊死屍體宛如果實般垂吊而下，隨風搖動。就這麼保持著死亡的沉默。

在事件發生當時，關於吊死屍體的傳聞，新聞大幅報導，因此讓許多日本人震驚「番人」當中也有如此忠義者，同時肅然起敬。

有兩名極為聰明的「番人」，分別被晉用成為有極高榮譽的巡查與警察助手，同時非常盡忠職守。他們改日本名，生活方式也完全日本化。知道叛亂計畫之後，一直到實行為止，他們時時刻刻都煩惱不已。但是在他們想出任何對策之前，日本人被大量殺害已經成為已經發生的事實，這樣一來，他們已經無法再活下去了。他們注意到，無論對日本人而言或是對「兇番」而言，他們已經無法確切地站在任何一方的立場，也不允許有著任何藉口。

穿上結婚典禮時所穿的珍貴的外褂與褲裙的正式服裝後，他們集結了二十個人以上自己的親屬，讓他們穿上「番人」的正規裝束，進入山裡。在大楓樹——他們所說的Lala——的樹枝下垂吊繩索，讓親屬全部上吊，確認他們死亡之後，剩下其中一人同樣在Lala樹上吊死，另一人則切腹，以武士道的自殺方式結束生命。據說吊掛在Lala樹下的屍體，一具具小心地用布，或者是紙覆蓋著臉。同時發現了兩人名字用日文所寫的遺書，照片也在新聞中刊載。

「我等不得不遠離人世。番人的蜂起因勞役繁多而造成此次事件，我等也為番人捕獲，無能為力。

昭和五年十月二十七日午前九時

番人據守各方，郡守以下職員全部死於公學校」。

因暈船而發出痛苦的呻吟聲，美霞回溯記憶。

霧社「兇番」各村，之後持續有許多人上吊自殺，某個村中有二百九十名，另一個村莊則有四十名，而某村則有四十名。是與其被日本軍隊殺害，不如自行了斷的判斷下所採取的自殺行動，上吊死亡的屍體何其多！而幾乎都是留在村裡的女人與小孩！

新聞刊載某位民俗學者的解說。此部族的祖先，是從山裡叫作「Posokofuni」的巨大樹木的樹幹出現在這世上，因此只要在這世上遭遇難以忍受的苦難，身爲Posokofuni子孫的他們便會在特別神聖的大樹上吊，走過彩虹橋，回到祖先所等待的靈魂國度。

這神聖的樹木，支那人稱爲楓樹，原住民的語言裡意味著血緣以及血液的Lala，據說也有「聖樹」的意思。數千年樹齡的Lala，樹梢彷彿要穿破天界的靈樹Lala，無論是誰都不能砍伐，這是祖先傳下的規矩「Gaya」，在經過Lala前也必須保持沉默。「Gaya」一遭到破壞，可怕的暴風便會馬上席捲整座山，是從天界不停守護這個世界的聖樹。

在這棵靈樹上死去，一定能夠馬上回到靈魂的國度，與懷念的祖先相會。不過因爲是人，離開這個人世，還是非常悲傷。在山中追捕獵物的喜悅，祭典的歌謠與舞蹈，與戀人的嬉戲，孩子的成長，春天到夏天山中盛開的花朵，鳥鳴聲，河裡游的魚兒，瀰漫山中的流動霧氣，夜裡閃耀的星星，只有活在這世上才有的喜悅實在太多了。Posokofuni的子孫與這世界訣別時，首先交杯飲酒，即興地唱著迎向「亡者之國」的歌謠，之後一個個將脖子套上垂吊在Lala樹枝上的麻繩。「靈魂之國」已經很近，在此準備著豐盛的菜餚，許多祖先正等著他們。

不知到底是什麼歌，但在蓬萊丸二等船艙的和室，美霞傾聽著迴盪在霧社山中各處的〈離別之歌〉。無數的大小吊死屍體，和著歌曲搖動著。

因暈船而感到痛苦的美霞呻吟著，流下如草上露珠般的眼淚。

——就快看到台灣的山了，到甲板去看看吧。

美霞被明彥的聲音所喚醒，美霞從床上打算起身時，從內地以來一直很健康的明彥——一開始也因暈船而痛苦，第二次的船旅起便沒有大礙，最令人生氣的，他還一直津津有味地進食——用手攙扶著她。美霞的頭腦朦朦朧朧，連腳也使不上力。

緩緩地爬上樓梯，美霞來到甲板上。甲板有許多旅客，異常熱鬧。大家似乎都鬆了一口氣，抬頭看著天空，美霞也一樣。夏日白晝的天空潔白地閃耀著，好耀眼。

淡紫色的連綿山影如幻影般映入美霞的眼簾，因為感到暈眩，便立刻閉上眼睛，之後又睜開眼睛，在令眼睛刺痛的夏日光線當中，依舊看得見連綿的山影。湛藍的海洋一望無際，閃閃發亮的銀色雲彩層層堆積，而在更遙遠的上方，則浮現著紫色的群峰，尖尖的山頂宛若波浪般，與夏日令人目眩的天空相連，而那山影則有如海市蜃樓般。

那是台灣的群山。其中有山中的人們，有死去的，也有存活著的。

美霞在明彥的攙扶下，在盛夏的暑氣中感到一陣寒意，凝視著山影。船隻可能是打算服務船客吧，從甲板的擴音器中開始流洩出〈蓬萊小曲〉。

出了門司之後，兩夜的美夢，便抵達思慕的南方之島

冬季裡青葉的風依舊徐徐吹來，我夢中之島呀離島

滿帆的海風，單帆的海風，航向島嶼海港的戎客船……

八、日記 一九三一年↓三二年

十月X日

小鬼頭跟我歪纏，一直在我腳底和腋下搔癢，一開始雖然哈哈大笑，但後來實在覺得煩人，便大叫：你們給我住手！姊姊睏了！但，聽見的不是小鬼的，而是明彥的聲音，因此嚇了一跳便睜開眼睛。少爺睡眼惺忪地怒道：一個人又笑又生氣的，連我都被你吵醒了。我說夢見被小鬼襲擊，少爺打開檯燈開始抽起菸來，邊用奇怪的眼神盯著我。看了看鬧鐘，已經是半夜三點。

「我沒有兄弟姊妹，所以不知道到底是怎麼一回事。不過這些孩子是不是太缺乏管束了？？已經十歲、十二歲了，還將大姊綁起來搔癢，在胸部塗上墨汁，與其說是幼稚，不如說是缺乏成爲人所必需的教養吧。你以前也是這樣嗎？？那兩個人對你這個年長的姊姊或許是忌妒吧。或者是對母親以外的成人，已經成熟的姊姊，像動物一樣只想亢奮地進行攻擊？？」

被少爺這麼一說，我雖然很睏卻不覺生起氣來。

「我想這很普通吧。我和這些孩子只是因爲想嬉戲便打鬧了起來，與年齡無關。」我沒好氣的說。但我馬上又補充說明，並在少爺的臉上補上一吻。

「父親也不在了，其他的兄姊也不在，那些孩子在家老是孤零零的。」

「就算如此，美霞家裡的……」

少爺繼續絮絮叨叨地說著，但在我接吻的攻擊下便投降了，進入情色橋段。

因爲這樣，我早上掙扎著起床，送少爺出門上學校後又稍稍地打了一會兒的盹。雖然已經十月，但一點都涼快不起來。颱風（這裡稱作「hontai」）又接近了。台灣的颱風進展很慢，同時風雨都極爲猛烈。大型樹枝與鉛板飛來，眞是非常危險。我到台北之後到底遇到了多少次颱風了？每次不是停電便是有地方淹水。山地有土石流，河川氾濫，海上則有船隻翻覆，電線桿與樹木也倒塌。颱風來襲的話學校便停課，只有關上防雨門窗待在家中。而家裡又非常熱！結果不得不觀察風向打開看來較安全的窗子。但中途惡意的雨水卻排山倒海傾瀉而來，房間則汪洋一片。

對少爺在半夜所說的事還是非常在意。其實更在意的是少爺想說但沒說的話——也就是我的家人宛如未開化的野蠻人。每次我說「阿爸」「阿母」，少爺一定輕蔑地笑著或假裝沒聽見。但是「媽媽」「爸爸」這樣的稱謂與我的雙親是極不搭調的。無論如何阿母就是「阿母」。要是我生了寶寶那麼我也成了「媽媽」嗎？韮崎的小鬼頭，現在我不在了，你們是不是無精打采很寂寞呢？我好想再跟小鬼頭打打鬧鬧，也好想與去東京之後突然神氣起來了的阿一與久美聊天。你們有好好地唸書嗎？我也不能老這麼磨磨蹭蹭地寫著這樣的日記了，我還需謄寫涂爾幹呢。《自殺論》已經超過兩百頁了，這之後還得洗衣服、照顧田地和買東西。

十月X日

今天loho（落雨）。有的台灣話無法以漢字表記，我們內地人實在難以掌握。今天對面的高瀨太太教我台灣話入門的有趣歌謠：「Zaboran帶著ginna，一手撐著黑傘，wamuzaiya。」Zaboran便是「查某人」，ginna便是「囡仔」，wamuzaiya是「我不知影」。意思大概是「女人家帶著孩子，一手撐著雨傘，說道我不知」。不過還是意義不明，這歌曲指的是迷路的女人家嗎？還有boyaogin是「莫要緊」，「沒關係」的意思。像是自己做錯事了或是有擔心的事時，便說「莫要緊」，是非常方便的話。高瀨太太笑說台灣是「boyaogin社會」。

最近夜開始涼了，但是白天還是與盛夏沒兩樣，夜裡的涼風只不過讓人喘上一口氣罷了。無論是蚊子、蒼蠅還是巨大的蛾，依舊意氣風發地成群飛舞。

十月X日

自殺分成四種。

一、個人主義的自殺
二、集體主義的自殺
三、脫序形式的自殺
四、宿命論的自殺

所謂「anomi」是來自希臘語的anomos，意為無法狀態以及無視於神法的意思。

「如果個人化過度發展，將會引起自殺，但個人化的發展不完全的話，也會產生同樣的結果。人如果與社會過度疏離則容易自殺，但如果與社會過度統合同樣也會引起自殺的企圖。」

「無論在任何狀況下，只要失去均衡，即使因此讓生活大大豐富，增加了一般的活動力，都會提高自殺的機率。社會集團中如果有了重大的重新編制，無論是起因於突然的發展或是意料之外的異變，一定會讓人輕易蒙生自殺念頭。」

「今日經濟狀態的特徵所呈現的無秩序，正冒險地打開所有的危險門扉。人們的空想正因為希冀嶄新的事物，同時無可規制這個空想，便漫無目的地探索。在這樣的狀況下，隨著危險增高，挫折也多由此產生。只要這更可能致人於死，危機也便隨之倍增。」

十月X日

颱風來臨，防雨窗被吹走了。對家裡造成了極大的損害，同時也漏雨漏得厲害。這次非得讓房東來幫我們修理不可。

日本好像在滿州又與支那起了爭端，到底會怎麼樣呢？我只希望台灣的支那人能夠冷靜地看待這件事。據少爺的說法，支那並不簡單，辛亥革命時期的熱情與夢想依然延續至今，所以如果不愼重處理，後果將不堪設想。

少爺肚子痛，而我頭痛，這也是颱風的影響嗎？下午，少爺到學校去，我則收拾家中內外。四周一片泥濘，我撿拾著不知從何處飄來的大木頭、鉛板、瓦片與樹枝。光是這些工作便讓我頭昏眼花，中途就放棄了。這些工作原本不是男人該做的嗎？但是鄰居的太太也捲起衣服露出大腿拚命收拾，大家還說非得小心恙蟲不可。據說這樣的蟲進入女性體內的話是會致命的，所以很可怕。瘧疾和傷寒也很駭人，希望能早點來消毒。

十月X日

狗半腐爛的屍體倒在我家門前，與房東求救，希望他快點處理。房東家有不知是何方人物，貌似roma（漢字作「鱸鰻」，爲何鰻魚與混混會扯上關係，不得而知）的男子正勞動著。抽去泥水，同時消毒。到處都散發出惡臭，讓少爺買來蚊香，在所有的房間大肆進行煙燻消毒。但這樣一來，有發生火災之虞所以寸步不離。這時也不想到蚊帳外頭去，我的田地與庭園都化爲泡影。大家說這次的颱風應是今年最後一個了。如果是眞的，便令人再高興不過。

頭痛依然持續著，直到半夜兩點爲止仍謄寫著涂爾幹的《自殺論》。一邊製作索引一邊謄寫，眞的非常累人。

十月X日

出版社從東京來信詢問稿子的進度，少爺馬上回信說不久就會按照預定完成。我吃了一驚，說：「不久就會完成？下週之前會寄出前半部的三百張原稿？那不是漫天大謊嗎？」少爺則說：「這是出版界慣用伎倆，沒有編輯會相信的。可算是打氣，因爲其實這裡也是迫在眉睫。」一副毫不在意的表情。我無言以對。

從學校領了薪水，付了下個月的房租給了房東。本島人的查某人來賣菜，跟她買了karashina（譯注：芥菜）、inchai（譯注：空心菜）與kinchai（譯注：芹菜）（不知漢字如何寫）。因爲颱風的關係，青菜的價錢比平常貴上五倍。拚命地喊著kakui（較貴）也就是「貴」的意思，結果還是不降價。查某人拚命說了一大串，我因爲一句也聽不懂，說了句「Paisei（不好意思）」，便離開了。能與這個查某人討價還價的日子何時才會來臨？我小小田地裡的芥菜與空心菜好不容易長得極茂盛，卻全軍覆沒。大理花和美人蕉都已經深深扎根開花了呢。

晚上又是涂爾幹。做愛，睡不著。

十月X日

我到底夢想著什麼樣的家、怎樣的庭院以及什麼樣的生活呢？未能理解現實是恐懼的。庭院盛開著玫瑰，窗邊隨風搖曳的白色蕾絲窗帘，我穿著禮服依偎在少爺身邊傾聽音樂？鋪著天鵝絨的沙發？絲質的椅墊？絲質的睡衣？這裡有的只是結構粗糙、廉價的殺風景的房子，家裡也空蕩蕩地。衣服就放入行李箱，剩下的除了書還是書。一開始，連吃飯也沒有飯桌，少爺似乎都在書桌上吃飯。庭院只不過是空地，雜草叢生。一除草，卻有蛇跑了出來，嚇得我魂飛魄散。雖然在鄉下長大，但是我最怕蛇。聽說這裡毒蛇很多。只要有錢有時間，我也想將這房子佈置得好看些。我找到了便宜的和式小飯桌，其實心裡想的是上等的飯桌與餐椅，不過接下來想要的就會是漂亮的餐具與餐桌巾，這樣一來一定沒完沒了，爲了巴黎一切都得忍耐，忍耐。

十一月X日

想著涂爾幹還剩一點便完成了，不覺已經早上四點，急忙就寢。也因此早起變得很痛苦，頭痛。

十一月X日

頭痛。

十一月X日

據說台中的Pisutan有兩位警察與其中一人的妻子以及一個女孩子被山中的人殺害了，這樣的事件在霧社不是已經終結了嗎？

十一月X日

好不容易將涂爾幹的前半部送往東京。疲勞至極，但是還未結束。

「個人是帶著宗教性的，人面對人群時成為一個神。因此，對我們而言，對人加諸的侵犯產生了冒瀆所有神祇的結果，而自殺也是其中之一。到底借誰之手對其造成打擊並非問題所在。」

「集體主義的自殺與殺人正因為步調的相互配合而有增減的可能性。兩者程度的不同，正是因為他們基於相同的條件。如果人被教導輕視自己生命，便無法完全尊重他人的生命。基於這個理由，在某些未開化民族當中，殺人以及自殺等同於風土病狀態的發生。」

「結果自殺的增加所證明的不是現代文明發展的光輝，反而是長此以往可能會招致危險之類的危機以及混亂的狀態。」

十一月X日

頭痛，失眠。

十一月X日

颱風時期過去，剛鬆了一口氣，聽說台灣北部從這個十一月到三月又進入雨季，所以非常喪氣。特別是雨季是基隆的特產，眞是討人厭的特產。這樣一來一整年不就都泡在水裡了嗎？據說甲府盆地有個村落的日照時間是日本第一。此時盆地的紅葉已經落盡，甲斐駒也正值被雪染白的時期吧。

小妙在十歲死去時正值十一月。那麼美麗伶俐又俏皮的女孩子死了，像我這麼任性、頑固又無趣的卻繼續活著，眞不知爲何。此時母親一個人思念著小妙、哥哥還有父親，也許正一個人哭泣。我永遠都忘不了哥哥去世時母親的哭泣聲。

十一月X日

頭痛，失眠。每天不停地重複自殺、自殺，連腦筋都變得奇怪。

以自殺開始也以自殺結束的《死的勝利》，這樣的小說到底好在什麼地方？簡單來說，不過是有錢有閑，得了神經衰弱的富家青年自殺的故事。但爲了迎接戀人而鋪滿金雀花的場景曾經令我心醉不已。在山中採著金雀花的女性，還有令人難忘的送葬場面，戴著頭巾的人抬著棺木，之後緊接著手持蠟燭的人。行動不自由的乞兒以手掌承接融化的燭淚。穿著紅衣戴上白色面具的樂隊吹奏的送葬曲。在別的場景，則有瀕臨死亡，貧窮且令人畏懼的群眾登場，期待聖母顯現奇蹟。瑪麗亞萬歲！瑪麗亞萬歲！群眾不停地呼喊著。所到之處都烙印著死亡，緊接著主人翁強迫戀人一起殉情，這是多麼陰慘且不健康的世界啊！

特意來到台北，我已不再憧憬死亡。現在的我無論發生什麼事決不會自殺，就算被砍去頭顱，我也會像法國的聖人一樣，提著自己的頭繼續跑上幾公里。但，如果像霧社的情況的話該如何是好？一個人活下來太痛苦了，還是跟大家一起死去較好吧？我也不知道，不過反正我是不想死的。

十一月X日

住在後面濃妝艷抹的池田太太來到家裡，邀我參加老師太太的懇親會。她們是我最棘手的族群，我不能告訴她我沒時間與他們交際，也沒有可穿去應酬的上等和服，只回答身體不舒服。當下她用可怕的眼神對我說：才新婚，該不是有喜了吧。我也難說出我們其實在避孕，只能胡亂搪塞說沒有，沒有，但卻開始感到不安。在內地時我也對避孕套與保險套做過種種研究，實際上卻未徹底施行。兩人情濃時，我也難說出口。在這樣耗費體力的時期如果懷孕了，不知會如何。

十一月X日

Pisutan事件的起因是山中的人彼此威嚇，才發生襲擊。因此被殺害的警察，特別是小孩，即使化做鬼，也無從怨恨起吧。對山裡的人而言，日本人或許只不過是宛若大多羅法師般無實體的怪物。

十二月X日

已經覺得微寒，每天都像是內地的梅雨季節，潮溼又陰暗。我越來越擔心是否懷孕了，身體不適同時也沒有胃口。少爺則集中精力埋首工作，除了學校以外，哪兒都不去。少爺的母親大人來了信，年底如果回內地的話，她允許我與少爺一起住在母親大人家裡。心中想著，別開玩笑了，才不要呢，一問少爺，他說春假之前是無法回內地的。因此心情輕鬆起來，馬上照實給母親大人寫了回信。之後，到了晚上，少爺好像忽然想起似地，說：「我們的旅費是不夠兩人一起回內地的。」

我吃了一驚，「那麼我得一人在此看家嗎？」

少爺說：「又不是去旅行，我也不是想回去，但是有事必須與出版社商量，同時也有學會，有很多事情，所以是逼不得已回內地的。沒有夫婦每次春假與暑假都一起回去的。」

「那麼我沒辦法回內地嗎？一直都無法回去嗎？」

「話不是這麼說，主要還是因爲沒有錢。」

我終於掉下眼淚，覺得自己好像是因爲沒錢才受到責難。少爺一直跟母親大人要錢，並非爲了生活而是爲了書本。他從法國也訂購了書，到底花了多少錢呢？我僅知道能用在生活費上的錢，是少得令人吃驚。像少爺這樣的研究者如果沒有母親大人的金錢援助是絕對無法想像的，同時妻子的娘家也應該盡可能不吝惜地貢獻金錢，好像是這個世界的「常識」。有價值的學問無論投注多少金錢都不夠。原來如此，原來母親大人會如此強勢是有原因，這是多麼奇怪的世界，我這麼想是否只不過是因爲我太笨了呢？

十二月X日

大雨，風又強又冷，得拜託韮崎的母親送來冬衣了。

月事來了，所以不用煩惱懷孕的事，可是卻嚴重貧血還腹痛。此外也一直頭痛。如果了惡性疾病該如何是好，不，應該只是睡眠不足，同時過勞。到了學校領薪水同時付了房租給房東，到郵局繳稅金，到市場買雞肉與蔬菜。一邊與本島人有樣學樣地喊著kagui，kagui，搖搖晃晃地返家。少爺已經回到家了，所以急急忙忙地預備晚飯。

晚上又是《自殺論》，只過了十分鐘我的眼皮便闔上了。少爺看不過去便說，今天晚上先睡吧，所以得救了。少爺好像工作到天明爲止。

十二月X日

母親大人送來東西，是聖誕禮物嗎？是少爺的新襯衫和鞋子，當然沒有我的份，我也不會期待的。母親大人無論做什麼，我都「莫要緊」。涂爾幹好不容易看到終點了。

十二月X日

上吊。這是自古以來人們一直持續的行爲。上吊大都在身體離開地面時，便因折斷脖子而喪命。意識也會同時消失嗎？山裡的人們相信在Lala樹上上吊便會直接回到天國，同時對此深信不疑而持續實行。如果眞的可以感覺到上升到天國或者某處的話，或許是可以相信的，是非常簡單、瞬間的死亡。無論是什麼樣的死亡，我們都覺得非常可怕而且孤獨。但，如果不是這樣呢？如果死，是像這樣活著的我從孤獨中解脫呢？

十二月X日

在長長的雨季中，今年即將過去。一年前，作夢也沒想到會與少爺來到台北。好長的一年，不，應該說是很短的一年吧？連思考的餘裕也沒有，一回神便在台北的昭和町因頭痛而煩惱，戳著煮豆腐，邊抱怨這裡的豆腐比內地的難吃。

戀愛的痛苦與自殺的誘惑是相同，自己會被無法駕馭的強大能量吞噬。但是這股能量從何而生呢？當然一定會有反動。我的反動是來自之前的離婚以及父親的死。要是沒有婚姻生活的痛苦，那個秋瑾也不會投身革命運動。秋瑾被斬首而死，在強大的能量籠罩中，即使看著斬首的刀也不會畏懼吧？霧社的上吊者也一樣嗎？山中的人們自古以來的獵首風俗也是一樣吧。仔細一想，世界各地都有獵首的風俗，無論是日本、歐洲，或者支那或其他地方。上吊、斬首是人們最熟悉的死亡方式。

戀愛、自殺、殺人。奮不顧身投入戀愛的我也犯了殺人罪嗎？

十二月X日

四周的樹木依舊翠綠，絲毫沒感覺到已經年末了。因為最近溼氣很嚴重，牆壁、榻榻米，連行李箱裡的和服都發霉了，稿紙也因為濕氣的關係而變形。少爺因學校的忘年會到草山停留一晚，聽說有不錯的溫泉，我並沒說人家也想一起去之類的話。給母親們寫信，也得快快給女校時期的朋友寫賀年卡。

十二月X日

頭痛。

十二月X日

本島人們只慶祝舊曆年，因此稱我們的正月叫「日本正月」，我們內地人也覺得不上不下的。街上或許裝飾著門繩或有人賣鏡糕，但是我們不上街，所以與我們無關。在父親過世後，正月也從韮崎家中完全消失了。涂爾幹的謄寫以及索引製作終於完成了！Hoa（好呀）！Hoa（好呀）！正高興能趕在過年前完成，郵局已經休息，才想起沒法子寄到東京去，很喪氣。早知道這樣，還不如慢慢進行。一直不辭辛勞地趕工。慌慌張張地，眞像美霞的作風啊；我眞想拿把刀或斧頭把如此嘲笑我的少爺的頭砍下，也不想想是因爲誰我才這麼勉強？我並未揮動斧頭，而是用情色攻勢來懲罰少爺。

一月X日

昭和七年，在頭痛的糾纏下作了今年的第一個夢。

在河畔吃著便當，小妙、阿爸阿媽都在。在韮崎的河邊，阿姊、阿一與久美都還是小孩，互相呵癢或者偷看彼此的便當，笑了起來。風冷颼颼地吹來，看看四周，是個月明的夜晚。為何夜裡在河原上吃便當，不得而知。河水因月亮青白色的光芒而閃閃發光。有流水聲，水量極多。

河水突然湍急起來，所以大家一起回頭望向河川，大型軍艦開始溯河而上，探照燈開始將河邊一帶照亮，河水捲起激烈的漩渦，鎗聲響起，砲彈落下。大家丟下便當發出尖叫聲，爭先恐後地逃跑，但已經來不及。父親母親倒下，小鬼頭也倒下了。四周一片血海，我因疼痛而在草叢中翻滾掙扎。軍艦已經逼近眼前，河水吞沒了我們的身體，可看見從甲板俯瞰此處的人們，是頻頻揮舞著手帕的白髮女人，好像是我最喜歡的俄國老太太，從船上傳來〈溜冰者華爾滋〉以及震天響的銅鑼聲。

那並不是軍艦，而是外國航線的旅船嗎？四周開始放起絢爛的煙火，少爺也站在俄國老太太的身邊。垂死的我，想著，啊，少爺，已經要到遙遠、遙遠的法國去了。身體依舊非常疼痛，一邊哭泣著，一邊在夜晚的河原上爬行。依然處處可聞鎗聲和砲彈聲，戰爭依舊在某處進行著。不，應該是煙火吧？我無法分辨眼前的船隻是旅船還是軍艦。

醒來之後，拭去眼角的淚，撫摸睡在身邊少爺溫暖的臉龐，之後便去解手。從解手處向外看去，天空已經微微泛白，蘇鐵樹的葉子搖晃著。聽見了公雞的叫聲，聽見了遠處火車的汽笛聲，也聽見鄰家的菜刀聲。這家起得好早，某處傳來嬰兒的哭聲，種種的聲音，這是活人的世界，正月的早晨，風平浪靜。

希望今年也能平安無事度過。

九、二〇〇五年 夏 第十天

……從前、從前、有位少女在河邊抓河蝦。

莉莉繼續讀著前一天所買的阿里山原住民傳說集。一邊推敲著翻譯成日文之後的語感。

……這時候，載浮載沉地飄來一根漂亮的棒子。少女拾起棒子，往下游丟，它又載浮載沉地漂了回來，橫著投，也載浮載沉地漂回來，因此打算把它當作柴火，放入懷中帶回家。回到家一看，卻不見棒子的蹤影。一面想著：好奇怪啊，少女就這麼睡下。第二天早晨，少女的腹部鼓了起來，正訝異到底是怎麼回事，一陣腹痛，生下了一名男孩。但這孩子除了臉以外，全身毛茸茸的，跟熊的孩子沒兩樣。正想著，怎麼會如此，一放手，孩子邊笑邊開始走了起來，五天之後，就變成大人了。之後聽說村裡的人被敵人殺死，便率先迎向敵人的村落。在夜晚黑暗的道路上，他的身體宛如太陽閃耀，照亮了夜晚的道路。一抵達敵人的村落，毛茸茸的身體噴出火來，燒盡了敵人的村落。毛茸茸的英雄繼續守護著村莊，死後成爲火神，協助村人的生活，但是村人漸漸疏於祭祀，火神因失望而離去。

原來從前的村落是由這樣的神守護著。

早晨十點，幼兒玩著池中的水。水光非常耀眼，就算戴著太陽眼鏡，莉莉也不得不瞇起眼睛。將書本放在桌上，將目光移向孩子。橢圓型的池子中，鯉魚在其中游來游去。孩子將手伸入水中，追趕著鯉魚。或許是投宿此處旅館旅客的孩子吧，卻不見父母的蹤影。每回跳入池內，銳利的光芒便往四處胡亂散去，莉莉的眼睛也因此感到刺痛。

池邊四周圍繞著羊齒與各種顏色的蘭花，水面上也綻放著粉紅色與白色的睡蓮，從中央的噴水處，不時地飛來如霧氣般細小的水滴。總共有四個孩子，其中兩個女孩子穿著同樣的淡黃色衣服，應該是姊妹，大概是四歲和六歲。另外兩人是男孩子，或許是兄弟，也或許是朋友，單從臉孔並無法斷定，看來大概是五、六歲。

除了莉莉之外，沒有人坐池畔的庭園涼椅。大約有攝氏三十六、七度吧，在這樣炎熱的正午，沒人會想到外面來休憩吧。雖然Taipei也很熱，但來到台南之後，發現這裡更熱了。

昨天早上，人在涼爽的阿里山。仍然忍不住盯著年幼的孩童。一旁可見孩子的父親，卻不見母親的蹤影。在旅館前面的懸崖邊有露天的咖啡廳，下方緊鄰的道路有許多對親子緩步走著。六歲左右的女孩，穿著或許是在旅館土產店買的「原住民」紅色民族服裝，頭上戴著彩色羽毛的頭飾——大概是雞或是鴨子的羽毛——父親在桌前喝著咖啡，她便在四周蹦蹦跳跳，弟弟則追趕著花壇中飛舞的蝴蝶。

到昨天夜裡爲止還有雨與霧，現在已經完全放晴。萬里晴空，無半朵雲彩，發出炫目的藍，頭頂上的鳥兒不停鳴叫。

巨大的杉樹與檜木包圍著旅館，視線並不太好。但是從樹枝的縫隙中看去的天空，三角稜峰清楚可見。那便是台灣的第一高峰玉山吧——日本人曾經稱之爲「新高山」——其實看不清楚，但因爲想看玉山特地來到阿里山——，就當它是玉山吧。只是爲了更接近玉山，莉莉前往台南的途中便繞道到阿里山來，一看地圖，發現阿里山便在玉山觸手可及的位置。

莉莉在阿里山的露天咖啡廳繼續翻閱爲孩童而寫的傳說集，其中對山中的動物也有親切的說明。由於無法讀中文，只能憑藉認得出來的漢字，看著插畫與照片，掌握大概的內容。

曾經奔馳在台灣山中的豹——據說是叫「雲豹」的一種特別的豹。比起眞正的豹體型嬌小，尾巴長而粗，斑紋面積大，與大陸的「雪豹」似乎是兄弟。現在已經絕種了——但也有人不放棄希望，相信它仍然存活在山中某處而繼續鍥而不捨地尋找著——被從前住在玉山以及南部大武山等一帶高山的「原住民」視爲神的化身，「頭目」自認爲是雲豹的子孫。

無論是羌還是鹿，現在幾乎不見蹤影。而野狼好像是台灣原來沒有的物種，當然也沒有錦蛇，但是毒蛇很多。其中著名的有排灣（應該讀做paiwan吧）族當作祖先的「百步蛇」——被咬了之後走不到百步便會死亡，有著細長身子的翡翠綠「青竹絲」，甚至還有「眼鏡蛇」。野豬和飛鼠現在仍然很多。熊則有和除了北海道之外的日本列島相同的月輪熊。書裡也刊載著月輪熊與雲豹親暱地互相撫觸身體的圖繪。

阿里山的鄒族——大概是zou族吧——有個變成巨人的男子因為過分暴虐，被一百隻熊同心協力制伏的傳說。即使如此，也有獵人因追逐野鹿，而遭巨大的鹿中之王殺死的傳說。

還有在山中發現的蛇的孩子的故事。有隻大蛇纏住了骷髏頭，當中有人類的小孩。蛇舔著嬰兒時，孩子變身為蛇，被舔完之後又變回嬰兒。這個孩子很快地成長為村中最強壯的英雄，與敵人奮戰時，一會兒變化為大蛇，一會兒變化成人，讓敵人不知所措。

或者是洪水與火的傳說。從前洪水成災，只有玉山的山峰露出水面，但是這樣實在太困擾，於是螃蟹潛入水中，用鉗子把將水堵住的大鰻魚身體剪斷。好不容易洪水退去，但之後火從地面消失，所有的東西只能生食。許多鳥兒企圖從玉山山頂取火都失敗了，最後嘗試的鳥兒好不容易成功，這種鳥被尊為靈鳥。書裡畫著尾巴長且美的青色鳥兒。

莉莉坐在露天咖啡廳，大揚羽蝶在她四周飛舞著。想到頭上一直快樂地叫個不停的小鳥或許便是青色的「靈鳥」，她有好一陣子觀察著高聳的樹枝，但沒能見到尾部羽毛的動靜與鳥喙上的紅顏色。

美霞在Taihoku的四年當中，並沒有機會到台灣的任何地方旅行，連Taihoku附近的北投溫泉也沒去過，更別說親近台灣南部，或者中央山脈群山了。那個時代像美霞這樣的家庭主婦是無法輕鬆出門旅行的，且從前的火車應該比現在更花時間吧。即使如此，喜歡眺望山景的美霞一直想與山接近。來到台灣居然無法看到山，她或許對此感到悲觀。三千公尺左右的高山，是無法簡單一窺其貌的。越過一座山往上爬，好不容易才望見山頂，像富士山那樣，沒有前山、即使從遠處也能看見全貌的山，反而是比較稀奇的。

嚮往台灣聳立的三千公尺以上險峻高山，而專程從內地來登山的人也不少。也有人是爲了稀有的蟲類、鳥類以及動物而來。此外，台灣山裡還住著各自繼續傳統生活的「原住民」。美霞在台灣時，Taihoku的女學生也開始挑戰登山，新聞報導著成功攻頂「新高山」的新聞，美霞是以怎樣的心情讀著這些報導的呢？

對美霞而言，無論是新高山還是台南，都比內地還要遙遠，宛如幻境。住在Taihoku的美霞哪裡都去不了，一定曾經嚮往過台南，莉莉這麼想。原本愛好文學的美霞應該透過《國姓爺合戰》以及內地人作家的作品，對台南，或者位於市郊有著面海古老城塞的安平這樣的地名耳熟能詳。母親是日本人的鄭成功這位混血英雄昔日將此地當作要塞的據點。

美霞的姪女莉莉在這個盛夏離開了Taipei，經過阿里山之後來到台南，因爲不得不移動。一個人在外國，語言不通的情況下，會突然想移動。只要繼續移動，彷彿四周的空氣便會產生裂縫，風從中而生，雲彩四散，或許能發現意想不到的東西。

前天早晨，莉莉從Taipei搭乘快車在嘉義下了車。原本想搭乘「自強號」特快車，卻沒有符合莉莉時間的班次。

是非常悠閒的列車，但冷氣很強，馬上讓人發寒。斜前方的位置上，日本青年與當地的台灣年輕女性依偎坐在一起，由於兩人以日語交談，所以能斷斷續續聽到談話的內容。……好吃歐……那裡沒有路

ㄟ。下次到……的話。眞好呢……。啊，那個也許不錯……。可是，這樣很困擾……。你想去……嗎？……

車裡的乘客很少。竹南站有人賣午餐的便當，所以買來吃了，大塊的雞肉豪邁地橫躺在白飯上。到了台中這個車站，女性團體的乘客上了車後，車裡突然熱鬧起來。窗外可看見日正當中的道路旁，戴著斗笠小販，賣著拖車上裝滿的大西瓜。過了彰化、斗六與斗南，陽光從對側照了進來，莉莉便移往那一側。此時天空已漸漸暗下來，過民雄站差不多是三點，好不容易到達嘉義時，雨便開始下了。

被稱爲「森林鐵路」，一天只有一班的小火車已經發車。在車站的詢問處用英語問：到阿里山，要搭什麼樣的巴士呢？得到的答案是：因爲之前的颱風，山裡發生土石流，往阿里山的巴士全部停開。莉莉禁不住嘆息：我連靠近阿里山一點也辦不到嗎？好不容易才來到這裡呢。此時，對方說：如果你願意搭共乘計程車，三百元便能夠去了。於是莉莉馬上決定搭乘共乘計程車，三百元相當於日幣一千元左右，到底是貴還是便宜，日本人的莉莉也無從判斷。

之後等待了約三十分鐘，似乎是爲了等候來自高雄的乘客。你也要搭計程車吧？這裡，這裡，貌似計程車司機的高大男子以手勢招呼莉莉。在大型廂型車的計程車裡，已經坐著三名約莫是高中生年紀的女孩和一對中年夫婦。

不小的雨勢依舊不停歇，計程車在雨霧中前進。進到山路，爲白霧籠罩，完全看不見。即使如此，計程車仍然沒有減速。一開始不停談笑的女孩和中年夫婦都沉默不語，有女孩因爲山路崎嶇感到不適。過了大概一個小時，計程車停了下來，好像在說：想上廁所的人在這裡請下車。莉莉也站起身，在司機的引導下，來到路邊食堂裡的廁所。雨勢傾瀉而下，在車子與食堂之間奔跑時，司機爲她打起大黑傘。

計程車再度出發，目的地之遙遠，令人覺得喪氣。依然只見白色霧氣，車子面前突然出現巨大岩石，難道這便是土石流嗎？莉莉縮起了身子。大岩石、中岩石，路上到處都是岩石。這樣的狀態，巴士的行駛的確有困難，就連計程車也說不定很危險。即使如此，計程車的速度依舊沒有太大的改變，車中的大家彷彿陷入昏睡狀態般死寂。

莉莉後悔著，在這樣的壞天氣，勉強到阿里山，難道什麼也看不到便得回來嗎？一邊忍耐著因暈車引發的嘔吐感，繼續搭車前進。好不容易到達目的地，在廣大的停車場被放下來，付了說好了的三百元，手還因暈車而顫抖著。一回神，發現乘客投宿的旅館已各自派出車子在附近等候，也有莉莉在台北事先預約的旅館的車子。

搭上這車，進入更深處的山區。

雖然大致稱為「阿里山」，包括莉莉這樣的一般遊客所前往的，不是眞正登山專用的荒漠山中小屋，而是整體標高兩千公尺以上，被當成廣大休閒區的自然公園。旅館與小木屋分散其中，似乎也為遊客整備了散步專用的道路。樹齡有數千年——不知是否為眞——的紅檜木群很有名，莉莉手邊的導覽書是這麼寫著。

莉莉所搭的車子順道到小木屋村落的管理處，之後到達旅館。在無法確認外觀的情況下，拖著行李一級級爬上石階，走進因為天色昏暗、從外頭什麼都看不見的大廳。進到裡面一看，出乎意料的，有許多遊客站在櫃檯前面，四周因為他們的談話聲顯得很熱鬧。因為下雨的關係，被困在裡頭的孩子四處奔跑，走廊也有孩子，到處都有孩子，紅著臉，興奮地嘻鬧著。距離吃晚飯的時間還太早，不到六點鐘。

莉莉被帶往的房間非常狹小，小小的窗戶外頭是旅館倉庫的內側。雖說是盛夏，冰涼的溼氣停滯著，總之非常寒冷。前一晚，從台北預約時，已經客滿，旅館說如果能接受備用的房間便能住宿。因爲是備用的房間，價格很便宜。體內還殘留著暈車的感覺，爲了禦寒，便潛入床裡，馬上進入夢鄉。過了七點醒來，之後去了食堂，好不容易趕上自助式的晚餐。吃了看來像是剩餘的炒飯以及青菜，塡飽肚子後，便來到大廳看看。孩子已經消失無蹤，彷彿如深夜般，四周寂靜無聲。

在櫃檯發現了阿里山傳說的書，購買之後便回到房間。在床上坐下，在膝上攤開筆記本，記下當天發生的事。因爲太冷，沒脫衣服便上了床，藉著自己所知的漢字，讀著傳說集。實在太冷了，連淋浴的心情都沒有。

一個小時之後，睡魔再度侵擾，於是丟開書本，彷彿沉入沉重的溼氣底下，睡去。激烈的雨勢仍然持續著，山中的雨聲總是容易引人入眠。

夜裡，不知是什麼時候。

房間的門突然開了，在寒冷的霧氣中，兩團黑色的影子闖了進來。嚇了一跳，不知是雲豹還是羌？定睛一看，才看清楚其中之一是普通的貓，另一團黑影則是渾身滑溜溜閃亮亮的鰻魚。由於是黑影，躺在床上的莉莉也沒有戴眼鏡，只看到朦朦朧朧的一團。黑貓與鰻魚都未發出腳步聲，貓與鰻魚的組合令人覺得毛骨悚然，但奇怪的是，兩者都有著人的感覺。

莉莉發覺：啊，這是夢境。

爲什麼你們知道我在這裡？要糾纏我到何時？出去！莉莉不由得想尖叫，卻發不出聲音。貓與鰻魚的影子對躺在床上的莉莉裝佯不知，逕自地在狹小的房間打量起來。拉起窗帘，進入浴室，沖了廁所的水，翻起已經磨得破損的地毯，尋找隱藏在其中的東西。

如果我是螃蟹的話，便會用剪刀把這些傢伙一剪兩段。但是莉莉成不了傳說中的螃蟹，只能在床上裝死。房間裡很快瀰漫著貓與鰻魚混合的氣味，以及莉莉最想忘記，或者當作已經忘記了的過去的男人的氣味。

第二天早晨，即使已經醒來，夢中的感覺仍然殘留著，莉莉半信半疑地環視房間，連電視後側都不得不查看一番。拉開有霉味的窗帘，才注意到倉庫屋頂已是晴空萬里。

才七點過後不久，山中的早晨開始得早，莉莉一到食堂，便因為投宿旅客的人數之多而吃了一驚。食堂的一角，北京話尖銳的聲音相互撞擊著，一邊啜著皮蛋粥，忽然想起小時候養的黑貓。那是一隻全黑的公貓，突然失蹤了，到底是什麼原因，到今天仍不得而知。那是那隻貓仍在家時、久遠前的記憶。

莉莉彷彿要驅趕擾人的蟲子似地，搖了搖頭。

不，那是如假包換的貓，夢中的貓顯然是莉莉所拋棄的孩子的父親，而鰻魚則是今年夏天莉莉在東京的房間殺死的男子，那應該已經開始腐爛的屍體。在夢裡這些細節特別清晰，莉莉明白，該詛咒的不是這些男子，而是作了這樣的夢因而感到恐懼的自己。

歸途也利用共乘的計程車下山。

到櫃檯一問，才知道「森林鐵路」下午才會發車，且必須在上午自己到山中車站買車票。從旅館到車站似乎有些距離，如果是共乘的計程車，中午之前便能夠出發。雖然此時的阿里山有著罕見的萬里晴空，莉莉卻想早點離開。那令她不愉快的夢也是讓她想早點離開的原因之一。同時擠在旅館下方狹窄道路上的眾多遊客也讓她吃驚。由於人太多，似乎無法在安靜的山中道路悠閒的散步，家族出遊的熱鬧聲音來回交錯著。

回程的計程車和前一天不同的，是周遭的風景清晰可見。越到山下，竹林越多，香蕉樹、蛇木與椰子樹也越來越多。當然不見雲豹與熊，也沒有羌與鹿。擦身而過的摩托車上載著白色的長毛狗兒，或許是看錯了。終於四周都是椰子樹，也可看見香蕉園。花了超過兩個小時，終於到達來時搭乘計程車的嘉義站，黑貓與鰻魚並沒有追趕著莉莉而來。

從嘉義到台南，快車要花上四十分鐘左右。莉莉在幾乎空無一人的車廂內，急急忙忙地吃著從車站的便利商店買來的午餐便當——與前一天便當的菜色大致相同。阿里山那麼多的遊客幾乎都是自己開車，或者搭高速巴士，他們並不利用鐵路的快車。

台北是亞熱帶地區，從嘉義一帶越過北迴歸線，便是熱帶地區。鳳梨、香蕉、芒果園逐一映入眼簾，這樣的變化也讓莉莉頗感新鮮。之前颱風帶來的災害，山中因土石流阻塞了道路，河川仍呈現混濁的狀態，但是新的熱帶性低氣壓又接近台灣了。與便當一起買來的報紙上，畫著出現在南方海面類似颱風漩渦的氣象預報圖。或許因爲這樣，豪雨突然下了起來。

莉莉到達台南車站時，豪雨依舊包圍著車站。

這便是所謂的「驟雨」，莉莉想起這個詞彙是多麼適合熱帶。雨滴激烈地蹦跳，打在地上。只見從天而降的傾盆大雨和像是從地面吹起的四濺水花，想出去也走不了。爲了接近等在車站前的計程車，僅僅五公尺的距離，便得全身溼透。而莉莉投宿的旅館似乎就在車站附近，因爲也沒有急事，莉莉姑且等在車站裡頭，一邊看著豪雨的態勢，一面觀察情況。四周多數人都一樣，盯著如瀑布般的雨勢而出神。

過了十五分鐘、又過了三十分鐘的現在，雨勢好不容易減弱，開始出現陽光。車站屋頂的雨水發出巨大聲響流下，柏油路面爲急流覆蓋，捲起漩渦。有人迫不及待往外衝了。在這樣的氛圍下，莉莉遲疑了一會兒，戰戰兢兢地來到外頭打探情況。雨勢已經變得很小了，但莉莉穿著涼鞋的腳、褲腳還有旅行箱的下方幾乎都泡在水裡。

太陽一照射，汗水就因強光立刻噴出。

而這正是昨天的午後。

一到夜裡，散步的同時，順便外出吃晚飯。在街上不知東西南北地迷了路，最主要是因爲受不了暑氣，爲了讓冷氣冰涼一下身體，便進到有玻璃門的小食堂了。台南氣溫雖然比台北高，但因爲冷氣開放而關上店門的餐廳卻很少。店門都敞開，店面延伸到走道上。沒有冷氣的時代，無論是Taihoku或者莉莉生長的東京，應該都是這樣的店吧。

莉莉選了張空桌，在長條椅上坐了下來。或許是冷氣的魅力，店內很擁擠。擦了擦汗，喘了口氣後，發現店員並未來詢問點餐。店面雖然狹小，卻沒人注意莉莉這位新來的客人。就這樣，等了好一會兒，店裡頭的櫃檯有男人說話的聲音。一回頭，發現男子邊與店員交談，邊看著櫃台上的紙。男子將紙交給店員後，便回到自己的位置上。

看完這前後端倪，莉莉站起身來，往櫃檯一看，的確放著一疊紙。從當中抽出一張看來廉價的紙條，回到座位上。在台北，也有這種店，但只要一疏忽，便會忘了自己去拿紙條。紙條便是菜單，客人必須在想吃的餐點上做記號，交給店員。盯著黃色字條上排列的艱難漢字。其中，只理解「擔仔麵」的意思，便在上面做了記號後回到櫃檯。

鬆了一口氣後，看到帶著兩個孩子的夫妻進到店裡，在莉莉這一桌坐了下來。只有莉莉獨占的這張桌子還有座位，所以不能顯出不願意的神情。這對夫妻看來約三十歲後半，孩子也都還小，好像已經累了，四個人都沉默不語。擔仔麵送來了，莉莉對著熱湯吹氣，開始一口一口地把麵往嘴裡送。

此時，同桌的先生好像在跟自己說些什麼。就在莉莉遲疑的當下，戴著眼鏡的妻子壓低了聲音，對先生低語：「ribenren。」由於自己是日本人，所以對於「日本人」的北京話發音，莉莉能敏感地聽出。在計程車和路邊攤上，莉莉也都能聽出「ribunran」這句閩南語，但爲什麼會知道自己是日本人呢？莉莉打算假裝什麼都沒聽見。

——你是日本人嗎？

突然聽到生硬的日語傳入耳裡。莉莉不覺看了看那位先生白皙的臉龐。雙眉之間有很深的皺紋，看來像學者的先生客氣地再說了一次。

——Excuse me，你是日本人嗎？

莉莉縮起身子，點了點頭。因爲無論如何，可不能回答不是。

——你從東京來嗎？

——對，從東京來。

莉莉一用日語回答，穿著五分休閒褲以及polo衫，有學者風範的先生滿意地點點頭，快速地與妻子說明。妻子以笑臉致意，莉莉也回了禮。

——啊……我的母親，東京……啊。

先生說完這句話後，便改口說英語。有時會夾雜日語的單字。他的母親今年八十二歲，年輕時曾在東京讀過六年的書，之後，一直在台南生活，他自己也在台南出生。現在在台北工作，時值暑假才回到故鄉……。

——待了六年這麼久？

莉莉也用英語反問他。年輕的台灣女性隻身待在東京，應該很辛苦吧？她在東京讀些什麼？雖然想這麼問，但是突然使用英文，無法表達這麼詳細的事情。母親是八十二歲的話，這位先生至少超過四十歲了。或許兄弟眾多，是么兒的緣故吧。少女時期便在「內地」讀書的母親希望成為教師嗎？當時從台灣到「內地」留學，如果不是經濟非常寬裕，一定很難實現。戰後社會一般禁用日語，這位母親的立場又如何呢？

——是啊，留學了六年，所以母親的日語非常流暢。我的日語不行，但孩子們現在跟著ojiisan一起學日語。

——和ojiisan？

這次說的是日語。

——是的，大家都很喜歡日語，我和孩子們也都覺得學習日語很愉快。

之後，似乎告訴孩子們，說說你們知道的日語，這位是日本人歐。在父親的催促下，孩子們縮起肩膀，低下頭來。母親在旁邊低語，而父親對兩人不知說了什麼，但孩子們頑固地搖搖頭。

這位父親所說的ojiisan，如果是那個留學東京六年的母親的丈夫的話，應該很高齡了。如果是在台北學日語，那或許是妻子的父親。妻子的雙親也對日語很感興趣嗎？莉莉雖然想問，但父母與小孩正在談話，便失去了問話的時機，繼續吃著擔仔麵。而父母小孩四人這頭，與莉莉一樣的擔仔麵與麵線也早就送來了。

兩個小孩突然開始異口同聲地對莉莉說：A、I、U、E、O。哎、好棒，非常棒，莉莉掩飾自己的靦腆，盡自己日本人的義務，用日語誇張地稱讚。孩子展開笑顏，更大聲地繼續說：Ka、Ki、Ku、Ke、Ko。莉莉更假裝吃驚。

——眞的，說得眞好。

——Sa、Shi、Shu、Se、So-!

——對，對，你們學得眞好。

——Ta、Chi、Zu、Te、To-!

——好厲害、好厲害!

莉莉說完之後，忽然用英語與父親交談。她想對孩子的回應應該足夠了。

——令堂還健在嗎？我母親八十五歲時過世了。

——我母親仍健在，只有耳朵以及行動稍有不便。雖然想帶她上東京，但是沒有辦法。母親連夢話說的都是日語。

——這樣啊，或許作著留學東京時的美夢吧。

——是啊，或許是這樣。我們總是聽著她在東京的事情，她似乎不想回來台灣結婚。如果母親沒有結婚，我就不會出生，也不會有這些孩子的存在。

父親笑了，莉莉也笑了。

——令堂應該是位勇敢的女性吧。

——是啊，不過那是很久之前的事了。你一個人到台南來嗎？

——我也是利用暑假……

——這樣啊，台南是個好地方。你如果喜歡這裡，我也會很高興的。很羨慕你能一個人旅行呢。

有著知識分子風貌的父親得體地補充了一句，莉莉也報以微笑。

北海道盛夏的耀眼光芒從莉莉的眼中一閃而過，在鄂霍次克海邊，莉莉與孩子一邊舔著霜淇淋一邊走，孩子的父親一個人一直走在前頭。那時的陽光非常強烈，是直射的銳利光芒。

同桌的父親閉口，孩子也安靜了下來。莉莉吃完剩下的麵，站了起來。

——那麼，我先離開了。很高興聽到令堂的事，希望她繼續愉快的東京美夢。

——是，謝謝，sayonara。

最後以日語告別之後，走出了店門。即使到了夜晚，完全沒有感覺氣溫下降的跡象，邊撥開外頭悶熱的暑氣一邊走，莉莉想著。不知道是不是應該對那位父親說說曾經住在台北的美霞的事。不過，很困難。因為美霞的事無法簡單地說明，特別是對台灣人。

返回旅館途中，有間大廟，參道上，夜市攤販林立著。年輕人圍著製作折紙的攤位。折紙是給神明的供品嗎？有條巷子香煙嬝繞，一看，發現那裡也有廟宇供奉別的神明，販賣著像是紙鈔的紙、茉莉花與白木蓮花供品的攤販櫛比鱗次。

莉莉這才注意到台灣現在也是暑假期間，在阿里山感覺到闔家出遊的人群特別多，尤其是年輕夫婦的家庭。大多是兩個孩子，父親多半穿著休閒五分褲與polo衫，彷彿是假日的制服，母親則是及膝的五分褲，而孩子則喧鬧地哭著、叫著，四處奔跑。

這讓莉莉不得不回想起自己與孩子度過的暑假回憶，北海道的旅行，還有箱根的旅行，也到過八岳。平時忙於工作，與穿著休閒五分褲的台灣父親相似的是，莉莉與孩子度過的是短暫的暑假。孩子的父親不是自己的丈夫，時在時不在。新潟的海、從盛岡出發抵達的藏王，無論哪個夏天都很炎熱，沒想到自己也曾經有過那樣的時光。

再過五天便是莉莉孩子的冥誕，無論在台灣或是他處，那一天總會到來。反而是離日語的世界越遠，那一天的迫切感越逼近自己。那是因爲語言消失的話，時間也會消失的關係嗎？

莉莉的孩子算來即將滿二十八歲，但莉莉告訴自己，這樣的計算不算數，也無法想像他到底會成長成什麼樣的青年，因爲孩子在世的時間與莉莉現在生活的時間是無法連結的。

在某一點，迷失意想不到的時光裡就這樣，度過了眼前在台南的時間。在意想不到的時光當中，莉莉捨棄了孩子喜愛的黑貓，接下來便在母親留給她的舊房子裡，開始與縮在路旁的鰻魚同住，想要逃離獨居的生活。這個夏天也把特意撿來的鰻魚丟棄了，因爲鰻魚是看不見莉莉的孩子的，這樣的生物對莉莉而言不過如影子一般。那已經遙遠，同時模糊的記憶。

因爲是影子，所以殺不掉，莉莉這麼深信著。影子打開莉莉的腿一直想鑽入其中。即使莉莉的腿被撕裂、乳房被壓扁，無論怎麼做，影子終究不過是影子。

莉莉愚蠢地想著，在孩子六歲左右，第一次了解愛這句話的意味。如果身爲母親的莉莉沒有愛的話，或許小孩就不會死。但莉莉仍悠然地活著。死去的孩子並不詛咒殺死自己的母親，也沒打算將她推入血池、針山，什麼都沒做。對此，莉莉的恐懼與日俱增。越是恐懼，莉莉對於依附自己而活的生物便只能感覺如同影子一般的存在。

無論是誰都是如此持續活在意想不到的時光當中嗎？莉莉想著，或許眞是這樣吧。只要活著，意想不到的時光便會以意想不到的形式持續著。無論怎麼樣想將它消去，意想不到的時光，出乎意料地與日俱增。不對，不對，正當痛苦呻吟之中，憎恨已化爲刀刃，不知何時已經讓莉莉握在手中，想要切割那意想不到的時光，想將持續活在其中的自己切成碎片。過去莉莉是否曾經有過悲傷的情感呢？

有孩子逝去的時間，有孩子在世時的時間，也有孩子出生前的時間。莉莉也有父母與妹妹，父親早早行蹤不明，由母親養育莉莉與妹妹，兩人離家獨立後，母親一個人繼續住在舊房子，之後莉莉與孩子搬了進去。有孩子的時間持續了一陣子，而這段時間突然便中斷了。

有一段空白，一回神，另一段時間已經開始。上班、返家。街道的風景沒有任何改變，工作的內容與公司的建築物也沒有改變。家中的格局也沒有改變，庭院的雜草繼續叢生，身旁的人都對莉莉小心翼翼，大家都很親切，莉莉一直很感謝，不過孩子已經不在了。

若無其事地繼續生活的同時，莉莉卻是啃食著自己的肉。無論如何啃噬，莉莉的身體並無受傷也沒流血，仍然維持健康的狀態。肚子也會飢餓，生理期也如舊，頭髮繼續長，指甲也繼續長。突然想到撕裂吞噬的肉或許不足，在孩子不在之後，便將偶爾來探望莉莉的孩子的父親給殺了，家中的母親也被莉莉吞噬了，只剩下莉莉。過了數年，與某個男子發生了關係，也將他撕裂吞噬了。味道令人作嘔、想吐。當然這是錯誤的，所以莉莉自己也得被殺死不可。即使沉入自己的血泊當中，莉莉仍然無法發現自己的時間。

在斷裂的空白時間中到底發生了什麼事？那又是在何時？莉莉不願意想起，卻在夢中甦醒。由於莉莉人在台灣，所以也在台灣各處甦醒。

孩子追逐著池中的鯉魚，突然安靜了下來。莉莉抬起了臉，水中反射的光芒太過耀眼，所以孩子們的身體、花的形狀都無法分辨。

從光芒中好像有東西朝莉莉的身體筆直飛來，莉莉張開了嘴巴，莉莉孩子的氣味掠過她的鼻端。

莉莉站了起來環顧四周，池邊空無一人。

午後，搭計程車到安平。雖然也有可供利用的公車，在酷熱當中尋找巴士站是很麻煩的。

在安平，看了舊城塞的遺蹟，瞻仰了鄭成功的銅像，城塞出口處有個有榕樹樹蔭的小公園。在當地的老人堆中，喝了喝瓶中的水，擦擦汗，之後在觀光客往來的舊街道食堂吃了蚵仔麵線，也就是熱的日式麵線。因爲無事可做，便搭計程車回到市內。原本是養魚池的溼地地帶，筆直的道路綿延著。莉莉拚命地眺望著沿路兩旁並排的希臘風雕飾的新建高樓。

並不是回到旅館而是繞到市內有名的舊城遺蹟赤崁樓，因爲對莉莉而言或許再沒有到台南來的機會了。

此時再次下起驟雨，被困在狹隘的樓閣當中，更仔細地看著展示資料及古繪圖，也重新仔細地檢視小土產店中的櫃檯，但仍然無法消磨等候雨停的時間。無法從樓閣脫身的人互相偷偷苦笑，二十人左右的觀光客中也有英語嚮導陪同的白人女性。爲龐大的雨勢所震懾，所有的人都繼續靜靜等待。外頭的庭院有當地的孩童，一邊淋著雨，張開雙手，扭動著身體跳著舞。四周的椰子樹也與孩子一起拚命搖著頭大幅搖擺著。

好不容易雨勢變小，來到戶外，繼續在地面流動的雨水讓腳以及褲腳完全溼透。色彩鮮豔的彩虹浮現在空中，莉莉佇足觀看。據說人的靈魂被引導至此，而回到天上的彩虹橋。日本人或是台灣漢人的靈魂可能過不了山中人的彩虹橋。

莉莉的靈魂將回到何處呢？現在日本已經是「盂蘭盆節」的時期，莉莉既未焚燒迎靈的火堆，也未曾用茄子以及小黃瓜做過死者的靈魂將騎乘返回天國的動物。

大人的頭、小孩的頭、連嬰兒的頭都排成直線，成爲大小銀色的顆粒，碰撞地彈跳著登上彩虹橋的樣子在莉莉腦海中浮現。是上百個霧社事件時蜂起叛亂的「番人」頭顱。

莉莉在Taipei知道了日本軍隊答應歸順日本的「熟番」，獵得首領規格的頭顱兩百圓、男性頭顱一百元、「番婦」三十圓，幼兒則是二十圓的賞金，讓他們協助「反抗番」的征伐。由於自古以來的獵首風俗一直被禁止，能被公開允許獵首，「熟番」非常高興地參與。不只能隨心所與地獵人頭，也能得到許多的賞金。收集了上百個被日方當成戰利品的頭顱，但超過一半都是因爲賞金的關係而遭殺害的女性和孩童的頭顱。

在從前，據說對「番人」——但似乎不是合乎所有「原住民」的習俗——而言，取得敵人的首級是男人的榮譽，也能消彌侵襲村莊的種種災厄，洗雪刷男人的恥辱。以「番刀」切下的首級用樹枝將腦漿除去，再用河水洗淨，放置在頭架上，也有部族掛置在屋簷下。只要得到新首級，全村便會舉行盛大的祭典，在首級的口中注入祝賀酒。在風中曝曬的首級最後變成頭蓋骨，日本警察入山當時，還見到過年代久遠的頭蓋骨。變成頭蓋骨後，便不用擔心腐爛，也能夠永久保存。

霧社事件當時的首級，在現實中到底怎麼樣了？莉莉很擔心。日本警察會不會在什麼地方挖個穴埋了，就像處理普通垃圾般丟棄了呢？據說當時日本軍用飛機噴灑毒瓦斯。由於難以討伐逃入山中的「番人」，日本軍終於做出了這樣的事。如果眞是這樣，把「反抗番」的首級當成一般垃圾處置的可能性就很高了。

彩虹依舊濃艷地浮現在台南的天空。

無論如何焦急等待，與「虎頭蜂」——日語的痲雀蜂——幾乎一模一樣的一群正義天使，並未從青空翩翩降臨到地上的莉莉身上。

十、一九三一年 冬↓春

在昭和町租來的臥房裡，深夜時分，赤裸裸的美霞張開雙腿架在同樣全身赤裸的明彥肩上。雙膝跪著的明彥就這麼接近美霞的身體，然而在進入美霞身體之前，明彥將美霞的雙腳從自己的肩膀甩下，坐到被子上。

——不行啊，美霞的腳太重了啊，而且把我的脖子給夾住了，不是嗎？

——美霞坐起上半身，倚著頭。

——很不舒服嗎？

——這樣的姿勢連呼吸都有困難。

——美霞拿起一旁法國的「情色學」書刊，重新看著兩人所模仿的男女繪圖，嘆了一口氣。

——這種書，好像沒什麼用。

——美霞的身體原本骨架便太粗壯嘛，所以無論什麼樣的體位好像都會把我壓扁似的。

——你說得太誇張了……。人家很瘦，至少應該不重才是。

——你的骨頭有這麼粗，這便很重了。

明彥抓住美霞的手腕，用手指摸著她的骨頭，邊喃喃自語著。美霞皺起眉頭引導明彥的手探索自己的乳房。

——你看，乳房可沒骨頭呢。少爺你最喜歡的奶是這樣地柔軟，你該感覺得到吧？

美霞的另一隻手握住了明彥的性器，湊近她的口，然後仔細地用舌頭開始舔舐前端，明彥發出了呻吟聲，壓倒了美霞，打算進入她的身體。

——等一下，這樣可不行，你得戴保險套。

——我才不要戴那種東西，一定沒問題的啦。

——我就說了不行，不然為什麼從內地帶來那麼多保險套呢？

美霞勉強起身對明彥說道。

——老是要我戴保險套，我已經受夠了。對男人而言，那個東西硬梆梆的，很不舒服。

——Kimobegyan？

美霞用剛學的意為「不爽快」的台語，笑著說。明彥也苦笑著回答：

——對啊，kimobegyan。想要kimogyan，可全都泡了湯。

這句話是美霞常去光顧蔬菜水果店的本島人查查人教她的。將日語的「kimochi」稍微變更後加入台語，這樣的說法現在變得很普遍。「kimogyan」是「很舒坦」，而「非常舒服」似乎是加上漢字「眞」——chinkimo。

——可是不戴保險套，besai，不行啦。

——說台語會破壞氣氛，你可不可以不要說？

——歐，那麼說法文就沒問題嗎？可是法語，wamuzaiyan啦。因爲少爺你根本不教我嘛。哎，好冷。光著身子，感冒可會加重的。

美霞說著便要鑽入被子。

——還不行嘛。你就這麼不上不下地，叫我怎麼睡得著。

明彥掀去了被子，用口含住了美霞的乳頭。

——唉呀，這麼冷。那讓我到上面吧。這樣會安全些。

美霞起身，將明彥壓倒在被子上，再舔舐明彥已經萎靡的性器，然後跨過明彥的身體，將性器放入自己的身體。彷彿騎著旋轉木馬般，身體上下地擺動。明彥發出像是痛苦的呻吟，美霞更激烈地擺動著身體。比起在下方，美霞更喜歡在上方，自由地移動。她覺得自己越來越有精神，彷彿回到孩提時代在附近的河川遊玩的感覺。

——啊，我要射了。可以吧！

明彥扭曲著臉說著，而美霞卻不回答，只是更激烈地擺動著身體。明彥的身體發出痙攣，之後便安靜下來。美霞也停止了動作，將自己的胸貼上明彥的胸前，拉上了被子後閉上了眼睛。也不確定自己是不是很有感覺，不過美霞沒有任何不滿。當然快感是有的，儘管不到「欲死欲仙」的程度。就這樣睡去是一直以來的模式，已經半夜兩點，如果不早點睡，明早可是會很痛苦。但，這天夜裡美霞的耳邊傳來明彥的聲音。

——你太粗魯了，我的東西都快折斷了。美霞，你就像頭山豬似的。

——你不是chinkimo嗎？看起來像是那樣。

——總覺得好勉強，得溫柔些。

——可是少爺你說要再奔放一點的。

——奔放與粗野可是不一樣的。你一付爲父母報仇似的樣子，朝我撲上來。那股氣勢，我還懷疑你是不是恨我呢。

——怎麼會……。

——美霞骨架子粗，身體也壯，所以我被你的氣勢給壓倒了。無論怎麼說，粗野可是不好呢，女人可得更矜持些才好。

美霞沒有回答，如果回答，只是爲自己辯駁罷了，還不如保持沉默。美霞假寐，馬上傳來明彥規則的鼻息。

外頭正狂吹著冷颼颼的所謂「大屯落山風」。矗立於Taihoku北部的大屯山雖然不是很高，但一到冬天，冷風便往Taihoku吹送，同時多半挾帶著如霧氣般的陰暗雨勢。Taihoku的冬天要遠比美霞所想像的冷，一不小心，便會感冒。租借的房屋是適合夏季居住的，到處是縫隙，冷颼颼的風總從外面吹進來，身體絲毫都暖和不了。

爲了取暖，美霞緊抱住明彥的身體，閉上眼睛。爲了進入夢鄉，開始數數。一、二、三、四、五、六……。頭疼，防雨窗因風而搖晃的聲響，在腦中迴響，就這麼閉著眼睛，扭曲著臉。明彥所說的「矜持」在耳畔迴盪不去。「粗野」、「大骨架」、「粗暴」，明彥肆無忌憚地想說什麼就說什麼。

美霞已經累了，因爲幫忙明彥的翻譯工作，一直都睡眠不足，煩人的頭痛也一直糾纏著她。工作結束後希望能趕快就寢，但「情慾」的享樂也不能就此省略。明彥不知從何處找來中國、法國的「情色學教本」參考，嘗試過各種奇奇怪怪的體位，卻接二連三地失敗。這樣一來，明彥便開始抱怨：美霞的東西不夠緊，或許是自己的東西發育不良，更何況美霞的身體原本就太粗壯等等。

做了種種努力之後，事到如今也不可能將身體縮小，即使被責備說是粗野、狂暴，對美霞而言，認爲熱心投入是自己身爲妻子的責任，所以也不知如何回答是好。明彥開始跟她通信時，便不停地告訴她：所謂夫妻必須捨去所有的躊躇、羞恥心，大膽奔放地追求性的快樂。美霞相信在法國已經成爲常識的新式「戀愛結婚」便是這樣的，所以一直努力忘掉舊習的羞恥心。

明彥在給美霞的信中也對她告白自己婚前全部的性經驗——如果相信明彥所言全部不假。母親家中大他二十歲的女傭人，以及寄宿處的女主人，他無法忘記當時對方帶來的甜美快感，但美霞卻不想知道那樣的事。男女之間有些事還是不說的好。

即使如此，美霞還是繼續努力，因爲除了努力別無他法。與努力相成地，自己的快感則擺到第二位。越是奇怪的體位，越是徒然令身體疲累，讓人覺得無聊。不過，大概不該這麼想吧，這畢竟是夫妻之間的重要行爲。

比起這些事，美霞眞正擔心的是避孕問題。從內地買來一堆保險套，但卻沒用多少。「節育」難以按照理論實踐。不避孕，當然就會懷孕。不過懷了孕或許還比較輕鬆，美霞也曾這樣想過。像母親那樣一直處於懷孕育兒的狀態，當然是敬謝不敏，不過比起「情色學」，美霞覺得育兒或許更有趣吧。

在Taihoku迎接的第一個冬天出乎意料地冷，因此美霞老是不停咳嗽、流鼻水。由於持續下著冰冷的雨，溼氣嚴重到和式紙門幾乎塌陷，而棉被也無法在外頭曝曬，因爲濕氣的關係越變越重。

雖說寒冷，跟韮崎的冬天比起來，水不會結凍，雨不會變成雪，樹木的綠葉不會凋落，從昭和町便可望見的附近山群也不會枯黃。而且，冬天很快便過去，或許只要縮起身子，忍耐著，便能熬過去。貧窮的本島人無人穿著大衣，只穿著厚上衣或者類似背心的衣服，腳則是光溜溜的。但怕冷的美霞寫信給韮崎的母親，要她寄來冬天的內衣褲及衣服、披肩、毛毯。如果忍受著寒冷，原來該好的感冒也好不了，心情也會跟著低落。要是不用遠從內地送來而能在Taihoku買的話，便再好不過了。但美霞沒有這筆錢，拮据的生活費所能買的僅有本島人使用的小型烘手竹籠。

不同於因寒冷所苦的美霞，明彥有幾年前在巴黎訂製的高級外套與毛料西裝，和似乎很溫暖的開襟毛衣，甚至也有圍巾。不過皮革手套和俄國製的禦寒帽則留在東京母親家裡。雖然有外套，明彥幾乎不穿；連毛料的西裝都很少上身。

有天早上，在到學校之前，美霞對獨自喝著牛奶咖啡的明彥說。

——今天這麼冷，爲什麼不穿那件外套呢？不多穿穿它恐怕要發霉了。穿到學校讓大家看看嘛。

——那可不行，學校那夥人忌妒心可是很強地。雖說那些外套大可送回東京去，但我想，就算在這樣的Taihoku，或許也有派上用場的時候……。也不是什麼大不了的高級品，紳士服的發源地在倫敦，但是在倫敦時沒有時間，沒辦法，只能在巴黎的分店將就了。不過巴黎這個地方，完完全全是適合女性的都會。

——巴黎的日本婦人跟我可是不一樣，在此地我只不過是個ribunboa。

美霞自己說完，便笑了起來。

——真討厭，我腦海一直浮現「日本婆」的漢字。

明彥喝完杯中的牛奶咖啡，站了起來。

——學台語固然好，但你也差不多該學法語了。在巴黎，台灣話可派不上用場。

——說的也是……。

美霞敷衍地回答著，送要到學校的明彥出門。

穿著舊西裝，很寒冷似地，明彥縮著肩，快步地走上每天的必經之路。那個腦袋，應該裝滿了法語，美霞完全不懂的法語。就算美霞現在學會了讓自己覺得有些優越感的台語；打從很久以前，明彥的書房裡便擺著豪華的台灣話字典，只要他願意，明彥應該一下子便能學會台灣話。馬來語、越南語、朝鮮語、孟加拉語、巴利語、匈牙利語、丹麥語，明彥的書櫃擺著各種語言的字典，就算不是自己的專門，學者這個人種認爲總會有派上用場的一天；不管是什麼樣的獵物，反正先放入自己的網內再說，似乎有著這樣的習性。

剩下獨自一人的美霞，收拾了和式餐桌上的杯子，開始清洗廚房的餐具。就算那天吃的是茶泡飯，明彥每天早晨一定要在飯後喝牛奶咖啡。據說如果不喝便無法工作。如果不喝昂貴的咖啡，而喝番茶的話，家計的負擔應能減輕不少。但要是因此無法工作可不行，所以美霞每天早上便按照明彥教她的方法，只做明彥的份，自己則喝便宜的茶。一方面也是爲了節約，對美霞來說，也不想一大早便喝下咖啡加上牛奶那樣的飲品。

想到此，美霞的腦海裡接連浮現香榭大道、歌劇院、聖母院、含羞草、紫丁香這些具有魅力的詞彙。只要在口中吟詠，那發音便引人沉醉夢中。雖然Taihoku被稱爲「東洋的巴黎」，在此地可沒人喝著像牛奶咖啡那樣的飲料。而新鮮的語言，能聽到的只有台灣話而不是法語，在此聽到的不是bonjour，而是gaoza，不是merci而是dosha，dosha。

一到巴黎，我是否就能夠得到洗練的正統洋裝和鞋子呢？美霞這麼想。現在的生活不過是那之前的過渡期，只要儉樸過日就好，並不需要和Taihoku的內地人太太爭奇鬥艷。

巴黎，各式各樣的人追求著小小的夢想，有時煩惱，有時歡喜，過著忙碌的每一天，與東京是沒有兩樣的現實都會；明彥的衣服便直接地傳達了這樣的訊息。冬天，巴黎有時降到零下十度以下，用剪刀裁剪、縫製當地織布——布或許是其他的城鎮所織——，固守往昔傳統的工匠，或者尚未完全長大成熟、有著紅色臉頰的裁縫女工說著法語——巴黎或許應該也有下町語，那種又快又威風的法語。

美霞到書房，撫摸著明彥如裝飾品似地掛在牆上的巴黎製外套，嗅著它的味道。在霉味的另一端，似乎微微地感覺到巴黎的味道。

令人懷念的記憶中含著淚水
令人懷念的記憶中流的眼淚

七葉樹花開季節，可人的你在哪裡？

美霞口中自然地唱起〈巴黎的屋簷下〉。

住在巴黎屋簷下，歡樂的往昔

燃燒的雙眸，充滿愛意的話語，曾經那麼溫柔的你……

哎，這首歌可不太好！

美霞忽然閉口，瞪著明彥深藍的外套。可不能唱這樣的歌，特別是對現在的美霞來說。一回神，才注意到這歌詞是多麼不吉利，一個人寂寞地在巴黎屋簷下的隱密房間中癡癡等待那不貞的戀人，落魄無助的女人。

兩年後，或者三年後，便要在巴黎展開生活。理應如此，我相信如此，美霞這麼想。明彥的巴黎之行意味著金錢方面全得仰賴母親大人。即使被選爲公費留學生，還是得花錢。上次母親大人所負擔的巴黎留學費用高得驚人，第二次的巴黎留學，研究內容更專門，必須擠身歐洲一流的學者之間，所以得花費更多金錢——如同明彥母子所說的。結果，母親的發言權越來越擴張。是至今爲止的十倍，不，恐怕有百倍。

現在，母親也承認美霞是明彥的妻子——先不論戶籍上的問題。但美霞的旅費及生活費，她或許認爲並無負責的義務。這其實是一般常識，原本就該由美霞娘家負擔吧。即使如此，美霞的母親絕對不可能籌出這筆費用的。

很想向明彥問個明白：我到底會怎麼樣？但是問不出口。如果問了，原本到巴黎或許還有一絲希望，或許會完全破局。也可這麼想：其實明彥什麼都沒考量。已經有了妻子，當然一起到巴黎，原則上雖是如此，但沒有錢也沒法子，只好讓妻子留在日本。也就是說，就是這麼簡單。總而言之，明彥到法國去，不是去玩，是爲了工作。

明彥說：應該學法語。對美霞而言，懂法語當然要比不懂來得愉快，但是要如何獨自學起呢？通信時期，明彥說是要一對一教學，在Taihoku開始生活之後，非常清楚並沒有那樣的時間，明彥本身連想也沒想起他所提過的一對一教學。要是美霞催促他，他應該會爲她找來法語入門的課本吧。但這也起不了什麼作用，或許還會被責備：都有課本了，怎麼都沒有進展呢？

專攻法語的明彥，對法語非常神經質。在開始學習之前，美霞或許便因畏懼明彥的世界而畏縮不前。比起門檻高的法語，美霞對於每天都會聽到的台灣話，親切感油然而生。白菜是beicai，蘿蔔是caitao，高麗菜是goreicai。黑漆漆是omama，紅通通是ananan，好的、好的是hola、hola。

三

這年冬天，大陸的上海開始了武力衝突。而美霞懷孕了。因頭痛不癒，身體也總發熱，便懷疑患了比感冒更嚴重的病，在百般不願的情況下到醫院一看，醫生告訴美霞，她懷孕了。已經兩個月，預產期在十月。

果真懷孕了。現在不是養孩子的時機，美霞很喪氣，聽到懷孕的消息，明彥也只是嗯——地沉吟一聲。養育孩子到底得花上多少錢？如果因孩子綁手綁腳，那可麻煩。孩子要安置在家中什麼地方？十月開始難道就會被嬰兒的哭聲以及四周堆積如山的尿布等骯髒的小布片所包圍嗎？或許像這樣的念頭在他腦中快速回轉吧。

懷孕這件事讓兩人陷入憂鬱的心情，但美霞還是悄悄期待著，無論兩人的生活發生什麼變化，即將出生的孩子是自己與明彥貨眞價實的孩子。特地親手縫製了腰枕，邊嘗試各種體位，絞盡腦汁尋求夜晚的快樂，即使如此明彥還是無法得到滿足，而這孩子便是兩人堆積的疲勞所產生的結晶，是夫婦兩人誠實以對、快樂相互分享下的結果，這到底會是什麼樣的一種生物呢？

即使懷孕，美霞的生活依舊沒有改變。一到三月，明彥的學校進入假期，明彥一人獨自回到內地。在東京，他好像有五次關於法國社會學的演講，而涂爾幹的書也等待最後的校正，還必需翻譯有關蠻荒社會宗教生活的書籍。

明彥的工作在美霞未知的地方似乎受到人們大大讚賞，對於這位意氣風發的新進社會學者有著極高的期待。在Taihoku，明彥的朋友多了起來，外出的機會也增加了。與法國文學的老師往來，此外與哲學、宗教學以及民俗學研究者也在Taihoku帝大、市街的咖啡館和酒吧相互交換情報，也就是說涂爾幹的社會學能夠擴及的範圍有這麼廣。昭和町家中的訪客也變多了，如果有客人來，美霞也不能裝聾作啞。雖然她不善款待客人，但是聽著他們的談話也是很愉快的。對美霞而言，民俗學的老師的談話是最有趣的，因爲他們主要針對台灣山中的人進行調查，必須不停在山中巡迴，而這也算是台灣群山的故事。以將近海拔四千公尺的新高山為中心，形成了台灣中央險峻的群山，山頂附近據說也有冰河，盛開著雪割草之類的高山植物。以這些山為根據地，至今為止山中的人幾乎在此孤立生存，例如「霧社事件」的人是泰雅族中的塞德克部族，在更南方的大武山是排灣族的據點，布農族則以新高山為勢力範圍，他們彼此之間語言不通。各種不同的神話以及不同的風俗習慣傳承至今。這當中有洪水傳說，也有「惡女」在海上漂流的「方舟」傳說，也有「女護島」傳說。

日本的近代警察進入這樣的世界之後，單方面強迫他們接受日本的習慣與利益，所以演變成像霧社事件這樣一發不可收拾的狀態。研究者都深受山中駐警的照顧，也住在他們的宿舍，所以很難批判那些警察。

——可是如果沒有警察的保護，到了山上也無法跟那些人見面吧。

美霞不禁脫口而出，客人笑著回答。

——嗯，可以這麼說吧。迴避警察進入山中是不可能的，也不知道在山中會發生什麼事情。小泉太太，你想上山嗎？眞的好勇敢啊。

美霞紅著臉點點頭。

——我常聽到這樣的事喔，無論到怎麼樣的深山去，一定會有日本女性處之泰然地在當地生活，眞是了不起。女性好像要比男性更堅毅，男性如果沒有權力或武力作後盾就成不了事。

酒酣耳熱的明彥笑了起來。

——唉，可別太抬舉她。豬受了抬舉也會爬樹的，搞不好這個人就眞的當回事了。女人就是有一股蠻勇，男人是抵不過女人這股蠻勇的。但單單靠蠻勇是對抗不了文明的。

——不過女性眞的很勇敢，比起男性，她們應該比較不受那種微不足道的偏見束縛。

美霞如坐針氈，連頭都抬不起來了。

——可是充滿偏見的女性也很多的啊，這種女性才普遍吧，因爲女人家總是沒見過世面。

——比起偉大的世界理論，對自己而言身邊的人際關係才是重要的，這應該是女性的特徵吧。霧社的女性眞的非常可憐。

美霞不禁對客人的話深表贊同，然後看了看明彥。

——嗯，不過……我有個事例想讓涂爾幹老師知道，因爲這是imitation的最好例子呢。

美霞不明白明彥的話，反問。

——imitation?

客人替明彥回答。

——模仿，也就是感染的意思，自殺也有感染的現象。周遭的人都上吊自殺，同時祖先的神話中有在特定的樹上吊就能夠回歸天國這樣的確切信仰，就會像那樣子集體上吊吧。但是某個集團在被逼得走投無路的情況下集體自殺，僅以感染爲理由是無法合理解釋的。這樣的自殺可說是在迷亂狀態（ano-mi）下造成的狂熱心理作用。

——在那樣的情況下，對日軍的恐懼也到了極限，集團的約束力非常強吧。當然模仿的要素也不可忽視，但對傳統生活規範即將消失的危機感應該是比較強烈的吧。我想出乎意外的，近代個人糾葛的理由應該也是有的，不能夠輕易的只是視爲「素樸的番人」因爲四面楚歌進而自殺吧……

不虧是才完成《自殺論》翻譯的明彥，一談到自殺，突然變得饒舌起來。美霞離開座位到廚房去，開始預備醃白菜。

美霞想與山親近並不是因為她的蠻勇。守護霧社的群山，奇萊山——應該是海拔三千五百公尺以上——、合歡山、能高山、卓社大山。離開霧社，秀姑巒山、南湖大山、烏拉孟山、凱蘭特昆山——這些海拔三千八百公尺級的群山她如數家珍，只要想像那連綿的山頂，美霞的身體就不禁顫抖起來。從甲府盆地能夠看到的南阿爾卑斯北嶽有三千一百九十二公尺、間嶽則有三千一百八十九公尺，單是這些山總是能讓美霞感到無限的崇高。秋天到冬天，山頂閃耀著皓皓白雪，夏季的青色山影，好想看看這些比甲州群山更高的山峰，但沒有人告訴她如何能夠看到這些山。這裡不是內地，在台灣一說到山，便是「番界」。

從山中人們所住的「番社」一定能夠看到高聳入天的主峰，那是唯一讓美霞感覺有神祇存在的群峰。在山腰自在奔跑的人，吹過群樹的山風，各種動物的聲音以及鳥鳴，還有Lala大樹。如果起碼能夠拜訪奇萊山或者能高山，她覺得自己一定會感謝曾經來過台灣一事，因Taihoku的生活而產生頭痛應該能夠煙消雲散，心情也會為之開朗吧。

美霞當然知道絕對不可將山中人們想像為童話故事中的人物，除了lahoale「頭目」率領的布農族Tamaho社之外，如今所有的「番界」都為日本警察支配，山中的人似乎也不能自由行動了。特別是「霧社事件」的倖存者，去年春天在霧社收容所受到「熟番」襲擊，有將近兩百人被殺害，進而被強制遷移到稱作「川中島」的村落，受到監控。在霧社，新移居進駐的「熟番」與被放逐的「反抗番」之間不斷有零星的衝突，去年十二月，霧社的「熟番」與「反抗番」之間的「和解儀式」在警察的引導之下——正確的說是在警察的強制之下——在能高神社和平的舉行，報紙如此報導。

在東京上大學的大弟也熱心送來自己收集的「霧社事件」相關情報。弟弟在信中說，美霞人都在台灣了，對於這樣重要的事實必須更認眞思考。東京的學生舉行了日本的「番人政策研究會」，弟弟也是成員之一。

根據弟弟的情報，莫那．魯道的女兒馬紅莫那失去了所有的親人，一個人孤伶伶的在「川中島」生活。父親莫那是四十八歲，馬紅或許比美霞年輕，只有二十出頭。

詳細的情況並不知道，據說馬紅在事件過後不久就被日本的軍警當作「人質」逮捕——她在事件發生當時因故下山，或許因此只有馬紅被日方逮捕吧——爲了勸說佔據在洞穴中的兄長和四名同伴投降，馬紅被迫帶著日本酒來到兄長處。哥哥不答應投降，喝著馬紅帶來的酒，唱著〈離別之歌〉，跳著舞。——馬紅在期間或許只是茫然地流著淚。——最後哥哥緊抱著馬紅與她告別，然後哥哥等人進到深山，集體上吊辭世。經歷了這樣的死別，馬紅今天仍孤伶伶地在「川中島」生活。雖然覺得馬紅與兄長告別一事的眞實性值得懷疑，但身爲人質的馬紅一個人存活下來是千眞萬確的事實。

美霞認爲自己沒有資格可憐馬紅。獨自一人殘活在這世上、目送所有族人度過彩虹橋，對美霞而言是不可能的。這樣的人生實在難以忍受，這不是模仿也不是恐懼，而是對家人的愛，不過馬紅並無法和家人一起度過那座彩虹橋。

獨自存活在這世上的馬紅眼淚已經流乾，安靜且平凡地度過人生當中的痛苦，有時還會遭遇死亡的誘惑。

莫那．魯道還有一個妹妹叫蒂娃絲。美霞忘不了蒂娃絲這個名字。蒂娃絲和族人一起上吊度過了彩虹橋，比美霞年長，是四十歲左右的女性，但是一直照顧著兄長莫那，她是多麼不幸啊。

蒂娃絲在日本的懷柔政策下與日本警察結了婚——對莫那而言這只不過是爲了守護部落和平的一個重要「契約」罷了。美霞也在報紙上看過當時蒂娃絲的照片。心情變成黑色的固體，彷彿要沉入身體深處的洞穴般，蒂娃絲的表情看來是如此沉鬱，或許是討厭被拍照，或者剛好那時候頭疼才皺起臉來——後來轉任花蓮的丈夫因故死亡，她回到霧社莫那身邊，好像又再婚了。但或許曾經嫁作日本警察的妻子身分爲她招來災殃，這次的婚姻似乎也不太美滿。

她的警官丈夫據說是從山崖跌落河川而死亡，但是兄長莫那懷疑，其實他是因爲不喜歡「番婦」蒂娃絲，爲絕後患，才僞裝因故死亡逃回內地。丈夫死後，日方並未對蒂娃絲有過任何援助，據說這也是加深莫那對日本人懷恨的主要原因。

下定決心對日本人發動「戰爭」，也就是所謂「霧社事件」，莫那心中的想法到底爲何呢？美霞忍不住追究這個沒有解答的謎底。在事件發生之後日本軍警馬上毫不留情地展開「討伐」，莫那當然知道會有這樣的後果，即便如此，難道是想對日本人顯示「番人」也有番人的尊嚴嗎？日本方面的討伐作戰持續了四十天以上。

莫那戰鬥、殺伐、遁逃、再戰鬥、遁逃、戰鬥、躲藏。這是一場漫長同時只看到絕望的戰爭，在山中的寒冷以及飢餓的折磨下。

因爲已經知道己方將被殲滅，莫那做出判斷：自我了斷的時機已經到來，首先必須將自己所有的族人送往那個世界。——女子、小孩到底能夠藏身在什麼樣的安全之所呢——在莫那的率領下，包括那不幸的妹妹蒂娃絲，十數名族人唱完〈離別之歌〉後便上吊自殺。

莫那用三八步槍射殺了懼怕上吊而逃跑的兩個孫兒——到底是幾歲的孫兒，與妻子的遺體一起放入狩獵的小屋中，放火燒了小屋。孩子小小的屍體應該很容易就燃燒了吧。——但美霞覺得有點不可思議，到底在怎麼樣的情況下，世人才知道這件事情的經過呢？透過檢視屍體的殘骸就能夠推斷這一切嗎？——之後一個人消失在深山中的莫那，屍體還未被尋獲。

對馬紅以及其他「霧社事件」的相關人物而言——就如美霞的大弟所說的——事件至今仍餘波盪漾。但一二八上海事變之後，比起島內的「番人」狀況，大多數內地人對大陸的武力衝突更感不安。因武力衝突陣亡者開始增加，教授夫人也出現在美霞昭和町的家中，勸誘她加入愛國婦人會。雖說還是講師的身分，不過身為來自內地的教師妻子的美霞也不得不入會。以身體不適為由，她打算什麼活動都不參加。緊接著滿洲國於大陸誕生的三月，明彥依原定計畫出發前往內地。直到新學期開始的四月下旬為止，他應該會在內地停留近一個月。

≋

到了三月，氣溫瞬間上升，與亞熱帶地方的台灣相得益彰的氣候宛如內地的初夏時節。令人驚嘆的是，水田不知何時已經完成插秧，而市場裡也能看到枇杷與苦瓜。美霞小巧庭院裡松葉牡丹以及有著粉紅線條的高砂百合——山中少女到市場來販賣的花卉種類之一——也盛開著。葉菜快速生長，小黃瓜與茄子的花朵也各自盛開。

美霞再度開始給人在東京的明彥寫信，信中寫著少爺不在覺得好寂寞、好痛苦，總是想著你，肚子裡的寶寶一切平安，此外也會寫著庭院的事、家中附近的流言、他人寄給明彥的郵件和學校的聯絡事項，無論如何希望能夠像以前一樣寄出互相傾吐對愛慕之情的信，但與明彥已經開始家庭生活，不可能免去實務性的報告。獨自一人被留在Taihoku的怨恨在心中某處流動，也因此向明彥傾吐獨自一人看家寂寞的文章，連自己都覺得不夠坦白。

春假的「功課」，明彥給了美霞盧梭的《愛彌兒》這本又厚又長的書。明彥在出發之前已經跟美霞說了很多次，身為小泉明彥的妻子最好得讀一本盧梭的書，當成基本教養。他說日本的芭蕉或牧水也不錯，但是必須拓展讀書範圍。

一看，這本書的封面副標是「關於教育」，美霞覺得有些厭惡。除了詩或小說，複雜的論文之類的盡量不想讀。因為連在平常的狀況下都會頭痛，因此覺得非常煩惱。雖說如此，盧梭也是大弟喜愛的。明彥的話總是對的。一直以來，美霞至今無法想像的各類文章，在各個時代、各個國家被持續創作出來。只要繼續閱讀這樣的文章，不但能開拓自己的世界同時也能得到全新的喜悅吧，不過前提是得要有充分的時間。

即使明彥不在，美霞的生活還是非常忙碌，中午前給明彥和韮崎家人寫信，整理給明彥的郵件——分量不是普通地多，除了明彥自己訂購的書籍和來自朋友的私人信件之外，還有贈書、論文、雜誌、內地的舊書店、法國書店的目錄、新刊學術書的廣告、各種學會的通知，以及某教授六十大壽的慶祝事宜，還有些教授的退休紀念演講通知、來自內地的演講邀請、邀稿和學校的通知與稅務署的文件。午後撐著陽傘到郵局、銀行，順便到市場買東西。有時也必須到醫院接受定期的產檢。家裡的打掃洗衣、廁所的清理、庭院的整理，有時還必須擊退巨大的老鼠及蟑螂，威嚇驅逐房東飼養的生面番鴨——身體漆黑有著紅黝黝的臉，總是衝進美霞非常愛惜的庭院企圖啄食她的蔬菜與花草。到了夜裡必須謄寫明彥書寫的原稿，同時製作索引。有時得縫製衣物，接下來在睡前閱讀她的「功課」《愛彌兒》。

美霞抱著《愛彌兒》到床上打開檯燈，從枕頭上探出上半身打開書本。一旦決定要讀就會讀。很想笑著對明彥說我可是好好讀了，非常有趣呢。抱著這樣的期待逐字往下讀，然而上面的文字在紙上逐漸模糊，變成一片空白後消失了。回過神來，美霞發現檯燈是亮著的而自己卻睡著了。每晚就這麼重複著，終於，美霞只要看著《愛彌兒》的封面，睡意便會襲來。

《愛彌兒》根本無法往下讀，就這樣，一天天過去了。即使如此，她還是不放棄用著蝸牛或是蛞蝓的速度一頁、兩頁地往前爬，這當中她開始介意明彥讓自己讀這本書的眞正用意。他希望我爲了即將出生的孩子從盧梭那學習育兒相關的基本思想嗎？這裡所寫的只不過是理想的理論，在美霞貧瘠的現實當中連模仿其中的方法都沒想過。美霞本身的再教育？已經都到了這年紀了應該是太遲了吧。

就算是這樣的書，讀了這樣的文章，美霞本身當然也會有些感想，開頭的「離開造物者之手時，全部都是良善的，然而一到人類手中，全都變成邪惡的。」這句話吸引了美霞。「在自然的秩序下，所有的人類都是平等的，其共通的天職是存在爲人這件事。」像這樣的文章相當好。大弟老是講著盧梭、盧梭，是有道理的。「只要觀察自然，往自然所指示的道路走去便是好的。」這也是美霞所喜歡的句子。盧梭的思考好像盡量珍惜人與生俱來自然的型態，而知識是次要的。根據這樣的思想，極端的「書蟲」明彥，人生似乎完全被否定了，美霞無法不這麼想。當然連一冊《愛彌兒》都讀不完的美霞是什麼都不知道的。明彥的研究生活沒有了盧梭根本無法想像。也就是盧梭所主張的「自然的觀察」，即使如此，讓美霞不可思議的是，少爺對於外界的自然眞的有過任何興趣嗎？

過了兩個禮拜，美霞突然想到應該會有更有趣的書吧，而進到了明彥的書房，在好奇心的驅使下開始調查起書櫃裡的書。一打開台灣話辭典便忘了時間，也發現總督府出版的雜誌《台灣時報》和民族學相關的雜誌。收集了有關台灣的古老資料的厚重書本、台灣歷史書本、以中文書寫的台灣習俗相關書籍、同時也發現了山中人的大型寫眞集。美霞再度感到非常欽佩，無論是什麼書少爺都會買到手呢。

每天晚上美霞把《愛彌兒》擺在一旁，開始看起山中人的寫眞集。這是自古以來居住在台灣的各部族「番人」照片，她也順便讀了歷史書、《台灣時報》以及民族學雜誌。

四月，隨著新學期接近了，氣溫更是逐漸升高。扶桑花開，相思樹的黃色花朵也逐漸盛開。明彥返家的日子近了，有一天美霞沒穿和服而是簡單的家居服，在白天時出門，是個風很強的日子。

白頭翁，從媽媽那裡得到了白色的帽子。

白頭翁戴著白帽子。

啊啦啦啦，啊啦啦啦。

嘴裡哼著最近從家中附近的孩子們那兒聽到的〈白頭翁之歌〉，美霞走向古亭町的巴士站。風似乎要將陽傘給吹走，也捲起了裙襬，有時得用手壓著。天空泛著白，但與內地不一樣的陽光，絕不能小看。

白頭翁，鳴叫的時候揮著白帽子。
白頭翁鳴叫的時候揮著白帽子，叫了起來。
啊啦啦啦，啊啦啦啦。

在Taihoku，白頭翁這樣的小鳥會飛到所有的樹上快樂的鳴叫。啾啾啾、啾啾啾，不停忙亂地鳴叫著，彷彿念著聽我說、聽我說、聽我說嘛。台灣話眞正的發音是「白頭殼」——是內地人無法發音的名字。也有「shirogashira」這樣的日本名，但內地人都不這麼叫牠。白頭翁就是白頭翁，就算美霞接近牠們身旁，白頭翁一點也不害怕。和房東的生面番鴨——認爲自己最偉大，總是仇視著人——大不相同。白頭翁頭上豎起的白毛非常可愛。

共乘巴士來了，美霞坐了上去。至今爲止只搭過往市中心的巴士，今天心血來潮，往Taihoku的南方去。通過淨水廠與Taihoku帝國大學前方，一直到以碧潭這個溪谷著名的新店，要花上一個小時左右。夏天似乎也有不少日本人前往游泳、品嘗香魚。——不過現在還是春天，應該不會有人去游泳吧——聽說有人從碧潭搭船前往Taihoku的川端町，美霞才不想乘坐那樣的船。比起河川她更在意山，在明彥回來之前她希望能夠與山更接近。

道路順著河川，水田則沿著四周往外開展。有幾隻白鷺鷥在水田遨遊，水牛則靜靜佇立當中，黑色的鳥兒棲息在水牛的背上。也能看到本島人的農家，紅色屋頂的磚造建築——在台灣稱之爲土角厝——的平坦庭院，雞鴨在其中漫遊，也能看到頭戴斗笠要被風吹倒似的本島人用扁擔挑著蔬菜。河川上掀起了白色波濤，竹筏在波浪裡搖搖晃晃，河邊的甘蔗因風沙沙作響。好想讓韮崎的母親和小鬼看看這般如明信片的風景。

共乘巴士繼續往南前進。從窗口吹進了混著塵埃的暖風，感覺口中有異物。美霞綁在腦後的頭髮，被風掀起了幾縷髮絲，地上薄薄的塵埃也搖晃著。車裡坐著身穿看來酷熱異常制服的警官，也有身穿西裝的內地人男性，帶著孩子身穿和服的女性，穿著看來頗為涼爽的台灣服的老人。有兩位帶著大型行李身穿台灣服的年老女性，女學生則穿著漿得筆挺的直條紋連身洋裝。有形形色色的乘客，但車裡是安靜的。揚著塵土的風正面迎來，所有的乘客瞇著眼，每個人都默默忍受著。一靠近公車站，內地人的年輕車掌便一副嫌麻煩的樣子喃喃唸著站名，用手打開車門。一名兩名的乘客緩緩下車，相對的一名兩名的乘客帶著疲憊的神情上車。

美霞終於不敵睡意意識朦朧起來。因為幾乎不出遠門，決心要將四周的風景看個仔細。美霞已經懷孕四個月，像這樣一個人出遠門恐怕是最後一次了。寶寶誕生之後可能忙著照顧孩子，兩三年應該很快就過去了，一不小心可能會有第二胎的誕生，如果運氣好的話或許會隨著明彥到巴黎去也不一定……。

……土地無霜雪、草木則不凋亡、四面皆山、乃眾山夷狄之居所……此夷狄各自封王，劃分土地人民其各有異……

白頭翁，從媽媽那裡得到了白色的帽子……

啊啦啦啦，啊啦啦啦。

在共乘巴士中，美霞朦朧的腦海裡湧現了各式各樣的聲音，有歌聲以及從明彥書齋的書本飛躍而出的語言。

……雖為番人但同為人類。同樣是感情的動物。……如果番人能夠充分理解道理以及意義，則他們之上的番字就會化為烏有……

他們不易歸化也不易服從政令……出草殲首良民，年年因番害斃命者多達數百名……

啦啦啦、啦啦啦

……野番跳梁群山……經常埋伏林中射殺鹿群……真正為狐貉之窟，非人所至之處……

白頭翁！白頭翁！

……人言此地水土人多蒙害且多染疾……

啦啦啦、啦啦啦

……鳥與鬼形，幾為非人

……生番即人面之獸……

在新店下了巴士，就聽見強風中似乎有動物呻吟般的叫聲，美霞因此而吃了一驚。環顧四周只看見了小小的山群，從四面八方都能聽見叫聲。這或許是棲息於大屯山中的蟬的鳴聲，美霞想起明彥從前說過。不過由於鳴叫聲非常狂放，明彥笑著說根本沒想到那是蟬。

即使來到新店也只能看見附近的小山，美霞一直希望能夠看到群峰高聳的山影，但在泛白的天空下根本沒有蹤影。美霞皺著眉，輕輕嘆了一口氣。比起市區，風更強了。有時突然吹起狂風，連遮陽傘都要被吹走般。樹群騷動，塵埃飛舞，道路因塵土的顏色而灰濛濛的。在塵埃當中，內地人的小店家林立，也能看到本島人攤販的身影，這地方比美霞想像中還要熱鬧。共乘巴士的站牌旁也有前往烏來的台車車站，推台車的男子被太陽曬得黝黑，嚼著檳榔，抽著菸管，蹲在那周圍。由於頭戴著斗笠，所以看不見男子的臉孔。

美霞發現了爲觀光客設計的導覽看板，便走了過去。上面用油漆畫著烏來四周的地圖，旁邊寫著烏來原本是泰雅族的部落，也有公共溫泉。上面寫著「是視察番地的好地方，有番童教育所、物品交易所，能讓你充分享受溪谷之美以及壯觀的瀑布，也爲Taihoku確保了良好水質的水源地」等等。

或許到烏來去就能看見她一心想看的高山，而且那裡好像也住著山裡的人。被風吹拂著，美霞繼續看著導覽圖。但是上面寫著到烏來要三個小時。這樣一來，往返花上六個小時是太遠了，而且被台車搖晃對現在美霞的身體可不好——其實就連共乘巴士或許都應該避免——台車是靠著人力在狹小的鐵軌上奔跑，能坐的地方就只有一張板子，是像玩具一般的交通工具。這原本是爲了山中的工作設置的，如果速度太快，台車就會在鐵軌上翻覆，「乘客」被拋出車外好像也不是什麼稀奇的事。

美霞緊抓住陽傘，以免讓強風吹走，一邊走到能看到碧潭的地方。這裡有鐵線橋，跨越了相當寬的河川，緊鄰的是夾在險峻山崖當中的溪谷。崖谷可見暗綠色而且有相當深度的河水，可看到被風吹起的陣陣漣漪。幾艘空船被推到船隻停泊的岸邊，互相撞擊著。鐵線橋隨風左右搖動，山崖上樟樹的綠蔭重重地隨風搖曳，綠蔭當中可窺見似乎是高級料理店的日式建築，或許是讓人享用香魚的地方吧。這樣的地方應該沒有天然香魚，大概是不好吃的養殖香魚，不過反正美霞討厭香魚，這裡是台灣，豬肉、鴨肉都又便宜又好吃，對於愛吃肉的美霞是再好不過，爲何特地要吃什麼香魚？

碧潭是山中流下的河川所凝聚的水潭，在內地的話應該被稱爲「瀞」的溪谷。美霞想起了故鄉的昇仙峽，不過水的顏色完全不一樣，一到盛夏，這綠色的水應該會綻放透明的翡翠綠吧。腦中突然浮現「瘴氣」這個詞彙，她並不清楚瘴氣的具體意思，熱氣、溼氣、蟲、蛇、病原菌。總之炎熱的地方就有它，是令人厭惡的東西。

在很久之前即使這附近的山中，或許也有很多爲了樟腦而來的日本人相繼被「番人」襲擊，取去了首級，美霞在風中想像著。不僅不想被殺，被取去首級那更是敬謝不敏。

可是爲什麼？爲什麼是首級？不過就是眼、口、腦漿這些罷了。不論被取去的首級如何被鄭重處理，任何人都不想被取去首級吧。日本人在此沿襲清代的守備方法——「隘勇」，將山中的人以「隘勇線」的區界包圍了起來，將鐵絲網通電、使用地雷，也設置山砲將山中的人孤立起來。

這個碧潭直到不久之前大概還是山中人的領地，美霞在強風的吹襲下這麼想著，住在烏來的泰雅族人或許現在非常歡迎內地人隨時造訪，到此地遊玩吧。

應該不是的。美霞用力咬住因布滿塵埃而凹凸不平的下唇顫抖著。大屯山的蟬鳴聲響徹了四周，不知從何處傳來尖銳的鳥鳴聲。因風而波動的綠水。從崖上的樟樹傳來重重的低吟聲。Lala樹到底在何處呢？不知在何時從大弟那聽來的霧社的〈離別之歌〉甦醒了過來。

頭頂上覆蓋著泛白的天空，風越來越強，陣陣吹來。

美霞一心想看到的高山山頂，離這個碧潭也非常遙遠，無止境地遠，穿過了覆蓋天空整體曖昧的雲層而聳立著，在無任何塵埃閃閃發亮的青空下，與群聚的強風嬉戲，入定般的閃耀著。

四月中旬，明彥剛從內地回到Taihoku，美霞便流產了。

到了八月，美霞再度知道自己懷孕了。這時明彥因爲暑假而前往內地，所以美霞再次被獨自一人留在昭和町。

十一、書信 一九三一年

5 從台北到東京

明彥少爺

此時我想你應該平安從京都到達東京。

在你出發時我搞砸了很多事情，眞的非常對不住。由於疲憊不堪以致不夠周延，鄉下長大的我因爲愚鈍而讓少爺覺得不快，再沒有比這件事更讓我更悲傷的了。

褲子上被熨斗燒焦的痕跡有方法補救嗎？之後我一定會小心的，無論如何請見諒。之後也請一定給我寫信。如果沒有少爺的信，獨自一人沒有朋友在此看家，又寂寞又痛苦根本無法入睡。因爲此地並無其他樂趣。

母親大人心情如何呢？在這麼炎熱的時期仍然奔走於九州帝大與京都，應該是非常疲累吧。至今爲止的行程相當緊迫，所以請在東京母親大人那兒好好地休養生息。

前幾天給你九州下榻處打了電報，驚擾你了眞是對不起。總而言之，我想盡快告訴你所以才打了電報。我的肚子裡的新鄰居一切都平安順利的樣子，預產期是二月，還有很長的一段時間。這次我一定小心不要流產，我已經不想再有那樣悲傷的經驗了。

送走少爺之後，可能因爲失落感以及身上有孕，既沒有食慾，每天晚上做著惡夢也睡不著。就連好好思考都沒有辦法，一直持續這樣的狀態，但是我不因此氣餒。還是繼續謄寫你的原稿以及製作索引，所以請放心。

這裡也發生了許多事，非常熱鬧。鄰居搬家後把所有的雜物都丟到路上，造成了大家的困擾，在晚上鱸鰻來了，全都搬得一乾二淨。山本先生家遭了小偷，高瀨先生家的狗非常可憐，讓小偷餵了毒藥，蒙主寵召了。

之後我們家也有巡警來訪，盤問我們家跟外國人常有往來，到底是什麼樣的人，我想指的是六月七月來訪的老師，所以我回答是來自法國的大學老師，一位即將赴京都帝大任教，另一位即將前往京城帝大任教，此外的事我並無聽說。他說因爲是外國人，爲了安全起見才前來詢問。對方覺得非常對不住道了歉。不過眞的給人不好的感覺。這世界難道已經變得既狹隘又疑心生暗鬼了嗎？

離你回來的日子還很遠，心胸既忐忑不安又寂寞，只要聽見外頭傳來聲音，心便會蹦蹦跳，心想是小偷呢，還是少爺回來了呢。

我沒有力氣給母親大人寫信問候，請少爺幫我向她致意。

少爺如果辦完事，希望快點回來吧，不然眞不曉得怎麼辦呢。有幾本贈書、雜誌還有出版社及報社送來的信，我再把它們轉寄給你。

我一直等著少爺的信，溽暑當中一切請多保重。

Byebye

八月十二日　美霞

明少爺

謝謝你的信，不禁在信上親吻了幾次，我的電報好像完全與你擦身而過，讓你擔心了，我已經沒問題了請放心。

少爺奮勇精進非常活躍，除了吃了母親大人的精心料理，在學會上也大受好評，暑氣啊什麼的都不算什麼了。我可以察覺，在京都，少爺在最喜歡的楚楚可憐的京都美人環繞下忘卻了旅途的疲憊吧。但是可別得意忘形，不准花心喔。

東京也有很多時髦女性，少爺您應該也會目不轉睛吧。《自殺論》在內地大受好評，我也很高興，那段時間大家都非常辛苦呢，不曉得是否爲自殺事件頻傳的影響呢？如坂田山的殉情自殺以及父母小孩全家自殺。

這裡今天下午雷聲隆隆，到了傍晚下起傾盆大雨，中午前在這樣的酷熱下，田中老師開始搬家，這附近的太太全體動員前往幫忙，我沒法子只好稍稍幫了一下手。我以肚中的寶寶爲理由早早告辭了。心情上的疲倦以及酷熱讓我非常疲憊。

高瀨先生家又養了一隻新的狗，但晚上還是吠個不停讓我束手無策。有狗的話是會讓人安心，但那樣的生物到底不是我們有法子對付的。房東那令人厭惡的生蕃鴨也元氣滿滿地到處亂跑。我們悄悄設下陷阱把它給吃了吧。一說到元氣，森崎老師的兒子非常有元氣，在這樣酷熱的天氣中每天在庭院揮著竹刀，一邊抖擻地吆喝著。

森崎太太說她能夠爲我們介紹爲他們家幫傭的本島人太太，每天來只要四圓，下個月你回來之後，再跟你商量這件事。

我想之後你會很忙，趁這個夏天請你前往韮崎拜訪，母親衷心期盼你的到訪，要是你不露個臉，她會責備我的。去年讓她那麼擔心，所以拜託你了。

因爲天氣熱，無法整理庭園，也不上街，一個人乖乖關在蚊帳中，嫻淑地過日子。如果現在染上了瘧疾一定不得了。你一定要褒獎我喔。去年夏天有這麼熱嗎？因爲太過忙碌了，天氣的事一點記憶都沒有。

讓我聽聽你在東京的事。可別受到美麗的小姐夏天的誘惑喔。今夜到此爲止。

再見。

十五日　你的小姐
問候少爺的小黑

爺

謝謝你的信，母親大人的狀況如何呢？可能爲了照顧要求繁多的你所以累倒了吧，何況天氣還這麼熱。不過一個人在伊豆的溫泉度過兩週應該很無聊吧。少爺變成強而有力的搬運工，送母親大人到伊豆或者到仙台去工作，都要小心可別累壞了。少爺若是能夠在伊豆多陪她一會兒應該會更好，但是你那麼的忙應該也沒法子吧。我想要是我能夠做些什麼就好了，但人在台北心有餘而力不足，讓我非常悔恨。

大弟說這個夏天想一個人來台北遊玩，但結果沒錢也沒時間只好打消念頭了。他如果來，這段期間我打算讓他多幫我一些，所以有點失望。他也能夠當保鑣，不過他如果來的話，或許是我因他而忙得團團轉也說不定，因爲他是一個非常懶惰的孩子，有機會的話請你也在東京或是韮崎見見這位弟弟吧，他似乎對少爺的工作非常感興趣，也非常渴望知道台灣以及支那的狀況。他還是個乳臭未乾的學生，少爺也會因他的來訪而感到困惑，不過弟弟對於新進的精銳社會學者小泉明彥大教授充滿著敬慕之情，萬事拜託了。

少爺的夏季集中講座中，出現了年輕美麗的女學生，這眞是一大事件，你可別隨便跟她講話、也別直盯著她看喔。在這兒的高等學校，我也想聽聽您的法文課。不行嗎？也許太顯目了吧。唉！眞無趣。

你的信件除了問候信之外，我會轉寄給你。從神保町寄來又重又厚的書該怎麼處理呢？郵費可能會花上一大筆，學校已經給了薪水，你要的十圓昨天已匯給你了。接下來要付房租和洗澡間的修理費。

今天又是酷熱的一天。

可別花心喔。

Bye

十八日 美霞

明少爺

現在每天還是很忙嗎？在東京只有少爺和女傭兩個人嗎？母親大人不在很寂寞吧。

台北的暑氣依舊讓我疲憊不堪，有人覺得往山上去就會涼爽些，所以往草山避暑的人非常多，但美霞依舊留守在家裡。現在小偷出沒，還是別隨便離家的好。內地不景氣的情況好像還是很嚴重。

與住在後面的池田太太遇個正著，她跟我說廣川老師的長男病得很重，應該到醫院去探望才好。不過說來我連廣川老師的臉也不太認得，就算想探病也去不了。我還不習慣和其他夫人往來，所以總是讓我很心慌。太太社群的連帶非常強固，既難打入其中，也沒那個時間和適合參加她們聚會的穿著。如果太過孤立，對少爺應該不利吧。唉，眞是兩難。

從池田老師家似乎能夠把我們家看得一清二楚，他們說你早上好像起得很遲，或說你們家老是飄著咖啡的香味。啐！我們好像被人監視著，或許他們逐一向太太報告，之後我們可要小心呢。比起她們，我不知道有多喜歡在市場和本島人的太太聊天，雖然大部分不知道她們說些什麼，我現在跟有時從山中來賣花的山中女孩很熟了。

酷暑當中你可別太操勞，我還算有元氣，雖然沒有食慾也睡眠不足。

希望早點投到你懷裡，讓您擁吻我。我不在的話，少爺的小黑一定感到很寂寞吧。不要拈花惹草喔。Bye

十八日　小美

少爺

這裡颱風的狀況非常緊急，夜裡房子搖個不停，好像有東西飛到屋頂撞到牆壁傳來巨大的聲響，我獨自一人在蚊帳中直發抖。外面暴風吹起的聲響宛如巨大的群魔嘲笑著渺小的人類，肆無忌憚地狂奔著。它的吠聲忽遠乎近，說到這恐怖的事，一到早晨，屋外成爲一片泥海，支離破碎，房東家一部分的屋頂掉落，高瀨老師家玄關的玻璃窗飛到遠遠的天空上，聽說隔著兩間遠的鄰居家窗子破了，家中都濕透了，但我們家居然能夠倖免於難。不過淡水線的列車因巨風而翻覆有多人傷亡，淡水燈塔看守人一家無人倖免，聽說在新竹死亡人數超過三十人，淡水線以外的鐵路也呈現毀滅狀態。

在這樣的情況下不知道這封信是否能夠順利送往內地，雖然沒有把握，總之先寄出試試看。因爲我想你在東京或許擔心獨自一人的美霞，或許被洪水給流走，或許因爲房屋倒塌而成了平扁扁的屍體，或者一個人被孤立在混濁的泥沼中餓死。

八月二十四日　美霞

少爺

謝謝你這麼關心我。雖然颱風非常劇烈，幸好只有局部性的損害而且一個晚上很快過去了。這個房子雖然沒有受到颱風損害但一如慣例，之後的收拾大費周章，這樣的酷暑讓人擔心起傳染病。

隔鄰空無一物，這裡不可思議地好像也平安無事，希望她能夠早點找到新房客，空蕩蕩的房子總讓人覺得不安。聽說好像有人從監牢逃獄，就連外頭都不去了，總覺得好像被人監視著，無論什麼事都覺得非常驚恐。只要少爺在身邊，我就好像得了百人的助力般，雖然也告訴自己不要什麼事都這麼放在心上、盡量打起精神。

非常奇怪的，我夢見了洪水的夢。少爺和我都精心打扮，快樂地走在銀座。此時忽然醒了過來，不禁很沮喪，這到底是什麼夢啊。此時聽見少爺的聲音說要到學校去了，穿著睡衣就跟你一起外出了。天空夜幕依然低垂，還未天明，一片昏暗。狗也不叫，覺得有些奇異。如同往常，少爺開始走了兩三步，而此時原來是道路的地方突然變成了連對岸都看不見的激烈濁流。似乎所有的東西都流走了，連人影都看不見，也聽不見聲音。我正茫然，少爺卻筆直地往濁流前進，彷彿被吸入般身體往下沉、再也看不見了。一回過神，我腳邊已經充滿了咖啡色的泥水，我心想一切都完了，正全身發冷時，這次眞的醒了過來。

由於是這樣的一種夢中夢，我非常的恍惚，已經分不清夢境與夢境的邊界，一股淡然的悲哀纏繞著我。

轉寄給你有人寄來的雜誌摘錄，此外還有從京都寄來的三本贈書，這該如何處理呢？沒有私人信件。

少爺你趕快回來吧。

請跟大家問好。拜拜

八月二十七　美霞

明少爺

已經九月了你還不回來嗎？我根本睡不著，總覺得不安，半夜裡一個人眼淚流個不停。啊！比起媽媽的奶，美霞的奶更甜呢。工作忙嗎？此時從山中從海邊返回東京，皮膚曬得黝黑的時髦女孩讓少爺很高興吧。

昨晚我的腳好像觸碰到什麼，原來是一隻像貓般大的老鼠！美霞小姐神聖的玉足差點就被牠咬了。如果家裡四周的野貓更親近我的話，非得讓他們來擊退家中的鼠輩不可。明年出生的寶寶如果成了老鼠餌食可不得了了，蟑螂諸公也非常活躍。大蟑螂成群結隊飛到家中，讓我傷透腦筋，本島人把這叫作gazhuwahi，蟑螂戲，天知道這才不是那麼樣的好東西呢。據說在空瓶裡放入蜂蜜就可以捕到蟑螂，不知道是不是眞的。

我有一個請求，下次少爺到內地應該是明年的春天，在那之前。非常對不住，我希望您能夠爲我辦理入籍手續。是非常麻煩的手續，也和現實生活沒有什麼關係，但想到即將出生的孩子如果一出生就身分不明，就覺得於心不忍，同時在求學或就業上讓他覺得矮人一等，也非常可憐。姑且不論母親大人的意見，我希望能憑少爺的力量解決這個問題，萬事拜託了。

只要再稍稍忍耐，你很快就回來了，這個夏天眞的很長。肚子裡的baby也順利成長中，那麼再見了。那麼再見了。

八月二十九日　小美

明彥先生

已經拜讀了你的來信。對於你嚴厲斥責我對母親大人的態度，我覺得一點都沒有錯。

我當然非常清楚理應給母親大人寫信，我並不是怨恨母親大人，而是我怯懦的心性所致。請求你辦妥我的入籍手續但別與母親大人有任何牽扯，是我太卑鄙了。誠如少爺你所說的，我是個鄉下女孩，對世間一般禮俗根本一無所知，母親大人應該是相當不快吧。

我時常要自己別忘記對母親大人敦厚相待，不過無論我怎麼做她總是認爲我有惡意而反彈，讓我不斷受傷害。不僅只有我，連我的母親及姊姊也是一樣的。因此我對母親大人的態度總是搖擺不定，因爲負面的憎惡情感而使得頭腦混沌，讓我心悸不已總想逃避。我對自己如此含糊不清的軟弱心情，總是看著客廳裡母親大人的照片不停不停地反省。

我原本就意志薄弱，也不是外向的人。對於滿口漂亮話厚著臉皮的社交手段非常不在行。只要我的心情一疲憊便會遮住母親大人的照片，要寫出與母親大人心意相通的信還需要一些努力。一開始在信紙上寫信便因頭疼而頭昏眼花、胃部發脹，彷彿嬰兒的脖子被勒住般痛苦不已。我會努力的，但是並不能馬上改善，希望你再耐心等待我之後努力的成果。關於入籍的事，希望你能取得母親大人的諒解，萬事拜託。關於這一件，事關少爺你孩子的事，希望你一定得理解。讓我寄上台灣特產的茉莉花茶，雖然對母親大人並不是什麼稀奇的東西。

我無心的行動讓少爺陷入不利的立場，同時讓你痛苦，非常對不住，還請你原諒我。這個夏天，代表我母親造訪母親大人的姊姊，她並無絲毫惡意，由於是少爺的母親大人，家姊由常識判斷應該同樣姓小泉吧，所以才對出來接待的傭人詢問是小泉府上嗎。當然這也是我的錯，沒有事先通知家姊，母親大人離婚之後的姓名。只不過希望你能夠相信，家姊也十分地忙碌，爲了我特地挪出時間揮汗造訪。當下聽說不是小泉家當然覺得奇怪，所以嚴厲質問女傭人，因而讓傭人生氣，家姊也莫名奇妙的動了怒所以就這麼回去了。我的母親要是能夠自由行動的話那便一切好辦，但是身體孱弱所以也做不了主，拜託不明就理的家姊才造成這樣的遺憾。因爲家姊是個急性子，原來是想表示我們的誠意，但卻造成這樣的結果，不知該是無奈還是悲傷，心中彷彿破了個洞。

每晚都無法入睡，身心俱疲，連思考都無法專注。

今天一天都沒見人，因爲頭痛連做裁縫都是休息的時間多。狗與鴨子、白頭翁和蟬在四周日復一日地合唱。聽說颱風又將來襲。再見了。

八月三十一日　美世

明彥先生

謝謝你的限時明信片，少爺眞的好溫柔。一看到少爺的字，眼淚就奪眶而出，這可是喜極而泣呢。謝謝你如此親切爲我辦好入籍手續，在肚裡的寶寶應該也微笑著吧。禮物？只要一滴就能讓我改頭換面的法國香水、手提包、鞋子，不不，只要少爺平安歸來對我而言什麼都滿足了。不過如果有海苔、醬油煮的柴魚片那可省力不少。能有新的夏季和服更感謝。唉，那可不行，馬上就跟你要東西。而如果有什麼有趣的新小說一定請您帶回來，拜託您帶回來最新的文學作品，因爲這兒買不到的。你回來之後可能還有著東京的餘韻，此處煞風景的日子又要讓你覺得苦惱了。在你眼前有的只是那黑色的鴨子，不過在此你有我呢。

請一定替我向母親大人致意。想早點聽到你的聲音。等你、等你、等你。

Byebye

九月二日　美霞

少爺

或許來不及了，不過還是讓我給你寫信。

你不在的時間眞的非常長，這個夏天懷孕、還有非常強烈的颱風以及小偷事件，讓我傷透了腦筋，每天眞的過著痛苦的日子。不過現在已經一切安好。只要我的少爺回來，我誰都不怕。一個人在家中如此狂吠著。「夏天的功課」做得不好，你可別罵我，因爲少爺的事我已經忙不過來了。到學校聽講的事便作罷吧。因爲太不好意思，還是別去了。同時肚子也會漸漸大起來吧。現在還不那麼顯眼，這一次我希望能夠大得顯眼。

一路平安。別忘了打電報。

快點、快點。

接到電報，美霞馬上就會畫上漂亮的妝，換上最漂亮的衣服到台北車站迎接你唷。眞的就快到了耶。

在這之前，小姐便安安靜靜地睡吧。那麼再見了。

九月三日 夜晚 美霞

十二、二〇〇五年　夏　第十一天→第十二天（1）

因爲颱風的影響，每天不停地斷斷續續下著大雨，也開始吹起強風。金門島的損害似乎極大，據電視報導，花蓮的雨量到達三百五十公釐。台灣的電視有漢字的字幕，對於聽不懂中文的莉莉是一大福音。

在不穩定的天候中，莉莉除了用餐之外都待在台南旅館的房間裡打盹。各式各樣的零碎夢境出現了又消失。

成群的白頭翁飛入東京的家中，不停喧鬧的鳴叫聲，是讓莉莉母子苦惱的夢魘。

還有這樣的夢：巨大的螃蟹笨拙地揮舞著蟹鉗，與身體閃亮著金黃色的豹做著無謂的奮戰。

許久未上學的孩子到學校卻發現忘了帶上規定的體育服裝，怎麼會忘了呢，正打算急忙買好之後送去，想到已經來不及了。大家一起換衣服時，沒有體育服裝，那孩子獨自一人該會多麼心焦啊，令人臉色發青的夢。

因颱風而用力搖晃的Lala大樹，才兩、三歲的孩子全身溼透地想往上爬的夢。

赤裸裸的美霞抱著自己的嬰兒，漂泊在土耳其藍的廣大海面上的夢。

在昏暗的黃昏裡拚命地尋找之後，發現老母親與孩子悄悄在巷底古老的公寓裡生活，在日照昏暗空盪盪的房間來回地走著，原來你們在這裡，這裡很安靜非常好，我能不能使用這個房間呢？沒問題吧，那太好了，太好了。夢境中，莉莉因為太高興了，一個人不停地自言自語。

第二天早晨直到將近退房的時間，莉莉都待在房裡收拾兩天前開始曬在房中的衣物。拖著行李箱，走向台南車站。少數幾班的特快車已經過去了，在車站裡悠閒地等待著下一班接近中午時分發車的快車。搭上比原定時間遲了十分鐘的老舊快車，通過了高樓林立的高雄，大約一個小時後抵達了名叫屏東的車站。氣溫又升高，濃郁的青色山影逼人，山頂隱藏在灰色的雲層中。幾乎感覺不到風。莉莉希望能從屏東進入山中。

一出車站就進到寫著「自助餐」的攤位附近的店吃了牛肉麵。因為沒有冷氣，邊吃麵就流了一身汗。黑黝黝的蒼蠅在店中飛來飛去，獨自一人的男客進到店裡，匆匆忙忙地吃著自己的麵。莉莉用手帕擦去流滿臉和脖子上的汗，喝了許多必須自己取用的水。午後的陽光使肌膚感到刺痛，莉莉也不想拖著行李看看這個初來乍到的城鎮——無論哪個城鎮對莉莉而言看起來似乎都一樣——回到車站前，坐進一輛等待著客人的計程車。

駕駛座上坐著肥胖的青年，副駕駛座則坐著一位女性。遞過一張寫著山中旅館名的紙片給駕駛座上的青年，他看都不看就遞給了副駕駛座上戴著遮陽帽的年長女性。女性看了看紙片點點頭，向青年說了旅館名。青年似乎說了些什麼，之後女性用生氣的口吻也說了話。

「這是哪裡呀？」

「你爲什麼什麼都記不住呢？眞討厭。我會告訴你怎麼走，你先開車吧。」

他們可能是這麼說著吧。莉莉有一點後悔怎麼坐上了一輛奇怪的計程車。因爲看見副駕駛座上的女性穿著讓人感覺有清潔感的白色polo衫，所以就選了這一輛計程車，青年也穿著同樣的白色polo衫戴著棒球帽。

車子開始發動，一直往城鎭的道路筆直前進，離開城鎭之後女性就開始「指揮」，只要遇到紅綠燈或是轉角似乎就一一告訴青年，右邊、左邊、停、不是那裡、對、往前走。看來像是姊弟。青年開車技術眞的非常拙劣，女性有時眞的動氣責罵青年。

「你想撞上那輛卡車嗎？你太靠右邊了，你沒看到有洞嗎？好好抓住方向盤。」

弟弟？只是噗哧噗哧笑著。無論被姊姊？怎麼說，被粗暴的推撞，他一點都不在意，看來不像是正牌的計程車司機，莉莉也不得不懷疑青年是否有汽車執照——如果是正牌的計程車司機，這樣的駕駛技術眞的沒問題嗎？——無論如何，姊姊？認眞指導弟弟？如何開車，似乎發誓要讓她的寶貝弟弟？成爲一個有擔當的計程車司機。對莉莉而言，這認眞的態度是唯一的救贖。

幸好交通流量不大，路面也一直是寬廣的柏油道路，計程車平安到達了目的地的旅館。莉莉鬆了一口氣，帶著行李箱下了計程車，正要付車費時，青年發出了似乎鬆了一口氣的笑聲，莉莉也報以笑容，目送著搖搖晃晃行駛而去的計程車。莉莉轉念一想，實際上應該不是可疑的計程車，或許是公司的前輩司機指導實習中的司機也說不定。不過從沒聽說過台灣有這樣的制度，也從沒在其他城鎮看見過。

投宿在台南旅館時拜託櫃檯預約的旅社並不是一棟大建築物。有管理處的小房子，旁邊是鐵柵欄的出入口，可看到裡頭有細心整理的庭園，圍繞庭園的，是拉下鐵門有車庫的幾間白色小房子。莉莉往管理處的窗裡探頭，朝裡頭的男性工作人員說了聲nihau（你好）。

似乎正等候莉莉的到來，事務員馬上滿臉笑容探出到外頭，問道：日本人？莉莉一點頭馬上就被招呼進到管理事務所，並拿到了旅客住宿登記表。在上面寫下自己的名字與護照號碼，一拿到房間的鑰匙，在事務員的引導下，由與進來的門相反方向的門，出到了中庭。

原來這裡是汽車旅館，站在與車庫緊鄰的小屋門前時，莉莉終於察覺到了。台南的旅館給的便條上頭寫著「汽車旅館」，她自己隨性的想像或許是與「火車」相關的「旅館」吧。中文當中「汽車」便是汽車的意思，而列車則叫作「火車」。只有速成北京話的程度，對這些語彙當然馬上就會忘記。

在小房子前重新打量著四周，周圍看不到任何人家，只有廣闊的田地與草原，後頭能看到坡度極陡的山，也無法想像附近會有公車站。這條路距離城鎮相當遙遠，當然不會有路過的計程車。這裡應該是爲兜風客所設置的汽車旅館——或許也是情趣旅館吧——如果這樣，沒有車子當然動彈不得，再加上竟然開始下起雨來；是宛如熱水浴的般雨水。莉莉開始後悔，剛才別讓計程車走該有多好。周遭沒有其他任何客人，汽車旅館一片死寂。時間尚早，到明天爲止，在這樣的小房子裡可沒有辦法靜靜度過。

一打開小房子的門把行李箱放到裡頭，使用了廁所之後便急忙的回到了管理處。只有請工作人員叫來計程車。打開剛剛走出的門，莉莉先用英文向工作人員說明。

——不好意思，我想麻煩您……

一個人看著喧鬧的電視節目，工作人員一臉迷惘地搖了搖頭，英文不通，這次換了少數記得的北京話問了問。在叫來計程車之前，有事必須先確認。

——……我想去霧台（wo-shan-chu-utai）。

——不行，不行。

工作人員誇張地皺起臉，馬上搖了搖手。

莉莉抱著希望，希望能到叫霧台的深山部落去。名字與霧社相似，觀光指南上寫著在霧台能看到「魯凱族」的傳統石板屋。不過昨天投宿的旅館也告訴她，往部落的道路因為土石流而交通中斷了。她不放棄，試圖再詢問：已經過了一天，道路難道不可能開通嗎？不過部落似乎還是處於孤立狀態，她擔心霧台的居民到底該怎麼辦呢？不過莉莉的北京話根本無法問到這麼多。

放棄了霧台，莉莉急忙從肩上的背包拿出日文的觀光指南，找到了「台灣原住民文化園區」，用手指著。

工作人員這次笑嘻嘻地點點頭，只說了等一下，便急忙走到外頭。

連麻煩他招來計程車的時間都沒有，那個人似乎有事要辦便出去了吧。環視著打開著電視環境雜亂的事務所，莉莉束手無策，沒法子，只好再看著自己的觀光指南。「原住民文化園區」觀光指南上寫著「介紹台灣原住民文化的廣大的山中公園」。不過僅止於此，詳細的情報什麼都沒寫。之後翻到其他的地方，看著她根本不打算去的地方說明，讀膩了這些說明正開始盯著電視看時，工作人員好不容易回來了，把莉莉拉到外頭去。

看來很髒的自用車正開著車門等待著莉莉，似乎是其他的男性工作人員——是個穿著皺巴巴的黑色T恤和及膝褲子的高大中年男子——坐在駕駛席，莉莉嚇了一跳，回頭看了事務員，他邊微笑邊以手勢催促莉莉上車。這樣坐上車好嗎？莉莉稍微躊躇便上了車，由於彼此語言不通，所以也很難拒絕，只好相信對方的好意，一切順其自然。

車子不停開上一路顛簸的陡峭山路，約二十分鐘便到達了目的地。被群山圍繞的停車場停著兩台空蕩蕩的觀光巴士，一旁則設有長長的入口，這和莉莉熟悉的上野動物園的入口幾乎一模一樣。看不到任何人影，莉莉周到地向開車載她來到此處的汽車旅館人員道了謝，之後避著雨跑到櫃檯付了入場費後便進到了裡頭。

地面上冒著熱氣，雨則持續下著。雖然看到三三兩兩的觀光客，但廣場則是人客稀少。一方面爲了避雨，莉莉跑進了距離自己最近的「文物陳列館」。這裡也沒什麼人，盡情慢慢觀賞關於台灣原住民的說明以及傳統織布和工藝品的展示，藉以消磨時間。過了一個小時之後，雨似乎停了，便走到外頭。積雨雲已經散去，強烈的陽光再度來臨。莉莉換上太陽眼鏡，或許是托這陣雨的福，也或許是來到了山中，感覺到與至今爲止不一樣的清涼。看了看大大的園區整體揭示圖，設施散佈在山中各地，似乎沒有那麼容易走完。

獨自一人站立的莉莉，後頭出現了小巴士，車體塗著紅白顏色，白色的部分描繪著誇張的「原住民的傳統黑色圖騰」，是遊樂園常見的交通工具。車體部分裡排列著握桿，並沒有門，擋風玻璃上寫著大大的「排灣族Paiwan」。環顧四周其他還有寫著「阿美族Ami」的小巴似乎正要往駛向某處，這或許就是能夠到達各種原住民區域的巴士系統也說不定。約有二十人左右的台灣觀光客不知何時出現，一邊愉快談笑，一邊乘上了排灣族的小巴。

莉莉下定決心，混到那裡頭乘上了小巴，如果被責怪這是爲觀光團體特別租用的巴士——就算如此莉莉應該也不懂，只能從表情來判斷——如果這樣，下車就好了。莉莉緊張地低著頭，結果根本沒有人向外來的莉莉看上一眼。

小巴停了車，所有的客人都下去了，好像已經到了終點，莉莉也急忙下車，在此時，其他的客人們都迅速消失了，在三公尺遠的地方佇立著如圖騰柱的大柱子寫著「那魯灣地區Naruwanarea」。莉莉不知道什麼是那魯灣，左手邊可看見有五間堆積著石板的房舍，與博物館所展示的排灣族房屋的照片相似，其中有能夠參觀的房屋，也有不能進去的房子。莉莉一間一間的看著石造的房子，沒人居住的房屋就像虛脫的軀殼，令人快樂不起來。有房子在入口揭示著「咖啡藝品」的看板，在椰子樹的圍繞下有著大水池的石板庭園裡，擺設著桌椅。莉莉進到了裡面，有個如果不彎下腰就進不去的狹小入口，低垂的天花板幾乎要撞到頭，旁邊有著細長的窗戶，不過裡面出乎意料地寬敞。看了看琳瑯滿目但平淡無奇的土產之後，在空的椅子坐了下來點了咖啡。這裡並沒有拿鐵，用英文的coffee順利地點了咖啡。台灣的觀光客有時高聲交談，進進出出，沒有任何客人坐在椅子上喝咖啡。過了一會兒，突然所有的人都散去了，收銀員也兼喫茶部門的工作。遇上了長髮、五官端正的年輕女性的視線，她發出冷淡的聲音向莉莉說話，她的英文比莉莉的流暢。

——大家都去了，你也應該快點去，秀的時間快到了。

不知她所說的「秀」到底是什麼？莉莉付了錢走到外頭，長髮女性隨後跟了出來，用手指著「秀」

的所在地。在剛才下了小巴的地方，她沒注意到有一棟大的建築物，帶著些許迷惑走近一看，發現有站立在入口穿著民族服裝的年輕人們正招呼著莉莉，催促她快點入場。他們似乎沒有預想到會有客人選擇不看「秀」。

裡頭一片昏暗，有著遊樂園鬼屋般的塵埃氣味。在工作人員指引下莉莉在黑暗中前進，登上了木板階梯，來到了觀眾席後頭，可看到中央有著圓形的舞台，以及炫目的燈光照明。木頭地板看來宛如銀色的池子飄浮著。

找到適當的地方坐下，莉莉環視整個會場，因觀眾的聲音而熱鬧非凡。聚集了相當多的人，就算是大型觀光巴士兩輛的客人全部到齊，但會場的人數看來遠超過這個數目。莉莉又覺得不可思議，這麼多的觀光客至今爲止到底藏在園區的什麼地方呢？客源幾乎全都是攜家帶眷的家庭，孩子高亢的叫聲響徹會場，連嬰兒的哭聲在此都能夠聽得見。大人悠閒地在長椅上吃吃喝喝起來。

過了大約五分鐘，舞臺上出現了男司儀，手拿麥克風身著色彩鮮豔的民族服裝，帶著不輸給炫亮照明的笑臉出場致意。由於是北京話莉莉無法理解。麥克風的音量大得不得了，司儀的話引起四周的觀光客的笑聲，他們一起拍手也一起發出聲音。

好不容易穿著各式民族服裝的人們在有節奏的掌聲中排成隊伍出現在舞台上。

「那麼各位，到了學習的時間了，你們可要好好記住喔，這個人是泰雅族，大家一起說泰雅，對，泰——雅！」

大概像這樣子，一個一個介紹各自所代表的族群名稱吧，在莉莉的眼中不太能夠區別民族服裝的不同，格外鮮豔耀眼的紅色，身上的項鍊以及耳環等裝飾品在燈具的照明下閃閃發亮。只有蘭嶼島的達悟族例外。扮演這個角色的青年——運氣不好是個膚色很白身形瘦小的青年——穿著白灰條紋的丁字褲以及同樣顏色的短背心——博物館有著這樣裝飾的人偶——因此露出了白色的臀部。身爲日本人的莉莉已經習慣了男性丁字褲的模樣，對於一直僵硬著表情的青年感到同情。如果跟日本的相撲選手或者是眞正的漁夫一樣有著被太陽曬黑的膚色以及經過鍛鍊的身體的話，應該一點都不會覺得不好意思吧。

「這個人是排灣族，對，大聲的說排灣！來，一起來，排——灣！」

觀光客異口同聲笑著說排——灣！同樣地依序介紹魯凱、阿美、賽夏、鄒、布農、卑南、邵，接下來讓客人復習所有的名稱。

「這是什麼？這一個呢？回答得太慢了，接下來繼續說說看，不行不行！大家還沒記不清楚喔，不好好記住可不行。你要知道對大家來說這比學校的功課還重要喔！」

或許在這樣的催促下，客人練習了很多次，所有的人都一邊笑，高興的附和著。

接下來開始唱歌了，莉莉不知道是什麼歌，只是不停單調重複著那魯灣、那魯灣，司儀說大家也一起唱吧——或許——會場的觀光客開開心心唱了起來，最前頭的有幾個四五歲的孩子好像已經無法忍耐似地跳上了舞台，也尖聲唱了起來。大人看著這些孩子笑得樂不可支，同樣的歌曲也再度的重複著。

莉莉也是觀光客之一，只要她想唱應該是能夠唱的，不過她就是無法唱出那魯灣之歌。

喂！美霞，你能相信有這樣的「秀」嗎？莉莉這麼問，無形的美霞悄悄地笑了笑搖搖頭。

美霞在台北生活的時間，那時在山中生活的人、被殺的人、在樹上上吊自己選擇死去的人和孩子，所有的人都再也不會回到這世上了。而時間不斷流逝，時間不會停止，能夠知道時間流逝的只有活著的人，死者無從知道現在的時間。

秀一結束，出到外頭，傍晚時帶著紅色的光芒開始照射。從白天的熱氣解放出來，隨性吹來的風非常舒適，能夠聽見鳥鳴，但不是白頭翁的叫聲，遠眺四周群山的風景，莉莉離開了平整的道路，來到了懸崖附近，凝視著山川的風景，她並不覺得已經來到了如此的深山，但這眞的是山中的深處呢。霧台則在山中更深處。

雨後夏天的新綠閃耀著各種光芒，亮麗的綠折射之後呈現了深綠色，帶著藍色的綠則出現在與天空的接縫處。傍晚時分的淡粉色光芒輕柔的拂過整片的綠，蛇行於山際的河川其中混濁的水也閃耀著粉色與綠色融於一體的燦爛光芒。而這讓人聯想到靜靜冬眠的大蛇的軀體，抬眼往上一看，在夕陽的照射下，閃耀著粉紅及橙色的雲朵，顯得絢爛異常。

這裡是「原住民」的土地，現在狩獵無以爲繼，所以將自己的山完完全全變成了觀光地。或者是因爲這樣的關係，此處無法看到彩虹。

莉莉一個人走在山崖邊回到了原來的地方，如今空無一人，四周一片死寂。看來像是食堂的臨時建築，往裡一看，不但沒有半個客人，收銀機的地方原住民的女性被孩子所包圍，正準備著收拾回家。前往小巴的乘車處在圓木的長椅上坐下，開始等待巴士。適才頻繁往來的小巴也消失無蹤，客人消失後，山中死寂一片，到了令人耳朵發疼的程度。

附近的道路上「原住民」集結成群，靜靜且匆促通過。莉莉注意到似乎是在這地區工作的最後一群人正打算離去，只有拿著手提袋的女性與孩子。適才臨時建築中的母子也在其中，這些人離去的話四周就完全空無一人了。莉莉不知道該往哪個方向去，這樣一來便會獨自一人被留在這深夜的山中。

莉莉突然跑進人群，選了一個似乎能懂英語的三十來歲女性，對她說道：

——不好意思，我回不去了，該怎麼回去才好呢？

很幸運地，莉莉的英語通了，這個女性毫無笑容，冷淡地回答：

——那就搭我的車吧。

——我可以一起搭你的車嗎？

——當然，請跟我來。

莉莉開始走在女性的後頭，有位七八歲，長髮赤腳的孩子走到莉莉身邊對她說道：

——I know you！

什麼，你認識我？看到莉莉睜大眼，孩子大聲笑了。接著便大叫著know、know、you、you、I、I，接著邊大叫邊跑走了。其他的人也笑了起來。莉莉心中感到一股悸動，也笑了起來。那輕微但銳利的刺痛彷如流星般從胸口穿背而過。

往方才的會場裡側走去，停著一輛相當破舊的四輪驅動車。女性開了門說：上車吧！莉莉躊躇著：這個位子沒問題嗎？便坐上了副駕駛座。後頭不知從哪裡來的人一下子擠進了十個人而顯得擁擠，孩子們與年老的女性以及中年婦女大家都開心的笑著。莉莉的眼角瞥過了一個嘴邊四周刺青的年老女性的臉，擋風玻璃則擺飾著小小的十字架與瑪麗亞像。

車子緩緩開下山，每當左右搖晃時車上的人們就大聲地笑，車子到達入場處，等候在此的男性身材高大表情嚴肅，鎖上了門後便坐上車接手駕駛。

莉莉現在覺得很可怕，要是沒有坐上這輛車，整個晚上應該就會待在這樣的山中吧。莉莉知道，一個人被留置在小巴的乘車處，要是那時沒有向人求助的話，或許就會被留在那兒了吧，也或許到了最後的最後，對方也會幫助她吧！

女性用手指著莉莉，向那位高大的男性說明事情的經過，那好像是女性的丈夫，也是遊園地的主人，帶著像是生氣的表情看著莉莉——中年的日本女性——用英文問道：你住哪兒？莉莉急忙將旅館的名字寫在記事本上給他看，似乎他們會好心地將她送往旅館。事實上如果在入場處被放了下來的話，從那裡根本不可能走回旅館。

——對不起，非常謝謝你。因爲不知道遊園地結束營業的時間，我眞的太輕忽了。

副駕駛座上的莉莉覺得很不好意思，朝男性點頭致意，他的表情依舊沒有任何變化，似乎沒有回答莉莉的意思。莉莉對於自己馬上就做出笑容企圖引起對方注意，覺得很不好意思。

車子在山路上搖搖晃晃，暴衝似地往山下去，沾染著山林綠意氣味的風直接撲上了身體和臉上。車裡開始響起了歌聲，莉莉與男性以外，大家愉快的大聲唱歌，三個小孩競相扯開嗓門開懷大笑，也有剛才見到的孩子。或許不是男孩，也或許不是女孩，一首接著一首的唱，全部都是莉莉沒聽過的。就算想一起唱也唱不了，只有時時往後看去盡力報以微笑。

即使大家不是爲了莉莉而唱，不是因爲這個迷糊因而迷路的日本人意外地上了他們的車，而讓他們如此的開懷，她還是想要對這些齊聲歌唱的人表示感謝。

時間啊，請這樣地在此停止吧！

莉莉忽然有了不得不祈願的衝動，山中的林木在夕陽的照射下，隨著歌聲，一輛車行過此間。

時間啊，請在這裡就此停止吧！

美霞也曾經在Taihoku的昭和町家中，突然有過這樣不得不祈願的衝動嗎？是在庭院裡發現巨大的蝸牛擺動著觸角在蘇鐵葉上緩緩爬行時。是一個人傾聽著白頭翁在屋頂上或樹枝上、電線上啾啾叫個不停時。

十三、書信 一九三三年

6 從台北到東京

大少爺

你已經安全抵達東京了嗎？海路一路順暢嗎？我想內地已經是櫻花開始綻放的時節了。母親大人的情況如何呢？你的眼鏡已經馬上送修了嗎？

送走大少爺之後，美霞與小少爺兩個人連日來每天下起眼淚的大雨，有時候連梅梅也加入陣容，開始了哭泣的大合唱。大少爺走了之後家中空蕩蕩的，做什麼都提不起勁。我老是出狀況，不過我還是想要好好爲你看家，爲了大少爺的工作以及爲了母親大人。這次爲了我與小少爺讓你延遲了出發的時間，所以你停留內地的時間非常有限，眞是非常可憐。

我已經爲今年春天辭職的吉井老師送去餞別的糕餅。我沒辦法直接送去，所以差遣梅梅前去。我們家預算緊縮，便送了便宜的煎餅。而新上任的老師太太馬上有兩人前來拜訪，至於是哪些老師，等你回來我會讓你看看名片的，因爲我也不清楚。他們送來內地的羊羹與落雁糖，我應該可以先吃吧，我可受不了這樣的誘惑呢！

啊！內地的春天眞是令人懷念！寒冷時期的水仙與瑞香花，紫羅蘭與櫻花盛開時期吹來的風沁人心脾，漸漸換上了新綠，這便是內地的春天，柔和的春光啊！在這兒只要放晴，陽光就宛如夏天般強烈，蟲子多、溼氣又重，眞是令人吃不消。嬰兒的日光浴聽說還是要避免，如果被蚊子叮了得了瘧疾那才可怕。那可愛而流麗的春天到底在何處？

下回休假，你可要帶我們回內地啊，到了夏天小少爺長大了些，搭船旅行應該也沒問題吧，還是不行嗎？家母迫不及待地想見到小少爺，而母親大人應該也想早點抱到長孫吧！今年夏天不行的話就得等到明年春天了，我已經厭倦了你老是把我們留置此地。也因此我也得趕緊恢復健康才行。產後的貧血還沒恢復。

請大少爺好好地享受東京的春天吧，就算你有不開心，可是還請你一定得給我寫信，拜託了。想殺了我可很簡單啊，只要不寫信就行。

今晚就此擱筆。

三月二十日 美霞

Bye

INK PUBLISHING

讀者服務卡

您買的書是：________________________

生日：　　年　　月　　日

學歷：□國中　□高中　□大專　□研究所（含以上）

職業：□軍　□公　□教　□商　□農

□服務業　□自由業　□學生　□家管

□製造業　□銷售員　□資訊業　□大衆傳播

□醫藥業　□交通業　□貿易業　□其他________

購買的日期：________年________月________日

購書地點：□書店　□書展　□書報攤　□郵購　□直銷　□贈閱　□其他

你從哪裡得知本書：□書店　□報紙　□雜誌　□網路　□親友介紹

□DM傳單　□廣播　□電視　□其他

你對本書的評價：（請填代號　1.非常滿意　2.滿意　3.普通　4.不滿意　5.非常滿意）

內容______封面設計______版面設計______

讀完本書後您覺得：

1.□非常喜歡　2.□喜歡　3.□普通　4.□不喜歡　5.□非常不喜歡

您對於本書建議：

感謝您的惠顧，為了提供更好的服務，請填妥各欄資料，將讀者服務卡直接寄回或傳真本社，我們將隨時提供最新的出版、活動等相關訊息。

讀者服務專線：（02）2228-1626　讀者傳真專線：（02）2228-1598

235-62

台北縣中和市中正路800號13樓之3

印刻文學生活雜誌出版有限公司　收

讀者服務部

姓名：＿＿＿＿＿＿＿＿＿＿ 性別：□男　□女

郵遞區號：＿＿＿＿＿＿＿＿＿＿

地址：＿＿＿＿＿＿＿＿＿＿

電話：（日）＿＿＿＿＿＿＿＿＿＿（夜）＿＿＿＿＿＿＿＿＿＿

傳真：＿＿＿＿＿＿＿＿＿＿

e-mail：＿＿＿＿＿＿＿＿＿＿

INK

明彥大哥

謝謝你的信，託福，美霞也因此沒自盡。

不過大少爺似乎迷戀上內地漂亮的小姐。你如果還這麼風流的話，美霞可會靈魂出竅出現在你的枕邊喔。活人的靈魂可是比幽靈還可怕，你可別被女學生甜蜜的巧克力給騙了，危險、危險。明彥氏現在在內地可是炙手可熱的名士呢，隱身在台北昭和町的我不由得擔心，別說讀書了，最近因爲脹奶的關係連一本書也讀不了，這裡雨不停地下，尿片根本乾不了，家中到處都是尿臊味。

小少爺很健康，我夜裡失眠又貧血，就是這麼一日度過一日。現在的小少爺還成不了談話的對象，只會喝奶、尿尿、睡覺，非常無趣。雖然長得像大少爺，但是成不了你的代替品。但表情漸漸的豐富起來，皺著臉時因爲實在和你太神似了，和蘋婆兩人今天不禁大笑起來。

蘋婆和梅梅都非常勤奮，我臨時起意所取的綽號蘋婆，這個查某人也非常喜歡。漢字寫做蘋婆一點都不美麗，但據說是非常漂亮的花，種子做的點心也很美味，我不知道有那樣子的點心，聽說又叫作鳳眼果（hongango），這個名字聽起來可是很不錯呢。

無論是洗衣打掃買東西，蘋婆都異常勤奮，什麼都肯做，眞是幫了大忙。偶爾才來的梅梅平常還靠得住，但是這個查某囡仔貪睡，每天不睡個十二個小時便會恍恍惚惚，或許身體健康有問題。只要蘋婆一用台灣話支使她，她便會說好、好（ho、ho）拚命地工作，是個個性老實的孩子。她日文不怎麼通，有時溝通不良，雙方都很困惑，就算有錯也因爲溝通不良的關係就這麼草草了事，所以令人很困擾。

前幾天庭院才種的茉莉花的藤蔓與高采烈地不停攀爬，這樣一來下個月應該就會開花了吧。但是一到晚上老鼠便開始大騷動，蟲子也出來，讓我做惡夢，所以心中很是忐忑，小少爺晝夜不分老是哭個不停，到底什麼時候晚上才能入睡呢？

這次的假期很短，所以我就不轉送郵件了。這次假期比起你的工作，還是以照顧母親大人爲優先，太貪心的話可是無法兩全其美。

大少爺可別過度勞累了。

今天就此，拜拜

三月二十四日　大查某囡仔　美

我可愛的大少爺

這裡一直都是陰沉的天氣。你這個惱人的美男子，太受歡迎了眞是惱人，你上街時眼睛別亂瞄，只要看著交通警察就行了。端莊嫻淑的妻子正在台北家中玫瑰色的空閨中引頸期盼，快點回到你妻子溫暖的懷抱吧。

家中的家具都買齊了，牆壁上只要裝飾上漂亮的畫應該就非常完美了。就算你說過不知何時會到歐洲去，但只當作能避風遮雨的暫時棲身之處也實在太煞風景。這世間也是非常時期，因而紛擾不安，殘酷的殺人事件也增加了。

關於流理台，我已經跟房東攤牌了，但費用無論如何得各出一半。

不知是否因爲奶水不足的關係，小少爺總是胖不起來，我盡量補充營養，但似乎身體的狀況不佳所以沒有食慾。產後三個月內好像所有的人都會貧血。高瀨太太時時來探望我，我非常感謝她的心意，但我還是得陪她說話所以很疲倦。有了家庭總是忙得團團轉，沒有一天能夠好好休養，每天覺得疲憊不堪。

我這樣的狀況無法協助你的工作，非常對不住。隔了好長一段時間，今天蘋婆來了，努力的幫我辦完外頭的事，託她的福，家中的雜物消失無蹤，頓時清爽。想要種上做爲屏障的樹木也是爲了逃避池田夫太太的監視，四周隱隱約約可以看見憲兵的蹤影，我們家似乎被盯上了。因爲我們家幾乎每天都有外國來的郵件，同時也有許多不尋常的客人。非常遺憾的，梅梅的病已經確認無誤，我打算早點送走她，在此時送走她，我也覺得非常難過。荒川老師家專屬的蘋婆每天能夠到家中來的奇蹟已經不再有了。在這樣的殖民地，雇用本島人也得處處小心，琉球人是比較安心，但聽說也因此敲竹槓似地要求很高的薪水。我聽說台北帝大民族學的山田老師雇用了兩個山中的女孩，一起和氣地工作，大少爺知道山田老師嗎？要是我們也能夠像這樣的話，多少對我都是正面的刺激。

現在的狀態便只過一天算一天。我的健康沒有問題的話，我絕對是任勞任怨的，不過如果自己不努力向上，好像連話都跟你說不上了。

我也想像帝大的女聽講生一樣好好讀書，但那聽來像是國外的天方夜譚。

因爲疲累不堪，下筆不成文，請見諒。

Bye

三月二十八日 美太

明彥大少爺

今天的報紙報導了小泉明彥氏任命爲助教授的消息。母親大人應該非常高興吧？眞的是再好不過了。

但是母親大人的狀況居然比想像中還糟糕，我想你應該非常地痛心。希望此次的升等也能帶給母親大人一些好的影響。爲期不長的日子，就請你多花些心思在母親大人的身上。

至今爲止，我一直讓母親大人擔心，所以才讓她的身體變得如此衰弱，如果因此讓你責罵，我也毫無辯解的餘地。能與大少爺結婚，我的眼中除了自己的幸福或許什麼都看不見，也因此對母親大人如此意氣用事。我或許太過心焦，對極力想建立溫暖家庭操之過急。

對於你的嚴厲指責，説我破壞了母親大人長久且寂寞的人生的最後階段，我只有完全接受，我是個只想到自己心胸狹隘的人。無論有什麼樣的事馬上就想依賴母親的你，因而感到羨慕與嫉妒。我是這麼一個膚淺且罪惡深重的女人啊。你到目前爲止已經隱忍了許久，事到如今，無論怎麼道歉也贖不了罪，還請原諒。

您什麼時候能回到這兒呢？如果你的歸期有所延宕的話，那麼還是將郵件轉送給你較好吧！看來似乎沒有緊急的郵件，但是有丸善、一誠堂等書店來的帳單，還請您指示。

寶寶很健康，梅梅也已經平安地回到父母親身邊。梅梅因爲離別而傷感，哭個不停，連我都悲傷了起來，眼淚撲簌撲簌地掉。

希望你別太勞累了，內地的春天天候不順，所以要小心，別感冒了。

已經重複了幾次，一定要好好地照顧母親大人。

三月三十一日　美世

再見

母親大人到築地醫院做檢查，那家醫院設備齊全，感覺也好，母親大人應該能夠安心靜養才是，讓我想起之前與大少爺拜訪俄國老太太一事。她去年去世了吧。眞是不勝唏噓。

我還想要與她見上一面的呢。

學校來了通知，要大少爺提出新學年開講第一天的預定內容，要怎麼回應呢？爲了母親大人，如果有我能夠盡力的，請儘管吩咐，請你也替我盡上孝道。眞是令人擔心，不過我相信一定不會有壞結果的。

我訂購了探病用的伴手禮蜂蜜蛋糕，雖然稀鬆平常，但是我想不到其他適合的東西了。我拜託親切的高瀨太太幫我訂購，請笑納。

匆匆不一　再會

四月二日　美

給明少爺

敬啓者

已經接到你告知要與我離別的來信。對於你突然的決定雖然感到驚訝，但是如果你眞心決意如此，我也無置喙的餘地。與你結爲連理已近兩年，也有了孩子。對於你的一番話，我也只有伏地認錯。我只能祈求像你這樣出類拔萃的人能夠得到幸福，我已經整頓好了行李，隨時都能回到韮崎老家，請您安心。

恭喜母親大人平安出院。

明彥先生

四月三日　美世謹筆

大少爺

緊接著前天令人痛苦的信件之後，隨之而來的信讓我流下了安心的眼淚。我又回復了開朗樂天的本性。兩人一起生活下去吧，無論遭受怎樣的責難都已經沒問題了。

對，就照你說的藉此機會我們重新舉行婚禮，遵從你的決定。眞高興呢。我又回復了開朗樂天的本性。

平凡的我根本遠不及大少爺，然而不知不覺地，愚蠢的我竟與你作對，眞是對不住。長久以來讓你受苦，也讓自己受苦，都是我不好，我不對你完全坦白，眞的覺得自己是個笨蛋，是個光說不練的膽小鬼。

趕快回來吧。叫我一聲美霞，這樣我的病便會遠去，大少爺充滿寬容情愛的話語讓我感到身體裡似乎湧出了新生的血液。愛情一冷卻，心便跟著慌亂，心一慌亂，肉體也隨著破敗。至今為止我總是戰戰兢兢地，必須回復人類自由的心，過著眞正的生活才是。

來到台北之後，沒有任何奢華享受，一直辛苦度日。這也是為了大少爺而拚命努力。但現實當中卻不知不覺成了醜陋的黃臉婆，這個家就算被你說成是骯髒的豬圈或者冷冰冰的墳場，我也無可辯解。能協助你的工作是我的樂趣之一，每天工作直到三、四點也不覺得辛苦。只是佩服大少爺對工作的熱情、專注力以及求精求進的精神。這樣拚命地與大少爺過日子，卻忘不了母親大人對我的責難，不停地掙扎。神經緊繃，被學校教師眾夫人監視，原本就笨拙但卻又好面子的我變得像隻具攻擊性的生蕃鴨。

我曾經有過夢想，但是與大少爺的生活，因為未能如我所夢想而沮喪悲觀。然而無論大少爺怎麼冷漠看待我，我還是不改對你的尊敬，這是眞的。我的夢也在不知不覺中消失了。夢想是會消失的，消失是理所當然的，與彩虹一樣。現實中的大少爺才是我應該好好珍惜，奉獻我的眞愛的。

大少爺從小就因為家庭的因素嘗盡了辛酸，即使如此，大少爺絕對不孤獨，也絕不會是孤獨的人。大少爺有位好母親。還有不登大雅之堂的我。而如今也有可愛的小少爺。關於我的事，母親大人所說的完全正確。在平凡的家庭以及父母的溺愛下長大的我，性格是懦弱的，還請大少爺以你寬大的心胸對我多擔待。無論做什麼都會出錯的我，自己心知或許無法讓你滿意，成為你理想中的妻子以及秘書，連情色學也沒有學透，對我而言全部都是難題，還請彌補我的弱點，保護我。

寶寶健康地成長，雖然長不胖。我還是得趕緊回復體力，我想讓大少爺看看元氣飽滿的我和寶寶。但蘋婆已經不來了，我便麻煩森崎老師的太太請來一位專門爲我洗衣服的查某人。

請一定替我跟母親大人問好。

你幾號抵達台北呢？如果已經決定的話請儘快通知，我與小少爺一直等待著大少爺的歸來。台北的氣溫一天一天地上升，山裡的人來兜售羌肉與山豬肉，大少爺回來的話，我便用這肉款待你吧。

庭院的茄子收成豐碩。油菜則是蟲害嚴重。茉莉與百合也開始盛開，彌漫著濃濃的香氣。

啊！眞想早點投入大少爺的懷抱！我要瘋狂地親吻大少爺世界上最棒的小黑！

四月五日　小美

十四、一九三三年 夏→秋

美霞走在山中，父親熟悉的背影就在眼前。蟬鳴似陣雨，幾乎要令人耳朵發疼，同時也傳來河流的聲音。這河流不知位在何處，綠蔭過於濃密，所以無法窺見。

父親發出了叫喊聲，體態纖細的羌在草叢中睜著閃閃發亮的眼睛凝視美霞和父親。美霞雀躍著，朝著羌學起狗叫聲。

汪！汪！

父親又再度喊叫著。對美霞而言那是意味不明且不可思議的話語。突然，羌開始發出似老人的嘎啞笑聲，美霞也一起笑了起來，便問父親：

你跟羌說了什麼？

羌笑著，跑進草叢深處。父親在後面追趕，無論是羌還是父親，兩人的腳程都異常地快速。

爸爸！等等，別丟下我！

美霞在草叢中拚命地奔跑，聽到了槍聲。美霞吃了一驚，發出尖叫聲。身體浮在半空中，同時如同樹上的果實般落到岩石上。身體並無任何痛楚，抬頭一看，發現懸崖迫在眼前，宛若即將墜下山崖。

美霞此時才回過神來，父親老早就死去了。同時，這裡不是內地，是台灣的山中。突然感到悲傷起來，流下了眼淚。美霞倒在洞穴前，站起來，進到洞穴裡，父親便仰躺在內部的冰冷處。方才還充滿生氣的父親，已經如木乃伊般的枯乾，一觸摸不小心似乎便會崩壞。美霞想道：啊，對了，這說不定是莫那．魯道。因爲這裡是台灣的山中，這個男人雖然是父親也是莫那．魯道。美霞一直在這屍體旁邊哭泣。

美太，美太，別哭。

聽到了令人思慕的聲音，美霞邊哭邊說著：

阿爸，莫那，一起回家吧，來，一起回家……。

——我昨晚夢見了莫那．魯道。

美霞一邊準備早餐，邊對明彥說。

——莫那．魯道？

扣上襯衫前面的鈕釦，明彥低著頭，以不快的聲音反問，所以美霞不再多說。這個夢也沒什麼必要告訴明彥。在夢中，到底要和既是莫那也是父親的這個男子回歸何處？美霞自己也一直覺得困惑。這個昭和町的出租房屋？當然不行。內地韮崎家？不可能，對莫那來說離開台灣山地是不可能的。夢中的我到底想回歸何處呢？

那個夏天，莫那半化作乾屍半化作白骨的屍體，在山中被發現了。從隨身的已生鏽的三八步槍與「番刀」，以及化作白骨的手腕上所殘留的銀手鐲，推斷這應該就是三年前「霧社事件」之後，行蹤不明的莫那。可看見子彈從喉嚨貫穿頭部的痕跡。

莫那目送全體族人自盡之後，獨自前往這個地方，邊祈禱著屍體千萬別讓日本人發現，用口含住槍，發射後一槍斃命。對於莫那的死雖然說是有著茫然的預感，但卻讓台灣的內地人有重新省思的機會。將名譽放在第一的「番人」，這孤獨「番人」的死已經足以用崇高來形容，或許莫那·魯道才是名符其實的「英雄」。

莫那的遺骸被運往「川中島」，是「霧社事件」餘生者被強行遷移之處。據說莫那的女兒馬紅一眼便認出那便是父親，而放聲悲嘆，但遺骸卻沒有還給馬紅。由於是虐殺多數日本人的首謀者，所以當然不可能歸還給她。據明彥說，因爲機會難得，台北帝大的研究者們正向總督府提出請求，想要當作「標本」仔細調查。但到底如何處置，尚在研議當中。

報紙再度刊登了莫那生前的照片，美霞專心一意地凝視著。身上包裹著似乎是黑色的「番布」——以一枚布環繞至兩邊手腕的獨特包裹方式——的高大男子。有著大眼睛與大嘴的臉，總覺得看來與父親相似。美霞想起了父親死亡時的臉龐，雖然千眞萬確的是父親的臉，但那不過是在重要的東西消失之後，僅剩的鈍重且冰冷的物體。儘可能想移開視線，但那令人難忘的程度卻足以讓人厭惡。那與莫那死去的臉重疊，但是馬紅所見到的卻是父親半化作乾屍半化作白骨的屍體。對馬紅而言，不得不面對這樣的「臉」是多麼的可怕，同時感到自己的身世是如何坎坷啊。行蹤不明的父親早已渡過彩虹橋，抵達祖先等待的天國。其他人也與他一起，馬紅的丈夫與孩子也是，馬紅本人也想將行屍走肉的自己留在世上與大家一起渡過彩虹橋。等等！別丟下我一人。馬紅在此時也想追隨大家而去，只有自己一人必須確認父親已經沒有靈魂的屍體，那太痛苦。

見到莫那的遺骸，馬紅所流下的應該是那樣的眼淚吧！

雖然不至於像馬紅那般不幸，美霞也在這一年爲命運之神摒棄。

美霞期待著二月生產時一定要回到內地自己母親身邊，但明彥的時間卻無法配合，如果沒人陪伴，根本無法回到內地，結果便只能在Taihoku的醫院生產。因身體過度勞累因而衰弱，所以爲了慎重起見便提早住院，總算順利生產。耗費了整整一天，終於將嬰兒從自己身體送到這世上。一出娘胎時如小貓般的啼聲，美霞聽得入神。雖然嬰兒比起一般標準要來得小，但眼鼻俱全，手腳十指無缺，首先要感謝的是五體俱全健康無虞。明彥取名爲「文彥」，到區公所申報。

三月的春假近在眼前，美霞希望三月時能與明彥一起帶著寶寶回到韮崎，但出生後一個月的嬰兒畢竟還太小，同時美霞自己本身所謂「產後復元」的狀況也不佳，別說是回到內地，連到附近散步也有困難。

一方面，明彥卻非得返回內地不可。明彥在東京的母親，身體出了狀況，同時有幾個學會，也有演講會，同時也得與出版社商談新的著作事宜。現在的明彥處於極度忙碌的狀態，一直延遲直到最後才出發到內地，對明彥而言是對美霞與寶寶最大的考量了。

一直找不到幫傭的伯母也是煩惱之一。在Taihoku琉球人或本島人的「女傭」應該到處都是，但是或許是美霞的情報來源有限，卻找不到可以安心地照顧寶寶同時托付家事的人。就算好不容易找到了，卻因爲要求的薪水很高，所以無法折衷。

如果是這樣的話，還不如拜託山中的少女來照顧孩子吧，美霞開始做起夢來。事實上她想要的是不需任何人的協助，自家人自在過生活。這當然是帶有幾分自暴自棄，同時不可能實現的夢想。心中的夢想漸漸膨脹：要是市場賣花的少女，那樣可愛的女孩子能在身旁的話，與山中的連帶或許從這裡開始，這樣一來千辛萬苦地——就算旅程本身不算辛苦——遠道來到台灣也有了代價吧。當然美霞這樣過於浪漫的期待，明彥完全不當回事。

而明彥早在差不多半年之前，也就是隨著美霞的腹部逐漸隆起，在家中便不高興地默不作聲。熱衷於習自巴黎的避孕風潮，明彥其實不想要孩子，對孩子也沒有興趣。就連懷孕、流產那樣令人憂鬱的語彙也不太想聽。明彥最想要的是能讓他對工作集中的家中秩序與寂靜，以及能夠誠實且有效率地協助自己工作的助手。非常有趣的是，對於自己工作的評價越高，同時一個人返回內地的次數增加，明彥對Taihoku的生活越是感到幻滅，似乎也是對自己妻子美霞的幻滅。

除了工作上的協助，當然隨時得做好料理、洗衣、掃除等工作，此外擁有妻子的健康男性，夜晚的生活也得充實經營。美霞連好好睡覺的時間都沒有。

這些要求是不是太過了？我一人能夠做的可是有限呢！我想因爲你在內地被捧在手心，所以得意的很，但這裡可不是東京，同時不好好避孕的，還不是大少爺你自己嗎？

美霞是多麼想對明彥這麼說，但卻無法說出口。在信中吹噓自己什麼都能夠勝任的正是美霞自己本人，此外，對明彥母親的對抗心理也助了一臂之力，絕對不會示弱。

韮崎的母親憂鬱的臉龐不斷地纏繞著美霞。因爲已經如自己所願成爲了明彥的妻子，所以無論發生什麼事都不要想著活著回到韮崎，就算被明彥殺掉也不能有怨言，而自己的立場也不能有怨言，應該感謝明彥死去才是。即使如此，還是能寫信偷偷地告訴韮崎的母親自己的煩惱事。之前的婚姻，美霞得了肺結核，生下死胎，也不清楚到底是什麼原因。與明彥之間也有一次流產的經驗，或許自己是不適合懷孕的。懷孕期間的美霞寫信告訴母親自己的不安。

母親的回信簡單而明快。將之前的婚姻與生病的事完全地忘掉，這世間甚至有女人連孩子已經有好幾個，卻從頭到尾隱瞞這個事實而結婚。結婚與懷孕都是可遇不可求，這當中並無所謂的過去。

美霞懷孕八個月時，好不容易有熟人有時會派遣爲自己工作的歐巴桑前來幫忙，過了正月進入臨盆階段後，在這個查某人的介紹下，讓一樣是本島人的少女一週五天住到自己家裡幫忙。是個名叫梅春，暱稱叫梅梅的十五歲少女。

這麼一來，明彥到內地的春假期間應該沒有問題，因此明彥與美霞都鬆了一口氣。然而卻在春假期間發現梅梅得了肺病，急忙地送她回雙親的住處，而臨時工的查某人也無法來，無計可施之下，只有將洗衣的差事託給其他的查某人。

即使產後還未完全恢復，獨自一人看家的美霞也無法安穩地休息。就連爲了外出買東西，把寶寶放入嬰兒車都得耗費一番功夫。不買食材，便沒有食物。也不能不上銀行與郵局。美霞的奶水不足，嬰兒老是哭個不停，一點都不長肉。

三

三月中旬，在明彥即將出發前往內地時，美霞弄壞了明彥的眼鏡。行李的清點遲遲未能順利進行，寶寶也哭個不停，在房間裡團團轉時，腳撞上了和式飯桌，不小心將明彥因此掉落的眼鏡踩扁了。明彥為了洗臉，碰巧將眼鏡放置在飯桌的報紙上。撿起來一看，眼鏡右側的掛耳壞了。沒有眼鏡，明彥連在家中都得近乎摸索狀態。

——啊，眞抱歉，怎麼辦？大少爺的眼鏡成了這副模樣了。

美霞急忙將壞了的眼鏡還給明彥，明彥馬上戴上。但右邊的掛耳戴不上耳朵，一路由臉上滑下。一見這副模樣，美霞不由得笑了出來。

——都什麼時候了，你還笑得出來。

明彥斥罵起來。

——對不起，不過因為你的臉眞的很滑稽。

——你還有心情笑，你的神經有沒有問題啊，你這個人。幹出這樣的事，還能格格地笑。也沒時間送修了，這一路到東京，該怎麼辦才好。

明彥原來蒼白的臉孔，一生氣便漲起紅暈，臉色好像覺得非常害羞。美霞故作冷靜地回答，無論如何，解決的方法只有一個，此時如果感情用事只是徒勞地浪費時間。明彥出門的時間就在三十分鐘之後。——這樣吧，先把這掛耳拆下，用橡皮筋代替，等到了東京後，再讓眼鏡店修理吧。眞的非常對不住。

美霞從明彥手中搶過眼鏡，馬上開始緊急地進行處理。

——你是要我這付模樣出去見人嗎？這樣的話一路上，可不就會羞得無法抬起臉來了嗎？

明彥與鬧起彆扭的任性孩子沒有兩樣，臉頰與薄薄的嘴唇顫抖著。

——但除此之外沒有其他辦法了，你先暫時忍耐吧。總比沒有眼鏡來得好吧。

——你就總是不幹好事，眞令人厭煩，也讓人無法安心出發，你難道不覺得自己不對嗎？

美霞心中也對明彥覺得厭煩，邊對在廚房的梅梅呼喊。

——阿梅，便當，guagin（趕緊）。酸梅，三個歐，三個。

接著對明彥說。

——確認船票了嗎？原稿也都沒有問題嗎？還有要給母親大人的小文的照片也帶了嗎？已經沒有時間了，請自個兒將行李做最後的確認。好了，你的眼鏡好了。你先這樣忍耐著吧，並沒那麼顯眼，一定的。給你添了麻煩眞是對不住。

從美霞那裡接過了眼鏡，明彥看了看手錶，便不再生氣，開始對自己的行李做最後的檢查。但是明彥不快的心情當然並沒有好轉，時間一到，美霞抱著嬰兒走到玄關外頭送行。一頭長髮紮成辮子的梅梅也必恭必敬地與美霞並排而立，玄關前，停著明彥昨天自己預約的人力車。將沉重的行李交給車夫之後，明彥一句話也沒對美霞說，頭也不回地坐上了人力車。即使人力車已經開始移動，明彥漲紅著臉，看著前方，連臉都不願對著美霞。就在美霞與梅梅茫然佇立的同時，人力車已經朝著台北車站的方向，揚長而去。

——已經走遠了……眞是令人困擾，要是這麼死別了，對沒有打招呼這件事會一直掛念的，一定。

梅梅不太懂日文，對美霞這樣的自言自語，什麼都無法回答，只是歪著頭，微笑著。

——聽好了，hao，我bobuntei（沒問題），我bobuntei！

美霞也微笑著，對梅梅這著說。緊接著催促梅梅，進到家中。

由於梅梅正看著她，身爲大人的美霞就不能哭。明彥離開後，房間變得安靜，抱著嬰兒坐在正中央，看著四周掛滿的尿片，美霞開始以低沉的聲音唱起歌來當成搖籃曲。

紫羅蘭盛開之時
初次與你相遇
日夜想著你
不停地煩惱那日的情景……

從那天開始，美霞便給東京方面寫信。非得繼續寫信這件事情不可，這是爲了保護與明彥的婚姻。

美霞給明彥寫信的時間變成了深夜。因爲出生不久的寶寶的關係，中午之前根本沒有坐在書桌前的閒暇。就算是有梅梅在，但她早上幾乎不會醒過來，彷彿在美霞這裡她就可以隨心所欲的睡個夠似的，不停地睡覺。在玄關旁的收納房中蜷曲起瘦弱的身體。在夜深人靜中寫信，之後美霞開始懷疑梅梅眞的生病了，彷彿是深夜的鳥兒在遠方的山中斷斷續續所傳來的鳥鳴聲似的，可以聽見梅梅痛苦的咳嗽聲，咳咳。明彥在時從來沒有傳到耳中過。

明彥皺著眉說道，什麼，這個孩子又起晚了，這可不行，你得好好罵她才行，眞變成個懶骨頭了。

美霞心中也感覺她眞是個沒有元氣的孩子，可是從來沒有想到她是眞的生病了。只是不停的爲梅梅辯護著：到目前爲止她根本沒吃過一頓好的，所以才變成這個樣子，慢慢教她的話會懂的。聽著蘋婆隻字片語的說明，知道她似乎沒有父親，而是由祖母撫養長大，如果要責罵這樣貧窮的本島人少女，美霞眞是不忍心。

送走明彥之後經過五天，接著一個禮拜過去了。美霞眉頭深鎖邊嘆氣，繼續給明彥寫信。在深夜裡一個人瞪著白色的信紙，種種的事情便在眼前清楚的浮現。連梅梅的病也是在深夜的信紙上開始化成黑濛濛的大型字體而浮現。啊！眞的是，原來是這樣子。雖然覺得很可憐，無論如何她是不健康的。寶寶身旁有個肺病的少女這是不行的，這不能再拖拖拉拉了。一面詛咒自己的不幸，美霞寫完給明彥信後，開始給荒川老師的太太寫信。梅梅是蘋婆熟人的女兒，而蘋婆在荒川老師家工作，所以有關梅梅的事還是得透過荒川老師的太太來談才行。

身在東京遠方的明彥，恍如走馬燈般浮現在白色的信紙上。與還是單身，喜好奢華的表妹們——搖曳著如花瓣般紡紗質地或著是蕾絲連身洋裝的裙際——與高采烈地在銀座漫步的明彥。銀座天空的顏色是明亮的紫羅蘭，與明彥的母親喜歡的護士上日比谷的劇場，在附近的旅館享用全套西洋料理套餐的明彥。奶油的香味刺激著美霞鼻端的嗅覺，護士穿著有波雷若小外套的淡黃色洋裝。帶著伶俐活潑的女聽講生，明彥在大學校內害羞的走著。女聽講生所戴的草帽，長長的白色蝴蝶結悠悠然的在帽後飄揚。銀杏樹的清涼樹影落在兩人身上……

明彥的母親很明顯的意圖讓獨生子明彥有恢復單身的感覺。事到如今對於明彥與美霞之間到底打算如何，並未看到母親具體的意圖。但是在給美霞的信裡，他天眞無邪地描述著如何享受與年輕又俏麗的東京女性的交際與喜悅。越是感受到明彥雀躍的呼吸，美霞便變得憂鬱。過年之後與明彥的性生活中斷了，因此她不得不變得更悲觀。即使一直到肚子變得非常大時，跟明彥還繼續著性生活，明彥問她「怎麼樣啊？」「chinkimo，當然chinkimo啊」，她笑著回答，但從明彥的耳中聽來當然很無趣吧。美霞對於「情色學」爲何興趣缺缺，明彥應該不是不知道。

明彥的表妹，是母親的哥哥的——明彥的母親被丈夫拋棄後，似乎是這個實業家哥哥全面支援她——女兒，居住在美霞未知的優渥世界。那兩位也快到適婚期了，所以明彥也受母親請託幫忙尋找丈夫。而護士與女聽講生不僅嫻靜，知性、容貌、家世都無可挑剔，母親和明彥都讚不絕口，特別招待她們來家中，在明彥母親的安排下去看戲或法國電影，明彥此時那無憂無慮的笑容！

帶給明彥這樣的快樂，難道是母親企圖破壞他與美霞的婚姻嗎？美霞開始懷疑，落入不安而且完全黑暗的洞穴中，帶到巴黎去也能上得了檯面的結婚對象，應該是像這樣的女孩子們唷，母親非常執著的對明彥繼續呢喃著：你就這麼走入奇怪的婚姻其實很後悔吧？可是並非是無法補償的，你還年輕想要重來的話，隨時可以。母親在明彥耳中注入了這毒藥般的話語，美霞也想或許這是愚蠢的幻想，但如果是那位母親大人的話不是沒有可能。因爲像美霞這樣中古又沒有錢的鄉下女人，和明彥一點都不匹配，母親大人一直有著這樣的不滿，是千眞萬確的。因爲母親大人讓明彥毫無顧慮同時積極的與自己看上眼的年輕女孩交往也是事實。

因此美霞才必須不停地給內地的明彥寫信。可別忘了我，可絕對不能忘了我，伴隨著這樣的呼喊聲。美霞與小文在台北等著你啊！

美霞不安的預感在最壞的時機果然成眞。

陪伴著因胃痛而臥床的母親時，明彥的母親不停向他訴苦。除了自己的研究領域之外，根本無暇思考的明彥把她的話全當了眞，爲了母親以及自己寂寞的人生在此時留下了哀傷的眼淚。明彥給美霞寫了信：你難道不覺得母親大人很可憐嗎？傲慢的美霞你竟然這樣蹂躪著母親大人孱弱的身體，你應該打從心底悔悟，向母親大人道歉。但是之後明彥忽然陷入了厭世的氛圍──應該說是文學形式的──。我對我們的婚姻已感到厭煩，無論如何已經無法繼續了。我想回復單身，我們的生活完全充滿了謊言，我們應該分手，美霞你回韮崎去吧。明彥寫了這樣一封信寄了出去。

此時在Taihoku的昭和町，美霞剛送走了梅梅，和寶寶兩個人覺得非常不安，居然這個時候，送來這樣的信，美霞首先非常憤怒，雖然半信半疑但想著算了，就讓他結束吧。我馬上就想回韮崎去，流了些許的眼淚，覺得身體的負擔減輕了些。或許我因離別而到高興吧，自己也吃了一驚。至今爲止，我難道是這麼痛苦的嗎？然而之後明彥馬上急急忙忙的又寫了一封信，接到上一封信的美霞應該是完全下定決心要分手了。明彥寄出信後，完全沒有否定這樣的直覺。之後他又匆匆忙忙的寫了下一封信。明彥的直覺是正確的，美霞這次眞的是無法停止哭泣，對還要跟明彥繼續生活而感到失望的自己覺得非常可怕。

當然分手不可行，同時現在也有了孩子，實際上也無法大搖大擺地回到韮崎，必須把在身體深處蠢動的這種愚蠢的想法一掃而空才行，所謂的婚姻似大海也似天空，總是不停地變換著，而無法讓自己隨心所欲。美霞跟明彥寫了一封信，說全部的責任都在自己，是封對明彥全面降伏的信。

三

明彥帶著笑容回到了Taihoku，抱著寶寶的美霞也笑臉迎接，三個人的生活就此開始，同時新學年也開始了。兩個人和解，同時兩人立下誓言「改善」生活，打從心裡切切實實地。明彥成了副教授，薪水增加了一些，但有寶寶的現實生活是不容小覷的，兩個人的不滿與失望暫時隱藏到各自的身體深處，但不過是隱藏，並非消失，實際上什麼都沒有改變。只憑著嘴邊的微笑，家中當然不會自動收拾乾淨，寶寶也不會乖乖的睡著，大量的尿片也不會快速地乾燥。

明彥從東京買來了禮物，全新的白色襯衫與陽傘給美霞帶來了最起碼的安慰，在銀座買的麻紗襯衫，胸前有著纖細的黃色小花的刺繡，是油菜花嗎？福壽草？還是棣堂花？無論怎麼看都看不出是什麼花來。將臉頰貼上刺繡，美霞嘆了一口氣，這個夏天是否眞能穿著這襯衫回到內地呢？

美霞產後的恢復一直不順遂，但明彥的工作卻順利增加，新的涂爾幹翻譯。在京都的大型學會預定發表關於社會學與民族學的新論文，與社會和宗教，還有今昔自殺，以及台灣社會構造與道教相關的各式論文與隨筆。二月時，相當美霞學妹的女學生們跳入伊豆大島三原山的火山口自殺，她們自殺時有一位女學生在場，之後三原山的自殺事件便層出不窮。關於年輕人自殺的考察逐漸增加，因此內地的新聞媒體也有了需求。

——眞的是，幹些奇怪的事情，你出身的女校也因此更有名了。學校當局雖然覺得困擾，但因爲出了像秋瑾這樣的女性恐怖分子，怪人越多才越光榮吧。近在眼前，你也可以算是其中之一呢。

受東京報社所託打算開始執筆時，明彥如喃喃自語般小聲說著。在同一個房間勤奮地爲明彥的論文製作索引，美霞忍住了哈欠如此回答。

——跟學校才無關呢，爲什麼我也算是怪人呢？

——你覺得自己不是怪人才眞奇怪呢。就算上三原山的是美霞，我也不覺得有什麼不可思議的。

美霞握著鉛筆皺著臉，看著自己專用的書桌上明彥的稿子。

——我才不會去什麼三原山呢，想自殺的人隨他喜歡吧，我不會自殺，更別說跳入火山口，我沒那種嗜好。

——這倒是個不留下屍體死去的好方法。

美霞隨便讀起手中原稿的某些段落。

——……「我們被文明化時，只要不捨棄自己本身，就無法捨棄這個文明。」

——嗯！那個呀，像現在的時代，很明顯的就會嚮往神火根源那樣的東西。

美霞已經無法回答，因爲她已經睏得不得了，一不小心打起瞌睡鉛筆就會掉在稿子上，頭也很疼，不知何時才能說我先睡了，然後跳進被子裡呢？現在是半夜三點，如果寶寶哭了起來，就利用這個時機進睡房去。可是只有在這個時候寶寶就是不哭，其他的時候總是哭個不停。

從未看過的神火，在睡意朦朧的美霞腦袋中熊熊燃燒，而輕快的史特勞斯華爾滋以及〈白頭翁之歌〉在腦後迴響著。睡房裡堆積著明彥剛從內地買來的保險套的盒子。

以下一個夏天一定要一起回內地爲目標，美霞與明彥暫時相安無事，夏天大概能在內地停留個六七週。但即使如此，說是內地，到底要棲身何處呢？明彥在母親家中有自己的書桌、書籍與替換衣物，所以當然可以悠閒的在此過日子。美霞當然想回韮崎。

——你還打算要讓母親失望嗎？

六月之後的某日，明彥不自然地向美霞微笑著，如此說道。

——當然我想讓母親大人高興啊，但我若不好好休養，可是會消磨殆盡的。在母親大人的身旁我那能夠好好地休息呢？

躲開明彥的視線，美霞邊撫摸著寶寶因不停哭泣而抖動著的胸口，如此回答。Taihoku的六月已如內地的盛夏般炎熱，美霞和明彥的額頭流下了汗珠。

——媽媽為了這個小少爺可是連新的嬰兒房都準備了呢，反正先到母親那兒去，接下來再到韮崎去不就行了嗎？反正我非得馬上到京都與仙台去不可，在這當中你到韮崎去剛好。

——是啊！不過是盛夏，同時又搭船旅行，我對體力可沒自信。還是我跟小少爺在韮崎恢復了元氣後再到東京去吧。我可不能給母親大人添麻煩呢，所以求求你，先到韮崎再到東京去吧。

明彥曖昧的微笑消失了，發出尖銳的聲音。

——你好說歹說，就是不想到母親大人身邊，你到底鬧彆扭要鬧到什麼時候，太頑固了。

美霞裝作若無其事，唱歌似地回答著明彥。

——才沒這回事呢。我因生產而變得瘦弱不堪，無論如何我想先養好身體，我的頭髮就像《四谷怪談》中的阿岩，不停地掉，這樣下去的話，我看起來可活像個鬼似的，母親大人也會大吃一驚吧。如果我不恢復健康美麗再去見母親大人的話，明少爺您也會覺得困擾吧。她可是會說：小明啊，你竟然和這個削瘦如鬼般的人結婚。

接著美霞抱起寶寶開始安撫他。

——好了好了，你心情老是這麼不好。是不是連嬰兒也會作惡夢了呢？好了別再哭了，安心的睡吧，小文你是個乖孩子，睡吧睡吧。

此時，明彥故意大大嘖了一聲，回到了書房。

才不要呢！這個孩子絕對不交給母親大人。美霞無形的聲音不停的在明彥耳中迴盪著。到母親大人那兒去的話，她一定會奪走這個孩子，母親大人是討厭我的，非常的討厭我，她對我無一處滿意，所以想盡辦法想把我趕走，可是她想要這個孩子，然後要讓你跟有大量聘金的小姐再婚，你明明知道，為何還要對母親大人言聽計從呢？母親大人的錢？法國？無論如何她總是會拿出這些來說的。你只要能用自己的錢去的話，你就能堂而皇之的上法國去，不是嗎？不論是你，還是母親大人，每個人都是自私自利！眞是太殘忍了，絕對不要，這孩子是我的，我絕不讓母親大人得逞！

明彥也有明彥的煩惱，嘴上雖然不說，可是卻無法否定發自美霞內心的這些話。

眼前浮現了東京那些熟悉的女性，幾個表妹既聰明又閃閃發光的臉龐，開懷的笑聲，美霞為什麼無法像她們那樣可以充滿愛嬌的聊天，吃吃點心，有時看看戲與電影，學習音樂或法文呢？為什麼她不能像那樣，快快樂樂的與明彥的母親交際呢？這是明彥無法理解的。美霞直到現在連法文的A—Be—Ce—都沒有學會。她看來只會想著如何親近不過是暫時的棲身之地台灣，美霞難道忘了對明彥而言，重要的不是台灣而是法國，或者是她想忘了嗎？

明彥想起如果把寶寶寄放在東京母親那兒的話，那會令人比較安心，同時美霞也能回復到有笑話的餘裕吧？母親特地如此提議，所以就照她說的做不就好了嗎？等美霞長胖了，臉色也變好了，應該能發揮從前那樣的魅力吧。然而對現在這樣的美霞是無法那樣提議的，產後的美霞緊緊攀附住寶寶小小的身體，如果可以的話甚至希望能夠潛入那身體當中。

結果，一心希望美霞能夠恢復健康的明彥妥協了，七月中旬就如美霞所希望的，預定先前往韮崎，之後明彥獨自回到東京，兩個禮拜之後明彥再到韮崎迎接美霞與寶寶回到東京。決定之後，美霞馬上就給韮崎的母親寫信，母親也非常高興的回信了。她開始煩惱要給弟弟妹妹以及姊姊買些什麼土產才好。

但在六月中旬，寶寶的身體狀況突然惡化了，大便的顏色不佳，同時持續發起高燒，附近的醫生非常擔心，所以讓他進了Taihoku最大的Taihoku醫院，聽說是得了細菌性腸炎。根本無法把寶寶帶往內地，身爲母親的美霞也無法到內地了。寶寶這樣的狀況無法置之不理，雖說沒有生命危險，明彥也延後了到內地去的預定的時間，因爲是有預定的工作，所以也是不得已的。

美霞的運氣眞是壞到不能再壞。

明彥寫信跟東京的母親商量，接到信後，在母親的安排下把一位女性幫手送到了昭和町的家中。

爲了改善現狀，媽媽說可以從內地送來可靠的女傭，怎麼辦呢？之前明彥曾跟美霞說過。媽媽所選定的經驗豐富的女傭，絕對不會錯，但還是沒有太大的興趣，我們還是能夠自己想辦法找的吧？

像這樣，明彥顯然說得非常客氣，但美霞還是一直堅決反對著。不行！不行不行！別開玩笑了，這當然是顯而易見的陰謀，當然她沒有辦法這麼說，只能迂迴且客氣的回絕。

——事到如今如果連這個都要她幫忙，那到目前爲止我們在Taihoku的奮鬥不就都付諸流水了？誰要來支付這筆旅費和她的薪水呢?同時從內地來的話，在陌生的風土上哪可能工作?聽說很多人就狼狽地逃回內地了呢。這樣一來可是很困擾呢。拜託你跟母親大人這麼說，回絕她吧，也請你忘了這回事。但是到了七月，還是沒能找到可以全面支援美霞的「女傭」，基本上沒有找的時間，從前偶爾會來的本島人蘋婆，在荒川老師太太的考量下，再一次地，只要有時間就會來幫忙，但是光是這樣還是不夠的。醫生說寶寶出院後一直到渡過這個夏天爲止，一定要好好注意。台北的夏天既漫長又嚴峻，美霞的奶水不足，所以給寶寶的牛奶跟離乳食一定要經過慎重的煮沸消毒，而美霞自己的身體也一直狀況不佳。

——明天叫阿龜的女傭就會抵達了……今天學校來了電報通知。

明彥忽然這麼說，美霞一開始無法理解，因爲已經完全忘記之前「內地來的女傭」這件事。

——阿龜?

——這樣的狀況，就連我都去不了東京的，所以我給媽媽打了電報說：還是請你送來女傭。這也是沒辦法的吧?這次明彥顯出非常內疚的神情。

——所以你拜託了母親大人是吧?

——嗯，因爲這也是情非得已的嘛，就只好接受她的好意了。而你也不是該意氣用事的時候吧。

美霞垂首低聲回答。

——是啊!就算我說不願意，你也已經沒有辦法把她送回去了吧。……但只到我和小少爺恢復元氣爲止喔。拜託你，一定要跟我約定，小少爺或是我一定會馬上恢復元氣的。

到了晚上，美霞在蚊帳中背對著明彥睡了，不，根本睡不著，明彥也沒把手伸向美霞，馬上發出規律的鼻息聲。

替在深夜開始哭泣的寶寶換了尿片，邊讓他含著乳房，美霞盯著明彥熟睡的臉龐如此低語。

——這個gongon的傢伙，少爺眞的是gongon。

台灣話gongon就是傻瓜的意思。對了，從此就叫這個人gongon吧，美霞如此想著。對自己一時興起的想法，好不容易稍稍安了心，露出交雜著嘆息的微笑。

第二天午後，按照預定，叫阿龜的女人帶著自己的行李與母親的信出現在昭和町的家中，好熱啊！這比傳說中還要熱呢！她滿是汗水的臉龐高興地如此說道。

從美霞的眼中看去，阿龜彷彿像是明彥母親的妹妹，無論是臉還是說話的樣子都極爲神似。她也不在意美霞，什麼都沒回答，一個人就可以說個不停的地方也和明彥的母親一模一樣。

——這位如果是太太的話，那麼您東京的母親大人就叫她是大太太好了，我從以前就一直受大太太的照顧，她教導我和裁和洋裁，眞是非常感謝，就連料理技巧也完全是她傳授的，所以我也學到了一些西洋料理。有一段時間要成爲太太和明彥少爺的護士，讓我照料你們的起居。我的長處就是身體健康，出身名古屋，所以也習慣了炎熱的天氣。說來非常不好意思。大太太已經先付了我三個月的薪水，也就是說她是如此信賴我，眞是非常感謝，她還說接下來郵匯給我。……明彥的母親信中短短寫著：請別客氣差遣這位女傭，她非常勤勞，同時你好好專心靜養早日恢復健康，我在東京眞是非常擔心小文的身體。

美霞默不做聲的把信交給明彥，明彥快速地讀了信的內容，悄悄地不讓阿龜聽到似的對美霞說。

——你得好好的寫信謝謝她才行。我帶到東京去直接交給媽媽，我當然知道你不是很樂意，但突發狀況，這是權宜之計，不是嗎？光憑這點你就非得感謝她不可。

美霞閉口不語，把寶寶抱在胸前，削瘦的嬰兒扭曲著臉，眼中浮現了淚水。看了這副模樣，美霞的眼中也似乎要掉下淚來。這個家已經不是美霞的家，而成了明彥母親支配的家了。即使沒有人喊叫著說美霞滾出去，這裡已經沒有人需要你了。

剛好在這一天發現了莫那．魯道的屍體，不是美霞的父親，而是馬紅的父親莫那的屍體，美霞並不認爲這個發現只是個偶然。

莫那爲何在現在變成木乃伊了呢？事實眞相到底是什麼？美霞想要相信這是爲了馬紅和美霞。

莫那以山風的聲音對馬紅與美霞說：我絕不會曖昧的就此消失而去。

……我的確已經死了。靈魂從我身體離去，肉也腐爛湧出了蟲，也有想要吃這腐肉的鳥兒，爭相啄食，而只剩下了骨頭。我全身就只剩下這骨頭，而這是的的確確的死亡。你們擁抱著我的死亡繼續的活下去，你無須畏懼人類世界的孤獨。無論人們對你說了什麼，在背後對你指指點點，這一切的一切只不過是人們愚蠢的話語所激起的小小微波。不要希冀死亡，我非常清楚繼續活下去是如何的困難。你們身爲女人還不能死，之後可能會有事情發生，神聖之樹Lala正守護著你們，你們不要恐懼，因爲Lala支撐著宇宙。

失去了自己領土的美霞，只有委身莫那．魯道。正確的說是莫那的屍體。明彥的母親絕對看不見也摸不到，只屬於美霞的世界就在這裡。阿龜與gongon的明彥看不見的世界。

悲傷的是美霞並非莫那的族人，而只不過是個日本人，美霞自己也很難忽視這個現實，而已經半化作白骨半化作木乃伊的莫那應該不會介意接受美霞吧，她擅自地如此想像著。

阿龜這個女人住到收納房三天後，gongon的明彥匆忙出發前往東京，帶著美霞匆忙寫好給母親的道謝信與台灣土產的茶。

這個夏天除了發現莫那的屍體外，住在新高山四周被譽爲「最後的兇番」Tamaho社的兩百六十四名布農族人，在首領Lahoare的決斷下，全體向日本歸順。美霞給在東京的明彥寫信，同時也熱心地追蹤關於山中人們的新聞報導。信裡對於這些事完全沒有提到，始終停留在同樣的話題：寶寶與自己的狀況，家中附近的狀況、學校及教授太太們的事情以及颱風。

七月中旬，二十一名Tamaho的人下山到高雄參觀城鎮，接著乘坐列車北上台北參觀鐵路工場、小學以及農業試驗所——應該說是被參觀吧。他們在台北被看熱鬧的都市人以及新聞記者所包圍，所到之處似乎總是引起騷動，就連阿龜也在市場聽到了這件事，興奮的向美霞報告。「最後的兇蕃」恍如珍禽異獸出現在城鎮般，讓城市人開心的不得了。

以巨大而且黝黑的腳赤足行走著，男性蓄著長髮綁上漂亮的頭巾，裝飾著山鳥的羽毛，無論男女都戴著許多用彩珠串成的項鍊，有人裝飾著耳環。雖說是「番人」，但是非常的時尚！只要眼前有食物，他們就會吃個不停，令人懷疑他們胃袋的構造。

之後聽說保管在Tamaho代表出草榮譽的頭蓋骨，全部都還給了日本，八月還在高雄舉行了謝罪宣誓儀式。

在那之前，Lahoare數次襲擊山中的駐在所，砍去巡查與警備員的首級，令人聞風喪膽。這個

Lahoare丟下武器，下山來對日本宣誓服從。Lahoare已經不可能像莫那那樣死去了，Lahoare在高雄的州知事官邸吃著他們招待的巧克力，因它的美味而吃了一驚，要求要帶回去給自己的孩子們當作禮物。Lahoare綁著頭巾的照片，還有新聞記者以及攝影師們爭相進入山中看Tamaho到底是如何的險峻，也拍下了風景照片。美霞也為這些照片所吸引。

九月初gongon的明彥回來了，她邊數著他回來的日子，美霞從明彥的書房取出有關山中的書籍，因偏執的頭痛與暈眩而臉部扭曲，看著山中人們的照片回顧他們生活相關的文章。她也讀了不是明彥規定的「功課」而是「解悶」的書，明彥也注意到對美霞而言，「功課」一詞似乎成了負擔，改稱為「解悶」，但這只不過依舊是明彥所規定的義務。gongon的明彥就算是對美霞也改不了學校老師的習慣，似乎要盡自己不在時的義務。

一年前的「功課」《愛彌兒》是太長了，此外因為說教的內容太多，結果沒有辦法完全讀完。當然對明彥給她的書，她都抱著敬意與好奇心——得以一窺至今為止未知的世界，此外它也是明彥的世界——所以鄭重的打開了書本。

就如同在女校時隨性地依她的興趣貪婪地讀著一本又一本的新書，這對美霞而言已經是遙遠的過去了。從內地只帶來自己少數的書，所以只是重複的讀著它們。《海潮音》、《古今和歌集》或者是《萬葉集》。只要發現「寧離去，日子已長遠，一心想到山中拜訪去迎接，但我只能等待再等待」這樣的和歌，就會深深的吸一口氣，重複的吟詠著。此時腦海裡浮現奇妙的回憶，身體熱了起來。要是我跟有三個孩子的國文老師，那個中年鰥夫就這麼結婚的話，現在到底會怎樣呢——不過那樣的婚姻一點都沒有吸引力，因此就算明彥沒有出現，應該也不會結婚。她這麼想著——之前結婚的對象是關西的實業家，是個有錢人，但並非因此覺得惋惜，雖然有些年紀但絕不是壞人。

阿龜看見這樣的美霞總是非常感佩似地說：唉，老是要讀書眞的很辛苦呢，學者家庭的太太眞的是不一樣。美霞不禁笑了出來，合上女學生時代的老舊書籍低聲說：才不是讀什麼書呢。說到這個，還得趕緊做老爺的工作才是。接著便坐到書桌前，再次開始謄寫明彥的原稿以及製作索引。明彥對美霞的「國文學」以白眼相視。明彥一口咬定：因爲你喜歡日本的古老故事，什麼短歌呀俳句，所以你的頭腦也無法朝理智的方向成長。當然也有中年鰥夫的那件事，美霞自己覺得很不好意思。愛著明彥的美霞非得離開那古派的「國文學」世界，即使如此，從內地出發時，美霞卻不得不將女學校時代的書放入行李當中，已經進到腦中的「國文學」的片段要完全忘掉是很困難的。明彥不在的時間越長，這些片段便會忽然的甦醒。明彥不在時，把書桌從書房移到了睡房的蚊帳裡，這樣一來便可以一邊守著寶寶一邊工作。光是謄寫的原稿就堆滿了小小的書桌，明彥的原稿以及製作所引用的卡片就只能攤開在榻榻米上。寶寶不久之後將會自己自由的行動，會隨手抓取他手能搆到的東西吧，這麼一來，美霞也得跟明彥一樣使用西洋式書桌。這個房子原本就很狹小，這樣一來就變得更小了，即使gongon的明彥不想承認這一點。

在小小的房子裡，與阿龜一起生活的話當然什麼事都逃不過她的法眼，阿龜的雙眼也就是明彥母親的雙眼，而那雙眼睛則不停的監視著美霞。阿龜給自己的雇主也就是明彥的母親，每週都寄出報告的書，應該是被命令的吧。她好像不太擅長寫字所以只能寫短短的信。即使如此，對阿龜到底寫些什麼，美霞十分的在意。也不能說你別寫了，勤勞的阿龜一絲不苟，從未說出讓美霞不安的話，但這反而讓美霞疑心生暗鬼。從未像現在這般如此地渴望著明彥的歸來，只要gongon的明彥在家，美霞就能隱身在他的身影中。

偶然地，附近的太太和學校的夫人——對於池田太太依舊感到棘手——來到家中，匆匆忙忙準備了茶水，熱心聽著從前覺得非常厭煩的傳聞話題。阿龜和別的女人們的聲音宛如音樂般，令人愉快，對於說話的內容則是心不在焉。不過在聽到廣川老師的長男終於過世了，不由得宛如從夢中驚醒般，對自己一次都沒去探望感到自責，而馬上就趕去幫忙守夜。不過因緊張與疲勞而快要昏厥過去，所以幾乎沒幫上什麼忙就早早退散了。

本島人的蘋婆依舊只要有空就會過來幫忙。現在是阿龜支配著整個家，蘋婆幾乎沒有用武之地。但即使如此，只要蘋婆一來美霞就會感到安心，用著稚拙的日文混著台灣話，談起梅梅之後的狀況——非常可憐的，好像病情加重了——或者是聽著蘋婆死去的丈夫以及到大陸去的兒子的事情。也跟她商量打算開始耕作田地，飼養自家食用的鴨子與兔子——在從內地回來後的明彥強烈反對下終於沒有實現，因爲gongon的明彥最討厭不衛生的動物。

明彥從東京寄來的信提到一直懸宕未決的巴黎之行，幾乎已經底定在一年後成行。因爲經濟上的問題，這兩年當中要美霞帶著寶寶回到韮崎。這是她曾經預想到的，但即使如此，她還是非常失望。比起韮崎去巴黎是比較令人高興的，但比起內地，要去遙遠的巴黎當然更花錢，同時根本攢不出這筆錢，如果明彥去巴黎的話，台北的房子也不能租賃下去，美霞只能回韮崎去了。

無論如何這都是明年的事，美霞盡量不去想將來，只希望連現在的事都不要想，每天過日子。

三

早上頭痛還沒開始，身體也覺得輕快，因此這天早上爲了逃避阿龜，假裝自己有事——銀行、學校、市公所、郵局、與太太們的交際、能找到的藉口多的是——美霞便外出了。把寶寶托給阿龜，撐著白色的陽傘一個人外出。她故意抱怨了兩句：老爺很快就要回來了，在那之前要做的事眞的多的不得了，受不了呢。

某天早上，美霞到了練兵場的馬場去，眺望著在馬場奔走的馬兒，從美霞口中洩出了這樣一句話——是的！這是南邊的國度！……這是明彥給她「解悶」用的書籍其中之一，是她剛讀過的《俄羅斯婦女》中的一句話。

馬場位於由烏來流經新店的河川旁，從昭和町走路約四十分，雖然有更近的賽馬場，但在那兒舉行賽馬卻只有固定幾天。

練兵場的馬場中，陸軍的軍馬大概每天早晨都奔跑著。由於是練兵場，像美霞這樣的女性一接近或許就會被斥責。不過至今爲止還未被人警告過，美霞也小心警戒著別太接近馬場。或許有人正在某處監視著也說不定。美霞總覺得好像被人跟蹤著，至少她老是這麼覺得。不過也沒什麼好在意的，因爲美霞既不是女間諜也不是恐怖份子。

有黑色的馬也有褐色的馬，馬的身體閃閃發亮，能看見抖動的肌肉，馬的鬃毛隨風飛揚，尾巴則強力的搖晃著。趁著暑氣還不嚴酷的早晨，馬兒奔跑著。急速奔跑的馬蹄聲，讓美霞的悸動更加劇烈，陽傘也隨之搖晃，雖然覺得馬兒可怕，但也期待馬兒會不會也看著自己的方向呢？軍機從頭頂飛過，一聽到聲音，馬兒們搖著頭洩出了鼻息。馬場彼方的河面上閃著朝日的光芒，可看見進退不得、風帆已破舊不堪的戎克船，竹筏也漂流其間。對岸的甘蔗田閃耀著明亮的光芒。

《俄羅斯婦女》是明彥中學時期法文啓蒙老師的俄國老太太所愛讀的，明彥如此說明著。

喔！是這樣的話我就會更早開始讀了，你要告訴我的話，我在內地時就會讀了。

美霞憎惡地說。

那位雙眼失明的老太太已經過世了，美霞爲她柔和而且總是笑盈盈的臉所傾倒。你們要當一對新時代的夫妻，因爲明彥喜歡裝腔作勢，不改變態度是不行的。美世你是個現代女性，可不能對明彥言聽計從。躺在病床上的老太太如此對她說。

明彥粗魯地回答。

——這本書似乎被視爲具有危險思想，所以不好跟你推薦。你要小心別被人看見，同時我想你因讀不懂盧梭而感到困擾，應該對思想方面的書很不在行吧。不過這本書很短，你應該能夠讀吧。

被這麼一說，美霞只能低頭不語。

《俄羅斯婦女》是一部詩歌作品，描寫百年前期待解放俄國人民的革命運動中，一位女性追尋被流放到西伯利亞的丈夫。雖說是詩，令人感謝的是它也可當成小說般閱讀。因之後的俄國革命而逃到日本來的老太太或許認爲涅克拉索夫的這首詩歌是宛若自己的故事般因而愛讀。單身一人追尋被判流刑的丈夫，駕著六頭犬的雪橇前往西伯利亞，年輕可人的公爵夫人——明彥希望美霞能以這個公爵夫人爲模範而活嗎？當然只要情況允許，無論是西伯利亞或巴黎，美霞都會追隨明彥而去。不過沒有錢的美霞既不能安排六頭犬的雪橇，同時日本是個島國，到外國去得要乘船，美霞連船也搭不了。日本的美霞只能一味的等待著。公爵夫人在冰天雪地的北極苔原做著南國——在此應該是公爵夫人結婚前所拜訪的羅馬的夢——自我安慰。

是的、是的，這裡是南國！……青空萬里無雲，山谷中花草齊放……眞是宜人的景色！一個小時前那裡的紅寶石還閃著紅光……現在白色山脈中的黃玉則開始著閃耀著光芒……看那響著鈴聲帶著花朵背負行李的騾馬緩緩的步行著，永遠的薔薇之國……你聽！那韻律美妙的歌曲。你聽！你可聽見那音樂！……是的，的確是！這裡就是南方的國度呀！是南方的國度呀！……不我摯愛的丈夫啊，想與你再度同行。……

對，實際上美霞現在不在西伯利亞而是夢境的南國，木麻黃與相思樹環繞著馬場，河邊的鳳凰木盛開著赤紅的花朵。雞蛋花——與梔子花非常相似的花朵，問了蘋婆它的名字，她告訴自己那叫雞蛋花，因爲白色的花朵的正中央有著如蛋黃般的黃色，於是才被取了這個名字——滿溢著香甜的味道。

啊！不過好像有人一直看著美霞，或許是在對面的甘蔗田。也或許在這裡的木麻黃樹叢當中。要是美霞有什麼不軌的行動，例如使用化妝鏡反射的光線送出信號，或者是從手提袋中拿出大型的炸彈，或者是奇怪地揮舞著陽傘的話，他們已經用槍瞄準，馬上就會把她當場格殺似的。

美霞感到一股寒氣而顫抖。是的，這裡是南國。沒有什麼好怕的，在眩目的朝陽照耀下，也想跟在馬場上奔走的馬兒們說，是的、是的，這裡是南國，無需驚恐，這裡是南國，既不是巴黎也不是韮崎！

而某天早上又來到了昭和町北邊的牧場。說是牧場，在廣大的牧場上並沒有放牧的牛隻。牛棚當中擠著約二十頭的乳牛，在早上的時間，無聊似的漫步在充滿糞味的狹窄運動場。爲了明彥的咖啡歐蕾，每天早上從這兒所送出了牛奶，現在則爲了美霞與寶寶的營養。

巴黎的葛雷布廣場有著斷頭台，明彥給她另外一本「解悶」的書《死刑犯末日記》裡如此的寫著。據明彥說，在革命時期非常流行使用斷頭台的公開處決已經是過時了，而且應該廢止。這是一本在法國引起廢除斷頭台輿論的重要書籍。在巴黎也有斷頭台，幾乎在百年之前，巴黎的群眾期待著處決。實際上有許多人眼見死刑囚被處決後雀躍著、手舞足蹈著，非常高興，連女性也不例外。牧場上的乳牛們在美霞的眼中看來宛如死囚，美霞想到我也和你們立場相似。美霞雖然不知道牧場的乳牛們將有什麼命運，或許將被屠殺後爲人——由於本島人不吃牛肉，主要是內地人——所食用吧。應該是非常的廉價而且不好吃的牛肉。

美霞就算被殺了也不會被當成食用肉品，或許比這些牛隻的命運還好些，在斷頭台被斬斷首級之後，聽說在數秒當中還留存著意識，五秒、十秒還是更久呢？不感到疼痛，只覺得世界的所有不停地掉落、不停地掉落嗎？到底要掉往何處？不停的往下掉，然後忽然覺得睏了起來，接著死亡。

牛群的背後無論是柵欄後還是牛舍的屋頂，監視著美霞的眼睛與槍口都閃閃發亮，這樣的恐懼糾纏著美霞，美霞凝視著看來笨重而且肥嘟嘟的乳牛群，將《海潮音》中的詩胡亂地配上音節吟唱著　無須特別哀嘆這浮世……無盡的苦界啊……太陽呀、你難道不痛惜夏日的花兒漸漸落去嗎？，這旋律不知不覺中轉換成了〈巴黎的屋簷下〉，歌詞當中混入了片段的「國文學」。

……此處已無生命存在……花兒依然盛開但可人的你在哪裡？……我將因無盡的戀慕而殞逝……無喜也無憂……你燃燒的眸子與愛的話語……我熾熱的戀慕之心塡滿了空白的天空……滿溢的淚水……快歸來吧……那令人愉悅的往昔。

而又有某天早上，她旋轉著她的陽傘來到有水牛與白鷺鷥的田地間，唱著白頭翁及其他的歌曲。眞正的白頭翁飛來和美霞合唱，啾啾啾，開始沒有止盡的話語。

白鷺絲與水牛無視於美霞的存在。而應該是躲在草叢中大量的青蛙、蜥蜴、蛇以及蟲子在一大早並沒有故意讓美霞難堪。對她不停惡意干涉的只有人，你如果想監視我就讓你監視個夠吧！美霞想跟或許正在某處監視著自己的人們說：如果想槍殺我那就槍殺我吧。那道光是槍口的光吧。那裡、這裡，你們這麼做都是多餘的！我只不過想打發時間，唱唱我不堪入耳的歌曲罷了！喂，我好想成爲鳥兒，我已經厭煩當人了。美霞朝著與自己不停對唱的白頭翁微笑，稍稍的放低了她白色陽傘，抬頭望著因靄氣而朦朧的台北天空。濃暗交雜的灰色天空，早晨的陽光灑落其中的光芒是耀眼的。遠處傳來火車的聲音以及公雞宛如抗議般的尖銳啼聲。

九月七日，好不容易明彥從內地回到了Taihoku，給美霞的禮物是新的涼鞋以及縫製裙子用的布料、高蒂的粉餅、和式內衣以及襪套——這是美霞的要求——還有每次都會帶來的醃酸梅、海苔、各種醬油口味的食物、三輪牌麵線、還有私密的保險套，給文彥的是還得兩年才穿得下的男孩水手服以及小鞋子，一絲不苟的明彥甚至也爲阿龜準備了浴衣的布料當作禮物。這或許是明彥的母親讓gongon的明彥帶來的也說不定。秋季的學期一開始，來了幾個颱風，匆忙的度過了十月，但天氣卻不見涼爽。進入了多雨的十一月之後，文彥的狀況又惡化了。

十五、二〇〇五年 夏 第十二天（2）

——Byebye！Byebye！

——Byebye！

在汽車旅館前，莉莉從四輪驅動車下車，對著滿車的「原住民」揮著手道別，小孩子、年輕和年長的女性也都笑著揮手與莉莉道別。這個語彙原來是英文，現在則成了世界通用的道別語言。

車子在汽車旅館前轉了方向，往剛剛行來的路上揚長而去，激起了已積滿坑洞的雨水。從已經遠去的車窗，孩子們探出身來揮著手直到看不見莉莉的身影，叫著Byebye！Byebye！Byebye！宛如歌曲的旋律般。

爲了一個粗心的外國人，他們到底繞了多少遠路呢？莉莉不得而知，不過至少孩子們對莉莉這個迷路的大人並不覺得不耐煩。邊揮著手，莉莉鬆了一口氣。

車子從視線消失，孩子們的聲音已經聽不見了。此時晚霞漸漸褪去，山中的天空忽然變得開闊。四周的綠意也暗了下來，似乎都陷入了沉默。莉莉覺得餓了，低頭看著腳邊的積水——看見倒映著黃昏天空的色彩——一轉身便進到了汽車旅館的辦公室。

辦公室的女職員似乎從窗口看到莉莉回來，便準備好房間的鑰匙，迅速交給她。單身的日本女客在這個汽車旅館或許是稀奇的，這位女性比外出的男職員年長，同時看來很幹練，莉莉忽地用英文問她。

——這裡有餐廳嗎？

女職員什麼都沒回答，搖了搖頭，她似乎不懂英文。

——呃……我想吃飯（wo-shan-chi-fan）。

無計可施，莉莉只好吞吞吐吐說起北京話，職員比個手勢要她稍等，便匆匆向外跑去。莉莉不知道自己到底等些什麼，只好一直站在辦公室等著。莉莉已經完全習慣了語言上的不自由造成只能等待的狀態。不久職員帶回來一位帶有都會感的年輕女性，她的長髮在腦後綁成一束，脖子上掛著用藍色掛繩吊著的卡片。

——怎麼了？

她用流暢的英文問道。

女職員在一旁笑嘻嘻地做出「有什麼問題就問這個人吧」的手勢，好像是帶了能夠勝任英語口譯的人來，看來像是汽車旅館的職員，也像是職員熟識的人，從附近硬被找來。莉莉迅速地用英文朝這位穿著奶油色T恤與白長褲的女性問道。

——這個汽車旅館裡有餐廳嗎？我想知道在哪裡可以吃晚飯。

年輕的女性微微地點了頭，爽利地回答道：

——這裡是汽車旅館所以沒有餐廳，這附近也沒有，這裡離鎮上很遠，我們一起吃晚飯好嗎？我也住在這裡，六點我們就會在這庭院吃飯，多你一個人也不成問題。

——可是……

對突如其來的提議，莉莉有些遲疑。在這當中，年輕女性已經用北京話向汽車旅館的職員說明。

——那麼就六點再見了，我得忙著準備，先走了。

她留下這句話便匆匆走到外頭。

一看手錶已經五點四十五分了，旅館職員對莉莉笑了笑，向她點了幾次頭，彷彿跟她說：太好了太好了，沒問題了，你可眞幸運呢。而莉莉也報以微笑，只能說謝謝（she-she）。

她先回到房間，算準了時間後便出到庭院。走到開滿色彩繽紛的扶桑花花叢的另一端像是廣場的地方，有人聚集著。雖說如此，只不過零零星星的十來人，或許時間太早了，對莉莉而言剛剛那位年輕女性是她唯一的救星，無論如何得先找到她。

有幾名男子開始行動了，在廣場上放置了幾張桌椅，盡頭的空地則擺放著鋪著白布的橫形長檯。莉莉看著這一切的同時，右手邊的房子陸陸續續有人端出料理。蒸籠裡有冒著白煙的竹筒飯、炒青菜還有油炸料理，此外蝦子、牛肉和雞肉、用花裝飾的燒豬、各式各樣的點心，也有炒飯，果凍般的甜點，還有西瓜與芒果。

莉莉想知道麼多料理到底從哪兒冒出來，所以往屋子裡窺探。那裡有個大車庫，停著一台卡車，但似乎沒有特別的廚房，兩個男人抬著有熱湯的大鍋，看起來似乎很沉重，而烤肉以及炒麵用的鐵板則擺設在那附近。才一瞬間，負責各種料理的男子開始烤肉與炒麵，香味四溢引人垂涎，刺激著已經飢腸轆轆的莉莉。

忙亂的場面中，莉莉好不容易發現了那位年輕女性，便跑向前去。

——剛才謝謝你了，可是眞的可以嗎？我不知道竟然是這麼豪華的庭院派對，請讓我付些錢吧。

——你別在意，一切都是免費的，你看哪，吃的東西這麼多，就盡量享用吧。我是這個團隊的聯絡窗口，要是有麻煩的話，跟我商量就能解決的。

不知何時，周圍已經擠滿了人在檯前享用料理，甚至有人已經在桌上吃了起來。她以爲還在準備階段，卻已經開動了。大家實在太敏捷了，對莉莉而言，這一切看來宛如魔術。這團隊的人安靜的程度簡直不可思議，雖然有很多小孩，但卻沒聽見孩子特有的高亢聲音與笑聲，只是靜悄悄地跟著大人。人數已經增加到六十人左右，此時莉莉這才注意到，這些人是「原住民文化園區」的台灣團。

雖然覺得有點遲疑，但還是一點一點地取了食物找了地方坐下。方才椅子上還空無一人，現在所有的桌子都客滿了。最靠邊的桌子只坐了四個人，看來還有多出的椅子，莉莉便到這裡來，用北京話說了句不好意思，縮起身子吃了起來。

男子跟小孩端著盤子走近同一張桌子。好像是兩個人去取食物時莉莉佔了他們的位置，莉莉一察覺便急忙打算站起身來，男子以手勢制止莉莉，又從別的地方爲自己搬來一張椅子。

——對不起（due-bu-chi）。莉莉用北京話道了歉，低調地繼續吃著。

——你是日本人吧？

耳邊突然傳來日語，感到困惑的莉莉環視了同桌的人，有兩位女性——一個膝上坐著小孩——還有兩名男子以及兩個小學低年級的小孩。看來似乎是兩個家庭，就在此時與當中一名濃眉大眼的男子的視線交接。

——啊——你從日本來的嗎？

莉莉一心想要從這裡逃開，用日語回答。

——是的，不好意思。這是大家的晚餐，但我找不到其他可吃飯的地方。

沒關係，我們都聽說你的事了，多吃點，一個人獨自旅行可是很辛苦的。

——哎！謝謝你……，眞是得救了，不過爲什麼大家會知道我的事呢？眞是不好意思呢！

莉莉更忍不住藏起身來。

——啊——不會有人介意的，沒什麼不好意思的。我們是從桃園來的，是公司的旅行。與日本有關。啊——我因爲研修的關係，日本已經去了十次以上了，不過日語還是沒有進步。

聽說是員工旅遊，莉莉終於理解了，難怪這些人這麼安靜，無論做什麼都很迅速，於是說：

——不會啊！說得很好呢，我才是呢，北京話一點都說不好……

——啊——日本人會去很多地方吧！我是第一次來這兒，啊——你去了文化園區嗎？

莉莉點點頭，男子跟其他人用北京話說明狀況。全體都謹愼地對莉莉報以無言的微笑。

——啊——我們也不太清楚原住民的文化，台灣人並不關心原住民文化。啊——這個員工旅行是非常特別的，可以學到很多東西。啊——我們有原住民員工，是我們的夥伴，對！他就在這裡。啊——他也不太清楚自己的文化，從前他們下了山跟漢族友好……。啊——日本人對原住民非常有興趣，你正在研究原住民嗎？

莉莉笑了笑搖搖頭。已經不年輕的外國女性獨自一人在此地當然會招來許多臆測。

——不！不是的，只是利用暑假來台灣遊玩，不過到了南邊的城市，實在太熱了，所以我想來到山中會好些吧……

——啊——這裡很涼快啊！我們明天要到高雄去，那裡也許會非常非常熱吧……啊！這是我太太，這是我們的女兒。

莉莉重新與他的妻子和女兒打了招呼，太太與女孩子露出了羞澀的笑容只點了點頭並沒有說話。女孩子大約八歲，身材、臉蛋，像極了既白皙又窈窕的母親，另一名男子再度起身後消失了，或許對日語的對話感到無聊吧。

——啊——現在的台灣兩個孩子是最普遍的，我們只有一個女孩子是不太尋常的。啊——家人一起旅行是很稀奇的，我常去日本，但家人不去。

——您很忙吧！

——是啊！總是很忙碌。我在竹東的鄉下長大，所以我想過過鄉下悠閒的生活。不過無法如願，需要錢的。啊！我太太來自台北，我們都非常喜歡日本的食物，也喜歡榻榻米。

——您知道榻榻米嗎？

——當然，所有的台灣人都知道。

——啊……是這樣嗎？

莉莉發出了吃驚的聲音。

——是啊，因爲日本時代非常長，啊……您別客氣，多吃點。……啊——原住民現在能說日語的人還是很多，我們也一樣，老人不擅長講北京話，曾經充當日本軍隊去打仗的人也很多。啊——原住民的軍隊是「高砂義勇隊」，有人以此自豪，但也有人對日本政府抗議。

——在日本，大家非常清楚的只有「高砂族」這個名稱。提到「原住民」的話，現在日本可能不太有人知道。日本人的興趣……有些奇怪呢。

身爲日本人的莉莉只能回答些無關痛癢的話。

——啊——今天晚上有原住民的運動會，吃完晚餐後我們打算上那裡去，你也去嗎？啊——在附近的小學有運動會。

——晚上居然有運動會？

莉莉反問。

——啊——這個地區的原住民大家聚集在一起，是大型的祭典——。

分不清是祭典還是運動會，莉莉跟著員工旅行的團體上「運動會」去了。因爲晚上有運動會的活動，所以從「文化園區」被送來的這些人才會這麼興奮，莉莉如此猜想。

七點鐘在汽車旅館的入口集合。摸索著黑漆漆的道路，混在員工旅行的人群中到達了目的地。在沒有路燈以及人煙燈火的黑暗中，只能靠著手電筒的光線，其他什麼都看不見。邀莉莉一起去運動會的男子與她並肩走著，她感覺自己好像緊緊抓住男子走著。不過與其說是抓住男子，倒不如說是抓住手電筒——他周到地準備了手電筒。他的妻子和孩子都累了，所以不一起去參加運動會了。

在鋪設的車道上走了一會兒之後，便開始爬上陡峭的山路。路上到處都有大灘的積水，很快地腳和褲管便沾滿了泥漿。爬著爬著，漸漸地，山路越來越狹隘，左右彎曲著，莉莉馬上便上氣不接下氣。減速的汽車和機車排成一列，開始超越莉莉們的隊伍。似乎並沒有其他人徒步前往山中的運動會。頭頂不時傳來煙火綻放時所發出的聲響，山中的夜晚萬籟俱寂，煙火綻放的聲音一下子就被吸入其中，這若有似無的煙火聲反而使莉莉對運動會的開始迫不及待。

——……運動會到底會有什麼節目呢？

——啊——不知道。

——在這樣的夜晚應該不會有賽跑吧？

莉莉自言自語著。

——不能逃吧。

男子似乎如此說道。

——欸？

——啊——小心腳下，不用急。

——好的！泥土滑溜溜的可是會跌倒呢。

莉莉回答。男子想說的可能是不能夠跑吧！

在黑暗當中，氣喘吁吁地攀爬了大約三十分鐘後，狹窄的山道擠滿了前往運動會的汽車與摩托車。

莉莉一行人非得穿過路旁才能往前行。下到午後才停的雨淋溼的樹葉打在臉上、拂過腕臂，有荊棘的藤蔓則纏住了腳。

好不容易貌似小學的白色建築物從山中的黑暗裡浮現，幾朵煙火再度在空中綻放，在夜空當中閃耀著一縷光芒，在最高點時，發出紅色與藍色的火花後消失無蹤。

來到小學前面，建築物所發出的亮光讓腳下有了光芒，匆忙來往的行人也增加了，正是「祭典」氛圍，熱鬧非常。但地上的泥濘宛如駭浪般四處飛濺，為了躲避遍佈的泥淖，得小心翼翼行走。——就算是腳底已經沾滿泥濘，還是沒有將腳故意踩入泥淖的勇氣——一邊注意著腳下，進到左手邊的校園中。

映入莉莉眼簾的是熟悉的棉花糖和烤香腸的攤位，校園四周也有射飛鏢和打彈珠的攤位。但沒有客人光顧，所以閒得發慌。

校園裡已經有許多人整好了隊，有著大型屋頂呈階梯狀的觀眾席也坐滿了三分之二。對於「外人」來參觀並沒有人見怪，員工旅行的一行人也在此三三兩兩找到適當的地方坐下，莉莉與男子就在觀眾席中間的座位坐了下來。

無論是前方或後方，「原住民」攤開了塑膠布輕鬆地坐了下來。應該是運動會參賽者的家人吧，有年老的女性與孩子，和肥嘟嘟且身材高大的中年女性，從大的紙箱中拿出的便當以及瓶裝水擺在他們中間。莉莉的眼睛掃過了印著「運動會」繁體字的手冊封面，這似乎是叫作「運動會」的「祭典」。雖然想看看這本手冊，但不曉得要以什麼語言開口才好，也有身為外來者的顧慮，因此作罷。

隔著校園，從觀眾席前方所能看見的，是臨時架設的舞台，還是黑漆漆的。緊臨舞台後方的是僅能看到樹木黑影的懸崖邊，校園左右兩側所架設的強烈照明燈，正照向在校園中已整隊完畢的人。與其說是運動會，倒像是大會的開幕式——日語中所謂運動會的印象至少應該是更愼重的——年輕女性穿著各族群的傳統服飾，拿著寫著自己地區名稱的牌子站在此處，而後方有十幾二十，或者是更多的人，穿著各自部族的服飾排成一行。雖然隊伍後方有人蹲下，也有人脫離隊伍，但整體並未因此散亂，大家仍然面向前方繼續忍耐地站立著。觀眾席中央放有鋪著布巾的桌子，金色的獎盃並列於此，閃閃發光。應該是運動會的大會總部吧，穿著傳統服飾的長者坐在座位上，顯出威嚴的表情，頭上則戴著某種樹枝所編成的頭冠，其中裝飾著鳥兒長長的尾羽。也有女性頭戴著紅色花朵所製成的頭冠，胸前則垂掛著項鍊與花環。在校園的照明燈的照耀下，使得以紅色居多的傳統服飾和各式各樣的裝飾比起在白天的光線中，更加鮮豔耀眼。也有老人穿得宛若西班牙鬥牛士，是從頭到腳有著閃閃發光裝飾品的民族服飾。

——啊——這是頒獎儀式，這個小學有圖書館，所以捐獻大筆現金的人將會被表揚，運動會緊接著就要開始了。啊！我們非等不可。

身旁的男子對莉莉低語著，莉莉點頭回應。

一個頒獎儀式結束後，接著擴音器傳出某人的名字，緊接著有人從校園的隊伍中出現了，對大會總部的成員互相行軍隊的舉手禮。接下來是長長的致詞，最後領取了獎盃和箱中的獎品回到了隊伍。——使用的是北京話，莉莉絲毫無法理解，男子也不一一爲她翻譯——緊接著又傳來某人的名字，然後馬上有人出列，重複著相同的儀式，如此周而復始，經過了三十分鐘、一個小時也還未結束。獎盃與獎品的箱子漸漸變小，領取的也不再是個人，而變成了團體，主要是年輕人的團體，他們三三兩兩走到隊伍前面，神情顯得緊張。這樣看來校園中所有的人應該都會得獎。莉莉雖然已經厭煩了，還是繼續忍耐著看著校園。

對周遭的原住民而言，這是一年一度重要的運動會，大家邊吃便當或點心，以他們的族語而非北京話交談。這些人並沒有穿著傳統服飾，其中有個長頭髮的孩子有時跑上上頭的座位，有時靠近莉莉的腳邊或者往旁邊移動，安靜不下來。坐在後頭的老年女性，不知何時坐到莉莉的身邊來，坐在前頭的肥胖中年婦女則移到了後面的座位，其他不認識的女性則出現在前方的座位。只要人一移動，便當便會跟著走，點心袋和瓶裝茶水、罐裝果汁也到處移動。塑膠布滑落了下來，果汁也打翻了。

運動會還是沒開始，莉莉睏了起來，因爲話語不通，身旁的男子也沉默著——或許因爲白天的疲勞，他也開始打起盹來——也沒有什麼特意要說的，只要這麼一直坐著，自然就會想睡覺。

霧社山中的早晨——

在睡意中霧社清晨的光線射了進來

清潔的晨光，在十月下旬。

山中的清晨或許讓人覺得有沁骨的寒意，但這反而舒適。有著爽朗的緊張感。群山的綠意在眼前透明地閃耀。

早上七點，日本孩子在自己的小學校集合後，行進到附近的公學校。進場門與退場門裝飾著紙花，已經架設完畢，在運動場入口兩側斜斜地立著兩支「日章旗」。遲來的「番童」也在公學校的校園集合。

雖然聚集了許多人，但校園卻是出奇安靜。山鳥與蟬的鳴叫聲在如玻璃般的青空中此起彼落的迴響。新鮮的晨光在山中的校園凝聚，從天而降。在老師的指示下，孩子在校園內整隊。約四十人的日本人小學生，公學校及各地區的「番童教育所」的孩子也一起，全部加起來約有三百五十名，是如此的熱鬧！如此的壯觀！這樣的深山中居然會有這麼多健康的孩子！

偏遠地區教育所的「番童」兩天前便先住到霧社的宿舍準備參加活動，而平時便住在宿舍的小學校、公學校的孩子，父母親在前一天便帶著精心準備的便當前來拜訪。校園四周的參觀席坐滿了父母親以及年幼的弟妹，背著嬰兒的「番人」少女保母以及穿著泰雅族服飾的「番童」家人，正等待著運動會的開始。徜徉在晨光，數不清的大人與孩子坐在此地，愉快地等待著。這是一年一度的聚會，大人對於一年不見的熟人也得招呼才行。你看起來很好嘛！太好了……。唉呀，希望沒有落空，今天眞是個舉行運動會的好天氣呢……。您別來無恙嗎？……哎呀我已經是第四次參加了，已經四年了呢，一年似乎很短又像是很長……這運動會每年是越來越盛大了。霧社也日漸繁榮了……眞是了不起呢！哎呀能夠和大家見面，眞是令人感到特別高興呢！眞的是呀！

在校長與警察主任的引導下，大人物走進運動會場的貴賓席，會場全體起立。一位「番童」的母親跑進隊伍，到自己孩子的身邊，或許是有東西忘了吧！沒有人留心這「番婦」的行動。

「番婦」的臉色鐵青，與美霞極為相似——是的！這應該就是在山中長大的另一位美霞。身穿泰雅族美麗的盛裝，赤著腳、略帶黝黑的「美霞」對孩子低語。這個孩子長得像是莉莉的孩子小學四年級左右時的樣子，天生的捲髮、臉頰圓圓的，有著長睫毛。

「番婦」美霞對孩子飛快地以日本人不懂的族語低語著：接下來有可怕的事情要發生了，快逃吧！孩子覺得困惑，這個人到底是誰？是我母親嗎？想不起來。什麼！快逃？好不容易運動會才要開始呢！大家整好隊伍，只有一個人逃跑那怎麼成？可怕的事是什麼呢？

——那天天亮之前，「番人」潛入深山的伐木場，趁日本警官不注意時殺了他們，駐在所警官一家也被槍與「番刀」殺害。「番人」也準確地襲擊了其他的駐在所，搶奪了大量的槍械彈藥，切斷了電話線、放火。這便是霧社「番人」叛亂的開始。

據說，叛亂的總指揮者莫那·魯道高掛起了最初得到的警官的首級，指示這便是祖先所留下來的規矩，是Gaya，宣佈要殺盡所有日本人的戰鬥開始。接下來，叛亂集團兵分二路，其中一方的壯年男子由莫那率領，鎖定日本警察、日本人宿舍以及日本人相關的設施，另一方的年輕人集團則由莫那的次子巴薩歐率領，隱身於運動會場四周的樹林，等待襲擊的時機來臨。

——校園中響起了風琴聲，正是「升起國旗」，開始齊唱〈君之代〉之時。在會場正門負責電影拍攝的男子忽然首級落地。無頭的男屍噴出了紅色的鮮血，身體倒下後大量的血繼續流出，喊叫聲、尖叫聲，即使如此，這幾乎對所有的人而言彷彿只是發生在夢中的不可思議之事。

武裝的「番人」隱身於樹林當中，朝著孩子整隊並列的校園，發出叫喊聲，衝了進去，槍聲響起，「蕃刀」與竹槍到處揮舞著，孩子倒了下來，女人倒了下來，男人也倒了下來。受到驚嚇之餘，孩子、女人、所有的人，無論如何都想逃出會場。孩子身上流著血，哭叫的嬰兒也被割斷喉嚨，無論是男人、女人都流著血，大小首級掉落在血泊當中。哭泣聲、呻吟聲以及呼喊母親的聲音捲起了漩渦。

——「番婦」美霞邊哭泣邊奔跑，孩子發出悲鳴，呼喊著自己的聲音持續在耳邊迴盪，然而卻不見孩子的蹤影。由於四周不停從天而降的血幕遮蔽了她的視線，原來看得見的東西也看不見了。男人肆意射擊、揮舞著「番刀」，亢奮地四處奔跑，讓想逃出的人更陷入無名的恐懼、四處奔逃潰散。也有人因黏稠的血泊而失足滑倒，有人被槍擊中而倒下，已被鮮血染紅的「番刀」突如其來出現斬斷了首級，被切斷的手腕飛向了空中。

美霞奔跑著，看不見孩子，卻聽見呼喊自己的聲音。媽媽！媽媽！

——快逃吧！剛剛聽到美霞這麼說的孩子張著嘴站在血泊中顫抖著，可怕的事是這個嗎？爲什麼那個人知道呢？那個人是誰？媽媽？大量的冒著熱氣的血不停地從天而降，沾濕了孩子的腳，不是熱水而是血，有著令人厭惡的氣味。尖叫、怒嚎與槍聲讓孩子的耳朵也變得奇怪。人倒了下來，被砍下的首級在地上滾動。大量的鮮血。這裡可是地獄？我也會死嗎？還是我已經死了呢？

殺人的男子臉上閃耀著紅光，向孩子逼近。孩子顫抖著動彈不得，彷彿是破損的人偶般。沾著紅色鮮血的「番刀」逼近孩子的咽喉，孩子尖叫著。他叫著好可怕？還是叫著不要？或者叫著媽媽？連他自己也不知道。但「番刀」卻因此停住，一名男子用極度沙啞的聲音說：你是我們的孩子吧？快點走。

孩子發出哭泣，在鮮血與火藥的氣息中奔跑。這些男人好可怕，我們的孩子這句話令我害怕，沒殺我的男人眞可怕。

——美霞赤著腳繼續奔跑著。她在血泊當中被東西絆倒了。嬰兒獨自一人哭泣著。不可思議的是，頭還在，腹部也沒有被切開。美霞拾起全身沾滿血的嬰兒繼續跑著。

美霞耳裡傳來孩子呼喚母親的聲音。快逃！我跟你說，這一切就要開始了，你竟然忘了從這兒逃走，這樣的話，孩子跟日本人都會一起被殺死。美霞懷中的嬰兒哭得震天響，她急忙扯下嬰兒穿的日本服，用自己身上包裹的泰雅族番布捲住了嬰兒的身體。

美霞繼續跑著跑著，然後又被絆倒。這次是個抱著沉溺於血泊當中的幼兒的女人，歐、歐，哭得上氣不接下氣。幼兒已經被割斷咽喉，斷了氣。女人背部中了刀傷，但傷口並不深。

美霞一蹲到女人面前，女人便放聲大哭。

救命啊！救命！你們爲什麼做出這樣的事來！野蠻人！野獸！求求你請救救我！這是你的嬰兒嗎？好像不是。

美霞將一直抱在手中的嬰兒交給這個女人，之後脫去自己身上的衣服，接下來強迫女人脫下她身上的衣服，然後自己穿上。女人和美霞用剛剛還穿在身上的衣服覆蓋著腰，藏住背部。接著美霞抱起剛剛撿到的嬰兒，搖搖晃晃地往宿舍的方向走去。

美霞所穿的日本和服，背上破了個大洞，浸滿了血，下垂拖地。緊接著「番刀」朝她迎面而來，不只一把，緊接著兩把、三把。

美霞尖叫著。

我找不到我的孩子！你們連我的孩子也殺了嗎？眞是這樣，我就要殺了你們！

——孩子顫抖著，腳在血泊中不停打滑，繼續跑著。他們不知要往何處去。穿著和服的女人帶著孩子，打算往後面的大型公家宿舍跑去。但血幕的另一端看來模模糊糊。孩子希望能夠跟在他們後頭，但孩子的母親卻不在此。孩子也知道，母親已經不在了，沒有人能夠幫助他們。那群男人則繼續殺戮。原來熟識的人變成了陌生人，那些人殺了小孩，連嬰兒也殺了。殺人是如此快樂嗎？到底有多快樂，不長大成人是不知道的。我成不了大人，成人的男子太可怕，大人太可怕，但當孩子也可怕。

孩子跑著，想要回家，回到家的話，血的氣味便會消失，槍與刀也會消失。但孩子卻想不起自己曾經住過的家，在很久很久之前，孩子便離家獨自過活。

孩子繼續跑著，被滾落在血泊當中的人頭絆倒了。孩子拂去遮蔽了雙眼的淚水，仔細端詳，首級上的血已經乾涸發黑的，那臉龐與莉莉一模一樣的——莉莉的臉。莉莉的首級沒有了眼鏡，露出了笑容盯著孩子看。

不要！好可怕！

將莉莉的首級狠狠地一腳踢開，打算踐踏她。頭骨渾圓而且堅硬，頭髮也帶著血。腳下一滑，孩子再次跌倒。血由四面八方聚流，成了巨大的波瀾向孩子的身體逼近。孩子連莉莉是誰也想不起來，在很久很久之前，孩子已經離開莉莉這個母親，到遠方去了。

莉莉的首級即使想對孩子說話，也發不出聲音。由於首級被孩子給踢飛了，她的臉背對著孩子。莉莉的身體在何處呢？首級想著，手如果還遺留在某處的話，好想抱抱孩子。首級還想著，如果腳還留著的話，她想要把孩子帶離此地。

但她無計可施，無能爲力。爲了這個孩子，自己這個如此驚懼的孩子。事到如今，絲毫使不上力。

莉莉的嘆息與血腥的鮮血，繼續沾染著孩子的身體。

——美霞現在成了半裸狀態，拿著從男人那兒奪來的「番刀」繼續奔跑，尋找孩子。要是眞的發現孩子的屍體，無論是誰都好，她一定會殺了在她身邊的傢伙。但找不到孩子，無論是活著的還是屍體。

漫天的血腥氣息與槍聲、慘叫以及男人的叫喊聲，美霞因此感到疲倦，忽然停下了腳步，環視四周。屍體——沒有頭的身體和流著血的頭、手、與腳，滾落在校園。手拿武器的男人四處奔跑，交織著槍林彈雨與瀰漫著硝煙的校園中，晨光依舊從天空筆直射下。特別是運動會場的入口處，屍體堆積如山，看起來略顯黯淡的血在晨光的照耀下閃閃發光。飢腸轆轆的野狗早就在附近徘徊，美霞淚眼婆娑，淚光中看到了金黃色的雲豹，出現在堆積如山的屍體中，看來正優雅地奔跑著。高傲冷酷的山中野獸，在瞬間發出了金黃色的光芒，消失無蹤。

美霞揉了揉眼睛，發現在屍體上方，有人跟野狗正手舞足蹈著，既不是泰雅族人也不是日本人，而是本島人梅梅。梅梅，你為什麼在這兒呢？梅梅，你死了嗎？此外，啊！對了！那是俄國的老太太。她以奇特的方式扭著腰，雙手拱在胸前——或許是俄國的傳統舞蹈。

一個男人舉著「番刀」朝此走近，男人拖著一個首級，那是明彥嗎？蒼白的臉，帶著眼鏡，形容瘦削，根本不像「番人」，但那的確是美霞的「番人」丈夫。而那個頭——難道會是孩子的頭嗎？那個男人殺了自己的孩子嗎？此外，連俄國老太太和梅梅也殺了嗎？可是那些人都已經死了呢！

我要用這把「番刀」砍了那男人的頭，伴著怒氣與殺氣，美霞緩緩走近。馬上便能砍斷男人纖細的頭顱，一定就像洩氣般簡單。

阿姨！救我！阿姨！

孩子的頭部滿是鮮血，跑了過來，撞上了美霞，就這樣緊緊抱住她。美霞吃了一驚，細細端倪他的臉。孩子穿著和服，拭去他臉上的血，陌生「番童」哭泣的臉龐在眼前浮現。

阿姨！救我！

「番童」緊抓住美霞，哭得上氣不接下氣。美霞忽然想起：我沒有小孩，而看來貌似明彥的男人，仔細端詳，是這個村落素未謀面的「番人」。

美霞丟棄了「番刀」，雙手緊緊抱住這個陌生的「番童」，發出了不像哭泣也不似悲鳴的喊叫。聲音在滿是屍體的校園中擴散，衝破了槍聲、悲鳴、與吶喊聲的漩渦，迴盪在四周綠色的樹群裡，如槍一般，刺向早晨蔚藍的天空。山中的天空裡，鳥鳴聲早已不復在。

莉莉從小寐中醒來，在夜裡的校園裡頒獎儀式終於結束，巨大的音樂聲開始響起。

——啊——你累了嗎？

坐在身邊的男子對美霞低語著。

——沒有，我只是有點睏……。

莉莉眨著眼回答。

——啊——我也有點想睡，不過你啊——表情看來很痛苦。

——……似乎一上了年紀，就不容易作好夢。不過要是眞的成了老太婆的話，不知道是不是反而會作些好夢呢？

——啊——是啊，如果是這樣的話就好了。

莉莉覺得看來還很年輕——四十出頭吧？——的男子低聲說。

燈光集中於架設在觀眾席前方的舞台，在黑暗中只有此處明顯浮現。頭戴花環的中年女性出現在舞台上，正用自己的族語致詞。

——啊——那大概是排灣族語，這裡主要是排灣族的山群。男子爲她如此說明。

——排灣族語與日語的發音聽來有些相似，這裡大家都懂這個語言嗎？

——啊——當然懂啊。年輕人沒辦法說得很流利，不過，啊——還是能聽懂，因爲無論是老人還是大人都使用這個語言。

莉莉點點頭。

之後，像是男性司儀的聲音從音箱傳來，以極度嘈雜的音量播放，接著出現了穿著白色結婚禮服的新娘與白色燕尾服的新郎。吵雜的音樂與司儀的聲音反覆傳來，穿著各式各樣長禮服的女性一個個擺出各種姿勢出現在舞台上。地面上滿是泥漿，在登上舞台前，所有的模特兒爲了不弄髒自己禮服的下襬，全都將裙子高高撩起。

——啊——結婚禮服的廠商，好像是這個運動會的贊助者，所以首先是爲他們的店宣傳。

從頒獎儀式的緊張中解放，不管到底是不是廠商的宣傳，聚集在運動會場的人配合著音箱流出的音樂快樂的搖動身體，也有人從觀眾席上跑下滿是泥濘的校園中，開始跳起舞來。

——……這是所謂的前夜祭嗎？莉莉對男子說道。

——前夜祭？啊——對，是祭典啊……山中的人們只想快快樂樂的，不過對我們而言似乎不覺得有趣。啊——你想回去了嗎？

——嗯，不過再等一下吧，都特地來了。

——啊——那麼就再等一下。

因爲自己邀請了莉莉，男子覺得似乎有責任將她安全送回汽車旅館吧，而他一定也想回去了。眞的只要再一會兒。莉莉半站起身，但還是繼續看著校園中的舞台。

——啊——山中的人喜歡山呢。……可聽見男子的聲音。

——……不過山中的生活很貧困，同時很無聊，城鎭的生活有魅力。啊——在城市就業是很困難，找不到好工作。啊——也因此回到山中的人很多。……啊——這和台灣住在城市的人想去美國是一樣的，因爲相信美國有機會。……啊——我的太太也想去美國。啊——不過我們有苦衷，因爲在台灣家人很囉唆。啊——不過我也反對，因爲很困難。……我們逃離不了台灣，也因此我們老是吵架。……

男子不好意思地笑了，莉莉目不轉睛地看著台上的時裝秀，低聲說。

——大家都想逃，可是無論到那兒，都是一樣的……。

這時，有東西掉到莉莉的頭上。

——好痛！什麼東西？

她不由得用日語叫了出來，回頭看去。背後掉落了一個塑膠的便當盒，似乎是這個便當盒打中了莉莉的頭。裡面有東西，所以很沉重。

——嗯？好痛，什麼？……喔？你，日本人嗎？

後方傳來了日語，再抬頭一看，發現年長的「原住民」女性，抱著幾個便當盒佇立著。那是到剛才爲止坐在她身旁的年長女性，莉莉這次是眞的從睡意中醒了過來，急忙回答。

——對……不過這一位是台灣人，不好意思，我們逕自跑來參觀。

——沒關係，這是運動會，大家都看……哦、日本人啊……。日本人，你一個人嗎？

年長女性把便當放在躺椅上，仔細端詳莉莉的臉，繼續問著。她並沒有浮現親近的笑容。佈滿皺紋瘦削的臉，只有眼睛閃閃發亮，或許不像一開始所想的年紀那麼大。

莉莉還是很緊張。

——是，日本人應該只有我一個人。不過我也不太清楚。

——嗯，我日文都忘啦。日本戰敗的時候，我還是小孩。日本老師哭了哦。老師的臉，忘了，名字，忘了……日本軍隊的孩子是朋友，不過都死了，一半是日本人，所以身體很弱啊。

——啊——那小孩的父親因戰爭而死嗎？男子在一旁以日文插了話。年長的女性瞧也不瞧男子，繼續說。

——這個支那人懂日文，很稀奇欸。現在的支那人大家日語不行。你，跟這個支那人，朋友嗎？

莉莉感到困惑，同時回答。

——不……我是獨自一人，這位先生因爲擔心我，所以陪我一起來。

——哼，支那人，錢，最喜歡。做生意做生意。日本人……愛讀書。喜歡命令。皮膚白，你，皮膚不白欸。你，日本人嗎？

是……

下方有位中年女性以自己的族語拚命呼喚年長女性，年長的女性嘖了一聲，便站起身來。

——那，我女兒。很吵欸。我，很忙。便當，怎麼辦。不知道啊。……

一個人喃喃自語放下了便當，年長女性跨過了座椅，下到了校園裡。她一離開，沒有回頭再看莉莉他們。莉莉目送著和女兒邊說話邊走到校園外的年長女性，低聲說。

——那個人竟然說支那人……。

——啊——支那人，沒關係，是以前的日語。

男子浮現了微笑，莉莉點點頭，也報以微笑。

——……啊——開始唱歌了，怎麼辦啊。

禮服的時裝秀結束之後，鼓以及電子吉他陸續被搬上舞台，穿著銀色西裝的年輕人接著登場，在吵雜的搖滾樂演奏聲中，開始唱起歌來。在當地，這名青年或許是有名的「歌手」，但這樣的歌手，無論是日本的鄉下還是東京街頭，到處都有。莉莉聽來並不覺得唱得特別好，但許多年輕人從觀眾席跑向舞台四周，高高低低和聲齊唱，同時不停扭動身體，跳著。五十人、一百人，圍繞著舞台的人數漸漸的增加。腳下的泥濘，也大肆跳躍著。

——啊——怎麼了？你想聽這個嗎？還是要回去了？

——欸，怎麼辦呢……

無論怎麼耐心等待，直到時間非常晚了，莉莉所期待的「運動會」——這到底是什麼樣的運動會，自己也不知道——還是沒有開始。

已將近十一點，夜風吹起肌膚的寒意。

十六、書信 一九三四年

1 從韮崎到東京

明彥先生

收到你的來信了。前幾日承蒙你百忙當中送我到韮崎，眞是非常感謝。對於你爲我所做的種種考量，我與母親都深深的感謝。日復一日，所有的事我都依賴著母親。我想我應該馬上就能恢復健康。我的大弟與大妹馬上就會從東京回到韮崎，這個家也會變得熱鬧吧。對於快速成長的年幼弟妹，我也吃了一驚。

對了，關於小文的骨灰，請你見諒，暫時依我的意見吧。現在的我，還未能離開小文，我想你可能對我的任性感到厭煩，同時也覺得憤怒，但既然已都成了骨灰，何必慌慌張張地處置呢。我抱著小文的骨灰，並沒有任何的想法，只不過希望小文能在我這個笨拙的母親身旁多度過些時間。

提出這樣任性的要求，實在對不住。

請代我問候母親大人。少爺不要因爲旅途的勞累患上感冒，請盡心休養。

再會

三月十六日　美世　謹筆

明少爺

我已經接到母親大人鄭重的弔唁信了，她爲了向小文上香要特地到韮崎來。還請她千萬別這麼做，你能否代我傳達呢？從台灣回到韮崎，時日尚短，我的身體尚未恢復，這樣的狀態，是無法與母親大人會面的。

你的信也緊接著來了，懷著感激的心情拜讀了你的信，不過至今爲止的累積的勞累一口氣爆發了，請別太擔心我的事，否則，我會感到不安的。即使到了這樣的年紀，母親還是肯讓我撒嬌，我自己因此知道了母親的可貴。想起小文不過是個嬰兒就得與母親離別，因而感到哀傷。要是你會擔心，不要爲我這個凡事漫不經心的人，而要想想小文所感到的恐懼。

在氣溫依舊低冷的韮崎，梅花和瑞香花還未綻放。

母親大人的事非常對不住，萬事拜託。

那麼，多保重，bye。

三月十八日　美

明少爺

爲何我的請求會讓你如此不快？我眞的不知所措。只不過是小小的骨灰罈中小嬰兒的骨灰罷了。我也並非要一直放在自己的身邊。我不會獨斷獨行辜負母親大人的好意，所以，還請安心。只爲了小文的骨灰，我並不覺得有必要在東京重新製作墓地。我打從心裡感謝母親大人深懷慈悲的考量，但東京對小文來說是個無緣的地方。如果要葬在東京，至少得等我或你進入墳墓的時候吧。這樣，小文才不會覺得寂寞。

匆匆不一

二十一日　美世

明彥先生

母親大人再度來了信，給我母親的鄭重信函以及昂貴的奠品，實在承受不起。母親會直接寫信道謝的。

在韮崎自己家人的環繞下，隨性過日的我，想到母親大人面面俱到的考量，感到十分慚愧。弟妹每天都對著小文講話，母親每天早上都爲小文誦經。由於母親至今爲止都替早逝的哥哥、中間的妹妹以及父親誦經，所以只不過是時間變長了些。母親對我說，失去孩子的痛，是一輩子持續不變的，所以得耐心地、緩緩地習慣這個痛苦。她的意思應該是，別太鑽牛角尖，早點恢復健康，才是最重要的吧。我自己並不覺得我有這麼想不開，但面對如此母親——也是位資深的母親——我毫無反駁的餘地。

要是能夠見到健康的小文，東京的母親大人應該會十分疼愛他吧。雖然非常遺憾，但我還是得說，文彥去世之後讓母親大人以及大家如此疼愛，眞的是個幸福的孩子。

母親大人所說的墓地一事，我是無從回答的，將來的事不得而知，無論墓地在何處，文彥納骨一事，現在請你作罷吧。這是我目前唯一的請求。將文彥一人關在黑暗的墓地下，再殘忍不過。或許，我們的人生還要持續很長一段時間，也因此我的想法自然會改變吧。到那個時候，還請你耐心等待。我這麼要求，是不是太過分了？

可不能妨礙了少爺你重要的工作，一聽說你的最新著作有不錯的反應，韮崎的大家都很高興。

千萬千萬請你注意身體，隨信附上給母親大人的致謝信函。

再會

三月二十五　小美

少爺

謝謝你從箱根寄來的風景明信片，各地方的老師齊聚一堂，我想你度過了非常有意義的三天才是。韮崎的日子還是一成不變，我到附近的醫院看病，換了新的精神鎮定劑，胸口也不再那麼撲通撲通地跳了。妹妹們也說，我的臉色變好了。不過，這個四月能不能與你一起回到台北呢……我想，或許還是有些困難。

二十七日　美世

少爺

愼重起見，我問了醫生，他說要回台北還是有困難，眞的非常對不住。直到這個夏天爲止，請讓我在韮崎靜養吧，你能允許我嗎？

匆匆不一

二十八日　美

明少爺

我這麼多任性的請求，無論怎麼道歉都不足彌補。不知不覺已經四月了，屈指一數，這個月接近小文的百日了，母親與東京的大姊都說，把小文的骨灰託放我們家的菩提寺。我也打算同意這個提議，不是納骨，而是放在寺廟的本堂，他們會愼重地爲我們保管。我的父親、祖父母、哥哥、妹妹以及前人都長眠於這個寺院，所以小文應該不會感到寂寞吧。將來我們長眠的墓地完成，屆時再遷移小文的骨灰，可好？

靜待回音。

再會。

三十日 美世

非常感謝你的回信，下次你要回台北時，請順道到韮崎來，小文應該也會高興吧。我告訴母親之後，她說少爺到韮崎來時，便拜託寺方爲小文做法事，也已經告訴寺方了。您四月什麼時候會到韮崎來呢，希望你能早點通知。

無論怎麼樣勉強，我非常清楚這次應該跟你一起回Taihoku，但我身體還未完全回復，同時，我也不忍回到那個沒有小文的家，我就接受少爺的好意，待在韮崎靜養直到夏天爲止。夏天我一定會到東京，對母親大人此次的周到考量親自道謝，還請見諒。變成這樣的結果，我衷心向你致歉，聽說能夠拜託本島人的伯母照顧你，我就安心了。與其勉強拜託阿龜，我想這樣會更好，因爲本島人知道各種內地人不知道的事。我也受了很多阿龜的照顧，阿龜是母親大人精心安排的人，所以眞不知要如何跟母親大人道謝才好。

少爺你的法國之行延期了吧。公費資格非常嚴苛，我能了解少爺的苦衷，明年一定會有好消息的。

已經四月了，至今爲止我被閉鎖於夢境之中，突然間感覺醒了過來。自從發生了小文的事，我成了行屍走肉，而你一直耐心應對，無論如何感謝也是感謝不盡的。身體已經習慣了台北氣候，韮崎的春天令我感到寒冷。白頭翁則不停在我的夢中啁啾著。

如果你已經決定出發的日子以及到韮崎來的時間，請給我一個電報，我們都在此引頸期盼你的到來。

再會

明少爺

四月四日　小美

三

四月，即使櫻花已經開始綻放，直接堆積在體內骨頭裡的如霜的寒氣還殘留在韮崎各處。也殘留在不論河邊、田地、墓地、庭院、房間中，還有睽違許久的明彥的身體裡。

一接觸到被窩裡明彥的身體，美霞被寒氣凍僵，溫暖的春天到底在何處呢？她不得不在明彥的身體的各個角落探尋著，腋下、腳趾、股溝、頭髮、耳朵以及鼻孔。但明彥卻不肯安安靜靜的。就算他已陷入睡夢，美霞只要一碰觸他，馬上就睜開眼睛起身探索美霞的乳房，將自己膨大的東西朝美霞擠壓，那東西既滾燙又堅硬。那不是所謂的春天，也不是美霞尋找的東西。

因寒冷而蒼白的美霞朝明彥低聲說。

——不行啊，你還是得戴上保險套。

明彥拉下臉，他那拿下眼鏡的臉，看來好像被放大了幾分。緊接著美霞伸過手來，將床頭的保險套的盒子移了過來推到明彥的胸前。

——拜託你……

明彥呢喃著。

——就算懷孕也沒關係嘛，而且你每個月的東西又還沒……

——拜託你戴上吧。

美霞筆直著看著明彥的眼睛繼續說，明彥也看著美霞的臉，接著帶著幾聲嘆息，離開了美霞的身體。

——算了吧！剛剛才做過。

接著把背朝向美霞，打算繼續睡覺。滾燙且堅硬的東西已經消失無蹤。

兩個人能互擁而眠的時間只有兩個晚上。一到韮崎，明彥還沒等到美霞的家人全部睡去，便馬上狂亂地進入了美霞的身體——但即使如此還是戴上了保險套——之後他連續抽了兩根菸，接下來再一次，這一次彷彿是靜靜地享受著美霞身體的香氣般，摩娑著她的胸部，用他的臉在她的胸腹間摩娑。一段時間過後，再將滾燙且堅硬的東西放入美霞的體內——這一次已經完全習慣了，所以無意識地戴上保險套；他暫時睡去之後在半夜突然醒了過來，再次進入美霞的體內——由於睡得迷迷糊糊，美霞幫明彥滾燙且堅硬的東西戴上保險套——接下來明彥陷入了深深的睡眠……應該是如此。時間是半夜三點，客廳的立鐘響了三聲，在美霞的探索下明彥敏感杜反應著，但是他的頭腦恐怕還處於睡眠狀態。剛剛的簡短交談恐怕是遺落在明彥的記憶之外吧。

在同一張床上，被睡眠拋棄的美霞，耳後開始傳來〈溜冰者華爾滋〉，無可捉摸，彷如縫隙間吹進的風。美霞將保險套的盒子放回床頭，悄悄將自己的身體潛入被中闔上眼。緊接著茉莉花以及白木蓮的甜美香味便飄盪在鼻尖。對了對了！那裡也有雞蛋花，美霞覺得好懷念，爲什麼在台灣有這麼多香味濃郁的花呢？

但現在對美霞而言台灣是如此遙遠。雖然遙遠，台灣還是纏繞著她身體的某處。花朵的甜美香味、停滯的熱氣、白頭翁的叫聲，還有斗大雨滴卻也說停就停的台灣的雨。此外還有超大型的西瓜以及其他形形色色不可思議的水果。然而美霞在韮崎仍然被禁錮在寒冬當中。在台北，美霞魂牽夢縈的內地的春天，就算現在置身其中，溫暖的春天與柔和的春光卻不停地從美霞身邊逃離。

美霞用手貼上了自己的乳房，雖然柔軟的感覺還殘留著，但是是多麼冰冷的乳房啊！美霞吃了一驚。同時乳房就這麼下垂著。好不容易尋回了這乳房是屬於自己的感覺，明彥卻發出聲音吸吮著，用手玩弄著美霞的乳房。但事實上這乳房已經不屬於任何人了。我想要捨棄這乳房。只要尋找屬於我自己的春天。美霞閉著眼、皺著眉，明彥近在身邊，即使和明彥同蓋一床被，這裡是寒冷的，太過寒冷。

唉呀！啊！唉呀！蘋婆爲冰冷的小文悲嘆的聲音又在耳邊響起。在台北，在蘋婆的懷抱中，才能放聲哭泣。雖然不是本島人，美霞也想哭喊著：啊！哎呀！好想和蘋婆敲鑼打鼓，一起到城鎮上各個角落高聲呼喊：小文，你在哪啊？出來啊？小文！尋找他的蹤影。也很想用台灣話呼喊，因爲小文是在台灣出生的孩子，古錐囝仔底叨位？底叨位？去哪兒了？底叨位？

Taihoku送葬的行列響著鑼鼓，笛聲喧譁，通過了睡在韮崎家中的美霞腦裡，是那個因病死亡，比小文先走一步的可憐的查某囡仔梅梅的小小送葬行列。小小的棺材旁，有人披著麻布喪服正哀哀哭泣，或許是梅梅的祖母。荒川老師的太太告訴她，梅梅終於斷了氣，美霞也不能無所表示，便毅然地來到梅梅家——這區域所居住的都是本島人。把小文託給阿龜打算送上奠儀。雖然一個人來此覺得不安，但她說服自己，不過是送上奠儀。一走進這區域，便聽到鑼鼓聲、笛聲，美霞的腳一步也動不了，與美霞所熟悉的內地送葬行列不同的，送葬行列非常吵雜。僅有的親人各自拉高了聲音爭先地呼叫著，唉呀哎呀唉呀！當中也有看來似乎舉步維艱的纏足老婆婆，或許是梅梅的曾祖母吧——蘋婆也在其中，但因目睹送葬行列而驚慌失措馬上放低了眼的美霞卻沒注意到——穿著貧寒的和尚（hwe-shun）在棺木前引導誦經。

銅鑼鏘鏘鏘，笛聲嗶嗶嗶，再加上唉呀！唉呀！唉唉唉的哭泣聲的合唱。目送著送葬行列的美霞，也流下了眼淚。那是還不知文彥的死之前眞誠的眼淚，現在已經遠去的透明的眼淚。美霞因一位貧寒少女的死而感到悲傷的心情，在第一次看到本島人喧鬧的送葬行列中，猛烈地捲起了漩渦。很久之前讀過的鄭南遮《死的勝利》當中描寫的送葬景象，與美霞腦中本島人的送葬行列重疊。戴著頭巾扛著棺木的男人——紅衣的樂隊在義大利似乎是不停地吹著喇叭。不知是否也像台灣一樣有著這麼熱鬧的聲音呢？拿著蠟燭的人們，手心承受著蠋淚，衣衫襤褸的孩子。

在韮崎，美霞的四周，鏘鏘鏘、嗶嗶嗶、唉呀！唉呀，配合著和緩的〈溜冰者華爾滋〉的旋律，向左向右往的不停跳著。爲何是〈溜冰者華爾滋〉不得而知。唉呀！唉呀！嗶嗶嗶、鏘鏘鏘、古錐囝仔底叨位？

從東京回到韮崎的大弟報告莫那．魯道的遺體被台北帝大當作標本收藏，妹妹噘著嘴說道：眞是過分，竟然有這樣的待遇，爲什麼不還給他的女兒馬紅呢？

大弟的回答在美霞的耳邊如瞬間夾帶沙塵的風般吹了過去：莫那．魯道在現實當中可是殺了許多日本人呢。聽到這令人懷念的名字，美霞宛如風聞舊情人的消息般，在妹妹身旁感到胸口一陣悸動。藉由莫那這個名字，美霞在台北的時間，彷如台灣的雨般復甦了過來。

莫那也應該非常清楚現今的時代已經不一樣了，爲了自己的尊嚴，將不論是女性還是兒童的日本人都給殺了，砍下他們的首級。祭出獎金，日本軍方命令同是泰雅族人進行出草，眞是太卑鄙了。即使如此，身爲總指揮的莫那，他的罪惡並非因此得以消彌。不過，到最後可說是得以向日本人極盡的誇示，自己一直以來所固守的上吊儀式以及出草的巫毒世界，這不是一件了不起的事嗎？因此日本人也……

唉！哎呀！唉！

本島人哭泣的聲音再次拂過美霞的臉頰，輕觸著她的肩，梅梅鐵青的臉不停的旋轉朝美霞逼近。同時美霞感到自己的股間似乎有什麼東西滑出，並沒有感覺到如陣痛般的疼痛，從股間爬出來的並不只有一個。兩個、三個。美霞用兩手摸索著，是又圓又溼的東西，手也因此而變得濕黏。從股間爬出的東西掉落在被子外，在房間當中彈跳著。梅梅的首級也因爲有了同伴而十分高興，開懷大笑。

長長的辮子宛如昆蟲的觸角般搖晃著，美霞新產下的孩子沒有身體只有首級，三個有著相同臉孔一起笑著。與小文一模一樣，也和明彥一模一樣。首級的切斷處流著血因而發出了聲響朝美霞落下。

唉呀！哀唷！美霞也想將自己的首級切下。

從家裡步行約三十分鐘處的寺院本堂也寒冷異常。這後頭的墓地仍停留在冬天。抬頭一看，櫻花正盛開著，路旁的紫羅蘭與蒲公英也正綻放著。然而冬天仍持續糾纏美霞的身體，拒絕離去。

明彥帶著裝著文彥骨灰的小木箱，美霞拿著文彥的牌位，明彥不知道往寺院的道路，所以走在前頭的是捧著文彥遺照——是出生後半年左右由明彥從內地帶回的照相機拍下的照片其中一張；文彥的情況惡化後，根本無暇拍照，即使有病中文彥的照片，只不過令人感覺像是受了詛咒般——的小妹。小妹眼中泛著淚，請求美霞至少讓她捧著他的照片；至少讓我為他這麼做。已是女學生的小妹見到從Taihoku回來的美霞以及白色的骨灰罈，便放聲大哭，傷心痛哭的程度讓在場的人吃了一驚。

在寺院為文彥所舉行的法事以及參拜都已經結束了，美霞與母親穿著黑色的喪服，手拿水晶的念珠走在路上，妹妹與弟弟各自穿著學校的制服，手拿著香與祭拜的鮮花水果。美霞的姊姊有三個孩子，也無法離開東京的家，所以只送來了奠儀。而從東京提來重重的行李箱的明彥，只在黑色的西裝上別著服喪的臂章，非常簡略。美霞父親所遺留的帶著樟腦味的正式禮服對明彥來說是太大了。同時明彥認為也不是真正的喪禮，同時也太過誇張且太舊式，因此又隨著樟腦收到了儲藏室最裡頭的桐木衣櫃。

前往寺院的途中大家都沉默著。有狗也有貓，朝著前往法事途中的美霞一行人，路旁的房子裡白色、褐色、黑色的狗吠了起來。在門柱、牆壁上及道路中央，曬著太陽的貓兒們漠不關心的目送著美霞一行人。細心打理的寺院庭園也有貓，大松樹的根部躺著三隻貓兒各自擺動著尾巴睡著午覺。

在寺院的本堂向各位住持致過意後，明彥和美霞將文彥的骨灰與牌位交給了住持，美霞並沒有哭泣，朝著住持與本堂的佛像靜靜的低下頭，緊接著法事便開始了。

起床後吃著早餐時，以及那之後聽著明彥與大弟和大妹談著社會學的當中，以及前往寺廟的時間已十分緊迫而更換衣服當中，手持牌位走出家門走在路上的當中，以及到達寺廟後法事開始之後，美霞都因寒冷而不停顫抖著。美霞沒有辦法和母親一樣理解經文的內容，所以更別說能夠一起唱誦，只能低著頭不停顫抖著。即使想要將心思集中在文彥的事情上，但總在意僧侶的誦經聲與坐在右方母親的喃喃自語而無法專心。可聽見外頭貓兒的叫聲——佛教的經文或者是佛像，美霞原本就不喜歡，而明彥更是討厭。但基於禮貌兩人都沒有顯露出那樣的表情——熟識美霞祖父母的年老僧侶誦經當中，有時搖晃著肩膀，痛苦的猛咳著。最後應母親的要求，也爲美霞的父親、兄長以及中間的妹妹加誦了經文。

法事結束後，出到太陽射入而顯得明亮的本堂外頭，美霞還是不停的顫抖，在本堂旁邊種植著貧弱的瘦小櫻花樹，落下了些許的花瓣。

——……好冷啊！爲什麼這麼地冷呢？

在前往墓地時，美霞將下巴埋入披肩當中，自言自語似地呢喃著，但手中已經沒有牌位。

——不冷啊！今天也沒有風，陽光暖洋洋的不是嗎？

並肩走著的明彥以吃驚的表情說著，明彥也從文彥的骨灰被解放，空著雙手。

兩個人落在母親們的後頭，進到寺院後頭的墓地，走上了狹小的石子路，面向美霞家的墳墓。小妹與弟弟已經開始用鬃刷刷洗著中央的大墓石。大妹將帶來的黃色水仙花放到花瓶中，大弟與母親拔除四周的雜草。因爲只不過是四月，雜草只長了一些，成群的麻雀在附近的樹上鳴囀。——美霞想起了台北的白頭翁——美霞的父親與哥哥以及中間的妹妹相伴長眠的墓。比起這裡稍爲小了一些的舊墓石並排在旁，是祖父母的墓，在同一座墳墓中有幾個相當古老的墓石蹲踞在後頭。上面的刻字已經很難辨識，似乎是祖父夭折的哥哥以及曾祖父母的墓石。美霞的弟妹們在中央的墓石，以及這些墓石上也澆上了水快速的用鬃刷刷拭起來，也分別插上了花。

——啊！冷啊！這裡眞冷呢。

只有美霞一個人什麼都不做，有時念念有詞不停顫抖著。

——……這個人的身體還沒完全恢復……。還讓你跟我們一起來掃墓……說起來你在很久之前也一起來掃過墓吧！眞的非常的過意不去……。

手中拿著拔取的雜草，美霞的母親小聲的如辯解般向明彥說明，明彥只點頭示意並沒有明確的回答。

——唉！美姊，別呆站在那兒，點香啊！

被大妹一說，美霞急忙的走近中央的墓石，將手中的香束插在墓前，這也是用大妹給她的火柴點燃的。因爲手顫抖著，浪費了好幾根火柴，看不過去的小妹便幫了手，好不容易將香束點燃，燃起了帶有熟悉氣味的裊裊香煙。

已經是中學生的小弟對美霞說道：

——其他的讓我來，我非常擅長點香。

——這種事有什麼好自誇的。

小妹不以爲然地說，大妹和母親發出了笑聲，但美霞與明彥和大弟並沒有笑。小妹已經十五歲，結成兩根辮子的頭髮已經長得很長。中學生的小弟也比母親個子高，嘴的四周也開始長出如黴菌般的細微髫鬚。而母親的身體漸漸縮小，韮崎持續改變，然而什麼都沒變。

——……喂！我並不是變得奇怪了啊，我也想早點恢復健康回到台北去，但只不過我的思緒還沒整理清楚……。

美霞在明彥的耳旁低語著，眼睛追著香煙的行蹤。明彥盯著美霞蒼白的臉小聲說道：

——想法？什麼想法？

——……例如說人的生命或者是存在的意義。

明彥的臉閃過了微微的笑意，緊接著便消失無蹤。

——思考這樣的事情當然很重要，但無論怎麼思考並非一定就能找到確切的答案，所以還是別太鑽牛角尖了。

美霞緩緩地同時痛苦地回答：

——我並不是因爲想要答案所以才思考，告訴我涂爾幹的話，思考才是意志的解放者的，不正是你嗎？……爲了思考所以必須存在，必須要有個別性。……依據概念而不思考的人並不是人。

明彥嘆了一口氣。白色的厚重香煙逐漸籠罩。

——夠了，你說的當然沒錯，但人還是有必要什麼都不想。不要讓自己過度的被封閉在思考當中，……

美霞瞇起眼抬頭看天空，陰冷且蒼白的天空非常廣闊。

——好冷啊！眞是討厭，我最討厭寒冷了。

明彥也望向空中低語著。一隻鳥兒的黑影在高空中飛閃而過，是比麻雀還要大的鳥，但卻聽不到它的叫聲。

——台北已經是夏天了，不要拖拖拉拉的待在這個地方，趕快回台北的話，你身上的寒氣也會很快消失的。

美霞重新將臉埋進從母親那借來的黑色毛線披肩，用低沉的聲音回答。

——如果能回去的話我馬上就想回去……

——能回去的，沒有人會阻止你的。船票還能夠安排的，有必要的話還能夠先到神戶的旅館先住一晚。這點錢我的錢包裡還有。

美霞橫著眼看著明彥那厚厚的眼鏡，在白天的光線中，那鏡片的污垢看來泛著白。

——嗯！不過就算我想回去也回不了。無論如何我都沒辦法，非常抱歉。一直到夏天之前，雖然您覺得不方便，但請您忍耐。現在我有必需好好思考的事情，我不好好想的話……

明彥面有難色地沉默著。

小弟與妹妹與美霞他們並排著，闔上了眼向香煙繚繞的墓石合掌。母親也與大弟和大妹一樣地雙手合掌。

美霞朝著明彥微笑之後，也閉上了眼睛雙手合掌。——明彥大概只對中央的墓石行了一個禮就完事了。之後便在一旁繼續的忍耐著，等著大家一起回去。對沒有宗教信仰的明彥而言，再沒有比掃墓更無聊了——緊接著美霞對無形的父親以及十歲便逝去的中間的妹妹開始講話。在相同的墓地中，中學時期死去的哥哥也長眠於此，對於這位兄長，由於他死去時美霞還只是個孩子，幾乎不曾在她的記憶中出現。她親暱的說話對象就只限於父親與中間的妹妹。母親將會代替她與哥哥說上一番話才是。

……阿爸、小妙，從今天開始，小文就寄放在這個寺院的本堂了。請你要好好的疼愛他，雖然他還不會講話，但已經懂得許多事了。最喜歡玩矇眼睛的遊戲，也喜歡會動的東西了，也會跟人一起唱歌囉。我說的是眞的嘛。只要我一開始唱，他就會張大嘴然後出聲啊。在Taihoku有頭頂白色的叫白頭翁的小鳥，也有很多白鷺鷥，也有又黑又大的熊喔。同時鴨群也很熱鬧，如果這些鴨子能在這兒有多好，這樣一來，小文就不寂寞了吧。小文生來體弱多病，眞是可憐，但可不是因爲他在Taihoku出生，而是我不好，沒把之前的孩子與小文兩人的命一起守住，所以只有我這樣存活了下來。他們不讓我到火葬場去，而我也沒有那樣的資格，我的奶水不足，只能給他吃奶粉，或許我怠於消毒工作，也給他喝牛奶，但或許就是這樣才不對勁，明彥也這樣說。他說我是個鄉巴佬，無論做什麼總是粗粗魯魯、隨隨便便。眞的是這樣嗎？我眞的好累，所以也因爲這樣才不小心奪去了小文的性命。就這麼簡單，一瞬間就粉碎了。小文的生命一消逝，我們的世界也就此流逝了。我眞的好害怕，我的月事已經沒了，阿爸、小妙，救救我，幫助我。……

明彥第二天一個人回到了Taihoku，美霞與大弟和明彥一起坐上事先預約的計程車，一起到甲府車站送行。傳來汽油臭味的計程車內，車站的月台，都與前一天沒有兩樣，沉潛在冬天的嚴寒中。

兩個晚上同床共寢，好幾次明彥熾熱且堅硬的東西進入了她的體內時，每次美霞總是爲了確認保險套而讓明彥非常的焦躁——就算仔細的探索，美霞終究還是沒能在明彥的身體發現春天的溫暖。這天的天空帶著透明的藍凍結著。墓園中桃花以及杏花熱鬧的綻放著，爲通往甲府車站道路兩旁憑添色彩，也能從計程車窗內看見嫩葉開始閃耀的樹木。

美霞持續顫抖著。在月台上她越發顫抖的厲害，美霞不得不緊抓住現在已經比她還高的大弟。兩手緊抓住弟弟的臂彎，美霞張著嘴看著明彥的臉。

——……那我走了，七月很快就到了，在那之前好好的休息，身體養胖些，一定會回復健康的。

小聲留下這番話，明彥提著行李，坐上了滿是塵埃的中央本線特快車。美霞依舊張著口，車廂以及車輪都飄蕩著鐵與煤炭的氣味，賣便當與賣燒賣的呼叫聲，與從車窗探出身來的旅客的喊叫聲，在月台上互相碰撞激盪。

——啊，明彥在那，看，他正從那個窗戶叫著你呢！像是被大弟拖著跑似地，美霞走近明彥的車窗，他戴著軟呢帽探出臉來。明彥的眼鏡閃閃發光，耳朵與嘴唇看來泛紅。明彥置於窗框的細長蒼白的手映入眼簾，美霞入神地緊盯著那一根根的手指。好想輕輕地撫摸的手指。——無論什麼時候，明彥的手都是如此地纖細，讓美霞迷戀——我是這麼喜歡他。美霞臉色變得更蒼白，持續顫抖著。

明彥不停眨著眼，對大弟而不是美霞說：

——美姊就拜託你了，你也應該很快就回東京了，可能的話麻煩你帶她上這附近的溫泉去，我會非常感謝的。

——好的，如果是附近的溫泉，當然沒有問題，小泉老師您也一路平安。要是我能派上用場，只要寫信吩咐就行，書或者是稿紙，只要我人在東京，都能夠隨時去買，如果出版社或大學直接傳話會比較好的話，我當然也樂意效命。

已經成了明彥著作的支持者的大弟，精神奕奕地回答著。明彥微笑著點點頭，發車的鈴聲已在頭頂開始尖銳的迴響著。

——嗯，或許會請您幫忙也說不定，不過您還是得以自己的學業為重，要讀的書可多著呢。

——是的，接下來也會開始讀到孟德斯鳩……這次的事情，家姊給您添了這麼多的麻煩，實在過意不去。

大弟馬上顯出嚴肅的神情，取下了學生帽，低頭致意。明彥繼續微微地笑著。美霞發不出半點聲音，張著的嘴，嘴唇已經乾裂。隨著尖銳的汽笛，車輛劇烈震盪，終於開始行駛。明彥凝視著美霞的臉，美霞也望著明彥的臉，彼此都忘了揮手說再見。大弟獨自一人不停地揮著手。明彥乘坐的列車，車輪發出沉重的聲音疾駛而去之後，月台突然空蕩蕩的變得寂寥。之前不知道到何處避難去了的麻雀群，又回到了月台與鐵軌上，開始啄起東西。白蝴蝶、黃蝴蝶也紛紛飛來。在正午光線的照耀下，鐵路的鐵軌發出銳利的光芒，向遠處延伸。

——啊，已經走了，我們接下來就上溫泉去吧……好痛啊，美姊，放手吧，我的手又不是電線桿。

美霞吃了一驚，抬頭看了看有大人樣的大弟，他的臉與父親越來越像。比起明彥，膚色黝黑，臉頰上的面皰非常的顯眼，連鼻頭上都有著紅紅的面皰。

美霞想向大弟微笑，但在中途，腦裡所有的一切都崩潰了，從眼中滴滴答答的留下了汁液。

十七、二〇〇五年 夏 第十三天（1）

在過度強烈的陽光中，相當大的黃色蝴蝶不停地糾纏著莉莉，同時不只有一隻，而是三隻，互相糾纏似的。

似乎用手就能簡單的捕捉，但實際伸出了手，輕輕的轉過身，蝴蝶卻意外的迅速逃去，緊接著又回到了莉莉的身邊，或許是蝴蝶在莉莉身上聞到了牠特別喜歡的香味吧。雖然無法看清它羽翼震動的模樣，但黃色翅膀的周圍好像環繞著一圈黑色的圖樣，而裡側則並排著圓圓的紋路。

——那是我們的蝴蝶。……可聽到對莉莉用日語說明的聲音。

——……羽翼的黑色紋路與我們的百步蛇是一樣的，不可思議吧？可是這蝴蝶所所發出的臭味可是會嚇死人，所以請你小心。

——百步蛇……啊，就是一旦被咬不出百步就會死亡的那有名的毒蛇嘛。

呢喃似的回答後，莉莉想起今天早上也在淡黃色的光暈中醒了過來。淡黃色的羽翼處處都有閃亮銀色，如眼珠般的橙色也隱約可見，同時有鮮艷的黑色條紋。

這奇妙的蝴蝶似乎也在我今晨的夢中出現過，居然會有這樣的事。莉莉被有著百步蛇花紋的蝴蝶所圍繞，覺得不可思議。一開始還以爲是鳥兒的羽毛，但從那震動中，發現那是蝴蝶的羽翼。蝴蝶的羽翼靠臉這麼的近，讓她的心一陣怦然，醒了過來。她感覺蝴蝶的燐粉似乎還沾在她的臉上。

≋

今天早晨莉莉從蝴蝶的夢中醒來，對自己寬廣的房間睜大了眼，昨晚因爲回來的很晚，同時十分疲倦，幾乎已陷入睡意中，所以並沒有細看房間就上了床。

房間大約有二十帖，不，應該更大吧，而家具卻只有莉莉的大睡床以及一台老舊的電視。沙發、椅子、桌子，什麼都沒有，只有閃著人工漆的木頭地板。如果是一家人或許就在地上鋪被，或者搭設簡易的床鋪吧。在門的一旁可看到莉莉的行李孤伶伶的放置於此，顯得十分骯髒的四角型小型行李箱，還有因爲塞了太多的東西，已經完全變形的肩背包。

看來像是停屍間呢，此時的莉莉如此想到。幾乎沒有家具，昏暗且安靜的房間或許是因爲濕氣的關係飄散著霉味。只有床鋪呈現一片白，看來孤伶伶的被放置於此。老舊的冷氣發出巨大的吵雜聲，似乎隨時都要爆炸。直到早晨爲止人工的冷氣停滯著，而躺在那底下的就是莉莉的身體，而不是變得冷冰冰的孩子的身體。早上醒來只要確認了自己還有體溫，同時還能夠自由活動的事實，莉莉就不得不覺得奇怪，無論在孩子的身體變得冰冷之後經過了多少年，年過五十中旬，來到台灣之後也是如此。

孩子的頭部整個被繃帶包住。因爲繃帶的關係，臉也已經看不見，但卻如經常所看到的，依舊在臉部的繃帶上方蓋上白布。大學醫院的停屍間——或許是在地下室，也或許是在一樓，但怎麼想都想不起來。都會高樓式建築的醫院只有這個部份是灰暗的日式房屋建築——從麻雀的叫聲便會知道早晨已經來臨。對的，那個停屍間有窗戶，是小而高的窗戶，從那可以看到青空。爲何早晨會來臨，爲什麼能夠看到青空，覺得有種被欺騙的感覺。從來沒有想過第二天以及之後的日子都還會再來臨。

但莉莉想到，我並不害怕自己何時會陷入睡眠中。之前只要一躺下，孩子的身體那完全冰冷的感覺便會甦醒，讓她心中一陣痛苦而不得不起身。孩子腳上還有擦傷的傷口是得消毒的，而他的蛀牙還沒治療完呢，怎麼辦呢？就算是身體已經失去了生命，但這一切的一切可以就這麼中途的放棄嗎？莉莉長久以來都無法說服自己這就是所謂現實的死亡。

莉莉投宿的「汽車旅館」房間也有個小窗戶，覆蓋窗戶的窗簾遮住了外頭明亮的陽光，莉莉從床上起身，首先便打開窗簾，早晨耀眼的陽光一起飛了進來，能看見蔚藍的天空，是充滿著盛夏陽光的萬里晴空，窗下變葉木的葉子閃閃發光。

早上六點，穿著睡衣的莉莉又回到了床上，看了看放在枕邊的旅行用鬧鐘，確認了時間之後，開始困惑了起來。今天要如何是好呢？這裡沒有餐廳，也就是說，不下到城鎭，什麼都吃不了，連茶都喝不了。這個房間沒有冰箱，昨天混到員工旅行的人群中，讓他們招待了晚飯，也一起去了「運動會」，但也不是這樣莉莉就成了員工旅行團的一員。

那些人應該在汽車旅館的庭園，和晚飯的自助餐形式一樣吃著早飯吧？難道莉莉還能混進去嗎？從昨晚的情況判斷，應該沒問題，她姑且這麼樂觀的相信著。那些人不可能不吃早飯的。但即使如此，時間還太早。莉莉在床上打開了筆記本，寫上了昨天的事，也打開電視消磨時間，在七點鐘換上了衣服，洗了臉，仔細的塗上防曬霜，早早的出到外頭，無論如何她都想知道昨天那群人的狀況。但還是再等一下的好，要怎麼樣不讓人覺得她實在是厚臉皮，這時機實在很難拿捏，但她開始覺得肚子餓了起來。一直等到被認爲是最適當的早餐時間八點，她終於打開了房門出到房間外。強烈的陽光讓她不得不眯起了眼。扶桑花在中庭盛開著，圍繞著中庭的房間靜得出奇。悠然地在晨光中閃閃發光的中庭四周漫步著，完全沒有半個人，那些團體客人難道已經出發了嗎？但從六點到現在，並沒聽到任何聲響與說話聲，有四五十個人同時也有很多孩子，爲何都沒聽見半點聲音呢？黑色揚羽蝶在中庭飛舞著，莉莉垂頭喪氣地又回到了房間。從外頭一回來，越發地感到房間的陰暗。

昨晚在「運動會」時一直陪在身旁的那位男子，當然也和他的妻子及小孩一起坐上了大型的團體巴士了吧？飢腸轆轆、喉嚨發乾的莉莉，將身體拋到床上，閉上了眼，就這麼一動也不動地便睡著了，一直到十點之後才醒了過來。去了廁所——運氣非常不好，日光燈在昨天便壞了，所以漆黑一片——之後便開始整理自己的行李，雖然只是把盥洗用具跟睡衣放到自己的行李箱。

拖著行李，來到汽車旅館的辦公室退房。昨天下午的男職員和昨天一樣，在辦公室無聊地看著電視。

把鑰匙還給職員，接著便夾雜著英文與北京話問道。

——對不起，請checkout，多少錢（dou-shao-chen）？

邊拿出了錢包。

或許從莉莉的動作理解了她的意思，職員露著笑臉，在紙上寫下了一晚的住宿費讓莉莉看，莉莉從錢包拿出錢來交給他，接著想到得麻煩叫計程車送她到屏東車站去，正要開口時，卻又忽然想起什麼似的，結結巴巴地說：

——……我想去原住民的村（yuan-ju-min-de-chun），可以嗎（ko-yi-ma）？

她覺得遠從台北而來，就這麼離開的話，太遺憾了。她想告訴職員自己覺得：我現在有的是有時間，雖然我能理解爲何不能去霧台，但難道不能去其他「原住民」的村落嗎？如果可能的話，我會很高興的，只要能讓我在遠處稍稍眺望那特殊的房屋聚落便很足夠了。但莉莉能夠說的北京話非常遺憾的就只有「我能夠去原住民的村落嗎」而已。

職員馬上便點點頭，用力的程度足以讓莉莉吃驚。接著說等一下——與昨天相同的話——將莉莉交給他的住宿費放入手提保險箱，接著把手開收據交給莉莉後，便拿起桌上的電話開始對外聯絡。或許是眞的非常閒，又或者只不過是習慣了像莉莉這樣隨性的觀光客，總之，從昨天開始，這個「汽車旅館」的人們是相當親切的接待著語言不通的莉莉。

對電話那端大聲的講了一陣子之後，職員放下了話筒，跟莉莉打了個手勢，要她在這等候，自己便外出了。和昨天一樣。坐在附近的辦公椅上，茫然的望著打開的電視，等待職員回來。從早上開始便播放著猜謎節目，許多花枝招展的藝人在畫面中不自然地活潑大笑大叫的樣子，跟日本沒有兩樣。

過了五分、十分職員依然沒有回來，莉莉繼續等待著。過了十五分鐘後，好不容易聽到外頭停車的聲音，滿身大汗的職員進了辦公室，笑嘻嘻的打著手勢對莉莉傳達：都準備好了喔。莉莉也報以微笑，說聲謝謝，便站起身來，留下行李，出到了外頭。

和昨天不一樣的車子正等著莉莉，這車可能會帶自己到能看到「原住民」村落的地方吧。車門打開，駕駛座上的男子以手勢催促著莉莉，來，上車吧。莉莉對男子報以微笑，之後回到辦公室打算拖出自己的行李。職員輕輕的碰了碰行李，對莉莉轉達：這個就放這兒吧，會比較好。只靠著表情與手勢，便能夠互相了解彼此的意思。

莉莉猶疑了一下，朝職員點點頭，便放開了自己的行李。的確，不需要老是拿著這樣的行李，因爲搭著車去馬上就會回來的。雖然不知道「原住民」村落到底是在哪，不過總是離這不遠吧。

在職員的目送下，莉莉只帶著放有錢包、護照及筆記本的肩背包，離開了「汽車旅館」。車子開始駛上山路，覺得好像走到昨天前往「文化園區」的那條路，看來又像是前往舉行「運動會」的小學的路上，不過或許是完全不一樣的路，從車窗往四周眺望，莉莉根本分辨不出。強烈陽光照射的樹木以及草地的綠意，朝路的兩旁延伸。盛夏的綠意既茂密又濃厚，路上看不到人影，連擦身而過的摩托車、汽車都沒有，雖然道路經過鋪設，但崖邊的土石掉落，石頭也滾落其中，有著大大小小的坑洞。只要輪胎壓上了小石子，莉莉的身體便一陣晃動，如果陷到了有水的大坑洞，身體便跳了起來，路上各處都有從崖上流下的小瀑布，反射著銳利的白色光線。

駕駛的男子與莉莉都沉默不語，就算刻意說說入門的北京話像是「今天天氣很好」，接下來也沒有話說，她根本也不想問：我們要前往什麼樣的村落？就在這附近嗎？還是遠呢？這只不過是短程的兜風，到達目的地，接著便一定馬上回來，僅止於此。在東京，莉莉的生活一直與車子無緣，因此也抓不住車子的距離感。如果是計程車的話，還能憑計費表判斷距離，但既沒有計費表，同時是山中的道路，連距離跟方向都一無所知，所以全交給別人操心，顯得非常輕鬆。莉莉不停看著滿山的綠意，在盛夏陽光的照射下，山中的樹木與草叢閃耀著鮮豔且美麗的光芒。有時能夠看到在路旁綻放的百合，或許這是被稱爲高砂百合的台灣原生百合花，也或許是普通的百合。

覺得走了相當遠的距離，車子減慢了速度，駕駛伸長了脖子，好像開始打探。也因爲這樣，莉莉也一起左顧右盼，左側是斷崖前的護欄，右側則是有水泥固定住的斜坡高聳著，可看見上頭的人家。或許接近了目的地的村落吧，車子緩緩前進，好不容易停了下來。男司機出到外頭，莉莉則在車中等待，可聽見狗叫聲。車聲一消失，山中突然回復寂靜，連莉莉都不由得屏住氣息。

一台速克達從剛才的道路出現，騎車的中年女性沒戴安全帽，車把上掛的像是菜籃。她在車旁停下，朝莉莉的臉上看去，莉莉無奈地笑著說：你好。緊接著女性便朝著斜坡上方，用極大的聲音喊叫著，上頭也有聲音回應。男司機與另一位中年女性一起跑了下來，緊接著三個人在車旁便你一言我一句的說了起來——或許是說：從日本來了好事的不速之客，說是想看看你們的村落。或許男子說這樣你們也很困擾吧，因爲語言也不通嘛。接著女性們或者說：那沒關係，不會有什麼困擾的，因一時好奇心驅使那我們也沒辦法嘛。一定是說了這些事——總之可能是已經協調好了吧？男子朝車中的莉莉用手勢催促她：快下車吧。

莉莉急急忙忙的出到車外。由於陽光很強，所以便先戴上了帽子，接著向兩位女性輕輕地點點頭，重新打了招呼。一回過神來，車子便即將要離去，如果車子就這麼回去的話，莉莉將失去了交通工具。喔！開什麼玩笑，等一下，你別把我丟在這。莉莉當下在心中喊住了車子，但緊接著就放棄了。原來無法自在的使用語言表達，也就是意味著無論自己身上發生了什麼事情，都沒什麼好奇怪的。所以可不能爲了這點小事就慌慌張張的。

騎著速克達體型高大的女性接近了莉莉，沒有絲毫笑容地對她說。

——我不懂日語。

莉莉對這突如其來的行動覺得不可解，於是女性再次以莉莉能夠聽懂的速度慢慢的用北京話說。

——我・不懂・日語。

莉莉好不容易理解了，點點頭，女性繼續用同樣的速度說著。

——我媽媽・會・日語。她・可以・見你。行嗎？

莉莉點頭表示她能夠理解，緊接著用入門的北京話回答。

——嗯・你說了（ni-shuo-la），我可以見她嗎？好嗎（hao-ma）？……我不想・給（ge）你媽媽・找麻煩（zhao-ma-fan）。

——沒什麼。不麻煩。

女性用手招呼莉莉坐上自己的速克達，向另外一位女性道別後便坐上了車。莉莉跨坐在女性的後端。其實她很怕乘坐速克達，但已經沒有躊躇的餘地了。在山中強烈的陽光中，讓人覺得這一切宛如發生在夢境般。車子已經走了，接下來該怎麼辦呢？不過，總會有辦法的。爲什麼要擔心歸處呢？

速克達迴轉之後，緊接著便開始爬坡上山。一開始以爲女性的「媽媽」家就在這附近，但速克達離開了村子往山中的道路不停地前進。就在莉莉開始感到不安的時候，又發現有了人家。不過通過了這個村莊後，速克達更往深山前進，同時可看到許多土石流的痕跡。大小石子散落在路上，速克達靈巧的穿過其間的縫隙。莉莉的臀部疼了起來，莉莉緊抓住女性的腰的手，這時也開始發麻。

好像已經到達了「媽媽」的村落，原以為速克達開始減速，不料卻加速進入旁邊的小路，轉了許多彎，開始爬上斜坡。由於是石頭散落的泥土路，速克達劇烈的搖晃著，緊抓住女性的莉莉，根本無暇環顧四周。速克達停了下來，緊接著女性便進到附近的人家。莉莉也下了速克達，站著繼續等候。兩隻狗兒在莉莉身旁徘徊，並發出低吼聲，同時開始嗅起她的味道。

水泥的矮房與石材的房子蹲踞在四周，莉莉的所在處似乎便是庭院。庭院種植著檳榔、棕櫚及相思樹。入口小小的石造房子和昨天「文化園區」的石造房十分相似，但這裡的房子有著扭曲的鋁材紗窗，牆壁旁邊有鋁製的梯子，也放置著其他的廢棄材料，還有塑膠桶。屋頂的石材長了青苔，彷彿快要落下，但裡面的情況則不得而知。

過了一會兒，速克達的女性出來了，緊接著白髮的女性也從小小的入口匍匐般出現。一看之下，很意外的，居然就是昨天在「運動會」和莉莉說話的老婆婆，莉莉忍不住笑了起來，跑向老婆婆，用日文——在台灣這個地方使用日文時總感到遲疑，但實際上還是讓她覺得很安心——說起話來。

——哎呀，太令人吃驚了！你好，你還記得我嗎？昨天和您見過面。

——哎，知道啊，你怎麼來了？

老婆婆並沒有太吃驚，用日文回答道。

——嗯，是你女兒帶我到這來的。

——哦……你怎麼來到這兒的呢？

——……我也不知道……你女兒說，要讓我見見她能說日語的媽媽，一來到這兒……你就出現了。

——這裡‧我家。所以‧我在。

老婆婆這麼說，所以莉莉笑了出來。

——嗯，雖然是這樣……不過還能與您再見面，眞是令人吃驚。

——我‧不吃驚。昨天在運動會看到你。日本人只有你一個。

——嗯，我想，或許還有其他的日本人……。

老婆婆對身旁的女性很快的不知道說了些什麼。用自己的族言，好像是說，已經沒你的事似的。女性再度騎上了速克達，沒對莉莉打招呼便離去了。啊，居然連速克達也把我丟在這……。莉莉不由得覺得有點不安。

——那個啊，是我最小的孩子。……我‧日語‧不好。會有更行的人跟你說話。是我伯母喔。我‧年輕。啊，有七十了。七十，還算年輕。我伯母是老人，日語很好。

知道她的年齡後，很難再叫她老婆婆。這位七十歲的女性，慢慢從褲子口袋拿出行動電話，非常熟練地撥號。要找的人馬上就接了電話，她們再次用自己的族語商量後，向莉莉點點頭。

——伯母‧沒問題‧要走了‧伯母家‧這裡。

七十歲的女性往家中的後面繞過，快步地朝更上方的小路攀登。莉莉氣喘吁吁的只能盯著女性移動的腳步，爬上了山路。兩隻狗到現在才開始叫了起來，並沒有追上來，其他人家的褐色雞群漠不關心的目送著莉莉她們。淡紅色的百合花在草叢中盛放著，也可見白色與黃色的小花。鳥鳴聲在頭上迴盪著，既不是白頭翁也不是麻雀，不可思議的，也聽不見蟬鳴聲，這裡是山中，所以說不定也有蛇，但也不用害怕，反正現在也不是單獨一人。莉莉如此自我安慰著。

村莊非常安靜，居民到哪裡去了呢？莉莉覺得不可思議，在接近中午這個時間，大家都到田裡去了嗎？像剛剛那位女性一樣，應該也有人騎著速克達或機車下到城鎮，在形形色色的店裡工作，或者有人在昨天的「文化園區」工作也說不定。和日本一樣的，像這樣的山中村落，人口都很稀少。

跟隨著這位七十歲的女性拚命攀爬了約二十分鐘的山路，全身汗流浹背，心臟也幾乎快壞去般，就在眼光開始迷濛的時候，眼前出現了灰色石板所鋪設的庭院。四周圍繞著大榕樹與竹林，但樹影只掠過庭院一角，強烈的陽光籠罩著庭院整體，對心臟不堪負荷的莉莉而言太過炫目，於是眼前開始浮現朦朧的白光。矮小的老婆婆穿著藍色的部族服裝——這位的年齡稱之為老婆婆也不為過吧——以拐杖支撐著身體，佇立在庭院中央，頭上包著布，額頭上裝飾著光澤鮮艷的綠色樹葉，同時有布條纏繞其中，黃色的小花也在此間盛開。

——日本人來了喔。Rubenren。

七十歲的女性朝老婆婆喊著。莉莉也趕緊打招呼。因為這意外的「登山之旅」，讓她的聲音已經斷啞了。她說。

——你好（ni-hao）。

老婆婆點點頭，慢慢轉過身來，用拐杖輕輕地敲打著石板地面，向庭院走去，緊接著便在大榕樹樹蔭下的塑膠椅坐下。那裡是圍著木頭柵欄的山崖一角，放置著以鐵條和三合板簡單架設的桌子，同時有四張塑膠椅，像是可供休息的涼亭。桌子下躺著隻黑狗，就算見了莉莉，卻一叫也不叫。還覺得頭暈目眩的莉莉，在七十歲的女性催促下，彷彿在光線中游動般向前走去，追上老婆婆再次跟她說：

——你好（ni-hao）。

老婆婆用日文低聲說。

——……你也在這兒坐下，要爬到這上頭來非常辛苦吧。

這日文不得不讓莉莉懷疑自己的耳朵，因爲非常自然。

——啊……是，打擾了。那麼我就坐下了。

緊張的莉莉顯得面紅耳赤，將肩背包放在膝蓋上，坐在另一張椅子，脫下了帽子，汗水不停地從全身冒出。反覆地深呼吸，用手帕擦拭著臉與脖子。

——……從這兒山群清晰可見，我們的山是大武山，排灣的族語叫「kabiyagan」。

老婆婆將臉轉向山的方向，用手帕壓著下巴，莉莉也伸出頭凝視著群山，意外地，大片的淡紫色雲影，從前方開展的天空的白光中浮現。前方有幾重低矮的山群，帶著藍色的銀光閃閃發亮的河川在其山麓之中蛇行。從綠色的山轉變成爲濃綠、淡綠、紫色以及淡紫色的山。

——啊，那座山……叫作「kabiyagan」嗎？眞是漂亮。

——對，是我們排灣族的山。是神聖的山。……不知道今天能否清楚看見。

——嗯，今天天氣很好，應該沒有問題……。

回答之後，莉莉因汗水而全身黏糊糊的身體，隨著疼痛而緊縮，接著再也說不出話來。似乎察覺到了什麼似的，老婆婆平靜地回答道。……

——……我的眼睛看不見，但別在意。我想看的，一定能夠看清楚。住在這並沒有什麼不方便的。……不過我看不見你的臉，因爲我不認識你。不過只聽聲音大概能夠知道是什麼樣的人。

——是的，對不起，我沒馬上察覺，眞是失禮。我就是不留心……啊，是水嗎？謝謝。太感謝了。

七十歲的女性倒了杯水放在桌上，女性似乎並沒離去的打算。黑狗依舊躺臥在腳邊，一動也不動。莉莉馬上就喝了水，水流進了喉嚨，馬上就喝光了。將空水杯放在桌子上，緊接著她又重新倒了水。

——……啊，眞是不好意思。

莉莉又喝了水。接著她發現老婆婆與七十歲的女性兩個人一直等著莉莉打「招呼」。莉莉趕忙開始自我介紹，自己的名字，從前在台北只住過四年的「內地人」阿姨美霞，母親常常告訴她「可憐的美霞」的事情，以及美霞與自己長得十分相似的事，以及自己想知道，對美霞而言台灣是什麼樣的地方。遠離都會的偏遠山中，連美霞的事都變得容易說出口了。

——……家母與阿姨都在日本山中長大，常常被取笑，說是不知道海是長的什麼樣子的鄉巴佬，不過她們還是喜歡山，我也喜歡山。我在東京出生長大，所以也不太知道山是長的什麼樣子。……這是第一次來到台灣，爲了方便單獨旅行，所以也學了一點北京話，不過完全不行，幾乎都不管用。

老婆婆第一次露出了微笑。埋在深深的皺紋深處的眼睛，稍微地睜開了，混濁的灰色瞳孔宛如小水窪般搖動著，小小的鼻子堆滿了皺紋，連嘴角與臉頰都刻上了皺紋，但嘴唇的血色非常的好，臉也十分的有光澤，表情非常的明朗。

——我也不太懂北京話，因爲我總是用日語。……這個Lanao就不一樣。日本敗戰時她很小。……Lanao上過屏東的學校，也曾在高雄工作過，所以北京話就成了自己的語言。

這位名叫Lanao的七十歲女性，安靜地點了點頭回應。

——……日語時代那是很久之前的事了。……我丈夫的日本友人們會經常到這兒來玩，所以會想起日語，也會與他們打電話，我也聽日本的收音機節目。……我雖沒去過日本，但我丈夫可去過一次喔，是朋友招待的……。

覺得有些遲疑，莉莉還是說了。

——要是我母親還在世，應該將近九十了，或許有您的年紀吧。

老婆婆與Lanao都開心地笑了起來。

——伯母．更老了．有一百歲哦！

——一百歲！！

莉莉吃了一驚，叫了起來。

——不，因爲也不很清楚嘛，太麻煩了，姑且算作一百歲。

——啊，是這樣啊？嚇我一跳，那麼或許和我阿姨的歲數一樣也說不定，雖然阿姨很早就過世了。

——哦……活這麼久可是很無聊呢，不知從什麼時候開始，眼睛也看不見了，腳也走不動了……。不過現在能夠使用自己眞正的名字，是很不錯的。我的名字叫Mutokutoku。雖然也有日本名與支那名字，但是對我們而言，父母取的名字是最好的。

——欸，那當然……。身爲日本人對日本時代的事眞的覺得非常抱歉。一想到阿姨在台灣的時代，日本人是如何逞威風，就……。

Mutokutoku老婆婆雖然眼睛看不見，但朝向腦海中能看得見山的那一邊，回答莉莉說。

——……日本人也是形形色色，也有可怕的人，也有好人。我在上日本人的學校之前，從未看過紙和鉛筆之類的東西，總是打赤腳，總是用牙齒咬斷手的指甲。……像這樣的生活。孩提時期和現在的差別實在是太大了，宛如作夢般。……我從魯凱的村落嫁來這兒，成了這裡的媳婦。魯凱族語與排灣族語言相近，所以是親戚關係。之後便收養了這個Lanao，Lanao一出生母親就過世了，很可憐呢。

Lanao本人說道。

——這個家是排灣族的偉人的家，村莊的人都尊敬這個家。Likujao守護著這個家。

——Likujao？

莉莉不由得反問，Mutokutoku回答道：

——日文叫作豹（hyo），支那人叫作雲豹。……排灣族中有支配者與服從者之間的區別，支配者有著豹的力量，排灣族的始祖是從太陽的卵誕生的，而孵育這個卵的就是百步蛇，有著這樣的傳說，這是以前的故事。……我不想離開山中這個家，我想死在這兒呢。……豹已經不見了，而我也眞的只知道皮毛。你如果想看的話，等下會給你看的，那是我丈夫的東西，所以必須先問問他……。

莉莉的眼角掠過了雲豹優雅奔跑的姿態。這裡曾經有過眞正的豹。

——眞的嗎？我眞的想看看。

Mutokutoku老婆婆搖了搖頭，低聲說：

——已經是破舊的皮毛了。

Lanao在一旁附加說明。

——這兒有很多田。有花的田，茶的田，非常好的茶。

莉莉露出欽佩的神情，點點頭。

——……最近開始製作茶，也很不錯。不過什麼都要花錢。開墾了田地，山也就容易崩塌……。

莉莉重新看著Mutokutoku老婆婆所穿的衣裳，左右對稱的中國樣式藍色連身服的領口胸部以及袖口都縫製著大量精美的珠飾與貝殼。

——哎，眞的是非常漂亮的刺繡呢……對不起，我都看得著迷了。您總是穿著這麼漂亮的衣服嗎？

Mutokutoku老婆婆隨意將右手擺在袖口有刺繡的地方，如此回答。

——……現在都不做事了，所以就穿著這樣的衣服，眼睛還看得見時，大家都互相競爭，製作這樣的刺繡……。這是我們的禮服，無論何時死去，就能這麼進棺材……。

Mutokutoku老婆婆笑了，Lanao與莉莉也笑了。

——哎，別這麼說……您額頭上的葉子也很漂亮。

——這樣的話，頭會冰冰涼涼的很舒服呢，因爲現在很熱。

——因爲是盛夏嘛……。

莉莉說到一半，忽然想到日本所謂的「終戰紀念日」，不就剛好是昨天嗎。的確沒錯，再過兩天便是莉莉的孩子來到這世上的日子。

——嗯，我現在才想到，昨天是日本戰爭結束紀念日，我想會有很多活動。這裡的話……。

Mutokutoku老婆婆和Lanao顯出漠不關心的樣子。

——是戰爭結束的日子嗎？

——嗯，日本的天皇在收音機宣布日本打輸了。

——……嗯，這裡並沒有特別的……。啊，如果有失禮的地方就請見諒，您幾歲了呢？

雖然覺得有些困惑，莉莉回答。

——我嗎？對不起，說來我都忘了告訴大家我的年齡了。……我已經不年輕了，五十六了。

Mutokutoku老婆婆和Lanao笑了起來。

——比起我們都年輕許多呢，我們也想或許是這個年紀吧。……不過剛剛嚇了一跳，你居然會知道戰爭時期的事。戰爭時，你都還沒出生呢。

——嗯，我對戰爭的事一無所知，很抱歉，說了這無關緊要的事……。

莉莉話還沒說完，肚子突然的叫了起來，因爲連續發出很大的聲響，莉莉不禁臉紅起來。

——你肚子餓了嗎？

——不……嗯……有一點，因爲我沒吃早飯……

——哦，果然是……。

Mutokutoku老婆婆點點頭，跟Lanao用排灣話交談了起來，Lanao站起身來進到家中。

——Lanao去給你拿點吃的來，你就吃了吧。

——欸，那怎麼好意思……眞是不好意思，給你添麻煩了……。

莉莉臉更紅了，Mutokutoku老婆婆笑著說。

——你老是說不好意思、不好意思，別再說不好意思了，又沒有人生你的氣。你能告訴我嗎？你爲什麼一個人來到這個地方來呢？

盯著Mutokutoku老婆婆擺在桌上那滿是皺紋但卻意外地強健的手，莉莉開始尋找適當的語彙回答她的問題。

——嗯……我從來沒想到居然能夠在這兒和人說起這樣的事……是的，要怎麼說才好呢……我跟家人的緣分很薄……母親已經死了……我開始想起很久之前已經過世的阿姨的事……要是有所謂的靈魂……我想要將對帶著對台灣的山群有著憧憬的阿姨的靈魂來到此地……因此我從剛才就覺得阿姨似乎就在這兒。……同時，我的孩子也……。

莉莉的話就此中斷。

沉默當中，莉莉等待著Mutokutoku老婆婆的回應。但Mutokutoku老婆婆什麼都沒說，同時一動也不動。偷偷的窺探她的臉，看來她不知在何時像是睡著了般。莉莉也就這麼沉默不語，凝視著矗立在有銀色河流流過山谷的另一端的大武山．Kabiyagan。Kabiyagan左側的稜線掛著一抹灰色的雲。高空中破碎的雲層由右往左飛去，風勢應該是相當的強，地面上幾乎感覺不到風。

此時，莉莉發現了罕見的黃色蝴蝶在自己周圍飛舞著，不是一隻而是三隻。不過，她沒放在心上，反正馬上又會飛到了其他的地方去了吧。

Lanao捧著塑膠托盤回來了，托盤上放著白色的饅頭和中式點心，把托盤放在莉莉前方後，Lanao接著準備茶點。

——啊！這個是豬肉脯吧！

——對對！豬肉脯，日本人喜歡這個。

饅頭的旁邊放著茶色的，有一點毛茸茸的像是魷魚乾的東西。這個是將豬肉烘乾後裁成細絲，台灣到處都能夠看到這樣的東西。

Mutokutoku老婆婆移動了身體，或許是聽到這樣的聲音而醒了過來。

美霞的肚子對眼前的餅起了反應，開始熱鬧的叫了起來，她看了看手錶已經過了十二點，早上六點起來之後什麼都沒吃，肚子會餓也是理所當然。

——那麼我就不客氣了。

之後莉莉便開始張口吃著夾著豬肉脯的饅頭。她的汗也已經乾了，與「下界」相比，這裡要涼快許多，一下子已經吃了一個，連第二個都已經到她肚子裡了。喝了一口茶之後，便對一直看著她吃著饅頭的Lanao微笑。

三隻黃色的蝴蝶又開始繞著莉莉打轉，莉莉將手伸向蝴蝶，蝴蝶便輕飄飄的飛走了，但又回到了她的身邊，莉莉的眼睛追著三隻蝴蝶的動靜，由於是大型的蝴蝶，無論飛到那裡都能映入眼簾，說是煩人也真是煩人。黑色的狗也抬著頭看著蝴蝶。

——喔！那是特殊的蝴蝶（to-shu-de-hu-de）。

Lanao也注意到了蝴蝶，喃喃自語似的說。Mutokutoku老婆婆好像要嗅取什麼味道般將鼻子朝上，小聲的回答：

——蝴蝶？

——……從剛才就有大的黃色蝴蝶在這裡飛舞著，有三隻，都不肯離去。

——啊！那是我們的蝴蝶。……

Mutokutoku老婆婆開始說明。

——……這蝴蝶是亡者的聲音。死去的人們有話想對我們說時，這蝴蝶便會接近我們。……靈魂就會回到那座kabiyagan，那是我們的傳說。……山中也有紀念戰爭犧牲者的慰靈碑。……不過那是為靈魂所設置的標誌。靈魂不會離開我們。……百步蛇的蝴蝶還在這嗎？可能是某人的靈魂吧。

莉莉凝視著Mutokutoku老婆婆的臉，接著便眺望著三隻黃色蝴蝶相互糾纏飛舞的樣子。到底是誰的靈魂想對誰說什麼而來到此地呢？

眼睛追隨著三隻蝴蝶，便會發現翅膀上的黑邊與眼珠的花樣忽隱忽現，讓她開始覺得暈眩。

從下方聽見了車聲與狗吠聲，緊接著是行動電話的鈴聲。桌下的黑狗起身，開始往庭院的方向警戒的走去，Lanao伸手在衣服的口袋摸索著，接聽了行動電話後便以快速的北京話應對。

——……你的朋友現在來。

將行動電話放到口袋後Lanao這麼說，莉莉不得不反問。

——朋友嗎？我在這兒應該是一個朋友都沒有的。

——是你的朋友喔，說想見你。

莉莉覺得有點毛骨悚然，低聲說：

——我一個人隻身從日本來，在台灣根本不認識任何人……而我幾乎不會說北京話……所以我在台灣都是一個人的啊……眞是奇怪呢。

因爲Lanao的行動電話而想起了有要緊的事吧，Mutokutoku老婆婆也從自己的口袋抓起行動電話，憑著指尖的感觸快速地操作，對外界聯絡，而她說的是排灣語。由於她的母音很多，所以比起北京話還更接近日語，在山中，行動電話現在好像已經成了必需品。

——你一個人……在東京也一個人嗎？

Lanao問道。

——……在東京……我也不知道到底是不是一個人……。

如此低語著的莉莉，頭部後方閃過一個濕漉漉如鰻魚般的影子。盡量不想刺激這個影子，於是莉莉屏息，躡手躡腳的繼續走著。東京這個都會的某個老舊房屋，充滿著影子的悲鳴與呻吟聲的那個房子，同時莉莉耳朵也能聽見母親與孩子呼喊自己的聲音，無論從柱子或著從天花板都能夠聽見。也因此總是感到耳朵很疼痛，全身都疼痛，在那個家，到底要往何處是好，無所適從。

——不！我是一個人，雖然曾經有過種種……

莉莉又說了一次。

——嗯！你一個人嗎？很寂寞耶！

——不過我有朋友……。

——啊！有朋友啊！要來這吧。

——不！在這兒沒有朋友……。

莉莉急急忙忙回答，緊接著Lanao突然興高采烈地提高了聲音。

——你的朋友來了喔！

一名男子用手帕擦著臉與脖子，站在石板地的庭院前方。他一發現莉莉便舉起右手露出笑容，奔跑似的向前走近。

庭院某處正做著日光浴的蜥蜴，慌張的在石板路上跑了起來，尾巴閃著鮮豔的藍，搖動了包圍整個庭院的白光。之前對莉莉漠不關心的黑狗現在卻拚命的狂吠。

莉莉瞪大了眼站起身來，身體發熱。那是昨天晚上帶莉莉前往「運動會」那名來自竹東的男子。

——這個支那人我知道。他昨天在呢。

Lanao放低聲音說，來回的看著莉莉與男子的臉。

——喔！你好！昨天我跟你見過面喔！

因爲滿頭大汗讓臉看來閃閃發光的男子呼吸非常急促，先對Lanao說話，緊接著也向Mutokutok老婆婆說了聲你好，打了招呼後用手帕擦著臉和脖子，對不發一語的莉莉說起日文。由於呼吸很急促，聲音也就斷斷續續，同時是用日文一個字一個字的來說明，所以費了些時間。

不知不覺中氣溫似乎已經飆得很高，男子的汗味飄進了莉莉的鼻子，黑狗繼續發出低吼聲，但不肯從男子的腳邊離去。黃色的蝴蝶似乎受到男子汗味的驚嚇飛進了榕樹枝葉中避難去了。

……早上八點之前，員工旅行的一行人搭著巴士來到了山下的車站前，在旅館的餐廳吃了早飯，男子一直非常掛心莉莉，那個人是不是連早餐也沒得吃。

——Lanao插嘴說道：這個人剛剛吃了兩個饅頭已經不用擔心了。

——她也沒有車子，一個人接下來要如何是好。於是男子與妻子商量。員工旅行接下來出發到高雄後反正就會回桃園，男子試著跟「汽車旅館」打了電話。這個時候行動電話非常方便。——Lanao同意這句話，喃喃地說：啊！很方便——汽車旅館幫他與Lanao的女兒連絡後，知道了莉莉的所在處。對於能與Lanao再見面，他也覺得不可思議，吃了一驚。

男子與妻子商量。妻子與女兒繼續參加員工旅行，明天回到桃園，因爲女兒必須上補習班，而且妻子也有工作，所以必須按照原先所預定的回到桃園不可。男子的休假加上明天還有兩日，他想到是不是要一個人繞道到他出生長大的竹東。現在並無家人住在這個地方，但有祖墳，以及父親、祖父母與第一任妻子的墳墓。——現在的太太是第二任，孩子也是太太一起帶來的。第一任太太因意外而死亡，男子小聲的說明著。——所以並不需要急著回桃園去，可以陪伴莉莉，接下來在適當的時機回桃園。因爲不能放著幾乎語言不通的莉莉獨自一個人，男子非常擔心從日本隻身來台的莉莉，也藉著這個機會盡可能想轉達給莉莉知道。

對男子而言，是下了很大的決心。在盛夏時節的山中遇見了莉莉，也認識了「原住民」文化，男子的心境好像有了轉變。好像孩提時期一到盛夏便跳入附近河川中遊玩，覺得自己彷彿變成了這個時期的青蛙。——莉莉一聽，噗嗤的笑了。說起來，莉莉覺得這個男子或許長的像雨蛙，莉莉的孩子也非常喜歡雨蛙，曾在家中養過好幾隻。由於很難找到食物，總是得要說服小孩要趕快在庭院放生。——男子在租車店租了機車，原本打算租賃轎車，但聽說因爲土石流的關係所以有些地方車子無法通過，所以便租了機車。先在下面的村莊和Lanao的女兒見面，她告訴了他這個地方，但在中途迷了路所以無謂地耗費了時間。終於見到莉莉了，他放下了一顆心。男子赤紅著因汗而濡濕的臉，說完話後Lanao便冷淡的請他用茶。莉莉重新爲男子介紹Mutokutoku老婆婆和Lanao，Mutokutok老婆婆已經百歲，這個家是擁有所謂特別的「豹的力量」的排灣家族，Mutokutok老婆婆據說是從魯凱族村莊嫁到這裡來的，雖然眼睛看不見，但是只要住在這裡並不覺得有什麼不便。

介紹後才發現和自己和男子還不知道彼此的名字。莉莉說了自己的名字後，男子匆忙回答。

——是！我姓楊。

——你眞的是朋友嗎？

Lanao像是叱責地問楊先生。楊先生年約四十，從七十歲的Lanao來看剛好是兒子的年齡。

——啊！我是朋友！我不會給你們添麻煩的，我想聽聽你們的話。啊！接著我會用摩托車載她到她想去的地方。

Mutokutoku老婆婆左手拿著自己的行動電話喃喃自語著。

——……我和我丈夫剛剛談過話了，他說豹的皮毛可以讓你看，不過這個人的事我沒問，我再問先生，因爲這個人不是日本人，你等一下。

——想去的地方？我還沒有想到有什麼地方……。朝Mutokutoku老婆婆回答了「是」之後，莉莉向楊先生說。楊先生的臉和脖子還繼續流著汗，彷彿剛剛沖了澡似的。

——啊！如果你有想去的地方的話，我們哪都能去，如果沒有想去的地方的話那便下山吧。

——嗯！是啊！眞是不好意思……。

莉莉對楊先生報以微笑，要是沒有車也沒有摩托車的話，或許她就只有步行下山了，一直在頭頂上避難的黃色蝴蝶又開始回到莉莉的附近。

Mutokutoku老婆婆將行動電話放進口袋裡，拿了拐杖站起身來。

——那麼兩個人一起來吧！那個房子裡有豹。

Mutokutoku老婆婆指著左邊。

十八、日記 一九三四年 春→秋

四月X日

氣溫很低，天空呈現明亮的水藍色，高掛在天空的雲彩不停的奔跑，雲到底從何處來要往何處去呢？隨著雲彩奔跑，光線也忽明忽暗，光影不停的相互交錯，鳶鳥也在風的吹襲下被流走了。從早上空空、空空的聲音便在頭部深處打釘般響著，問了問從女校回來的小妹小姐那到底是什麼聲音，她說那是道路上電線桿的鋪設工事。黃昏時分，附近的孩子喧鬧地來回跑著，比起台北，總覺得這兒的孩子要多許多，或許就只有我這麼感覺。在家裡聽到紙偶劇的拍木聲以及賣豆腐的喇叭聲，不由得睏了起來。

昨天大弟和大妹回到東京，於是家中突然變得冷清起來。白天時間也變長了，庭院裡的桃花、杏花爭相綻放著。

四月X日

不穩定的天氣狀況持續著，內地裡四月天氣總是容易不穩，庭院的嫩葉搖曳著，閃著透明光亮的綠，凝神望著庭院的綠意，眼睛所映照出的光芒像是浮在天空一般。好奇這到底是什麼，套上了木屐往前走近一看，原來是殘留在茶花葉上的一滴雨滴。從雲層之間的縫隙所投射的光芒偶然的映照在此處，小小的葉子上殘留的一滴雨滴滴居然能發出這樣的強光，實在不可思議。這強光，宛若是神明賜與的寶玉般。我當然覺得這裡停留著小文的靈魂，所謂的靈魂也就像是這樣，發出既美麗又純粹的光芒。

靈魂。雖然只是兩歲的嬰兒當然也有靈魂。緊緊抓住這樣的信仰，我活了下來，我沒有辦法像大少爺那樣完全不相信有靈魂的存在，我的精神並不是如此強韌，雖說如此，但我也不相信什麼牌位，每天對著寺院所準備的牌位雙手合十祈禱，那只不過是對這浮世的一種義理，靈魂是不可能停留在那樣的地方的。

所謂靈魂是光、靈魂是風或者香氣，絕不是人的手所能捕捉的到，卻能夠翻弄人、左右人的性命。

小文的靈魂就存在這韮崎的光芒之中，也存在台北的光芒之中。無論怎麼說這孩子是台北的孩子，我雖然不明白靈魂對於土地的差異到底能有多少認識，但活著的時候所親近的事物對於靈魂應該多少會有影響吧。然而小文兩歲就死了，可能根本不了解自己到底身在何處，也正因爲如此小文的靈魂是無所不在。……不對，不對，這樣的想法只不過是自我安慰罷了，小文知道台北的風，也沐浴在台北的陽光中，也曾經淋過台北的雨，聽過白頭翁的鳥囀聲，在扶桑紅花叢中嬉戲，小文的靈魂應該會對台北繼續有著強烈的思念與執著吧。

我害怕回到台北，我不想回去，可是想回去。對現在的我而言這是唯一僅存的地方，我不回去能怎麼辦？但在那個地方我的頭腦與身體全部將會變得一片空白。

四月X日

小妹小姐在庭院所種的鬱金香開始楚楚可憐地綻放，彷彿是愼重其事地守候著一朵一朵的祕密，其他還有水仙、蒲公英、鈴蘭、紫羅蘭，還有我覺得非常懷念的花兒也正不停綻放。

春天是復活的季節、生殖的季節。緊接著蟲的數目也會大量的增加，爲了維繫生命，蟲和鳥兒拼命的飛著，花朵綻放著。

鄰居分給我楤木的芽，我把它炸成天婦羅吃了，小鬼因爲不喜歡所以沒吃。或許我從以前就是這樣，但已經不記得了。

四月X日

一直以來接觸著那柔軟且溫暖的小小肉體的全身的肌膚，因不安而緊縮了起來。我的乳房、我的肚子、我的雙手不停地探索那小小肉體的觸感，失去了至今爲止熟悉的東西雖然覺得不知所措，但隨著時間的流逝，也已經習慣了那肉體已不在。老實說這個事實對我而言是最恐懼的，要是下一個孩子出生了，我的身體或許會因此而滿足吧，所謂的母性是如此的單純與現實。所以母愛是高貴的喔！所以說父親是敵不過的；明少爺的話一定會這麼說。然而眞是如此嗎？實際上，人的的感情應該是更複雜的，不是嗎？母愛這個詞聽來刺耳，同時是個茫然的詞彙，如果與猿猴和鳥一視同仁相提並論，總覺得十分悲哀。

人對未來是有想像能力的，一年後、五年後以及十年後的小文，會有怎樣的笑容呢？會用什麼樣的聲音跟我說些什麼話呢？無法見到孩子成長的悲哀，對人而言，所謂的死亡就是被奪去了原本應該能夠擁有的時間的痛苦，由於我的身體暴露在這樣的痛苦與悲傷中，所以希望至少能夠讓我一吐爲快。

我想請教曾經失去兩個孩子以及送走丈夫的母親，但是要問些什麼呢？最珍貴的思念絕對無法以言語表達，透過小文至少我學會了這件事。

五月X日

新曆的端午節，讓小鬼買來扁柏與菖蒲葉準備菖蒲澡，但僅止於此。這個家在哥哥死去之後，父親便決定不再掛鯉魚旗或擺設金太郎人偶，父親的悲傷還以這樣的形式殘留著，但男小鬼頭有些可憐。一整天都持續下著小雨，大家高高興興地洗了菖蒲澡，母親雖然有些感冒，但機會難得所以也洗了菖蒲澡。小妹小姐幫媽媽擦背、洗頭髮，晚上我給明彥寫信，但不知道寫些什麼才好，總說著這個花開了、那個花開了。

家族之愛、男女之愛、憐惜花兒與鳥兒的愛，到底哪裡不一樣呢？

五月X日

母親與小妹小姐同時發燒，好像感冒了。母親也傷了腰，或許不洗菖蒲澡才是正確的選擇，希望可別惡化。我成了大家的女傭，每天忙碌地洗衣服、縫補衣物。山中是新綠芬芳時節，但家裡卻寒冷而安靜。小鬼頭——從實際的身高來看已經不小了——也認眞地幫我買東西、洗碗。對於病人以及算是半個病人的我，小鬼還是很體貼的。上中學之後已經不再像從前一樣黏著我嬉戲了，夜裡一個人專心地預習功課，最近小鬼頭對於製作昆蟲標本很熱衷，假日一大早起床便帶著捕蟲網出門。如果把小鬼頭帶到台灣，應該會對此處珍奇的昆蟲感到驚喜吧！欸！讓我吃驚的是，小妹小姐在這個春假讀著有島武郎的

《某名女子》，她居然已經能夠讀那樣的小說了。

我要是能夠就這樣陪在大家身旁的話那該有多好。母親漸漸年老，應該覺得非常不安，但也是沒有辦法的事，因爲重要的明少爺需要我。

明少爺，距離我如此遙遠的明少爺啊！你到底在台北的昭和町想些什麼呢？我不服藥依舊無法入眠，頭痛依然持續著。

五月X日

天氣一轉，突然成了萬物萌發令人微微冒汗的好天氣，才想到現在已經是五月了。春天已經過去，現在是所謂的初夏時節，蛙群則在各處持續的鳴叫著。小妹小姐的感冒已經完全康復，但母親還有咳嗽的症狀，同時腰痛還未痊癒的樣子。

時間消逝而去，連瞬間都不肯爲了小文或著是我停住，一樣的日子再也一去不回。時間的流動將人的悲喜瞬間迅速的流去，那速度令人感到暈眩。同時也感覺現在此時彷彿會持續到永遠，令人恐懼。從一月小文死亡之後，我發現月事便停止了。

五月X日

中午過後，突然之間明少爺的媽媽帶著阿龜出現了，好像是給寄放在寺院的小文骨灰上香後順便到此的。與阿龜兩人對望，一對望相互淚眼漣漣，在台北的那段日子與阿龜的方形臉相互扶持，一路馬不停蹄地奔馳度過。雖然我始終畏懼阿龜，但她有她的立場，只不過是殷實地守著她自己的立場。現在想來，她是少數接觸過小文肌膚的人，無論看著她的手或她的眼，到處都有小文的影子，也因此小文的事，什麼都能對她說。兩人對小文的牌位合掌祝禱後，茶也沒喝上，只停留了三十分鐘後便離去了。

到了夜晚，胸口的悸動更加劇烈，頭痛也加劇。因為失去了一個嬰兒，連明彥也要拋棄嗎？媽媽細小的眼睛彷彿想對我如此說，不停的瞪著我。總覺得那個人早就開始為自己所愛的明少爺物色毛髮潤澤、順產型的年輕新妻子，唉！我真想尖叫，隨便你吧！反正我九月就會回到台北，現在已經是初夏了，夏天馬上就會來，緊接著就是九月。即使明少爺與我不認識的新婚妻子在昭和町的家中過著新婚生活，我也會回到那個家。我可在廚房的角落起居，就算露宿庭院也無所謂，不為什麼，而是我的小文曾在這個家擁有過短暫的生命。就算是那樣不足取的出租房屋，對小文和我都是無可替代，是這世上唯一的家。

五月X日

菖蒲花盛開著，蜜蜂和虎頭蜂嗡嗡地四處飛舞，山峰的白色頂端也逐漸有了綠意。明少爺寄來了錢與信，是一封只陳述重點而冷淡的信。不過特地爲我寄上了錢所以我也盡我最誠摯的謝意給他寫了回信。這筆錢我該用來製作在台北穿的新浴衣嗎？或者應該給明少爺做浴衣呢？不不！我還是留著等到夏天，等我到東京時爲明少爺買領帶吧！東京！東京！我不想去東京！我眞的必須住到明彥媽媽家嗎？

五月X日

我精神狀態又不奇怪，但小鬼爲什麼總是對我敬而遠之呢？連母親都不敢看我的眼睛，她應該好好的斥責又怠惰又任性的我，母親撫著受傷的腰，到出租的房子向房客收取未繳的房租。對母親而言跟人交涉，要人付房租是相當辛苦的差事，更別說是我了，花了一輩子應該也學不會。雖然說至今爲止靠著這些錢我們才能過著安穩無慮的生活。

夢——與母親走在墓地，墓石上的白貓跳上來咬住母親的胸，母親如人偶般倒下就這麼斷了氣。

另一個夢——小文和父親被河流給流走了，兩個人都成了屍體，魚兒結群啃食著屍體，一瞬間都化成了白骨。

又一個夢——四周滿是殘留的暑氣，惟獨昭和町我們的家埋在深深的雪堆裡，附近的人覺得稀奇而團團圍住。因爲雪所堆積的重量，我們和房子都漸漸的要被壓垮了，卻沒有人幫助我們，只是笑嘻嘻望著。

失眠的狀況繼續持續。一進到夢的世界裡，小文漸漸壞去的紫色身體便馬上出現，繩子深深陷進了我的脖子，身子開始隨風飄動。哀啊！唉唷！哀呀！本島人嗟嘆的聲音在我的耳邊迴盪。

六月X日

很快的，六月已經到來。一出現悶濕的氣候就異常思念昭和町的生番鴨。也懷念起在買東西時與查某人不停討價還價，不停說著kagui、kagui。練兵場上的馬兒和牧場的牛兒聽不到我的歌聲應該很寂寞吧！或者它們覺得終於可以不用再聽那麼難聽的歌聲而安心不少，而覺得高興呢？

傍晚小妹小姐的朋友來玩，兩人一起合唱〈巴黎的屋簷下〉。令人難忘的回憶讓我眼淚盈眶……花兒雖已盛開，可人的你在何處……歡樂的往昔……這樣的情境！一個人關在浴室裡偷偷哭泣。

六月X日

小鬼頭掉到了河川而扭傷了。好像想要捕捉在河川上飛舞的豆娘。由於對自己太過孩子氣的舉動覺得失態，因此無精打采的生著悶氣。

明少爺來了信，七月一開始便先到京都帝大舉行集中講義以及參加學會，接著便到東京，有空檔時便到韮崎來迎接我，他要我在那之前做好出發的準備。如果能直接回台北，我當然高高興興準備出發，但必須先到東京媽媽那裡去令人覺得痛苦。

母親說趁現在到甲府的醫院進行精密檢查才好，母親並不知道台北還有更好的醫院，對母親而言，殖民地就是殖民地，就算讓她看著榮町與台北車站的明信片與她說明，母親只是不停重複，在外地你總是會吃苦的。就算是吃苦，也不是因爲殖民地的緣故，但漸漸的自己也不明白眞相到底爲何。

六月X日

進入梅雨季節了，青色的梅子開始結實，桃子與杏子也是。而毛蟲、甲蟲、油蟲也旺盛的增殖中。一隻隻蟲叫著：我要活下去、我要活下去，而青澀堅硬的果實也一個個叫著：我要活下去、我要活下去。

單單只爲了活下去而活，跟昆蟲以及植物一樣的，人也是這樣而活的嗎？啊！這生命是令人如此的鬱悶！

六月X日

我害怕七月的到來，但實際上隨著六月漸漸過去，七月便緊接而來。我不想見到明少爺，雖然他是我最想見到的人，但我不想見他。只有兩人的話應該會親吻吧，但那無所謂，但我討厭明彥的小黑進到我的身體裡，我不想它進來，爲何明彥總是想進到我的身體裡呢？爲何我總是要爲明彥打開我的股間呢？曾經在進到我的身體之後，明彥小聲的如此說：美霞也許是眞的患了「性冷感」。

果眞是這樣嗎？這讓他如此的困擾嗎？到目前爲止我也曾經享受了我們之間的夫妻生活，但受了男人的精子女人就會懷孕，對男人而言是快樂的事情，但對女人的身體而言是生殖行爲，並非僅享受快樂便能了事。我的身體好像並不適合生育，第一次是死產，第二次則流產，這次又送走了小文，一月以來又沒了月事，或許我的子宮已經與小文一起死去了。

想要孩子的話，明少爺自己懷孕好了，不知道有沒有可行的辦法。

六月X日

雨持續下著，寺院的紫陽花開了，但我不喜歡這個花，我喜歡石榴花，那花朵的顏色彷彿向又濕又暗的梅雨天空挑戰似的。

明少爺一步一步朝我逼近，就算我在心裡拚命祈求：別來！別靠過來！似霧的雨繼續下著，我心中的水漥漸漸擴大。我珍愛的明少爺正粗暴同時無戒心地踩進那水漥當中，水漥或許有生命孕育其中呢。

明少爺，請小心。

七月X日

終於到了七月，我的月事並沒有恢復，我的子宮已經壞死，不可能回復。

明少爺渡海朝向內地而來，要是明少爺所乘的船弄錯了方向到上海或香港去就好了，或者到俄國去也行。因爲恐懼幾乎無法入眠，那個人正朝我逼近而來。

七月X日

少爺到達了神戶，來了電報。不要來、不要來，我的聲音根本無法傳出去，他的眼鏡閃閃發光，明少爺一天天確切地朝我逼近，明少爺啊！你根本對我一無所知，也不想了解我，也從未想過那是多麼危險的一件事。你對於自己的危險實在過於遲鈍，你不在的期間我想了又想，終於發現了自己的眞面目。

我珍愛的明少爺，你現在在京都嗎？悠閒的你什麼都不知道，你還不知道我的眞面目，那是當然的，因爲我從未與你說過。明少爺要是你能乖乖聽我說，我也能悄悄對你講呢，是啊！我或許應該對你說，因爲你現在還是我的丈夫，還有多少天才能和你見面呢？一週？十天？這期間我會爲你寫下我的故事，對所有的人都需保密的我的故事。

少爺，我的明少爺，如果你也能讓我聽聽你的故事，我會多麼安心呢！因爲我想知道你的眞面目。

美霞的故事

少爺啊，可憐的明少爺。

緊接著就開始敘述我的故事吧。我在此寫下來，就算不是現在，你在任何時候都能聽聽我的故事吧。

我原本是名不知誕生於何處也不知父母是誰的女子，韮崎此處的家人，是在後來才定下來的，也就是所謂的僞裝。爲什麼會變成這樣，這便是我想告訴你的關於我的故事。

眞正的我，在很久之前，誕生在你沒聽說過的，很遠很遠的地方。那個地方是個被海洋環繞的島嶼，既沒有可怕的颱風也沒有地震，一年之中寒暑宜人。雖然是個小島，但有山，也有美麗的河川，同時盛開著形形色色的花朵，無論是人、動物、鳥兒，都不知飢餓爲何物，也因此，此處沒有戰爭，是非常適合生活的地方。當然，這些事我也不是記得很清楚，不過在夢裡我仍會想起這時候的情景。我的這個身體，你所熟知的我的身體至今仍保存著當時的記憶，宛若海底的海葵搖動著觸手。

我是大家期盼已久的女嬰，爲什麼呢？大概是因爲在那之前，一直沒有女孩誕生，同時這個島比起男孩子還更重視女孩吧。雙親非常高興，養育著我，將最成熟的水果給了我，也爲我飼養山羊以及豬群。在海上捕捉了大魚，便讓我最先享用。每天爲我徹底地洗淨身體，在我的頭上裝飾花朵，也用閃閃發光的貝殼爲我製作了項鍊。我從未生病，記得非常多的歌曲，在海岸奔跑，也快樂的與鳥兒們交談。

度過了這樣快樂的孩童時代，到了十歲，我的乳房開始膨脹，長長的頭髮也閃閃發光，我成長爲一個美麗的少女。從這時候起，年輕的男子爭先恐後地要成爲我的夫婿。但雙親就算發現我的初潮來臨，直到十五歲爲止，都不讓男人接近我。不用說，那是因爲他們非常疼愛我。

我的身高和頭髮長長了，乳房與腰部也搖曳生姿，出落得愈發美麗了。雙親鄭重地守護著我，所以我是純潔無垢的。我想像，男女之愛是宛如小鳥的鳴囀，或者如盛夏陽光的照射下、在閃閃發光的河面跳躍的魚兒。如果心靈與身體無法輕快且愉悅地跳躍，應該會寂寞得很吧。

雙親仔細調查夫婿候選人的身家，也愼重審視人品與健康狀況，最後終於決定了人選。我和這名男子原本就互有好感，所以非常高興地答應了雙親爲我結下的婚約。男方送給我訂婚的禮聘要比約定的多出五倍，有豬、魚、貝類、壺和精緻的鳥兒的尾羽。爲了慶祝我們的婚禮，舉行了盛大的婚宴，我陶醉在自己如畫般豪華的結婚典禮。

到了半夜，我們進到預定的小屋度過新婚之夜。母親已經告訴我我應知的常識，所以我並沒有任何疑惑，男子首先脫光了我的衣服，然後也脫光了自己的。吸吮了彼此的嘴之後，男子用兩手搓揉著我的乳房，如嬰兒般吸著我的乳頭。男子的東西如竹筍般，又大又粗地伸展，而這東西進入了我的體內，男人為了更容易進入我的股間，打開了我的股間。小屋當中因為一片漆黑，彼此什麼都看不見。

那麼，請，邊說著，我盡量打開我的股間，也張開嘴接受了男人進入我的身體。啊，進去了，就在這念頭浮現的瞬間，我不覺暫時閉上了嘴，同時股間也用了力。

就在這當中，男人宛若被斬斷頭的雞，發出了驚人的悲鳴，緊接著離開了我的身體，邊呻吟邊到處滾動，不久就安靜了下來。我想，欸，這男人睡著了嗎？我也在黑暗當中進入了夢鄉。

我的股間深處好像夾著什麼東西，感覺有股蠢動的不快，這是我第一次與男人交媾，或許這便是自然現象吧，也沒放在心上就睡著了。因為婚宴的關係，前一天開始便很緊張，我已經非常疲憊。

緊接著到了早上，男人不起身，我也沒起來。要不是母親在小屋的門上咚咚敲著，或許我就會這麼睡上一天。因為敲門聲我醒了過來，但男人還是繼續睡著。我開始覺得迷惑，他到底是怎麼了？一直等著男人起身，男人卻不起來。

外面的敲門聲，從咚咚變成了碰碰，接著從碰碰變成了晃動，最後門終於從外面打了開來，耀眼的陽光射進小屋裡，光線刺痛了我，於是我閉上了雙眼。由於全身赤裸，就算是在母親面前也覺得非常害羞，於是我拱起了背遮住乳房與股間。

到底是怎麼了？母親低聲說著，進入了小屋。但緊接著，約十秒鐘，母親安靜了下來，當我開始懷疑覺得有異樣時，母親發出痛苦的聲音說道。

這是血！全都是血！

緊接著母親跑到外頭，將父親帶來。

我的眼睛已經習慣了外頭的光線，認出了父母親。父母親兩人鐵青著臉，呆立著。

雖然我對他們說早安，卻無人回答我。我看了看我的睡床上，濕濡著一片紅色，我窺視了自己的股間，宛如月事來時，染著紅色的血污，在不遠處，新郎俯睡著，而四周形成了紅色的水漥，男人的身體也呈現了不尋常的顏色。

死了，死了呀！有事情發生了！父親自言自語般呢喃著。

聽了父親的話後，我突然覺得不舒服，股間一用力，有東西滾了出來，欸？覺得不可思議，已經有嬰兒出生了嗎？拾起後攤開手一看，是小小的皺巴巴的肉的碎片，怎麼看都不像是嬰兒。什麼啊，眞是無趣，我將它丟棄後，穿上衣服走出小屋外頭。

結果這事就被當成夜間惡靈附在新郎身上所產生的禍事，而這大概是新郎日行不善的結果。根據村莊的習慣，馬上就將男人的屍體埋到深山，請來巫師進行祈禱，消災解厄。眞的是個不幸的男人，無論是體格還是性格，都非常好，是個人見人愛的青年呢。

而我的雙親再度決定了我的結婚對象，無論我同不同意，我都得跟人結婚，同時，又按照了同樣的順序，跟第二個男人進入了一樣的小屋。

之前你遭遇了可怕的事吧，這次沒問題了，我們一定能成爲一對好夫妻呢！

男人開朗地說著，我也安心了，大大地張開了股間，男子的竹筍熱騰騰地伸展進入我的體內，我也高興地高聲呼叫。而這時我的股間用了力，男人發出了悲鳴聲，在地面滾動，與之前的男人一樣，過了一會兒，便寂靜無聲。

我已經不像當初一樣能夠入睡了，一整晚想著男人或許已經死了而不停顫抖。股間深處好像夾著什麼東西，一用力，它便噗通掉了出來，和以前一樣。

一到早晨，我自己走出外頭，悄悄叫來母親，雙親急忙查看小屋中的男人，確認男人已經斷了氣，他們用驚怯的眼神望著站立在外頭的我。我心虛地顫抖著，於是，父親就對母親說道，到小屋中查看女兒的身體吧。

母親與我進入了小屋裡，緊接著母親對我說道，躺在地上，張開你的股間。我一張開股間，母親用雙手用力的將股間開口往左右一拉，往其中窺探。唉呀，唉呀，到底是什麼報應啊，眞是可怕啊！母親氣喘喘地喊叫著，叫來父親。

我親愛的少爺。

你已經知道了吧，我的股間深處，並排著與鱷魚一樣的銳利牙齒，所以無論是什麼樣的男人進入我的體內，馬上就會被殺死，我已經殺了兩個人了，我不能再增加犧牲者了。

雙親哭泣著，爲了我製作了一個漂亮、上了彩漆的箱子，把我關入其中。由於我也清楚這被詛咒的身體，不是沒有預料到這樣的後果。與慈愛撫育我的雙親告別，也與我幸福的少女時代告別，我流了許多眼淚。雙親將少許的水與食物放入了箱中，把我關進箱子蓋上蓋子，之後放入海中漂流。

少爺啊。海是無限廣闊水無限流動的空間，無從聽到人聲，只有波濤聲在海面迴響著，拍打著小箱子的聲音，巨大的崩裂聲，鯨魚或海豚跳躍的聲音，與雨水搖晃海面的聲音。水的世界無法允許人的生存，鯨魚與魚兒在四周快樂地游泳，對人而言，卻是太過寂寥、太過廣闊的地方。

咚、咚咚，咚、咚咚，我的箱子在海上漂流，我在漆黑的箱子中，等待自己的死亡，我早就覺得自己已經死了，什麼都不想。我哭了一會兒，僅僅只有一會兒，緊接著在箱中持續著我的死亡。就算死了，也會想排泄，我的糞尿在箱中開始搖晃著，臭味搖晃著，我的身體也搖晃著，記憶的顆粒如淚水般滴落，我與小鳥們一起合唱的歌聲，山羊望著我黑色的眼睛，貝殼的項鍊綻放著閃亮光芒，那樣的記憶也消失在海的波濤中。

咚、咚咚，咚、咚咚，我繼續在海上漂流著，宛如已經死亡般，死亡是一件簡單的事，既沒有悲傷也沒有痛苦。這麼一想，我便安心的死去，然而為什麼我又活了過來了呢？應該是不會這樣子的。

我可憐的少爺啊。

我的箱子在海上飄蕩，被風所吹襲，離陸地忽遠忽近，就此反覆著，不知道過了多少日子，有一天進入了日本列島的富士川，回溯到了上游，進入了釜無川，漂上了韮崎的岸邊。

我韮崎的父親，正一個人悠閒地享受著釣魚，忽然發現河裡漂來了一個從未見過的大箱子，便把它拉上岸來。我韮崎的父親年輕時，聽說最喜歡釣魚。父親雖然打算將來路不明的箱子先帶回家，但由於太重了，便把它放置在當地，從家裡帶來拔釘器。由於釘子已經完全生鏽了，所以他花了很大的力氣好不容易才將箱蓋打了開來。父親看了看箱中，全身沾滿了糞尿的我蹲踞其間，也不知是生是死，父親大吃一驚，將箱子倒轉，我臭氣沖天的屍體從裡面滾出。他用水桶取來河水，不停朝我身上潑。在糞尿當中靜靜死去的我，在被潑到第五盆水時張開了右眼，在第十盆水時張開了左眼，在第二十盆水時，張開了我的嘴巴。緊接著開始吐氣吸氣。

少爺啊，我就這樣，好不容易死去，又復活了。父親想著，被這樣丟棄的女孩，背後一定有故事。

看起來還是非常年輕的女孩。洗去我身上的髒污，揹著我回到了家，向母親說明了事情的經過，接著讓像是爛魚乾一般的我進食飯湯，也爲我洗澡。我休息了約三天之後，韮崎的父母把我的身體毫不遺漏地檢查了一遍。就算打算收養我，身爲父母親有必要知道我被密封在箱中丟棄的理由。

最後檢查了我股間深處，看見了我如鱷魚般恐怖的白色牙齒。原來如此，這就是她被丟棄的理由。父親一領會，馬上就拿來鉗子打算將它拔去。股間深處的牙齒直接連接著身體的骨頭，用鉗子根本無法拔除，父親接著使用挫刀削去它，這是非常困難的工作，但有耐心的父親，一根、兩根、三根，不停削去我股間深處的牙齒。

可憐的明少爺啊。

如你所知，之後，我被當成是父親的第二個女兒，在韮崎長大。韮崎的雙親是心地善良的人，我應該說是非常幸運吧，我原本的命運是該死在海上呢。

我從當地的女校畢業後，在雙親的勸說下，結了一次婚，對方是個資產家，非常珍愛我，但運氣很不好的，我在流產之後患了肺病，便離婚了。回到韮崎，非常愚蠢的是我完全忘掉了股間牙齒的事，接著來到了東京。我已經厭倦被動安定的生活，所以，少爺啊，就在東京與你相遇了。

可人的明少爺。

爲什麼你不從我身邊逃走呢？笨少爺，憨憨（gongon）的明少爺，你還未發現我的眞面目，涉世未深的你抱著我、愛著我，想要擄獲對你不停熱切哀求的我成爲自己的東西。

你緊抱著我乘船出海，這次不是密封在箱中漫無目的的漂流了，而是乘上內台航路的大型客輪，我們一路航向台灣這個大島嶼。

應該是這樣吧，那令人懷念的往昔，胸中的痛苦宛如得了熱病，不知你是否也曾想起。

少爺啊，我們就這麼成了夫婦，你每天持續進入我的身體，不停研究如何避孕，也買來了許多的保險套，但你討厭使用它們，大半的時間都不用。所以有了孩子，最初流產了，下一個孩子平安的誕生，但大約在一年之後，孩子死了。

明少爺啊，即使是現在，只要一見到我，你還是繼續進入我的身體，想要進入我的體內。你或許會被我殺了呢。我一直到最近才發現了我的股間那如鱷魚般銳利的牙齒再度長出的事實。

我股間深處邪惡的牙齒，正等著要將你那重要的「小黑」撕裂，我的月事沒有復甦，以及我的孩子完全無法順利成長，都是因為我股間深處的牙齒在作怪。

我的少爺，可憐的明少爺。

你得早點將我關入箱中向遠處的海洋流放。不這麼做的話，我肯定會將你撕裂。我股間深處猙獰的獠齒，正日復一日不停的生長著。

啊，不過，我珍愛可人的明少爺啊，現在的我想見你，想你回到我身邊，我已經無法一個人活下去，我不想就此死去，我這麼想可以說是因為我愛你嗎？

我的少爺啊，我想見你，就算我股間深處隱藏著尖銳的牙齒，這樣卑賤的身體，我也不想失去你。少爺啊，你也和我思念你一樣的思念著我嗎？

明少爺，我想你。

七月二十一日，午前三點半。

九月的海，波濤洶湧。

颱風過後的海，宛若水中的怪物集體在海上出現到處狂奔般，不停掀起高高的巨浪。在強大的雨勢與洶湧的波濤搖晃下，船客因暈船而發出的痛苦呻吟聲瀰漫了整個大型客輪。就連平常不暈船的明彥也覺得不舒服，也因此而沒吃晚飯，更遑論美霞了。別說是吃飯，她想著或許這次自己會死在這海上而痛苦的呻吟著，且不停吐出體內的東西。

美霞不停告訴自己，這樣的痛苦就是所謂的渡海。離開門司抵達基隆爲止，越過外海的這兩天是如此的痛苦又漫長。體內的東西吐了又吐，喉嚨發炎，連腦和眼睛也要融化，皮膚也開始潰爛。在就要消失的意識當中，美霞獨自呢喃著：這樣的痛苦也就是我還是人，還活著才會有的痛苦。我的身體以人的姿態呈現，呻吟著，我要活下去，我要活下去，我千瘡百孔的內臟吶喊著，我不想死、我不要死。咚、咚咚，咚、咚咚，美霞朝著南方渡海而去，不是獨自一人，而是與丈夫明彥一起。對美霞而言，這是第三次渡過內台航路。明彥已經渡過這個海洋無數次，而美霞接下來還會渡過這個海洋多少次呢？爲了什麼？在暈船的痛苦當中，美霞無法立即找到答案，爲什麼我得坐上這樣的船？我其實不過想出外尋找小文的靈魂罷了。

美霞嘆了一口氣，回想起來，是啊，當然是爲了明少爺，我繼續渡過這個海峽，爲了我昭和町懷念的家，我渡過這個海峽。爲了我的Lala樹，爲了白頭翁。

在猛烈搖動的船中，美霞腦海浮現了昭和町小小的庭園，只要沒人看管，房東的生番鴨以及白鴨，就立刻佔領美霞的庭園，無止盡的啄食菜葉或者是花，以勝利者的姿態發出喧鬧的鳴叫聲吧。說不定附近的貓狗也爲這聲音所吸引，全聚了過來，本島人農家中的豬、雞，田中的水牛，連牧場的乳牛，都聚集了過來，在美霞小小的庭院中互相推擠，放肆的嬉鬧遊玩。

啊，家裡一定長滿了黴菌，堆滿了垃圾，這個夏天與往常的夏天一樣，有兩三個大型颱風侵襲台灣，昭和町那小小的出租房子，有一部分的屋頂或許被吹跑了也說不定。或許窗戶的玻璃破了，而雨從這裡倒灌而入，家中因此到處充滿了積水。瘧蚊到處飛舞，最後連其他的蟲子也大量繁殖，而伺機而動的青蛙以及蛇類的集團出現，大肆活動的可能性也不是沒有。如果可怕的毒蛇在此築巢，該怎麼辦才好？連家都被白蟻給啃食，崩塌毀壞的話……這樣一來，明彥便將昭和町的生活告一段落，無論能不能找到工作，他會下定決心回到內地嗎？

從這個三月以來，美霞差不多睽違了半年才回到台灣。明彥被學校綁住的這段期間，來了一個新的查某人——不是蘋婆，來照顧明彥。所以昭和町的家以及庭院，應該會有一定程度的整理吧。家中完全進入無人的狀態，就只有這個夏天而已。即使如此，睽違許久回到Taihoku的美霞，只感覺到昭和町的家中似乎橫陳著極爲冗長的空白時間。

明彥對美霞再三保證，現在的家已經完全回到文彥出生前的狀態，美霞安心回到那個家，麻煩新的查某人把不要的東西全部丟掉，就連一片尿片也不要留——雖說如此，極爲理性的查某人應該不會丟到垃圾桶，一定是有效率地轉送給其他本島人的新生兒利用才是——明彥爲了完全轉換美霞的心情，徹底讓家中的嬰兒用品消失。他相信美霞的悲傷、憂鬱以及身體的不適都應該會一起消失。

這當然是明彥的苦心，無論是他自己想到的還是依照母親的指示，這的確讓美霞鬆了一口氣。進到昭和町的家中，如果空蕩蕩佈滿塵埃的嬰兒車映入眼簾，或者那酸臭的尿片味撲鼻而來的話，瞬間美霞應該會回復到文彥死去時的那個美霞，眼淚噗哧噗哧地掉，然後躺在文彥平常使用的蚊帳中一動也不動吧。

但眞能從昭和町家中捨去那之後空白的時間嗎？美霞一直懷疑著，怎麼可能呢？空白定會在某處現身，在你意想不到的地方。因此她害怕回到昭和町，但又想回到昭和町，事到如今，美霞的棲身之處，除了昭和町外別無他所。也正因爲如此，她非常害怕。

文彥已經死去了，眞的已經離去了。美霞在韮崎期間，即使是頭痛時，都不停思考著這個問題，只不過是個非常幼小而還無法言語的嬰兒從這世間消失，從世界整體看來是毫無意義的失落，宛若某處的森林中所掉落的一片葉子般。她只希望能盡快忘記這悄無聲息的死亡，明彥也做如是想。無論如何，過度的悲嘆對於在社會各司其位的成年人是不得體的。

然而美霞認爲有些事情是絕對不能忘的，想著想著，她開始感覺到無可名狀的怒意，絕不能就這麼過去。存活下來的我們爲了履行繼續活下去的義務，假裝沒看見或者裝作已經遺忘，但事實上是不可能忘記的，無論是多麼渺小的存在，他不是爲身爲父母的我們帶來如此大的改變嗎？美霞的子宮已經無法想起它的機能，此外現在美霞的乳房只要回想起小文嘴巴的觸感便隱隱作痛。小文的小手、小文的眼睛，美霞的乳頭在記憶的誘導下甚至滴下了白色的乳汁，然而如果不是小文而是明彥的手或口企圖接觸美霞的胸部，那麼透明且銳利的荊棘便會在乳房的各處長出，明彥哀怨的離開了美霞的胸部，雖然美霞也不想讓明彥感到困擾。

小文從內部改變了母親美霞的身體、改變了榻榻米的氣味、昭和町泥土的觸感、草與樹葉的搖動，甚至也改變了Taihoku空氣的成分。

時間繼續流逝並非是爲了忘記小文的死，而是新的波流反覆呢喃著文彥曾經活過，而且想要活下來，時間爲此而繼續流逝。就這樣，只要有人逝去，時間的波流增加了水量，發出了怒吼聲朝著危險的方向流去。然而這並不是眞正的水流，而是不停旋轉的漩渦，就算是文彥已死，但文彥不是消失，而是繼續在時間的漩渦中，與這世界的距離忽遠忽近地載浮載沉著。

所以美霞想著在這時間當中，無論什麼樣的事情都無法畫上休止符，她對那些急著想劃下句點的人感到輕蔑。只要活著一天，便會背負著許多包袱，時間越長包袱便漸漸增加，而最終所有的東西或許都交混爲一體，或許。只要看著自己的母親，美霞便會這麼想。什麼都收拾不了，也不會消失不見。即使如此，美霞已經不願意想起小文那冰冷身體的觸感。

美霞已經不知道自己到底在想些什麼。文彥消失之後Taihoku的時光，既恐懼、又悲傷，同時令人懷念，想要回去，又不想回去，宛如被詛咒一般……。這樣片斷的想法並不能如明彥所願的得到解套，那麼如果被問到：那麼具體上該怎麼做？美霞也回答不出來。既想說就讓昭和町的家一如以往地保持原樣，也想說丟棄這個家從Taihoku、從台灣逃走吧。應該能有讓這兩種想法並存的線索，美霞最後總是得出這個結論。

對！這是我想拚命尋找的，同時需要花費時間，美霞想告訴明彥的是請允許我，給我時間，至今為止眼睛與耳朵的機能無法捕捉的世界一定在某處。如魔法般、如夢般，但的確存在的矛盾不成為矛盾的世界。

咚、咚咚，咚、咚咚，美霞被關閉於船中，搖搖晃晃地航向台灣。

海上的巨大波浪翻弄著船隻，在波濤聲中互相呢喃著。

「美霞要回來了唷，她要回來，看起來很高興嘛！好不容易要回台灣呢，回台灣，回來，美霞要回台灣。」

在台灣天空到處飛翔的白頭翁及其他的鳥兒望著海邊熱鬧地鳴叫著。

「美霞要回來，她回來了歐，她好不容易回來了呢，我們可是等了好久呢！我們等你很久了，美霞好嗎？美霞要回台灣，要回來。」

Taihoku練兵場上的馬兒、田裡的水牛、牧場的牛兒，傾聽海上不絕於耳的波浪聲，互相低語說著。

「美霞要回來了，渡海回來了，好不容易要回來了呢，好不容易呢，美霞要回到Taihoku了，回來了，美霞還活著呢，活著回來歐、回來、回來、美霞要回來。」

山中一株巨大的Lala樹彷彿要覆蓋整座山般，搖晃著展延的枝幹，也重重地搖晃著無數的樹葉，雲豹、羌和熊群在樹根處望著遠方又白又藍如煙火般閃閃發光的海面，低語著。

「美霞要回來，要回來了喔！要回來呢！我們原本想她可能不回來了，但回來了喔！她想回來吧！是這樣嗎？應該是這樣的，美霞要回來了，要回來，美霞沒死，太好了，美霞沒死，美霞要回來了，回台灣、回台灣。」

十九、二〇〇五年 夏 第十三天（2）

Likujao、雲豹、yunbao、likujao、雲豹、yunbao。莉莉邊走邊喃喃自語。彷彿在美霞的耳邊低語般，連莉莉的孩子都能聽見，你看，我來這兒就是爲了雲豹，我雖然不知道，但的確是這樣。美霞也一定對孩子感到驕傲，也因此心中的痛苦足以讓她暈眩。

眞的存在這個世界上，或許也存在台灣的深山中的雲豹，排灣語叫Likujao，北京話叫yunbao，是貓科同時也是豹科的奇特動物，尾巴的長度幾乎與身體一樣，又長又粗，淡黃色的苗條身軀佈滿了如雲朵般的黑色花紋。雲豹藏身於山中的樹木中，以樹上的鳥兒與猿猴爲食，有時也獵食地上的山豬與鹿，體型雖小，上下的獠牙比獅子大而且銳利……。莉莉將從書本得到的知識說給美霞和孩子聽，同時也說給自己聽。

雲豹藏身於石地板庭園的兩棟房子中靠崖邊的那一家。這個房舍低矮，四周放置著幾塊雕刻的石板，有圓盤狀的，也有或許是製作過程中損壞而呈現不規則的形狀，家中的木柱與屋簷都有著精緻的雕刻。有幾乎是全裸男女的彫刻，其身體明顯的特徵，一眼就能看出——百步蛇扭曲著長長的胴體抬起菱形的頭。身體也有連續的菱形斑紋——那花紋與不停糾纏著莉莉的黃色蝴蝶的羽翼一樣。屋簷的部份刻劃著橫列並排的人頭，這或許讓人想起從前被當作勇者的寶物，裝飾在屋簷的眞人首級。

到了中午，陽光越發強烈，燒炙著庭院石板地的光芒越發刺眼，莉莉的眼睛深處感到痛楚，在這痛楚的侵蝕下，身體似乎變得透明。跟隨拄著枴杖緩步慢行的Mutokutoku老婆婆進入家中，只見一片漆黑，在眼睛習慣之前都得摸索著前行。

莉莉站在有高聳天花板且寬闊的房間，通往裡面房間的入口就在左手邊，從此處射入的四角形白色光芒成爲著寬闊房間中的唯一光源。右手邊的牆壁刻著與外頭的雕刻相仿的男女以及百步蛇圖案，以四五片大石板爲中心裝飾著刀、弓以及動物的頭骨——還能見到其他形形色色的東西，但莉莉根本不知道是什麼，而且完全被雲豹給吸引住了，也沒有耐性一一詢問——地板上排列著大大小小的咖啡色壺器。

雲豹的毛皮與牙齒從其中一個壺口露出，莉莉小心翼翼接近壺器，楊先生跟隨在後，黑色的狗兒與黃色的蝴蝶也理所當然緊追而來。

Mutokutoku老婆婆拉出雲豹的皮毛，在冰冷的石地板上攤開來，她的手勢彷如明眼人一般，毫無猶疑地從另一個壺中取出鞣皮的小袋子。Mutokutoku老婆婆稍稍退後面對莉莉和楊先生，感覺到她強烈的視線幾乎讓人忘了她看不見的事實，莉莉不由得縮緊了身體。

楊先生輕輕推了她的背，莉莉戰戰兢兢地走近皮毛，仔細一看，皮毛有多處毀損脫落，原本是拼湊縫製成的背心，有著likujao特徵的黑色斑紋也因此不容易看出，但終究還是看清楚了。莉莉和楊先生一起蹲下輕輕觸摸經過長久歲月已經變得破舊的雲豹皮毛，似乎只要稍稍用力就會如煙霧般消失。雲豹堅硬冰冷的毛一根根觸痛了莉莉的指腹，彷彿訴說：不！我是確確實實存在的，並不是曖昧模糊的。

Mutokutoku老婆婆從一旁皮革袋中取出淺棕色的東西，用指尖確認形狀，開始小心翼翼一個一個並排放在地上，依照大小的順序將尖銳的一端朝下，是十數根雲豹牙齒。楊先生與莉莉睜大了眼睛彎著腰靠近了牙齒，雖然已經變了顏色，但大的牙齒長達十公分，要是這些牙齒長在活生生的likujao的嘴中是多麼的可怕，閃著多美麗的光芒啊！莉莉的悸動更加劇烈了。

Likujao、雲豹微微張開嘴巴，銳利的牙齒閃耀著光芒，伏身於樹上的枝幹耐心地守候猿猴或者是鳥兒，這隻被做成皮毛拔去牙齒的likujao到底在何時奔馳於山中呢？那時台灣的山中沒有車子也沒有摩托車奔馳，天空也沒有飛著飛機，除了likujao之外，鹿、羌、熊熱鬧的來來去去，形形色色的鳥兒鳴叫著，色彩鮮豔的蝴蝶們飛舞著，蟲兒也大聲鳴叫。在冬天，有時雪從天上飄落，夏天則洋溢著泥土、樹木與青草的味道。在這樣深山的森林裡它們的大敵——山中的人——持著弓箭，而不知從何時起持著槍枝輕快的奔走其間啊。

Likujao有著完全冷酷的眼與口，窈嬝豔麗的身軀令人聯想到蛇，最後制伏了這支配地上的美麗之神的化身時，山中的人是多麼興奮與喜悅啊！最後剝下毛皮以及從口中拔去牙齒，獻上請求神明恩准的祈禱是多麼的虔誠啊！Mutokutoku老婆婆拄著枴杖進到裡頭的房間拿出鑲在相框中的一張照片。

——……這是我的丈夫，非常年輕的時候。是從前英雄的樣子，是令人懷念的照片……我也能清楚看見這張照片喔。……從前日本人爲我拍下這張照片留念，之後他再也不穿這件皮毛，已經不能穿了，因爲變得破舊。

莉莉取過相框與楊先生兩個人仔細端詳，玻璃非常髒，但對Mutokutoku老婆婆而言這個髒污並沒有任何意義。在髒污的另一端，完全褪色的黑白照片顯得朦朦朧朧，在不被Mutokutok老婆婆發現的情況下，莉莉一點一點用手指拭去髒污，穿著likujao的背心，腰裡掛著長刀，頭上戴著飾有likujao獠牙帽子的長髮男子漸漸浮現，隔著玻璃瞪著莉莉兩人。帽子——比較像是頭巾——後方有著幾隻鳥兒長長的尾羽，由於是黑白照片所以看不出顏色，帽子中央裝飾的獠牙彷彿像是要噴出火焰般的太陽標誌，男子耳朵戴著穿洞耳環，胸前掛著玻璃珠的項鍊，毛皮背心的長度達膝蓋，打著赤腳，並沒有穿上長褲。

照片中男子大大的眼睛閃著明亮的光芒，鼻梁挺直，在莉莉看來不輸當下的男明星，可說是相當俊美的青年。他充分意識到自己崇高的地位與俊俏的容貌，而這份自傲似乎讓身體散發熱氣，是令人難以親近的青年，莉莉笑著說：

——好帥啊！真的是很英俊的人呢！

Mutokutoku老婆婆顯出認眞的表情，點點頭。

——是啊！不過是很久很久以前，皮毛也已破破爛爛了，漂亮的皮毛在博物館，由其他村莊的村人保管著，放在博物館就不會變得破爛，好像也有人賣給支那人。……至於帽子，因爲有豹的牙齒，所以可以重新製作，但最好別這麼做。你去過博物館了嗎？

莉莉想起昨天被單獨留下的「文化園區」，說：

——嗯！我去了，但是皮毛……。

——啊——我想我沒看到。

楊先生小聲插了話。

毫不在意莉莉兩人正猶疑著如何回答，將皮毛與獠牙放回壺內後，Mutokutoku老婆婆繼續說：

——……我的丈夫非常擅長雕刻，這面牆對排灣族而言就像是祭壇，日本人家中也有神壇吧！和那一樣。……即使是權貴的請求，我丈夫什麼都不賣，即使對方提出高價，一個都沒有賣。因此我也不賣。日本人、支那人有很多人想要喔，可是不行……對排灣人而言，壺也是非常珍貴的。從前太陽在壺中產卵，人類從這裡誕生，便是排灣最初的人類，百步蛇，bulon負責守護卵，但bulon是個笨蛋，有時會不小心吃了太陽的卵。……莉莉兩人什麼都沒說，只笑了笑，而Mutokutoku老婆婆好像也不期待他們的反應。

——……我的丈夫以及丈夫的父親與叔伯，大家都是擁有likujao力量的英雄，……可是丈夫因颱風而死亡，被山間的洪水吞沒，我們最小的兒子也一起。……已經可以了吧，請把我丈夫的照片還給我。……

——啊……好的，不過剛才行動電話……。

想到或許是自己聽錯了，莉莉將照片交還給Mutokutoku老婆婆伸過來的滿是皺紋的手之後低聲說。Mutokutoku老婆婆露出微笑，凝視著眼睛看不見的照片。

——……是啊！是非常強壯，非常特別的男子，不過在我眼睛還看得見的時候都已經死了。雖然已經死了，但他們哪兒都不去，我等待著丈夫他們。

莉莉看著楊先生的臉，楊先生不出聲朝莉莉點點頭。

——……那是因為……可以用行動電話和他交談的關係嗎？

Mutokutoku老婆婆露出微笑回答：

——那才有趣吧！僅止於此，我們的玩具。新玩具。

從莉莉眼中看來，幽暗的房間看來彷彿是漂浮在海上左右搖晃的船隻，把它當成是Mutokutoku老婆婆特有的玩笑，只要開朗純真地聽一聽笑一笑就罷了，但卻笑不出來。Mutokutoku老婆婆衣服上的彩珠發出閃爍的光芒。

莉莉繼續追問，但只能發出奇怪沙啞的聲音。

——當然我丈夫他們在此，也在庭院，也在山中。但這裡是我丈夫最喜歡的地方，因為有許多我丈夫製作的東西……你看，我丈夫他們就在那兒，丈夫累了正在睡覺，而兒子卻怒氣沖沖，或許因為我給你們看了我們非常重要的likujao吧，那個孩子是個小氣鬼，性子又急，他不想分給你們likujao強大的力量……。

——那是什麼樣的力量呢？

發問的不是隨船搖晃的莉莉，而是楊先生。

——嗯！我也不知道，是非常強大的力量，無論是排灣族人或是魯凱族人都如此相信……曾經這麼相信。……仔細看，我丈夫和兒子就在那兒，或許你們也能看見。

莉莉和楊先生再度對看了之後，看著裝飾著雕刻的石板刀、弓箭、以及動物骸骨的祭壇，覺得石頭板上方四周看來好像有灰色的靄氣般，但或許是眼睛的錯覺。房間搖動的越來越厲害，莉莉不自覺的抓住了楊先生的手腕，楊先生粗大的骨骼與有彈力的肌膚的觸感，暫時讓莉莉安了下心。

黑狗在壺前乖乖的躺了下來，而黃色的蝴蝶則在高高的天花板與祭壇四周時時停下來，漫然的自由來去。莉莉輕輕的閉上了眼，朝霧氣的方向低下了頭，用日文低聲的打了招呼，你好，打擾了。楊先生的一隻手腕就這麼支撐著莉莉，也急忙的低頭示意。此時聽到Mutokutoku老婆婆含著笑意低沉的聲音。

——哎，我丈夫們也點著頭，已經不生氣了……我馬上就要死去了，因爲都已經這把年紀了。我呢，很羨慕丈夫他們，所以對他們抱怨，獨自一個人看家，很無聊呢。

楊先生小心翼翼地低聲說著。

——啊——我非常了解你的心情，但其他的孩子還有Lanao在你身邊呢。

Mutokutoku老婆婆深深的嘆了一口氣，回答：

——是啊，還有三個人，都是女兒，但不在這兒，也有人跟支那人結婚到大陸去的。但女兒已經老了，只會有時打打電話，但只會說腰痛、生病了之類的。

Lanao呢？

楊先生再度問道。說到Lanao，她不知從何時已不見蹤影，她總是突如其來的出現，然後消失。這不知是Lanao的習慣還是山中人們的習慣，莉莉不得而知。

Mutokutoku老婆婆再次非常辛苦地喘了一口氣。

——是啊，那個孩子很親切，不過很忙，她也不能總是來這兒，因爲那個孩子有很多家人。丈夫逃到鎮上去了，但丈夫的雙親還在，那兩個人年紀比我還大，還有其餘留在村莊的家人，現在也爲了準備家人的午餐而回去了。接下來Lanao還要下田。……啊，我累了，因爲我是老人，所以沒有工作，也沒有體力，接下來我要睡午覺了。你們留下來也無妨，但或許會下雨，因爲颱風近了，雨勢會很強，你們可要小心哦。

Mutokutoku老婆婆右手拿著照片，左手拾起拐杖正打算朝裡面的房間走去。莉莉的身體離開了楊先生的手腕，在她的背後說：

——嗯，關於likujao，非常謝謝你。我們從likujao那兒得到了強大的力量嗎？我總覺得……。

Mutokutoku老婆婆停下腳步，臉朝向莉莉兩人，眼睛應該是看不見的，但還是讓人感受到她強而有力的視線。

——……我也不知道，不過誰都不知道，只要你相信，就沒問題。……洗手間在裡頭，你想用的話就請便，我要睡了。

拖著腳步，Mutokutoku老婆婆消失在裡頭的房間，黑狗也起身一直跟隨到入口處目送著她。

莉莉深呼吸後，再次凝視祭壇帶著灰色黴氣的牆壁。

楊先生佇立在通往外面門口的附近，似乎正等待直到莉莉打算回去爲止。

仔細重新看著裝飾著雕刻的石板，黑白相間的百步蛇bulon，筆直地抬起菱形的頭部。面對面的兩條bulon似乎支撐著放著太陽的卵的重要壺器。男子肖像的頭上也纏繞著一條bulon，bulon一直被當成勇者的象徵嗎？女性則沒有bulon的雕刻，也有沒有上色的古舊石板，各自都有著構圖相似的男女肖像。此外有一張石板是兩條bulon面對面，用嘴的前端支撐著男子的頭部。

莉莉瞇起眼，於是她孩子幼小時的臉孔與bulon所支撐的頭部重疊，朦朧浮現。

他捲曲的天然鬈髮常常被誤認爲是女孩。長大之後被認爲會成爲有錢人——本人這麼相信而自我滿足——的大耳垂。還有只要一微笑兩邊兩頰所浮現的酒窩——爲了想看看酒窩拜託他，笑一笑嘛，他一定板起臉孔，從莉莉眼前逃開。還有微微噘起的嘴，還有好像被捏住似的鼻子，結果，與莉莉小時候的臉，幾乎是一模一樣。

那張臉忽大忽小，飄飄然在眼前浮現，彷彿是bulon以嘴戲謔玩耍的氣球。灰色的靄氣也向四周擴散，繼續晃動著。黃色的蝴蝶也在靄氣的裡裡外外自在的飛翔。

……好想去啊，走吧！好想去啊，走吧！

孩子如男童高音歌手般雀躍的聲音傳到了莉莉的耳中，由於太過輕盈跳躍，就算是現在，也好像要飛往遙遠的天空似的，那聲音令人懷念。

……是啊，走吧！得走了。

或許是美霞的聲音吧，她也聽見了年輕女性的聲音。那是稍帶沙啞、彷彿口中含著糖果般的甜美聲音。原來美霞的聲音是這樣，莉莉彷彿是潛入夢中的水裡般，不得不拚命傾聽著。

……我也想去啊！走吧！啾啾嘁嘁，啾啾嘁嘁！

……走吧，媽媽，我想去，想去！

灰色的靄氣中，浮現了好似在那兒見過，但莉莉並不知道的美霞的臉。飄飄然浮出，若隱若現。

……我想去啊，走吧！這裡是南國，那裡的山的紅寶石，這裡的山的黃玉……閃閃發亮，一閃一閃亮晶晶，啊，好耀眼！所有的東西都爲太陽所燒焦的南國！啾啾嘁嘁，啾啾嘁嘁！

美霞的聲音變成了白頭翁那急促、微弱、不知停歇的鳴叫聲。莉莉想，非常喜歡白頭翁的美霞，變身成了白頭翁嗎？除了莉莉的孩子與美霞之外，還有不清楚的模糊聲音迴響著，有女人的聲音、男人的聲音，還有嬰兒的哭泣聲。

突然間，莉莉腳下的狗兒開始吠了起來。

汪汪汪、汪汪汪、汪汪汪！

受到狗叫聲的驚嚇，莉莉彷彿要倒下般，蹲在地上。

——……啊……你怎麼了，沒問題嗎？

楊先生把手放在莉莉的背上，黑狗還繼續吠叫著，不是朝著莉莉，而是朝著祭壇。莉莉孩子的聲音和美霞的聲音已經消失無蹤，但楊先生的體溫的的確確從他的手上傳來，莉莉調整了呼吸抬起頭來。

——狗兒突然吠了起來，嚇了一跳……。

——啊……狗好像也受了一點驚嚇，因爲狗很敏感。

——一直到剛才都很乖巧呢……。

——……好像在打招呼喔，正搖著尾巴。

在楊先生的幫助下，莉莉站了起來，黑狗也不再吠了，輕輕搖著尾巴。慢慢踱步往外走去，重新帶好由鼻梁滑下的眼鏡，莉莉向楊先生點了點頭說：

——……不好意思，我們好像應該出發了。在這之前，我先去上個洗手間。

——啊，那麼，我在外面等你吧……。

楊先生說著，跟在黑狗的後頭，莉莉走向Mutokutoku老婆婆正在睡午覺的裡面的房間。

那個房間是莉莉見慣的普通的生活場域，有桌子和椅子，舊型的電視機——Mutokutoku老婆婆應該是聽著這電視聲當成娛樂吧——也有碗櫃與櫥子。從前日本所流行的咕咕鐘顯示著時間，朝著山的方向的大型窗戶打開著，光與風都從這裡可說是過量的流了進來，房間裡充滿著山中的氣味。山的對向，沿著牆壁，有約一公尺高度的木製台子。這好像被當成是個大床，鋪有兩組看來很乾淨的白色寢具，Mutokutoku老婆婆穿著衣服，拱起身體睡在其中一組上，她小小的身體看來更小了，不知是否本來就容易入睡，或者是莉莉他們讓她太勞累了，她已經陷入了深深的睡眠中，其中一組的白色床單或許是他死去的丈夫的。那一頭小小的窗戶上頭，並列著一排有相框的古老照片，有人穿著黑色的學生服，有人穿西裝打領帶，也有穿著中國服的年老女性，民族服飾的年輕女性，穿著洋裝的年輕女性，大合照，穿著民族服飾的老人，又一張大合照，有人穿著日本的軍服。

莉莉垂下眼簾，進到更裡頭的房間去，這裡是廚房，放著冰箱還有洗衣機等。洗衣機旁邊有個鋁製的門，似乎便是廁所的門。

莉莉輕輕打開門一看，看到白色的小便池，藍色的水管導入了山中溪流的水，用塑膠水桶承接著，水溢到了廁所的地板上，在排水孔四周成了積水。水桶中的水透明清澈，讓人幾乎連手和臉也想一起洗一洗。關上了門，上好了廁所，研究好使用方法之後，便將水桶的水倒入小便池。

從廁所往外一看，此處可以看到大武山頂，以及宛如巨大的bulon在山麓蛇行的混濁溪流。不知何時起，天空已經開始變了顏色，颱風眞的會來嗎？如果颱風來了，河川的水量會激增，水流更急，同時變得混濁。

望著山頂，莉莉的身體沒了力氣，我來到了這樣的地方，她忽然這麼想著，我到底抱著什麼樣的期待來到這樣的地方呢？Likujao的力量嗎？離開東京時，作夢也沒想到會有Likujao，被認爲已經從台灣消失的Likujao，已不存在世上的likujao，就和莉莉的孩子一樣。莉莉寧願相信，即使生命消失，不可思議的力量仍舊不會逝去。Likujao、雲豹。喂，美霞，莉莉開始對她說話，現在只剩下破舊的皮毛與獠牙的likujao，但即使如此，我們還是應該覺得很幸運才是吧？

莉莉想到，後天就是孩子的生日，在那個東京的炎炎盛夏，孩子被推往這個世界時並沒有馬上發出聲音，那個房間也有霧濛濛的玻璃窗，映照出夏天黃昏的淡紅光線。孩子的父親在夜裡來到了婦產科醫院，對孩子的父親而言，那是在外面的世界誕生的孩子。

爲何莉莉的孩子出生了呢？沒有人知道，當然孩子本人也不知道。那時，爲何突然非死不可呢？本人不知道，也沒有人知道。孩子離開了莉莉的身體，在這世上開始呼吸的剎那，贈與孩子的嶄新時間就已經開始。

好想去啊，走吧！孩子的聲音在莉莉的耳中復甦，莉莉低語著，但，你想往哪去呢？我已經來到這個地方，那是大武山喔，你不知道吧？而這裡曾經有過雲豹喔。你說想到其他更遠的地方去嗎？美霞，事到如今，你還想上哪去？那裡的山裡有紅寶石，這裡的山有黃玉，說的是哪兒？據說在南國，太陽會將所有東西燒焦殆盡？我馬上就要回到東京了，搭著飛機。

莉莉在廁所用力咬著下唇，臉部因疼痛而扭曲。美霞也在自己臨死時而大吃一驚嗎？莉莉的孩子和美霞應該只想著如何繼續活下去，兩手抱著自己還未觸及而遺留下的許多時間，面對這樣的漫長不知如何是好，抱著疑問而從這世上逝去。從這世上往哪兒去？只能是忘掉時間存在的地方？是在所有的東西都呈現透明、閑靜，如在水中般持續緩緩的搖晃的地方？

但那樣的地方，不適合莉莉的孩子，也不適合美霞。希望他們能夠前往熱鬧、充滿繽紛的色彩，洋溢著笑聲的地方。

楊先生也說要上洗手間，莉莉便坐在庭院他適才坐過的地方，邊看著山邊等待著。風吹了起來，白色的雲朵快速的從頭上掠過，庭院也因此黯淡了下來，吹起了涼風。身處盛夏炫目的直射日光與反復來去的雲影當中，莉莉感到自己宛若在空中飛翔般的暈眩。不只是人，連鳥與蜥蜴都進入午休當中。黃色的蝴蝶與黑色的狗兒回到了莉莉的身邊，狗兒睡倒在莉莉的腳邊。

——……啊，Mutokutoku老婆婆睡得好沉啊。

聽到了楊先生的聲音。

——……所以我在我的名片上跟她寫了幾句感謝的話，放在桌子上。

莉莉起身，將皮包背在肩上。

那麼，我是不是也留個紙條會比較好。

——啊——我也幫你跟她道了謝，所以別擔心。

他手拿小型旅行袋，站在莉莉身旁，望向遠山。黑狗覺得非常麻煩似地起了身，換了位置躺下。

——啊，起風了，好像是颱風呢。

——是大型颱風嗎。

——是啊，好像是。……不過不知道颱風是往哪個方向去，你知道台灣的颱風嗎？

耀眼的光線又回來了，莉莉感到眼前一片昏暗，看不見楊先生的臉，連山川也都看不見了，只有光線在眼裡如蟲子般到處流竄。莉莉搖了搖頭。

——啊——台灣的颱風規模可是很大呢，所以，速度也很緩慢。如果颱風眞的來，整個島上都會爲之動搖。

莉莉笑了。

——……啊——不過，我小時候曾經想與颱風一起在空中奔跑。

——……其實我聽到有颱風也覺得非常興奮，只要有颱風，學校就會放假，小時候再沒有比這更高興了……。

莉莉繼續笑著，和楊先生兩人獨處，總覺得有點害羞，連口吻都像起了楊，變得笨拙。一邊笑著，總覺得一瞬間，被封閉在夢境中，因而想逃離這個夢境。我和這個人，到底要往哪去呢。

——啊——你還想要在這多休息一會兒嗎？

——不了，我想差不多了，我們該告辭了。……

——告辭？

——嗯，就是離開這的意思。

莉莉重新說了一次，楊先生在口中喃喃的說著「告辭」的日文，點了點頭。就算他記得了，不過或許這是男性不太使用的日語，雖這麼想，但自己也並不那麼清楚，也不再說什麼。莉莉回頭望著Mutokutoku老婆婆獨自一人睡著的石材屋。

——她對我們眞是非常親切呢，還讓我們看了likujao……，不知道爲什麼呢，是習慣嗎？或者是……。

太陽隱身於雲彩當中，庭院、山川都陷入了黑暗中。

——……啊——那是因爲你獨自一人……。

楊先生帶著遲疑回答。

——……這樣的山中……啊——不好意思，年紀不輕的日本女性獨自前來，是很稀奇的。啊——有點……令人擔心。

——所以，楊先生你也？不過，把我帶到這裡的，是Lanao的女兒喔。一切都是偶然……因為我也不知這裡是哪裡。

——啊——Mutokutoku老婆婆、Lanao，大家，都親切！

楊先生突然提高了聲音，兩手在胸前拍掌，出人意外的尖銳聲音迴響著。在四周飛舞的黃色蝴蝶受到了驚嚇，暫時離開了兩人身邊，黑狗也抬起了頭，用著亮晶晶的褐色眼睛，瞧著莉莉與楊先生。

——……啊——Mutokutoku老婆婆等著你吧，Lanao知道這件事，所以，你來到了這裡。……啊——不是偶然，你的孩子死了，所以你悲傷，Mutokutoku老婆婆也悲傷。……啊——所以，為了你，特別讓你看了Iikujao吧，因為你們有著同樣的悲傷。

覺得呼吸困難的莉莉，瞪著楊先生圓圓的臉龐，仔細一看，他右邊的眼角有顆痣。

——……你為什麼知道我孩子的事呢？我什麼都沒告訴你。

——啊——是啊。你什麼都沒說，Mutokutoku老婆婆也沒講。……啊——對不起，是不是我不說較好。不過，你為什麼要隱瞞呢？……啊——在房子裡我也聽到了形形色色的聲音，好像也看見了什麼，我是個普通人，即使如此我還是知道，你沒有隱藏的必要。

莉莉感到全身一陣戰慄。

——楊先生，你也聽見了嗎？你也看到了嗎？

——是的，宛如輕煙般……啊——我也是孩子的父親，我第一個孩子在出生前就死去了，我老是擔心著我現在女兒。……啊——所以，我感覺得到……我想，所以才能感覺到。

——……我也不知道爲什麼我們能夠這樣對話。是因爲和你一起看了likujao、觸摸了毛皮嗎？

莉莉的聲音成了哭聲。

——啊——或許是吧。……不過，或許是你的力量，我也不清楚。

——會是我的力量嗎？……。

強烈的陽光突然又回來了，莉莉瞇起了眼，看著後方垂著重重氣根的榕樹。看來彷彿像是脫落了鱗片的黑色蛇群。在正午時分，無論是大榕樹還是其他的樹木，都成了投影在石板庭園的小小影子。

——……啊——我好像說了不該說的事，請見諒……那麼，走吧。

楊先生說著。幾乎是閉著眼的同時，莉莉說話了。

——說什麼原諒呢……。不過請聽我說，楊先生，我並不悲傷，還沒到我覺得悲傷的程度，雖然已經漫長的時間。……或許一直到我死前……不，或許在我死時，也不會感到悲傷……但我最近想著，或許我與悲傷這樣的情感是無緣的，而我就在這樣的情況下死去也說不定。Mutokutoku老婆婆應該也不悲傷才是吧。說有著同樣的悲傷，沒這回事，不是的……和她一樣的，或許只不過是一直在等待著什麼吧。……我覺得我一直等待的是，想要結束這一切，但不知何時結束才好，等待著這時機的來臨。我和Mutokutoku老婆婆年紀、環境完全不一樣……是的，或許楊先生也……。

——……啊——我也……是啊，或許我也在等待著，不過，無論等待的是什麼，都需要力量，沒有力量的話，是無法等待的，會遺忘。……啊——我想如果我的日文能夠說得更好……我無法表達得更精確。

莉莉悄悄睜開了眼，想看著楊先生。但，光線過於耀眼，所以看不清，她吸了一口氣。

——……沒有力量的話，便會遺忘嗎？

強風吹來，搖晃著後方榕樹眾多的氣根，重重的枝椏沙沙作響。四周的樹木也搖晃著。遠山整體在強風吹拂下變了顏色，楊先生抬頭看著繁茂的榕樹葉，接著眼睛追著乘風飛向高空的黃色蝴蝶，說：

——是啊……啊…我錯了嗎？你很堅強，我這麼覺得，你不會忘記的。那股力量很大，與likujao的力量無關。……啊——我喜歡你的力量，當然，你非常柔弱，但又堅強。……

楊先生開始邁步往前，穿過石板庭園，走向下山的山路。莉莉也慌忙的跑過空無一人、閃著白光的庭園。睡在腳邊的黑狗，彷彿被蜜蜂螫刺了，突然跳了起來，朝著山的那一邊，開始吠叫。

汪汪汪！汪汪汪！汪汪汪！

如此說來，在很久很久以前，曾經有人說過與楊先生一樣的話。不過，什麼時候？誰？莉莉在混亂的心情中追趕著楊先生，楊先生習慣山路的腳步，不停的往村莊迂迴曲折的道路前進。在楊先生前頭，有兩個銀色的影子閃動往同一條道路前進。黑狗追過莉莉，也追過了楊先生，跑向兩個影子的身旁，往上走向同一條路，緊接著，在方才的庭院又吠了起來。

天空暗了下來，緊接著陽光又匆匆忙忙的回來了，莉莉感到一陣暈眩，又開始覺得在夢境中漫步，但不知是惡夢還是美夢。

兩個影子看來像是青年與老人，頭上長長的鳥羽晃動著，兩個人身上同時都裏著及膝的likujao的皮毛，腰上掛著長刀。莉莉彷彿要暈眩般，告訴自己，這是幻影，這是剛剛提到的Mutokutoku老婆婆的丈夫與兒子的幻影。剛剛看過照片，所以見到的只不過是他們的殘像，當然是，現在不會有人那樣打扮，連在昨天的運動會也沒看見有人穿著lilkujao的皮毛。不過，Mutokutoku老婆婆的丈夫與兒子彷彿是守護著這四周群山的精靈，所以才必須目送接下來要出發的楊先生與莉莉嗎？不不，這只不過是將濃鬱的樹影看成亡者的身影罷了。

莉莉也不知道，村落當中感覺不到有人存在。從前，風吹著，啊，是這樣的。走上不確定的道路時，莉莉想了起來，風一吹，蛇便在屋頂上跳著舞，和妹妹為了看蛇跳舞，爬上了屋頂。強風捲起了沙塵，將四周染成了褐色，一隻碧綠色的蛇，宛若小小的旋風般，揚起了身體，舞動著，在莉莉大約五六歲的時候。莉莉和妹妹因害怕而哭泣起來，就這麼緊攀住屋頂，不停的哭泣著。

在那之後，無論莉莉怎麼說，曾經有過這回事，但，妹妹和母親都不承認，只說，那是個奇怪的夢。也曾經告訴過孩子的父親，但，他一笑置之，只說，聽來就像是個孩子的夢。

莉莉繼續追趕著楊先生，有好幾次絆到了小石子而幾乎跌個踉蹌。在屋頂上舞動著的蛇，是莉莉的孩子嗎？為了年幼的莉莉，還未在這世上出生的孩子微微的現出了身影。所謂這世上的生命，一旦被解放，時間等意義便會消失。彷彿是嘲弄著還繼續溫吞地活在世上的莉莉般，從這世上迅速消失的孩子，以意想不到的身影在各處出現。

莉莉好不容易走上狹隘且陡峭的村莊道路，來到了停放楊先生租借的摩托車的車道上。黑色的摩托車孤伶伶的置身於強烈陽光中，蹲踞在靠近懸崖那一側的車道。楊先生站在山側的陰影中，彷彿說著，我在這裡呀，對莉莉做著手勢。

只不過下到不遠的山下，就覺得氣溫變高了，天空也變遙遠了。汗水淋漓。莉莉調整了呼吸，走近楊先生，抬頭望著山崖上最前排的Lanao的家。那個家也悄然寂靜。

——……啊——我們要上哪兒去呢？邊看著從自己的小型旅行袋所拉出的地圖，楊先生說。

——那兒都好。

莉莉茫然地回答。

——啊——這前頭有往山中的道路，眞正的山，非常危險，有許多的落石，或許現在無法通行……。啊——在途中下山，走靠近平地的路比較好。……颱風也接近了，還是別走危險的路吧。

莉莉朝楊先生點了點頭。

——是啊，我們可別發生意外死亡才好……特別是交通事故……不過，我還是得戴安全帽吧。

——啊——在山中所以沒關係。

楊先生不在意地回答，莉莉忍不住笑了出來。

——那麼如果有落石的話，我的頭可是會被壓扁呢。

——啊——你擔心嗎？只有一頂安全帽，我的借你用吧。

——不，騎車的人，頭部比較重要，如果有地方賣的話我便買一頂，但說起來……。

——什麼事？

被楊先生一問，莉莉急忙回答：

——不，沒事……我們先出發吧。

突然想起行李箱寄放在汽車旅館，不過她決定了，那只行李箱就算丟了也沒關係吧！反正裡頭有只有換洗的衣服。要是莉莉完全沒有聯絡的話，過了幾天汽車旅館看了裡面的東西一定會馬上丟掉。護照、機票、錢包、筆記以及讀到一半的書，必要的東西全部都在手邊。

——那上車吧。

將小型背袋放到座椅下方的置物箱後，楊先生跨上摩托車發動引擎，等待莉莉坐上後座。楊先生穿著休閒褲與涼鞋，輕便的打扮就像要到附近買東西般，莉莉噗嗤噗嗤的笑了起來。機車是在台北以及街頭到處常見的小型摩托車，平常楊先生在桃園應該也習慣騎著這類型的摩托車吧。應該不是兜風型的機車，也因此莉莉覺得安心。將手放在楊先生的肩上，莉莉跨上了後座，將塞了各式各樣東西的肩背包盡量朝臀部中間的空隙擠壓。

——啊——好了嗎？要出發囉。

——嗯！OK！

莉莉雙手緊抓住楊先生的腰，楊先生的汗味令她的鼻頭發癢，那是令人懷念的汗香，是夏天的氣味，一抬眼便發現山上大朵的雲彩一朵接一朵如飛行船般掠過。倒映在莉莉眼中的世界，時而閃耀地令人眩目，時而冰冷陰沉，不由得讓她頭暈目眩起來。

黑狗拚命狂吠，從山崖上方一溜煙跑了下來，這時摩托車發動了。

風打在莉莉的耳朵，短髮逆風豎起，騷動著，摩托車微弱的引擎聲將山中的寧靜打開了小小的洞穴，不安的感覺隨之擴散，狗吠聲緊追在後。

汪汪汪！汪汪汪！汪汪汪！

走吧！走吧！

讓我們走吧！啊，這裡是南國！閃閃發光！

孩子和美霞的聲音互相糾纏，向莉莉襲來，如小小雲彩般的黃色蝴蝶群也出現了，追逐著乘著機車的莉莉兩人，不！蝴蝶是孩子與美霞的聲音化成的嗎？

莉莉的視線黯淡了下來。

汪汪汪！汪汪汪！汪汪汪！

黑狗在摩托車一旁狂奔，看似狗兒的黑色身影跟隨著摩托車，莉莉感覺到連銀色的影子也是。與其說是影子，還不如說是兩個銀色的漩渦。莉莉將臉頰貼在楊先生滾熱的背輕輕的閉上了眼。要是這耳朵聾了，眼睛看不見了，或許就能聽見那聲音，看到那身影。至今爲止她從未放棄這期待才能活過來。原本是能夠聽見也能看見，指尖也能感觸的，但卻一直無法察覺，莉莉有著這樣的感覺。孩子近乎絕望地不停呼喊莉莉，緊抓著她的手臂，不斷向她靠近，然而莉莉卻不經意地完完全全抹煞了他的存在。莉莉知道，他一消失，即使她在街上看見和他年紀相仿的男孩，她也無法接觸外頭的孩子了。這世上所有的孩子與自己的孩子全都從自己的世界消失了。

不過現在能聽見的不僅是孩子的聲音，也有美霞的聲音，就連摩托車的聲音也能聽見，還有自己的呼吸聲。不知是否是likujao的魔力呢？閉上眼睛的莉莉聞著楊先生的汗味傾耳聽著，總覺得跟隨著摩托車的黃色蝴蝶中也夾雜著形形色色死去人們的靈魂。有渡過彩虹橋的靈魂，也有孩子們的靈魂，莫那與馬紅的靈魂，就連美霞寶寶的靈魂也在其中。

好想去啊！走吧！媽媽！

我們走吧！得走了！要被太陽烤焦了……這裡是南國，太陽增加了！你看太陽！你看有三個太陽在空中閃耀著！

——三個太陽？

莉莉不由得低語回答：

——什麼？

楊先生反問的聲音從他滾燙的背直接傳到莉莉耳中。莉莉在楊先生背上擺動著臉頰，跟他示意沒事，但莉莉想要叫喊以代替這個回答，是啊！這是likujao，雲豹。

從遠方看去的話，黃色的蝴蝶、黑色的狗、銀色的漩渦以及摩托車整體宛若一頭復活的雲豹。那有著艷麗光澤的黃金色身體的雲豹。likujao，雲豹。雲豹以著世上罕見的優美姿態奔跑著。

你知道嗎？雲豹復活了，我是這麼想的，也就是說，這麼想也可以的。

乘著摩托車的莉莉向已失去這世上生命的死者說：

……我們大家一起走吧！雖然不知要往何處去，成爲likujao的一部分，我們大家得一起走！爲了將這世上扭曲的一切恢復原狀，讓雲豹能夠重新活過！

好想去啊！走吧！……亮晶晶。閃閃發光！

讓我們走吧……是啊！這裡是南國！所有的東西都因太陽而乾枯融化！……

啾啾喊喊，喔！好耀眼！啾啾喊喊！

孩子與美霞的聲音在莉莉的髮梢跳躍，崖下河川洶湧的水流化做一束閃耀的光芒奔流而去，頭頂上過度炙熱的太陽時時隱藏於雲朵之中持續膨脹，小型摩托車正持續加速在山路奔馳著。

二十、一九三四年 秋→一九三五年 冬

——好像有聲音，有許多聲音……。

撐著白色陽傘走在基隆路上的美霞突然停下了腳步，走在前面的明彥回頭一望。

——你說什麼？

美霞微微一笑，好像說沒什麼地點頭回應，再度跨出腳步。

美霞的耳裡持續迴響著令她懷念的聲音，有強有弱、有時熱鬧有時安靜，不知道喊叫些什麼。聽見了熟人的聲音，也聽見了孩子的聲音。連雲豹、熊、羌以及白頭翁、馬及水牛的聲音也聽得見。但覺得也隱隱約約混雜著非常不安且令人毛骨悚然的聲音。美霞心中騷動了起來。

就算一動也不動，身體深處仍然滲出黏糊糊的汗。將傘一斜抬頭往天空一看，沉重雲彩把熱氣封鎖

在地面上，已經染成了橙色，十分耀眼。這裡是台灣呢，美霞又有想停住腳步的衝動，想用自己的耳朵將這聲音聽得更分明；無論是令人厭惡的或愉悅的聲音。黃昏時分港口城市熱鬧異常的騷動聲，近在身旁的低沉鳴叫聲，那一定是大屯山攀附在樹幹鳴叫的蟬。

基隆港爲斷崖所環繞，美霞豎起耳朵走向鐵路車站，有查某人正尖聲的爭吵不休，在市場中販賣的雞鴨的悲鳴，在路旁並排而坐等待客人的車伕的笑聲，也能聽見本島人小販的叫賣聲。Nappu，nappu—Boggue，boggue—唉呀，就連爆炸聲都聽見了，現在該不會有人放鞭炮吧。

從高高的山崖上，或是從橙色雲彩的那一端，不停地呼喊著美霞，是她熟悉的回音。那或許是美霞自己的聲音也說不定，是既遙遠又微弱的聲音。

美霞與明彥在基隆港下船，還是正午時分，接著在鐵路車站附近的旅館休息。平常的明彥一下了船馬上就搭上往Taihoku的列車，就算再晚，黃昏時分就會到達昭和町的家中，但這次美霞也一起同行，同時海象惡劣，容易暈船的美霞一到港口連站都站不穩，在這樣的狀態下要搭乘列車無論如何都是不可能的。一進入旅館的房間，美霞把頭靠在座墊上，迅速的進入深沉的夢鄉。

在黃昏時分好不容易醒來的美霞，精神飽滿的催促明彥：我已經恢復元氣了，快點回昭和町的家中去吧！要好好休息的話還是自己的家最好。這麼說的美霞，臉和身體都被午睡時分所滲出的汗珠所沾濕，彷彿是在夢境中的河川、海邊戲水過後。

黃昏的基隆車站前，從工作崗位回家的大人、從學校返家的女學生和中學生、搬運著大型行李的本島人，以及被曬得黝黑的小販互相推擠，許多人力車和手推車、汽車和公共巴士硬生生將人群分開，忙碌的往來著。也有許多巡警。好不容易離開了這混亂的現場抵達車站時，美霞對明彥說：

——……剛剛才在旅館洗澡，好不容易洗去了一身汗，但現在又滿身大汗了，台灣眞的很熱呢。

——我想炎熱的程度和甲府盆地不相上下……。

兩手拿著大型行李，暫時放在腳邊，邊用手帕擦著滿是汗水的臉，明彥低聲的回答道。

——只要一到九月這個時期，就算是甲府盆地也會開始有涼風的，這兒則是和盛夏一樣。令人覺得很舒服呢。

——很舒服？嗯？那太好了……。

明彥吃驚地看著美霞，接著又拿起行李箱走近售票口。拿著手提袋與折疊好的陽傘，美霞緊跟在後。車站裡頭大型的吊扇旋轉著，由於大量的人潮湧入，比起外面熱氣更嚴重，巡警的人數又更多了，買票的人大排長龍。

明彥又停下腳步將兩手的行李箱放在地上，美霞的視線落在行李箱上皺著眉，在明彥的耳邊低語：

——不過我回來眞的好嗎？爲什麼會有這麼多的警察呢？……在下船之前我們的行李被搜查了，不是嗎？或許他們認爲行李中有炸彈或者藏著手槍嗎？我想要是他們發現了那樣的東西該怎麼辦？

——並不是只有針對我們，而是對全體乘客做行李檢查，別在意。因爲滿州的關係，國際情勢相當緊張，所以政府當局也繃緊神經，似乎爲了要防止國際間諜的潛入。……那你在這兒等一下，要小心別讓人偷走了行李，我去買票。

明彥將兩個行李箱和美霞留置在當場，站到買票行列的最後，連這一列都有巡警監視著。坐在明彥的大型行李箱，將右手放在自己小一號的行李箱上，美霞打量比較著明彥和巡警。戴著巴拉馬帽，穿著白色麻料開襟襯衫的明彥逕自望著前方，並不往美霞的方向看。在售票口前的行列中，只有那蒼白的項頸非常顯眼。穿著厚重的制服與警帽，全身繃緊神經、個子矮小的警察背脊滲出汗水，背對著美霞一動也不動。

美霞不由得打了個午睡後意猶未盡的哈欠，內地的韮崎距離這非常的遙遠，東京也很遙遠，美霞在基隆車站雜踏的人群中想著。這裡是國際間諜集團祕密活動之處。鱸鰻也持刀逞兇鬥狠，警察與士兵舉起了刺槍與手槍在後頭奔跑追趕，不過此地居住的富裕內地人以及本島人，無論大陸的情勢如何，據說還是悠閒的享受奢侈的生活。高級料亭與舞廳的生意都越來越興隆，這裡就是這樣的地方，充滿著享樂、喧鬧與陰謀。

內地人美霞坐在行李箱上，穿著薄木棉質地的橄欖色連身洋裝。在船裡穿著舊的輕便服裝，下船之前換上了這件新衣服。美霞在東京的姊姊大手筆的麻煩熟識的裁縫店爲她製作，美霞的行李箱中有明彥的母親在銀座的百貨公司爲她訂做的絲質套裝以及高級的手提包。與她對抗似的，韮崎的母親也爲她準備了絲綢質地的和服以及冬季的內衣。

這半年當中美霞添了很多衣裳，四周的人都異常的親切，對美霞小心翼翼。美霞則柔順的接受大家的好意，一直抱著感謝的心情，她想著，就在自己所有的物質慾望都消失時，他人突然變得非常慷慨，居然開始送她禮物了。

美霞在位於東京四谷的明彥母親家——與其說是家，還不如說是「宅邸」更適切的西洋式大型建築——第一次看到了暖爐。和明彥第一次在這裡停留的四天當中，無論是蒸鰻魚、從築地的料亭訂製的懷石便當，還是法國料理中的燉鴨肉，這一連串的饗宴，對美霞而言，美味之外，更覺得稀奇。最後一天，在明彥母親的陪同下，三個人從日本橋漫步到銀座，明彥在丸善買了幾本外文書籍，接著進到銀座的咖啡廳吃了西式點心，明彥的母親則在百貨公司爲美霞買了化妝品、髮飾、化妝鏡及一些小東西，對女性用品的品味非常講究的明彥也一起選購。

明彥的母親始終面帶微笑，對美霞非常親切，也不曾惡言相向。美霞依照吩咐行動，不停感謝，嘴角抽蓄著加上連續的頭痛，只要走路腳便跟著抽筋，彷彿要跌倒。如果按照原定的計畫，在母親家住上十天的話，美霞一定會把身體搞壞。幸好這個時期明彥有事到仙台的大學去，美霞也因此得救。

在下船前接受的嚴格行李檢查，美霞因爲暈船的關係記憶有些模糊。但行李被打開，明彥的母親爲她買的東西一件一件被翻出來時，她記得自己不知所措地哭了起來，爲什麼有這麼多記憶中不存在的東西被塞進行李箱呢？就算被懷疑是偷來的東西也無法否認，因爲就連自己都覺得這些東西就像是堆積如山的贓物。

是的，我是小偷，我是罪人，對不起，請原諒我。當她的咽喉中感到這些話似乎要往外溢出時，嚴厲的憲兵正粗暴地翻動自己的行李，美霞卻移開了視線。接著她宛如失去知覺般進入夢鄉，在夢境的牢獄中似乎正等著被斬首，或是絞刑的執行時刻到來。

從Taihoku車站乘坐兩台人力車回到昭和町的家中時，暮色正濃，已接近七點鐘了。家佇立在微暗的夜色中，點著燈，讓美霞嚇了一跳。注意到了靠近的人力車，但高瀨先生的狗只吠了幾聲，庭院與家中四周又恢復寂靜。

玄關的玻璃門很快的被打開，一位矮小的女性從家中走出來，是穿著黑色的台灣服，有明顯白髮稍為年長的女性。

——老蘇，您回來了，因為很慢所以很擔心，掃除已經完畢，馬上晚上的飯可以吃。

聽到女性的日本話，美霞回頭看了看明彥。

——這一位是阿玉，本名叫什麼呢？啊！對了，是秋玉（chuguo）不過我們都叫她的日本名字阿玉（Tama）。……

在明彥說明的同時，阿玉兩手正各自提了一個行李準備進屋，美霞慌忙地提起自己的行李箱，卻因行李箱的重量差點跌了個踉蹌。

——這個我來提就好，你快點進屋休息吧！

——……是阿玉嗎？你懂日文吧？不好意思，我們這麼晚才回來……你應該等了很久了吧，因為我不知道今天你會打掃這房子等待我們……到目前為止都是照顧這個人吧，非常感謝……我是他的妻子美世，好，請多指教。

阿玉正在搬運明彥的行李箱，美霞尾隨著她逕自跟她說話。阿玉有時回過頭來只回答，是！是！身體雖小，年紀也不輕了，但阿玉力氣卻很大，不知道是否不喜歡做事沒有效率，她的行動總是非常迅速，令人目不暇給。為明彥和美霞送茶、準備蚊香、在澡盆裡放水，打開洗澡間以及明彥書齋的窗戶、在廚房準備晚飯，美霞在她後面不停追趕而感到疲倦，便放棄了向阿玉正式且拘泥的致意，在客廳的正中央坐了下來，從在韮崎便不離手的舊手提袋取出扇子替自己搧起風來。明彥在睡房換上浴衣，已經習慣一個人生活的明彥不再假手美霞為自己換衣服，接著為了不讓明彥的褲子添上皺折而吊掛在西服衣架上是美霞的工作，但她卻不想馬上行動，現在的美霞就連替自己換衣服都覺得麻煩。

就算把家中所有的玻璃門與窗戶全部打開，也沒有絲毫的風吹入，美霞看了看庭院，在黑暗當中雖然看不清，但至少可以看出並不像附近，動物全擠在狹小的庭園那樣的狀態。去年盛開的美人蕉與茉莉花不知道怎麼樣了。

——……還是得先除草呢！

美霞喃喃自語著。

——嗯？你說什麼？

穿著浴衣的明彥坐在美霞面前反問她。

——一定長滿了雜草了呢，同時蔬菜也得重新耕種。

——啊……不過，那些事讓阿玉做就行了。

明彥胡亂回答。

——不過，菜園還是得自己來，否則不好玩呢，我可是從韮崎帶了許多種子喔！有小松菜、紫蘇還有水芹……。

兩個人當中的和式桌端上了玻璃器皿。

——這個是老蘇的吩咐，店裡拿來的。四點的時候拿來的，不過不冰了，歹勢。

阿玉冷淡地說道。

——哇！好棒，是愛玉冰（ogyuobin）。

美霞叫了起來，這是只能在台灣吃到的不可思議的冰果凍，就連對芒果和鳳梨敬謝不敏的明彥，在炎熱的時候也非常愛吃。但只不過他說本島人在路邊賣的東西不衛生，所以特地到內地人經營的食堂去買。美霞覺得因爲這樣價錢貴味道也不好吧，但她沒多說什麼。在去年夏天以及前年夏天，明彥出發到內地之前以及九月從內地回來時，兩人都享受著這不可思議的味道與口感。

因爲很便宜，就算一個人在路邊也能偷偷吃，但不知爲何，一個人時並不會特別想吃愛玉冰。之前的夏天爲何感覺如此遙遠呢！

啜著令人懷念的愛玉冰，雖然已失去了冷度開始融化變成汁液，但味道一點也沒變，愛玉冰一下子便空空如也，美霞從胸口抽了一口氣。阿玉從廚房端來涼麵線和燉豬肉，麵線的醬汁是日本風味，仔細一看上面灑了細細的肉脯，明彥大剌剌地吃起麵線，這個人現在已經完全能接受肉脯不再挑食了。邊想起東京那些豪華稀奇的美食，美霞也開始吃起台灣風味的涼麵線，她已經很久沒吃到這樣的正餐了。

就在兩人吃著晚飯的時候，阿玉開始在隔壁的房間準備棉被、掛上蚊帳，之後便匆匆忙忙地回到位於自來水廠旁邊自己的家。

當天晚上，即使獨自站在應該是很熟悉的廚房，美霞也感覺不到自己從前的味道了。或許是因爲日文非常流利、也能做一些細緻的日本料理的查某人突然出現在自己眼前也說不定——爲什麼明彥沒有事前告訴自己呢？難道說只是忘了嗎？從前有孩子時的生活已不見蹤跡了，無論那個房間看來都是如此陌生而整齊，到了令人沮喪的程度。榻榻米與牆壁沒有任何裂痕。美霞回想起明彥母親的家，那令人不快的感覺揮之不去。厚重的窗簾後方只能讓人聯想有人藏身其中，而明彥從法國訂購的過度花稍的家具彷彿總像是瞪著美霞。

睡覺前，在浴室洗去了一身汗，明彥也洗好澡——和往常一樣，美霞先幫明彥洗背自己再洗澡。很久之前，或許是從美霞懷孕的時期開始，兩個人就也不一起洗澡了——爲了爭取時間坐上書桌開始整理至今爲止累積的工作。美霞在浴室用溫水潑向身體，洗去頭髮夾帶的汗味，依著習慣的順序，無意識地移動著手。無論一天當中洗幾次澡，肌膚就彷彿重生一般，令人感覺舒暢。但是，原來應該用慣了的水瓢、浴桶還有竹踏墊，都沒有韮崎浴的室來得熟悉，有種借用他人家中浴室的感覺。

穿著浴衣用手巾擦著濡濕的頭髮，美霞往廚房走去。她確認是否已經關好了瓦斯與水龍頭，之後順便往朝北的格子窗看去，池田老師家中的燈光出乎意料地近，美霞急忙離開窗邊。說起來，在這裡池田太太煩人的視線總是無所不在。美霞望向黑暗的廚房嘆了一口氣，負責監視的池田太太知道今天晚上隔了半年之久美霞回到這裡，應該正摩拳擦掌等候著吧。

她希望這個家中有變化的東西一點也沒變，而想要挽回的事卻已無挽回的餘地。這當然能夠預測，沒有什麼好驚訝的。

打開玻璃窗，只將遮雨門掩上一半便進入蚊帳裡。蚊香的煙霧與味道濃濃地飄盪著，美霞獨自一人躺在被子上閉著眼，阿玉在白天幫自己曬好的墊被還殘留著濕氣，將臉靠著床單，洗衣皂的強烈氣味馬上撲鼻而來。在那深處微微的，眞的只有微微的味道，是自己和明彥的體香以及已經從這世上消失不知往哪去的文彥那令人懷念的又酸又甜的味道。

美霞從心底深處終於吐出了又長又安心的一口氣。

又開始了昭和町的生活。或許在台灣悶熱的空氣刺激下，或者是佔領了昭和町一帶的白頭翁互報平安的情況下，從內地返回沒有多久，美霞消失有半年之久的月事又回來了。

在廁所中，美霞用著懷疑的眼光盯著廁紙上自己又黑又紅的經血，也嗅了嗅味道。那的確是她再熟悉不過的經血了，只不過是死了一個嬰兒，子宮不會壞死的。疊上幾層四角形的棉布與脫脂棉花處理月經的同時，美霞暫時安了心。她不想要孩子，也不想再生育的想法雖然那麼強烈，但如果子宮的機能完全壞死，也可能會因此感到羞愧而不得不逃離明彥身邊吧。美霞並沒有馬上告訴明彥自己的子宮已經恢復了，也可能再度懷孕。但夫婦之間，妻子是不可能隱藏自己的月事的。明彥打算進入美霞的身體中時，美霞才小聲的說明月事已經恢復了，今天請不要。

——喔！是嗎？……太好了，wife的月事聽來很誘人，眞好呢，這樣我就安心了，太好了太好了。

搓揉著美霞的乳房，明彥滿足地邊笑邊說，一聽他這麼說，美霞感到厭煩，忍不住想要對他大叫，我的月經不是你的東西，你高興什麼？但在現實當中她只浮現了曖昧的微笑，什麼都沒說。子宮的機能回復了，美霞必須緊抓住保險套才能接受明彥進入她的身體，只要稍有不愼或許就會馬上懷孕。美霞眞的不想懷孕，不想再體驗孩子的死亡了，有時因使用保險套而發生小小口角，或者假裝入睡躲避明彥，也聽到明彥抱怨美霞已經不再有從前那般熱烈的反應了。

——你眞是不熱心耶！性愛的技巧不好好鑽研可是不行的唷。就算你眞的性冷感，還是有開發的餘地才是。

——是啊！不過慢慢來吧……因爲我還沒完全恢復健康呢。

——這麼消極可不行，性愛可是健康的泉源喔，因爲會使你的賀爾蒙發達。

——……是嗎？我也不清楚……可以了嗎？拜託讓我睡覺吧！我覺得很疲倦……。

聽美霞這麼說，明彥嘖一聲，翻過身背向她睡了，美霞也在這樣全身僵硬的狀態下進入夢鄉。

其實美霞還沒從頭痛與失眠當中解放出來。雖然在韮崎母親那兒增胖了一些，但那之後神經再度失調而因此失眠，又變瘦了，只要吃了醫生處方所開的藥就暫時能夠入睡，但第二天便彷彿處於靄氣的籠罩下進入了恍惚狀態。不吃藥的話就會因失眠而頭痛欲裂、頭昏眼花，連菜刀都拿不穩。

查某人阿玉每隔一天就來幫忙。她的日語很流利，很熟悉內地的習慣，也不像琉球人那樣傲慢地頂嘴，只是勤奮地工作，也因此內地到此赴任的教員家庭中阿玉非常搶手，明彥對美霞說明能夠請來這麼被重用的人眞的是運氣好。這似乎不是荒川先生而是別的老師——同情妻子失去孩子而滯留內地不歸、不得不獨自生活的明彥？或者是明彥自己本身如此宣傳？——特別爲明彥介紹的。

因爲這樣的情況，相較於其他的查某人，支付給阿玉的報酬也比較高，希望美霞能夠理解。

如果是這樣的話，現在就只有你跟我，不需要佣人，我一個人忙得過來。美霞很想這麼說，但現在這樣的狀況她並沒有自信，光是洗衣服都要耗上一番力氣，翻土、劈柴都很辛苦，還得常常爬上屋頂修理瓦片，也必須打掃排雨管，明彥一開始就決定他絕對不做家裡的粗重工作。

美霞一個人要兼顧家事和幫忙明彥的工作，負擔是過重的，但實際上她眞正害怕的或許是在家中單獨與明彥相處。從前的兩人世界不知道讓她有多麼的高興，但現在只要有人在身旁就能讓她安心。——

或許明彥也是？——兩人單獨相處有時會不知要和明彥說什麼好，也無法判斷是要笑，還是要裝作若無其事。已經不想惹怒明彥，不想再帶給他麻煩，越是這麼想她就覺得喘不過氣來，內心深處隱隱作痛。

美霞至今為止沒有注意到，從文彥生病到化為骨灰為止，所花的費用大部分是明彥的母親負擔的。再加上美霞在回到內地之前，一直陪伴身邊的阿龜的酬勞——阿龜為了收拾房子並向鄰居一一致意，遲了三天才一個人回到內地。讓美霞覺得喪氣的是，為什麼光靠明彥的薪水沒法過活呢？

在Taihoku與內地持續往來的生活，二者都是暫時的，但同時也是真正的生活。在Taihoku時總是想著何時回到內地，在內地時回Taihoku的預定總是在腦中揮之不去。明彥回到內地時，大多都前往九州帝大以及京都等地，就算待在東京也會出門參加仙台的學會或是在箱根及伊豆舉行的研討課程。明彥總是很忙碌，而他頻繁的旅行總是很花錢，在翻譯涂爾幹的《自殺論》時，明彥說雜文等額外的收入增加了，多少有些幫助，但最近幾乎沒有這樣的收入，就算寫再多的論文也沒有辦法補貼。

明彥第二次的法國留學一延再延。日本退出國際聯盟以來，與歐美對立的風潮高漲，四處流行著所謂的「發揚國民精神」、「大亞細亞主義」，社會也開始募集「國防基金」，連不想參拜神社的基督教會也陷入了兩難的境地。因此去法國留學也不那麼容易了，更何況，據說明彥專攻的社會學開始受到官方的質疑。

即使如此，明彥還是不放棄，他反而相信在這樣的時代才是發揮社會學重要性的時機。為了得到財經界的支持——對美霞而言，要如何拉上線她完全看不出所以然——他集結了夥伴，自己出資出版新的社會學專門雜誌。

雖然非常需要錢，但薪水並沒有增加，美霞手頭所能運用的錢更緊縮了。儘管想減少醫藥費，為了自己的身體那也是做不到的。害怕貴重的化妝品用光，於是全收在衣櫥的抽屜當中。還有已經習慣照顧明彥的阿玉有時候瞞著美霞到榮町的百貨公司去買明彥指定的東西。昂貴的舶來酒品，或者是瓶裝的鵝肝醬與鯷魚。什麼？你又買這樣的東西！你不是和我約定好在Taihoku什麼都要忍耐嗎？眞傷腦筋！美霞只能這麼說。當然這算不上什麼責備。

這麼樣的話也不管什麼家計不家計了，美霞想放棄，不願總想著錢錢錢，明彥要怎麼用自己的薪水隨明彥的便，要是美霞眞的病倒了，錢應該會自動跑出來吧？！好像就是這樣，如果不是的話，美霞就只能等死了。明彥應該悲傷地抱著美霞的骨灰返回內地吧，再簡單不過了，在韮崎的寺院，文彥等著她，美霞的父親也等著她。

Boyaogin、boyaogin，怎麼樣都無關緊要了，當下，時間不停地流逝，流啊流，不停變化，應該沒有人能夠用手抓住當下的時間。

已經沒有與蘋婆見面的機會了，她也不再到荒川老師家，而是到有五個小孩的老師的家中幫傭。沒有和她見面的機會了，美霞懊悔爲什麼把名叫文蘭的人捉狹地叫成蘋婆呢？她應該想要人家叫她文蘭吧！至少叫她阿蘭。

美霞現在覺得不安的是，蘋婆或許覺得內地來的教師家庭反正都一樣，不抱任何指望。這群人只懷抱著強烈的好奇心，對於台灣這個外地覺得稀奇而感到興奮，但絕對不會穿上台灣服，就算Taihoku設置了帝國大學，還是相信要好好讀書就得上內地的帝國大學。就算是明彥，也並非出於自願來到Taihoku高等學校任教，他期待著將來成爲東京帝大的教授。

對內地人而言，外地絕對不可能變成內地，而內地也絕對不可能變成外地。

十月下旬，在日本皇族訪台之前，基隆郡的警察署發生炸彈爆炸的重大事件，報導封鎖於是解禁。

十一月初，因「男女關係的糾紛」，有女性慘遭殺害被丈夫分屍。屍體被分別放進四個石油桶，投到了基隆海，據說裝著頭部的石油桶最重所以發現的時間也最晚。

國際間諜集團——據說由上海潛入，也有人說是從越南渡海而來，但實際情況無人知道——的傳聞不斷。昭和町的傳閱板寫著家家戶戶對日常警戒不可鬆懈，發現可疑人物應立即通報。

如山中的霧氣般，美霞的周遭也籠罩著不安穩的氛圍。在暗霧的包圍下美霞的恐懼悄悄地滋長。伴隨的是在韮崎從未感覺的無可名狀的疑惑，以及自己的身體似乎會突然變成普通肉塊的痛苦，那樣的恐懼感。

某日，美霞對明彥說：

——今天我聽房東說池田太太好像懷孕了。

——喔。……

漠不關心地點點頭，明彥夾了一塊醃漬小黃瓜放進嘴裡。晚飯的主菜是加了水芹與長蔥的歐姆蛋。

——聽說要生寶寶，我吃了一驚呢。

今天是阿玉的休假日，明彥也不用到學校，雖說如此，他還是因爲有事商談，中午會到西門町去。

——那位太太還不到四十，所以也沒有什麼好吃驚的。

——可是，怎麼這時候呢？……她自己說她沒法子生的，總覺得不自然嘛……。

反覆地用筷子切碎自己盤中的歐姆蛋，美霞低語著。四五天前，在附近與池田太太撞了個正著，她是學校婦人會的領導人——一開始美霞雖然有些膽怯，但因爲沒有多餘的時間，從未參加她們的任何集會與活動——鋒頭總是很健的池田太太看著美霞，發出耐人尋味的尖銳笑聲，對美霞連頭也不點，便走進房東家的玄關。美霞想告訴明彥的是這個「事件」，但對美霞而言，無論怎麼說明都無法讓明彥知道自己有多麼害怕，也因此她早早就放棄了，保持沉默。

——這也是夫妻常有的事……。不說這個了，這個歐姆蛋味道好像有點怪耶，你的炒菜鍋是不是沒洗乾淨啊？

明彥翻著白眼盯著美霞。

——眞的嗎？……啊！或許是長蔥的味道也說不定，台灣的長蔥味道很強烈呢。

美霞紅著臉嘟噥著，急忙吃起歐姆蛋，她並不覺得有什麼特別的味道。

明彥將碗裡剩下的飯與醃蘿蔔、醬油滷菜三口併作兩口吃下，留下一半的歐母蛋，便拿著報紙回書房去了。美霞急忙準備茶水，送到書房。明彥專注地讀著報紙，或者說是假裝讀著報紙。美霞沒出聲叫明彥，明彥也什麼都沒說。

美霞開始收拾。在廚房洗碗前，她喝了杯水。冬天將近的這個時期，水龍頭的水變冷了。收拾好廚房，還得幫忙明彥的工作，謄寫明彥新完成的論文。集結至今為止已出版論文的論文集校正稿也由美霞來看，主要確認索引以及詳細的註腳。論文的內容掠過了美霞朦朧的腦中。她也已經習慣機械式地鎖定既不了解意思且自己根本不讀的法語，現在的美霞毫無痛苦。

……但還是奇怪。

在流理台洗起東西的美霞扭曲著臉。經常性的頭痛又來襲，如果繼續忍耐，眼前便會漸漸模糊起來。

……池田太太一直在監視我們呢。如果只是監視我們，我當然不會在意。只覺得你儘管看吧。不過現在居然突然懷孕，實在太不自然了。現在對我來說最害怕的就是懷孕，對方這些人應該很清楚的。不過就算知道，也不會就此放過我的。他們責備我呢，說我把孩子一個接一個地殺死。他們毫不留情地責備我呢，說你不想懷孕，打算隱藏自己眞正的身分，可不能就這麼放過你呢。池田太太是對方派來的爪牙呢。打算消滅我的陰謀已經開始了。他們說：你看，你看，你懷孕吧，懷孕吧，你可不能繼續欺騙你的丈夫了。……我能聽見這樣的聲音呢：那個地方長著鱷魚般的利齒，居然還想繼續隱藏，把這個卑鄙的背叛者美霞趕出去！消滅美霞！我也聽到了母親大人的聲音：消滅帶給明彥不幸的美霞！

美霞用濡濕的手擦了擦自己的臉。我想聽聽其他的聲音。爲什麼我只能聽見這樣討厭且可怕的聲音呢？接下來開始仔細地洗著炒菜鍋，只爲了徹底洗掉明彥感覺到的怪味道。

過了多雨的十二月，只有內地人過的新曆「日本新年」也雲淡風輕地過去了。正月期間，明彥的工作還是持續著，所以更是與平常沒什麼兩樣。美霞準備了內地口味的年菜「雜煮」，這是她最起碼能做的。阿玉從市場買來年糕片與鳴門魚板等。

過了年，天氣一直都很寒冷。隨著加深的寒意，日漸衰弱的文彥迎向死亡的一年前的日子，彷彿化作由縫隙吹進的寒風，開始流入昭和町的家中。文彥混著血與黏液的糞便，那味道便像是腐爛了的河魚般，那氣味又回到了廚房的流理台。文彥痛苦且嘶啞的哭聲不知從何處隱約傳來。

文彥的忌日是一月下旬，即使在韮崎，也是一年當中最冷的時期。春天腳步尚遠，地面的雪依舊是僵凍的狀態，陰暗且單調的日子一直持續著。美霞的母親決定在韮崎的寺院簡單地舉行周年忌。小妹與小弟在這天會陪同母親參加周年忌，大弟與大妹回信說東京的學校如果不那麼忙便會參加，東京的姊姊也說會儘量趕到，但不知道屆時情況如何。此外，並不打算通知明彥的母親。母親的信中寫到：沒有特意這麼做的必要吧。

美霞的母親也對明彥的母親感到棘手。因爲明彥的母親一開始便瞧不起韮崎娘家的態度傷透了美霞母親的自尊，這點美霞也清楚。不過彼此之間都未提起過明彥的母親。美霞的母親爲了讓明彥的媽媽滿意，歲末、中元的年節贈禮從未間斷，時節的致意問候也未少過。美霞的母親對明彥的媽媽總是低聲下氣，避免衝突。對於這麼個令人全身神經緊繃的人，如果能不見就不見，母親這樣的想法洋溢於信中的字裡行間。

是不可能爲了這周年忌特地返回韮崎的，美霞自己告訴自己，在這天只能從Taihoku遙遠獻上身爲母親的祈禱。雖說是周年忌，對死者而言只不過是毫無相關的宗教形式，明彥也這麼說，所以只能點頭回應。即使如此，這天一逼近，還是無法忍受在Taihoku什麼都不做。

一個禮拜前的夜裡，美霞朝著書房中明彥的背影，發出顫抖的聲音說：

——求求你，最簡單的形式就可以了，讓我也在此爲他舉行周年忌。如果不這樣，我不知道這次的忌日該如何度過。

埋首工作的明彥從書桌的那頭將臉朝向了美霞，彷彿是瞪著壞成績的學生似的，顯得面有難色。

——……但不到三歲便死去的孩子一定會直達極樂世界，通常是不舉行周年忌的。在韮崎、Taihoku都舉行的話，就像是惡質的玩笑。不是在葬禮上給他那麼鄭重地誦了經嗎？高興的是愛錢的寺院住持吧。

美霞洩氣地回答：

——……是啊，或許吧。不過我不是要那麼地正式……。

——你不是討厭佛教嗎？

——不過，小文……。

——……已經非常足夠了。也給韮崎送了錢……。

——……是啊，不過……。

美霞低下頭來緊閉著嘴。就這樣地佇立在明彥椅子後方。

明彥轉頭面向書桌，十分鐘過後轉頭向後看，美霞還站在那兒。再過十分鐘，她依舊一動也不動。雖然沒有哭，但許多掉落的髮絲垂在纖細的頸部四周，宛如從井底爬出的幽靈，只是低低地垂著頭。明彥因無法斥責美霞，憂鬱得讓自己覺得無處容身。一年前文彥的死對明彥來說也很痛苦，在自己已成了父親的意識還未完全形成時，嬰兒便突然死去，就算是當時的悲傷幾乎已都成了過去。

——……那，這是最後一次了。知道了嗎？就用這些錢吧。

嘆了一口氣，明彥從充當保險箱的抽屜拿出三張壹圓鈔票，推到美霞面前。這三元至少能轉換美霞的心情，也就是打發她吧。看著握著三張壹圓鈔票，無言地向自己低頭的美霞，明彥不由得如此想。

文彥忌日的當天早上開始，雨便下個不停，是個非常寒冷的日子。有時強風一吹，雨水趁勢打入家中，冷空氣便在其中盤旋。而只要風一吹進來，美霞的頭疼都宛若刀割。

在這樣的雨中，從當時負責葬禮的西門町的寺院來了一位似乎還在見習中的年輕僧侶，撐著把黑傘來到昭和町的家中。

這個家裡別說是祭壇，連牌位都沒有。有香味的東西全都放到內地的韮崎了。因爲寺院的工作人員說，舉行周年忌，誦經時可不能什麼東西都沒有。便在紙片上寫上了爲一年前前往冥界的文彥所取的戒名——只有四個字，是陰森可怖的名字——貼在白木的牌位，麻煩負責的僧侶帶來。前一天阿玉從寺院借來香爐與法鈴。美霞也幫忙阿玉將家中仔細打掃。一直以來當作睡房使用的客廳，放上了美霞蓋著白布的文具桌，裝進相框的文彥照片——只有這個是一路帶回韮崎，又帶回到Taihoku的——並擺飾著美霞從市場買來的白色山茶花。

淋了雨的僧侶進到家中，沾了泥的襪套與衣角便將榻榻米弄髒了，一路走到臨時擺設的祭壇前，抹上了一條黑影。貌似見習生的年輕僧侶寺因爲輕忽，似乎沒有預備更換的襪套。等一下得把這弄髒的地方擦乾淨，但美霞擔心著不知能否擦乾淨。將帶來的臨時牌位放到祭壇中央，行禮之後，僧侶便從包袱巾中取出袈裟穿上，跪坐在祭壇前。

開始誦經了。阿玉也坐到僧侶後面，美霞與明彥並肩坐著。美霞的眼睛直盯著僧侶黑墨墨的襪套內側。因爲劇烈的頭痛有時不得不扭曲著臉。傳入耳中的誦經聲，不僅拍子紊亂，聲音也斷斷續續。預算少，僧侶的水準也這麼的低。美霞雖然沮喪，但爲了文彥還是拚了命想要集中精神。哭著哀求明彥，才得以勉強舉行的這場小小的法會，可不能白費。爲了還未能說話，同時也還不能自己行走便離開這世界的文彥。

……小文。噯，小文，你是乖孩子，別哭了。

美霞似乎聽到了什麼，既不是誦經聲也不是狗叫聲……。

……小文，現在韮崎的外婆也正拚命爲你祈禱呀。小文，你是乖孩子，肚肚已經不痛了吧。有人從遠處或許是從山的那一邊，叫喚著美霞。一直想不起來，是莫那．魯道與馬紅的聲音嗎？或者是……。

……小文，喂，小文，我沒辦法專心。這經文無論聽幾遍，還是不懂意思。這和尚爲什麼忘了帶來替換的足袋呢？……啊，頭痛。……小文，山中好像有人呼喚你。下著這麼大的雨，天氣這麼地冷。……

經文的唱誦，只不過十分鐘，一下子便結束了。誦經時間的長短似乎也取決於預算。之後，明彥與美霞接著上香，雙手合掌。最後阿玉也學著本島人不常見的內地佛教儀式，跟著大家上香。緊接著開始急忙地爲僧侶準備茶水。

帶著倦容的年輕僧侶脫下袈裟，仔細的摺好，與經文一起放入包袱巾裡。接著小聲地對明彥說：

──法鈴與香爐還有牌位就先放在這裡，改天可以送到寺裡來嗎？

明彥點點頭，阿玉端出茶來，但年輕僧侶一口也沒喝，便馬上起身。又一次用那雙污穢的足袋踏過榻榻米，似乎因爲寒冷而縮著身子，離開昭和町的家。外頭被風吹動的寒雨持續下著。

同一天同一時刻，內地受晴天眷顧但氣溫要來得更低的韮崎，如往常的由老住持主持了佛事。結果東京的姊姊因爲家人的關係未克前來參加，大弟與大妹也因爲學期末的考試將近，必須以學業優先。

母親的長信巨細靡遺地敘述了當天的情況，在一週後寄到了Taihoku美霞的手中。

也附上這了這樣的話：那裡舊曆年將近，可聽見爆竹聲了吧。韮崎與東京不同的是，有家庭仍舊繼續頑固地迎接舊曆新年。不過，呼籲國防獻金的當下，不能太奢華，只能夠穿上有家紋的和服外掛上神社，遙拜皇宮，接下來便在家中靜悄悄地吃著雜煮。

一回神，本島人一年當中最重要的舊曆新年已經接近了。對內地人而言這並不是特別的日子，當然公家機關與學校都不會放假。即使如此，因爲本島人在這個時期完全消失了蹤影，內地人的生活要比平常來得忙碌。到家門前賣魚賣菜的查某人也消失了，得特地到內地人開設的店去買才行。在昭和町，許多家庭都委託本島人洗衣服，於是舊曆年期間，每個家都堆滿了髒衣。

一年前應該也有舊曆年，但當時的美霞似乎絲毫不關心。因爲舊曆年的休假阿玉不見蹤影後，美霞才想到。與一年前不同的是，在身邊的是內地人阿龜，但因爲文彥的死，別說是舊曆年，就連日曆的存在也都忘記了，就這麼地度過了去年冬天的每一天。一年前的美霞只靠著這個念頭活下去：只要一到春假便一定要帶著小文回到韮崎。想逃離這個台北。

那之後過了一年。比起文彥的周年忌，本島人正月腳步的到來才讓美霞對時間的流逝有了實際的感覺。那之後，眞的已經過了一年了。

在舊曆年除夕當天，美霞搭上共乘巴士，來到京町的郵局。除了領取明彥的母親從東京送來的匯款，也得給東京的書店匯去明彥訂購書籍的費用。

幾乎所有的乘客都是內地人，雖然也有穿著洋裝的本島人，但不聽談話內容，美霞完全無法分辨。車中擠滿了人，明天舊曆正月就要來臨的忙碌氣氛在巴士中也能感覺得到。沒有半個空位，美霞抓住吊環，看著窗外的景色站立著。巴士的引擎聲在腳下迴響，乘客交頭接耳的聲音微微地搔著她的耳垂。類似鳥鳴或者是動物的微弱叫聲隨著巴士上下的震動傳入耳中。

巴士穿過行政機關林立的街道，隨著京町越來越近，許多紅色春聯映入了美霞的眼簾。本島人的商店門口貼著春聯，本島人在迎接新年時會拿下舊春聯，換上新的。一直圍繞著美霞腦中的靄氣被這鮮豔的色彩撕裂，視野突然開闊起來，耳邊的雜音也消失了。新春聯的顏色是如此的美麗閃耀！春聯照耀著本島人的家，金色的周緣滾邊也明朗地微笑著。將春聯換新，便能告別陰霾的冬天，召喚春天。在台灣——除了山地以外——就算是冬天也不下雪，春天一下子便變得像夏天一樣炎熱。即使如此，冬天就是冬天，春天還是春天，春天是令人迫不及待的。

對了，把春聯貼到昭和町家中試試如何？美霞突然想到。一想到這，胸中雀躍不已，嘴角也浮現了笑容。春聯上各自都寫著吉祥話。大大地寫著「福」的方形紙——不知爲何，大多倒著貼。下次得跟阿玉問清楚理由——也有的是寫著七字或五字連成吉祥話的長方紙。好像是貼在門口兩邊、門頭的橫木三個地方。便剛好構成門的形狀。

所謂「福」彷彿像是在風中飛舞的精靈，藉著鮮紅的色彩與吉祥話的力量，來吧！來吧！將它引導到自己身邊，非得迅速地緊緊抓住接近身邊的「福」不可。就是這樣，美霞深深地認同著。

想貼春聯。在郵局排隊時，美霞仍想著這事。就算是內地人家，美霞也想模仿本島人貼上春聯，希望至少能分享一點舊曆新年節慶的氣氛，把「福」招納到家裡。在郵局辦完事後，美霞走進沿著河邊的市場。這地區住著許多本島人，和文彥一樣無常地死去的梅梅，家也在這附近。人的生命是如此無常啊！——美霞突然想要哭泣，她的家人不知現在如何了？

因爲是一年當中的最後一天，本島人商店櫛比鱗次的街道上，有的販賣著堆積如山的爆竹，也有許多攤位賣著當場揮毫的春聯。揮毫的台子上放著硯台和筆，春聯的樣本則吊滿四周。負責撰寫春聯的，大多看來好像都是氣質高尚的老人家。本島人的男女老幼各自圍在台子前，爭先地大聲委託撰寫春聯，受歡迎的攤位還排起隊來。有的人或許是字寫得特別好，也有的人或許被認爲能帶來好運。

美霞選了一位沒有客人上門的老人，走上前去。就算多少與幸運緣薄，她還是沒有勇氣混進本島人當中，若無其事地拜託對方揮毫春聯。她指著春聯樣本中字數少，價錢看來也便宜，謹嚴地寫著「竹根平安」「年年有魚」的一對春聯，低頭請求，用她半生不熟的台語說：chia-li-shiya（請你寫）。

揮毫的老人盯著穿著和服，披著毛線外掛的美霞，冷淡的表情寫著：來了個好事的ribunran。或許有時也會有內地人的顧客來要求寫春聯，老人沒多問，便拿起筆來迅速地寫下她要求的樣本的字。接著用日語告訴美霞：兩圓，讓看著老人漂亮的字體而入神的美霞嚇了一跳。雖然是字數少樣式簡單的春聯，但她覺得一張要價一圓似乎太貴了，但一想到那是討吉利的，便遞出了兩張壹圓的鈔票。這情況不能像買菜一樣，輕易地討教還價，說太貴了，kagui，kagui。是難得的大出血。

或許在價錢上被訛詐了也說不定，無論如何自己想要的春聯已經拿到手了，美霞很高興地回到昭和町的家。顧不得換衣服，馬上就在玄關兩側的杜子上用飯粒黏上全新的春聯。「竹根平安」「年年有魚」。眞是簡單明瞭的吉祥話，她再次著迷地望著春聯。祈求宛如竹根牢固地向地下綿延般的平安，祈求餐桌上魚肉無虞的安定生活。大概是這樣的意思。眞是的，人除此之外，沒有祈求的東西嗎？

除了平安之外別無他求。因爲春聯的關係，租屋的簡陋幽暗也消失了，就連玻璃窗看來都乾淨許多。

春聯的祝福讓美霞感到宛如春光般的溫暖，這天傍晚一邊重新縫製舊衣服，準備晚飯，等著明彥返家。明彥進門來時如果看到玄關的春聯不知道會有什麼表情。——美霞覺得有些遺憾的是，如果外頭變暗了，那紅色與金色便不顯眼了。如果是白天的話，效果會更好——不過美霞所選的春聯的吉祥話，他應該會中意的。因爲明彥也與美霞一樣，對Taihoku的生活，抱著同樣的願望。——如果被問到價錢，便回答兩張壹圓。可不能告訴明彥，一張壹圓這樣驚人的價錢。——到了六點鐘，和往常一樣，差不多準備好了晚飯，收拾縫製的衣物，六點半後再準備洗澡水，繼續等著明彥返家。美霞心中覺得不安，害怕要是這天明彥也晚歸。

與社會學同行的夥伴創立雜誌之後，比起以前，明彥更加忙碌了。將編輯室設到的夥伴家中多出的空房間，Taihoku帝大某人的研究室好像被當作聯絡處，而「東京支部」便是明彥母親的家。這年冬天，明彥爲了雜誌的會議，常常半夜才回家。美霞認知的是，由於不是市面流通販賣的雜誌，只是增加了開支罷了，但男人卻以此爲樂。不知什麼緣故，男人總是成群結隊，企圖鞏固自己的勢力。

美霞在家中走來走去，繼續等待著明彥，卻坐立不安。頭痛似乎又要向美霞襲來。今晚藉著春聯一定能與明彥開心第談話，美霞像是演獨腳戲般在腦海中上演著。這樣的對話將美霞的頭痛給趕了回去。明彥也很關心台灣習俗，應該會教給自己其他許多舊曆年相關的稀奇儀式吧。對兩人而言是值得紀念的特別一夜。希望至少今夜明彥不要深夜才歸來。

美霞將逼近自己的頭痛手腳並用地推了回去，一直等待著明彥的笑聲。明彥應該會笑著對美霞說吧。……呀，令人吃驚呢，居然能想得到。其實我也對春聯有興趣。這樣我們也能享受舊曆年的氣氛呢。我們之後每年都貼上春聯吧。……

九點之後，玄關前響起了腳步聲，緊接著聽到了玻璃門打開然後關上的聲音。之後回想，那聲音或許太過劇烈了也說不定。
美霞從廚房跑步繞向玄關，在客廳的入口處差點與穿著大衣的明彥撞個正著。美霞不禁叫了起來，邊笑邊稍稍地往後方退下，之後這才看到明彥的臉。明彥臉上沒有一絲笑容。
——什麼？怎麼了？
美霞感到一陣暈眩的同時，低聲問。突然之間突然領悟到自己又犯了嚴重的錯誤。在那之前熱鬧地佔據美霞腦中那愉快的對話與家中整體所感覺的幸福都已經消失無蹤。一看明彥的手中，那兩張昂貴的春聯已經被撕下，被揉成了紙團。
——這種東西！你……你就那麼想讓人看我笑話嗎？啊？鄰居都在笑呢！你就那麼恨我嗎？……你太過分了！
明彥將春聯丟到地上，恨恨地吐出低沉且顫抖的聲音。
——……怎麼會。不是的。……眞的很抱歉。……對不起。不是這樣的。……
美霞在明彥的腳邊蹲下，收拾了春聯後在榻榻米上重新坐正身子，磕頭認錯。
——……對不起，請原諒我。我只是臨時起意。我想你也會高興才是……。只是這樣的理由。……眞的是太愚蠢了……。所以，就請你別再……。對了，你還沒吃晚飯吧。
明彥就這麼瞪著美霞，不發一語點了點頭。美霞拖著春聯急忙地跑進廚房。將春聯丟到灶馬飛竄的泥土地的一角，用著顫抖的手將灶頭點上火，重新熱了味噌湯與燉魚，將在泥土地的灶上煮好的飯移到飯盒，拿到客廳。明彥脫下這個冬天才穿上身的巴黎製大衣，換上褲子與毛衣的家居服，坐在和式餐桌前，看著郵件與報紙。美霞馬上回到廚房，小心翼翼地把味噌湯的鍋子搬到客廳。餐桌上已經擺著兩人份的飯碗、湯碗還有小松菜拌芝麻、醬油滷菜等。把味噌湯鍋送到後，接著把燉魚移到盤子裡。

明彥什麼都沒說便開始吃飯。美霞也低著頭，左手拿著飯碗一點一點吃起飯來，靜靜地啜著味噌湯。味噌湯裡有炸豆皮與長蔥。美霞的頭痛又接著襲來，喉嚨深處充斥著反胃的感覺。

相對無言的吃飯時間很快地過去，美霞開始在廚房洗餐具。頭痛的浪潮開始搖晃著美霞的身體。過了不久，明彥洗澡，接著在放著炭火火盆——一月初，明彥吩咐阿玉去買來的火盆——的溫暖書房開始工作。收拾好了廚房，美霞吃了頭痛藥，在客廳拿出文具桌，開始謄寫明彥的稿子。

頭痛藥一點也沒有效，稿紙上的字開始模糊搖動起來。隨著頭痛，家中搖晃了起來，黑色的浪頭在高高捲起的那一瞬間卻又整個垮了下來，沖散了水面。海草翻騰著，裹住了美霞的身體。感到呼吸困難，眼角泛著淚。為什麼會這樣呢。…美霞的呢喃浮出海草的森林之後緊接著消失，在波浪間隱約地聽見。或許是呼喚美霞的聲音，〈溜冰者華爾滋〉也斷斷續續迴響著……我在此絲毫動彈不得。好痛苦。……啊，不能呼吸。

握著鉛筆的手擺在稿紙上，閉上眼，一直忍耐著疼痛。頭終於垂了下來，額頭靠在文具桌上，美霞落入了海底深處深深的睡夢裡。

舊曆年一過去，真正的春天終於來臨了。阿玉休完假回來，明彥與美霞都不再提到春聯的事，相安無事地日子一天天的過。有春雷響動的日子，也有霧氣籠罩的日子。

三月之後，陽光忽然變得強烈，氣溫也開始升高。內地人打招呼時都憂鬱地預測：今年冬天的寒冷應該會是史無前例，同時也會是個漫長的夏天，酷熱的日子將會持續，據熟知這塊土地的本島老人說。三月之後強烈的陽光以及氣溫急遽上升都證明了這個預測。有不少人很早便開始煩惱，如此酷熱的盛夏要逃往何處去，而在內地人主婦群聚的市場中也有人心不甘情不願地大聲說：台灣爲什麼在這麼南方？眞討厭，難道不能再朝北方移動些？

在昭和町，或許是「國際間諜集團」一員的池田太太，肚子大了許多。一直爲頭疼與失眠所苦的美霞還不相信那是眞正的懷孕，也不樂觀地認爲四周的邪惡陰謀會有那麼容易解除。到房東家付房租，在共乘巴士站等車以及到市場去時，都感覺有人監視著自己，有時甚至可看見槍口反射的亮光在其間隱約閃爍。

美霞相信白頭翁與水田的水牛群，以及牧場的牛和練兵場的馬都保護著自己。但對人的可怕之處卻是感到無力的。人只要興之所致，可以用任何的方法，毒殺、槍殺、撲殺、絞殺，隨時扼殺這些生命，有時也可能將他們吃掉。所謂陰謀這句話的涵義，這些動物或許無法理解吧？而不知道動物是否也會爲頭痛與失眠所苦呢？

美霞想要變成白頭翁。變成田中的水牛也無妨。只要是人以外的動植物，蟲也好，隨處可見的雜草也好，都沒有關係。人類的世界太可怕。殘酷暴虐，充滿了險惡，重重的謀略與陰謀，喜歡相互殺戮，總是以無謂的言語修飾，這便是人類的世界。

不僅只是這個Taihoku，有人的地方到處都一樣吧，美霞也曾經懷疑過。無論是之前結婚後短暫居住的大阪與神戶，以及爲了養病而滯留的須磨，的確都感受到同樣的恐懼而害怕，不是嗎？如果眞是這樣，人類世界邪惡的黑色暗雲可說是美霞所製造的吧？美霞的存在讓人類的世界染上了邪惡的色彩。所以邪惡的美霞一定得被消滅，消滅美霞！也就是說那在耳畔持續迴盪討厭的聲音應該是沒有錯吧。不是的，不會是這樣的！美霞想要大聲的反駁。我不想被消滅！我想繼續活下去！所以，我害怕。我不想這樣死去。我希望能安穩地，靜悄悄地繼續活下去，所以必須嚐盡這麼多恐懼的滋味。

不能大意，因爲美霞活在這隨時都可能被奪去生命的世界。最近很多人頻繁進出池田太太家中，令人感到無以名狀的恐懼。在好幾位老師家中兼職的阿玉也不能說沒有奸細的嫌疑，她看著美霞時，有時閃爍著銳利的眼光令人覺得恐懼。到高校領取明彥的薪水時，有時會發現屋頂上持著手槍的人影因而臉色發白。但是當然不會把這樣的事告訴明彥。因爲她知道他只會說，你的妄想症太嚴重了。萬一如果被關進了精神醫院就麻煩了。

美霞覺得很恐懼。繼續這樣下去，一定會有悲慘的事發生，人類的世界也會因而崩潰。美霞死了，所有的人都死了。這樣異常的天候便是證據。無可挽回的毀滅性滅亡迫在眉睫。爲什麼會這樣……對了，理由便是原本是招「福」的春聯被美霞用來燒洗澡水給燒掉了。一定是因爲做出了這樣的壞事，所以可怕的人禍天災才會接二連三地發生吧。

在強烈的陽光照射下，氣溫持續上升的三月春假，明彥出發到朝鮮半島與滿州，環繞大陸旅行而不是內地。與Taihoku帝大的人與學生一行，好像是爲了所謂的田野調查的研究目的，一起行動。旅行之後，會回東京，預定四月下旬左右回到Taihoku。

明彥已經不再給美霞所謂獨自看家時能夠「解悶」的讀書功課了。明彥說她可自行選擇書齋中喜歡的書來讀，如果想讀其他的書，也可到街上的書店去買。在Taihoku也能買到最起碼的書與雜誌，只是發售的時間比東京遲一些。明彥也說，他不在家時，給阿玉的酬勞也會減少，多出來的美霞可當作自己的零用錢。

而至目前爲止所負責的「稿件謄寫」，因爲進度緩慢，再加上錯誤太多，明彥並沒有責罵美霞，而是緊急地拜託家裡附近森崎老師家的大兒子陽太郎。一直到穿著高校生制服的陽太郎出現在家中的玄關爲止，美霞毫不知情。

在明彥即將出發到朝鮮半島的前一天午後，陽太郎獨自一人前來拜訪。初中時，無懼於夏天的酷熱，在庭院大聲呼喊，揮著竹刀練習。現在是Taihoku高校的學生，聽說他也非常崇拜小泉老師。初中時期的陽太郎是個背脊挺得筆直，有禮貌的少年。成爲高校生之後，用功的程度則是連明彥都稱讚，相對的，姿勢稍微變差了，同時態度變得冷淡。

看到熟面孔的陽太郎來訪，美霞以爲是森崎老師要麻煩傳話給京城或者是大連的朋友，急忙叫了明彥來。來到玄關的明彥，見到陽太郎便微微地點點頭，朝著美霞——或者是意識到陽太郎的視線，和藹地且滿面笑容地——小聲地說：

——你能不能快把我稿件的第一章放到袋子裡拿來？要給陽太郎君。

不理解明彥的意圖，美霞發呆地看著陽太郎。明彥見狀，發出嘖的一聲，急躁地脫口而出。

——你動作快點。陽太郎君要爲我謄稿和製作索引。你勉強做也做不來的。我不在時，一章一章地交給陽太郎君。陽太郎君會將完成的原稿拿來，你再與他交換。

——……哎呀，眞討厭，我怎麼就發起呆了呢。……眞對不起，你請稍等，我馬上拿來。

對神情緊張的陽太郎笑了一笑，美霞回到客廳，將讓她至今爲止傷透腦筋的明彥的原稿的一部分放入褐色的信封當中，也放入新的稿紙，隨便用手邊的包袱巾包好，便交給在玄關等候的陽太郎。

陽太郎與明彥交談了兩三句之後，便將被交付的原稿愼重其事地緊抱著，急忙回去了。明彥也馬上回到書房。到晚上，到第二天早上，明彥都沒跟美霞說明陽太郎的事。或許他不認爲有說明的必要吧。

當天傍晚，陽太郎的母親，也就是森崎老師的太太也帶著一盒枇杷來到玄關門前來拜訪，快速地說：這次陽太郎強出頭地自告奮勇，實在很抱歉，他還沒什麼知識，是個天不怕地不怕的孩子，我們也提心吊膽他會不會鬧出笑話來……，美霞還滿頭霧水時，森崎太太便將枇杷放在檯子上，逃走似地從玄關離去。

第二天明彥按照原定計畫出發到朝鮮半島。美霞給他帶上的便當，慷慨地放入了六個枇杷。

之後，陽太郎持續地幾乎每隔一週便會出現在玄關。只有交換褐色的信封袋，幾乎沒有好好交談過。就算美霞有時單刀直入地問他要不要喝茶，他總是僵硬著臉，匆忙地回家去。他的母親好像鄭重地叮嚀他千萬不可給美霞帶來麻煩。也沒必要這麼地害怕嘛，讓美霞很喪氣。就算一下也好，陪她說說話又如何？美霞認爲還未成年的陽太郎應該與邪惡的陰謀無關，她只想與能讓自己安心的對象談話，但能讓自己安心的對象卻又從身邊逃去。

在大陸不停地驛動的明彥有時會捎來明信片，或許是眞的沒有時間，都只是簡短且平淡的內容，而美霞也不知道明彥下一站要投宿何處，想寫信也無從寫起。「原稿工作」與「解悶」目的的讀書習題都沒有了，當然，菜園、銀行、買菜，家事總是源源不絕地蜂擁而至，無人倚靠的美霞，心中的不安與恐懼與日俱增。

第三次陽太郎來了，馬上回去之後，美霞獨自坐在玄關。因頭痛而緊鎖眉頭，對並不在場的陽太郎開始說出自己的心底話。

……陽太郎君，喂，我有事想問你。你能聽我說嗎？嗯，男孩子是從什麼時候開始在意起性來的呢？是從知道男子與女性的身體不同的時候開始的嗎？有一天，那個地方突然開始癢了起來嗎？那與對女性的慾望有什麼關係？我不知道。……依據小泉老師的診斷，我好像得了「性冷感」。也因爲這樣，我也不懂性是怎麼一回事。……我覺得男人的慾望既粗魯又殘酷。我錯了嗎？殘酷的慾望居然能夠生出小孩，實在是很奇怪的事。這與雙親的愛情如何有關聯呢？……我其實也不懂「性冷感」的意思。那是與生俱來的疾病嗎？或者是有原因的？……說不定是因爲人在台灣的關係？爲什麼我們就這樣地住在台灣？……陽太郎君你不害怕嗎？我很害怕呢。接下來一定會有可怕的事情發生呢。會有水災發生，地震、太陽會增加，地面會燃燒，會有很多炸彈被投下，身體會變得到處是坑洞。只要待在這裡，我們絕對逃不了。……

而在四月，震源位於台灣中部的大地震眞的發生了。剛好是明彥預定返回Taihoku的一個禮拜前。即使是四月，盛夏的酷熱已經出現。這時是清晨，美霞在睡床上感覺到遠山有動物的咆哮聲召喚著自己，因而發出尖叫聲。床鋪搖動因而起身的美霞全身滑落了汗水。

——好熱……太熱了。

美霞喃喃說道。

二十一、（二〇〇五）年夏，？↓

……好熱。

啊——太熱了。

為什麼會這麼熱呢。

越來越熱。

是啊，只要一出汗，你看，馬上便會結成鹽巴。

啊——太陽太強了。

——強烈的熱氣肆意吹來。

過了中午時分的這個時間，如破布般的雲層便虛弱地在空中流動。即使是這樣的雲也能夠減弱太陽光，所以地上的人們能夠有喘息的機會。

大樟樹以樹蔭守護著莉莉與楊先生，被熱風吹動了枝葉，乾燥的樹葉相互摩擦發出了聲響。已經轉成褐色的枯葉一點一點地被風吹散。兩人坐下的草叢處，也傳來地面的熱氣。

……不知道是否我神經過敏，看來似乎有兩個太陽。

啊——好刺眼，看不清楚。

應該不可能的……。

還是別看天空的好，會弄瞎眼睛的。

腦袋很昏沉……。

啊——這個芒果還是趕快吃吧，不快吃的話，都要變成芒果乾了。

是眞的呢，已經變成熱芒果了。味道有些強烈。……不過是香甜的水果，在這情況下，對身體似乎非常好……。

——帶著太陽眼鏡與帽子的莉莉發出笑聲，咬了一大口被太陽曬得滾燙的芒果。微溫的黃色汁液從莉莉的下巴滴到了胸口。

楊先生也兩手拿著切成一半的芒果大口吃了起來。黏稠的汁液滴下，將楊先生開始雜亂長出鬍鬚的嘴邊四周、polo衫的胸口以及五分褲的膝頭染成了黃色。

兩人靠著同一棵樟樹的樹幹坐下，樹蔭底下聚集了爲了躲避熾熱的陽光而前來的鳥群、蝴蝶、蜂、蚱蜢和蟻群。這樣的大樹這附近並不多見，原本是喜歡日光浴的蜥蜴與蛇類會悠閒地躲進這樹蔭下避難，更有體力的動物則逃往深山了吧！

蝴蝶與蜜蜂在這樣的酷熱當中不見飛舞的蹤影，連棲身於樹枝當中的鳥兒都不叫了，形形色色的蝴蝶棲身於草木與樹葉當中。黑色的楊羽蝶，小型的藍色蝴蝶，紅邊白底的蝴蝶以及有百步蛇花紋的黃色蝴蝶。大蚱蜢、小蚱蜢一動也不動，蜜蜂也不動，就連蜥蜴與蛇也一動不動。

只有螞蟻，彷彿是迷失了方向，在草叢中來來去去。

……如果有兩個太陽的話，那可是不得了呢。

啊——那當然……。

……不過，雖然還很小，但我好像看到了兩個太陽。同時，好像漸漸膨脹了起來……。

那……。

是啊，不過或許是我眼睛的錯覺。因爲太眩目了，往天空看去也看不清。

啊——如果雲彩閃過的話，那時便能看見了。太陽太過強烈時，我們應該靜靜的等待。

是，那倒是。如果雲層能再擴散就好了……。

啊——陽光過於強烈，雲或許就此蒸發也說不定。

接下來，似乎連我們也會蒸發。

啊——，我們不會蒸發，不過一定會變得和水果乾一樣。

哎，就是速成木乃伊嘛，我才不想變成那樣。

啊——大家都一樣啊……。

反正自己也不會知道的……。

對，只要死了，什麼都不知道了。所謂的靈魂也無關緊要了，大概……。

——太陽直接照射在樟樹正對面的斜坡上，可看見開闊的芒果與木瓜樹園，因爲陽光太強烈的關係，有的樹葉已經乾枯了。

沒看見半個人影。

摩托車經過的路上，有賣芒果的攤位獨自佇立著。無人的攤位只放著寫著一堆芒果價錢的紙以及放錢的箱子。雖然特地搭起格子花紋的塑膠遮陽棚，但賣芒果的人耐不住陽光直接照射的酷熱，丟下重要的商品，好像到涼快的地方緊急避難去了。

兩人在這個攤位選了四個大芒果，將兩張百元鈔票放入箱子。與其說當作點心，不如說是期待這營養豐富的水果將會成爲有用的貴重食物。

……昨天太陽也很大，但不像這樣。

啊——從傍晚開始下起了雨。

對啊，一開始還沒麼大……。

變成傾盆大雨後，啊——路都看不清了。

或許是颱風的關係吧？

不過，颱風不會來。

上哪兒去了呢？

啊——我想應該還在台灣附近……。

接下來會到台灣來嗎？

……天氣完全變得異常了。

昨天的雨眞的很大呢。我們在那傾盆大雨中走了很遠。我打傘，楊先生穿著雨衣……。

啊——因爲下雨的關係，也不能騎摩托車了。眞對不起。

不會的，因爲眞的別無他法了。要是自己一個人的話，或許會因爲害怕而想哭也說不定……。託那家店的福，得救了。

啊——我也很高興，因爲是我的責任……。

……昨天在大雨中走了大約一個小時左右，或者更短吧。莉莉的摺疊傘幾乎派不上用場，身體完全被雨淋濕了。由於是盛夏的雨，雖然不至於冷到發抖，還是消耗了不少體力。

在路旁發現小食堂，兩人飛快地進入，是「原住民」的年輕夫婦所經營的店。開著電視，有兩個眼睛又圓又亮的小女孩在殺風景的店裡來回奔跑著。在食堂隨便地點了食物。

吃完飯，雨勢並未停歇，兩人也無法出到外面。楊先生用北京話交涉的結果，付了一些錢，讓他們能夠睡在店裡頭的小房間。

這對布農族的年輕夫婦與孩子搭上自己的箱型車離去。他們並不住在這個山中，自家住宅據說是在離城鎮較近，較方便的地方。

楊先生一開始與莉莉客氣，說自己就睡在店裡的板凳上，但莉莉拚命說服他說，騎摩托車的人一定要好好睡，最後兩個人決定各自睡在木板地的長方形房間的兩端。

布農族的夫妻非常好心借給他們毛巾和毛毯，兩個人背對著背，首先用毛巾將身體的水仔細擦乾，接著裹上毛毯，脫下還溼答答的褲子和T恤，厚實的毛毯讓他們覺得非常舒適溫暖。莉莉丟掉了自己的行李箱，楊先生也把絆手絆腳的行李託付了妻子，兩人都沒帶換洗的衣服。

大雨不停敲打著店鋪的錫鐵皮屋頂，彷彿要將它打成千瘡百孔，兩個人聽著這喧鬧的雨聲睡著了。即使兩人獨自被留在山中，由於精疲力盡，並沒有直接感覺山的可怕，兩個人甚至連意識到男女之別的餘裕都沒有，沒有交談，馬上便陷入了深深的睡夢中。

激烈的雨聲纏繞著兩人的睡夢。

——緊接著早晨到來，雨已經停了。

太陽強烈的光線射入了山與山之間，氣溫迅速上升，已經無法再繼續裹著毛毯。早晨的太陽光宛若玻璃的針般，銳利且堅硬的射到了地上。

兩個人穿著經過一個晚上還未從溼氣解放的衣服，走到水泥地板的店裡。昨晚的雨流了進來，形成好幾處水窪。有個玻璃冰櫃，從那兒取出冰涼的瓶裝水喝了起來。

布農族的年輕夫婦帶著孩子開車回來了。

他們說，今天似乎會變得很熱，楊先生如此告訴莉莉。據說整個台灣會像是燃燒起來一般，令人難以置信的酷熱。

兩個人的早餐點了麵，吃完之後肚子很飽，接著買了許多的水便出發了。

早上九點鐘。

昨天山中北上的道路，因爲土石流的關係已經無法前進。年輕夫婦如此警告，他們只好緩緩地沿著下山的路走，道路、山都籠罩著濃濃的氲霧氣。

快接近平地的時候，來到了一個小小的鄉下城鎮，在這裡還有一條往來山與平地之間的北上道路，鎮上的所有建築物、電線桿、以及柏油路，全都因爲霧氣的關係看來像在晃動著。

比起日本，這裡的便利商或許更多，發現一間，衝了進去，再買了一些水。這裡也賣內衣褲，順便買了「備用食品」的牛肉條與口香糖，借了洗手間，兩個人笑了起來，說眞不愧是「便利商店」。

看不到外頭的行人，整個城鎮寂靜無聲。即使如此，僅有的幾個建築物，其中的冷氣繼續開放著，所以鎮上的機能還繼續運轉。要是第二天以及那之後，太陽的熱氣還是不停的增強的話，河川的水就會蒸發，或許連電力的供給也會陷入危境。

抱著這樣的不安，也順路繞到自助式的加油站，給摩托車加了油，如果氣溫太高的話，不知道加油站是不是會爆炸。兩個人害怕起來，急忙的離開那兒。

也沒買到另一頂安全帽，莉莉戴著的是木棉質地的帽子，而不是安全帽，繼續搭著摩托車。進入往北的道路回到了山中，在險峻的山岳地做了一個大大的回轉。

中午時分，霧氣消失了，取而代之的是從地上被激起的熱氣，太陽光開始令人發疼。兩人被昨天的雨淋溼的衣服，在早上摩托車開始啓程之後，馬上就變乾了。到了下午漸漸地發出燒焦的味道，汗水發出的香甜味也消失了。

楊先生終於受不了了，脫下了安全帽。守護人類頭部的安全帽，或許是儲藏熱氣的東西吧，從未帶過那樣東西的莉莉如此推測。

買了芒果之後，在右手的山丘上發現了一株非常大的樟樹，便在樹蔭下休息，等待午後的陽光威力減弱。

比起陸上，樹蔭是稍微涼快些，但即使如此，還是避開不了熱風，地面上也醞釀著熱氣。楊先生突然想起來似地，拿出行動電話。這個時候，他的太太與女兒或許還在高雄，也或許正搭著觀光巴士，在高速公路上開始朝著桃園奔馳。但行動電話的電池已經消耗完畢，無法使用，因此只好斷了與妻子和女兒連絡的念頭。

她們一定會自己想辦法才是，楊先生低聲說。再怎麼說，在包租的觀光巴士與旅行社的保護下，團體行動的員工旅行應該無須擔心。和這裡不同的，另外一段時間正流逝著。對莉莉而言，要擔心彼此是否安好的對象，至少在這台灣，一個人也沒有。

莉莉想起了在這之前短暫停留的Taipei都會。Taipei發生了什麼事呢？同時離這裡遙遠的都會東京，到底怎麼樣了？是否還和這裡一樣，因酷熱而燃燒著呢？或者不是這樣子的呢。

莉莉的身體，彷彿靜電般的疼痛一瞬間流竄而過。

啊——接下來氣溫會更高，這裡比起平地要涼快個兩三度，不過已經這麼熱了，你看看，田裡的水果都變黑了。

都燒焦了嗎……。

……兩個太陽……，啊——或許眞的有。太刺眼了，連天空都看不見了……。

是啊，看來搖搖晃晃的是熱氣的波浪吧。

……啊——，如果眞的有兩個太陽該怎麼辦呢。

對了，從前是有兩個太陽的故事。

啊——，我也知道，這在台灣是有名的故事，不知是排灣族還是泰雅族，是山中人的傳說……。

……或許不是傳說，而是實際發生的事。

啊——，是什麼樣的故事呢？我記不太清楚了。

……昨天我隱約聽見有聲音說，居然有三個太陽，眞是不得了，要是天空裡有三個太陽的話……。

啊——，只要兩個太陽大家就會被燒死了。

然後樹木會枯萎，鳥兒們也會被燒死，我們人類也會被燒死……。

啊——，是啊，太陽眞殘酷，好可怕。

不過，嗯，我們或許得要下定決心出發不可。擊退多出來的太陽……。

啊——，是什麼意思呢？我們要出發了嗎？

對呀，到太陽沉睡的地方……。

那是很遠很遠的地方……。

或許……。

啊——爲什麼是我們呢？

唉，我也不知道……我覺得，或許會有人在這個時候告訴我們該怎麼做，或者是需要我們怎麼做。……對了，在傳說當中，這個地上總是被兩個太陽照射著，所有的樹木都枯萎了，地面也乾裂了，人都死了。……這樣下去的話，人類的世界就會毀滅，對自己的體力有自信的年輕人們，出發去擊退第二個太陽。不過距離目標太遠，在有生之年沒有任何一個年輕人抵達得了，每個人背著下一個世代的嬰兒出發。……相當於他們的耳環的竹筒裡裝滿了粟米粒。他們在路上咀嚼著這些粟米，吃著橘子，播種之後前進。非常不可思議地，這粟米怎麼吃都不會減少。……過了幾天、幾年、幾十年，在到達太陽沉睡的地方之前，所有的年輕人都變成老人死去，但這時，嬰兒也已經變成健壯的成年人，終於抵達太陽沉睡的地方，接著用弓箭準確地射落了多出來的太陽。就這樣太陽的表面受了傷，成了在夜晚升起的蒼白月亮。……之後，這些嬰兒回到村莊時，橘子樹都長大了，可以好好的享用這些橘子的果實。……他們回到村莊的時候，都變成了衰弱的老人……。我想，是這樣的一個故事。

……啊——我想起來了……也就是說，太陽沉睡的地方太過遙遠，一個人在有生之年是絕不可能抵達的，這樣的意思吧。

是啊，因爲對方是遍照這個世界的太陽。

啊——我們必須暫時離開到這世界的外面不可……。

……對活著的人而言，那不是能夠計算的時間，也不是眼睛能夠看見的道路……。

……啊——我知道了，或許是likujao的力量吧。

……Likujao啊。

啊——我的頭腦變得很奇怪。……我死去的前妻好像也來到了這個地方。

是啊，我的孩子和我的阿姨一定馬上……。

……啊——我過世的前妻，嬰兒就這麼一直在她肚子裡。

或許已經存在於我們無法計算的時間裡了，好像已經是這樣了……。

啊——那條路，只有死去的人才能看的見。

死去的人會爲我們帶路的。

……啊——是這樣的。

是啊，我想應該是……。我們就在這兒等等看吧。……那黃色的蝴蝶，是亡者的聲音，現在雖然正沉睡著，不久就會醒來，或許會告訴我們些什麼事……。

——熱風又吹了過來，重重的搖晃頭上的樹枝，枯葉四處飛舞，震動了四周沉睡的蝴蝶們的羽翼。

楊先生將吃完的芒果的果皮，放在不遠的草皮上，打算讓蟲子吸吮它的汁液。抓住了蚱蜢、蝴蝶、蜜蜂，一隻接著一隻的放到芒果的果皮上，螞蟻憑藉著自己的力量接近芒果的汁液。

莉莉也學他。

手和嘴巴四周都因芒果的糖分而黏糊糊的，雖然想用水洗，還是節省用水的好。忍耐著，用舌頭一根一根地舔著手指，用水沾濕了手帕將手擦乾淨。

芒果香甜的味道緊緊地纏繞著兩人，在這當中，他們又昏昏欲睡起來。

沒有半輛車子經過，鳥也不叫，蟬也不鳴，只有當風吹過時，乾枯樹葉所發出的聲響在四周迴盪。

二十二、一九三五年 春→夏

台灣全島開始劇烈的搖晃，根據記錄，是早上六點零二分，這個震動，在大陸的福州、廈門也都感覺得到。

台北的家也如海洋中的小船左右晃動，在長時間持續的搖動中，美霞坐在被子上一動也不動。從山的那一端迴響著令人不可思議的聲音，在腦裡持續的迴盪著。這個聲音，跟附近的狗和鴨子們喧鬧的聲音混雜在一起，變成了疼痛的針頭，刺進了她的頭裡。爲安眠藥的關係，睡意還無法那麼簡單地離開她的身體，美霞還無法推測，這時到底發生了什麼事。

最初的搖動持續了很長的時間，約在三十分鐘後，又發生了第二次巨大的搖動。這個搖動持續了相當久都沒有停下來。美霞終於注意到，這可是地震呢，而且是相當大的地震。腦中的迴音又更大了，無論從哪一戶都能聽到尖叫聲，好像是孩子的聲音，狗再次吠叫，鴨子也開始騷動，搖動持續了很久，她感到像暈船般想要嘔吐。美霞四肢著地，一點一點爬出被子，兩手抱住客廳的柱子站了起來，玻璃門劇烈晃動，彷彿馬上就要破裂，頭上的電燈也持續晃動著。看了看明彥的書房，有幾本書和檯燈掉落在地上，燈泡破了，接著廚房的茶杯和盤子也掉在地上散亂一地。

終於開始了。

美霞發出了呻吟聲，淚水從眼中掉落，我該怎麼辦呢，這個世界眞的開始崩潰了，如果待在這家中，我會被壓死的。對了，得先從這兒逃出去才行。連睡衣也沒換，美霞衝出了外頭。

這世界已經終結了，更嚴重的地震持續發生，整個城市被火包圍，地面裂開了，海嘯也襲來，所有的一切都完了，她想對人這麼說。因爲沒有可逃的地方，也無法對別人說，一起逃吧。不過單獨一人迎向世界末日，實在是太寂寞了。

佇立在玄關之前，看了看附近的人家，她的牙齒不停打顫，雖然是早晨，但身體已爲汗水濡濕。沒有一間房子倒塌，路上沒有散亂的瓦片與玻璃碎片，沒有人家發生火災，地面沒有崩裂，沒有樹木倒塌，除了狗和鴨子之外，昭和町是出奇地安靜。在小小的庭院中，有人家的孩子正在喊叫著。也有人家是大大地打開了玄關，但沒有人從那兒出來。從窗子看去，有人正向外眺望，其他的人家則打開遮雨門，發出嘎答嘎答的聲響。一出到外面，幾乎感覺不到搖晃，或者是搖動已經停止了。後頭池田太太家，從美霞所在的地方雖然看不到，並沒有感覺到哭泣或騷動，也沒有人攻擊穿著睡衣就跑到外面的美霞。

早上七點之前，在大多數內地人教師居住的昭和町，正值家人上班上學的時間，是一天當中最忙碌的時段。在最初的晃動下被吵醒，揉著眼睛看了看狀況，都這個時間了，每一家都急急忙忙開始吃早餐。出到外面，也沒有驚慌失措的時間，也就是說，這地震規模並不是太大。

美霞歪著頭想著，是這樣嗎？地震就這樣安靜下來了嗎？應該不是的，應該會有更可怕的事情發生才是。

至少在這個昭和町，美霞所想像的，宛如世界末日的悽慘呼喊狀況，根本沒有發生。美霞拭去眼淚，拾起自己家中的報紙，呆呆望著玄關旁的蘇鐵樹，已經過了四年，卻一點都沒有成長的蘇鐵樹。在內地曾經聽說，有蘇鐵的人家是非常具有異國風情且浪漫的，但實際上，再沒有比它更無趣的樹了。如果這是在春天長滿嫩葉的野茉莉，或者是開出可愛的桃紅色花朵的桃樹，該會讓人心情多麼舒暢。頭痛宛如海嘯般蜂擁而至，美霞扭曲著臉，眼中又浮出了淚，她熟悉的白頭翁消失了蹤影，也不對美霞說話了。

有人的聲音輕拂著美霞的耳朵，吃了一驚回頭一看，發現穿著浴衣與木屐的陽太郎站在她的後面，害羞似地把臉別過一邊。匆忙揉了揉眼角，美霞也害羞地低下頭來。

——……呃，現在收音機傳來臨時的新聞，聽說台灣中部地方發生了大地震，家母要我來問問小泉老師家要不要緊。Taihoku似乎不用擔心，詳細的情況還不知道。

——嗯，是這樣嗎？……還讓你特地來一趟，不好意思。……是這樣嗎？Taihoku沒有問題嗎？

——是的。要是有我能幫忙的地方……。

——謝謝。只是盤子破了，並沒有特別的……。

一直別過臉的陽太郎，一聽到美霞的回答，行了個禮，就跑回自己家中了。

獨自被留下的美霞只好回到家中，打開遮雨門，開始慢慢收拾書房和廚房。房子已不再晃動，美霞家裡因爲沒有收音機，就算想自己親耳確認大地震的新聞也沒有辦法。準備了簡單的早餐，一面趕著蒼蠅，一個人開始吃了起來。頭痛非常劇烈，雖然想回到被窩裡，但更大的地震似乎馬上就會發生，也沒有法子。

接近八點時分，空中忽然變得吵雜起來。沿著河川的練兵場，朝台灣中部出發的訓練機一架接一架起飛，就連步兵連隊和紅十字會，可能都搭著卡車向受災地出發。陽太郎告知她的臨時新聞已是無可置疑了。

八點，阿玉出現了。剛好這天上工的她，一看到美霞，便發出哭聲。

——哎呀，新竹和台中發生了地震啊！也許大家都死了！哎呀！

阿玉的親戚據說住在台中，雖然想知道情況，但電話和電報都不通，火車也停駛，無計可施。

——沒問題的，大家一定還活著，沒問題的。

抱住阿玉小小的身體，美霞也一起哭，不停地低聲重複同樣的話。好不容易能夠和某人一起悲嘆天災的可怕，對此時的幸運充滿了感激的心情。

到了午後，大地震的號外在台北各處散發著，到市場去的阿玉也拿了一張自己只能讀懂片段的日文號外給了美霞。美霞爲阿玉讀出大大地以日語活體印刷的文字：「強震襲擊新竹台中、有多數死傷、多處房屋倒塌、震央在新竹州後龍溪上游、可憐遭倒塌房屋壓死者有百餘名、鐵路軌道遭遇空前的破壞……」想起十二年前的關東大地震。

還在世的父親牽著她的手，在東京舉行了只有雙方親友的結婚儀式，和丈夫在大阪的家開始生活之後不久的事。在陌生的土地過著不知所措的新婚生活，從號外上得知，關東好像發生了大地震而讓她臉色慘白。不過，韮崎幾乎沒有損害，暫時讓她安了心，但一想起在東京姊姊一家便擔心得不得了。包括姊姊的家人，大家都平安無事，這樣的電報從韮崎捎來為止的兩天當中，美霞因為不安而不停哭泣。這淚水中其實也混雜著對新婚生活的不安，丈夫剛好到上海出差。和這次的明彥一樣，都不在自己的身邊。為什麼只有我單獨一人在這樣的地方呢？為什麼我不能在大家身邊呢？當時的美霞更年輕，還像個少女，也是獨自一人掙扎著。

我總是被大地震的恐懼壓垮，實際上我都不在地震發生的現場，什麼都沒有經驗過。讀著報紙的報導追蹤已經發生的事，透過這樣的過程確認恐懼感罷了。就算知道是這樣，但體內的恐懼依舊無法平息。阿玉回去之後，美霞獨自一人在頭疼中反覆讀著號外上所寫，幾乎可以背誦了。

第二天起，報導大地震的災害狀況以及照片擠滿了新聞版面。美霞也從這些報導和照片中，仔細探索受災地的狀況。

死者超過三千名，重傷者有一萬兩千名，據說全倒與半倒的房屋合起來超過了六萬戶。災民在十萬人以上，在地震頻繁的台灣也是三十年以來的大地震。最初發生地震時，待在家中的人與已經外出在田裡工作的人有著完全不同的命運。被害狀況嚴重的區域居民，幾乎都是本島人的農民，和住在Taihoku眾多地內地人不同的是，他們早晨都起得很早。其中，勤勉的客家人這時候已經到田地上工，因而得救。而悠閒的閩南人還待在家中，被崩落的土角——在台灣這麼稱呼自然乾燥同時用來建造農舍的紅磚——壓垮了，纏足的老婆婆就算想逃也跑不了。城鎮裡，因水管破裂，道路淹滿了水，火災四處延燒。到處都可看到地面崩裂。鐵軌也斷裂了，橋梁與隧道都崩壞了，也因此救難隊接近不了山地孤立無援的人。

各種流言四處流竄，死者的亡靈成群結隊糾纏殘存的人，想要取他們的性命。或者台灣島會因這個地震而沉沒。撿回一命的人們，害怕著這樣的流言，本島人在某些方面原本就非常迷信，只好求助於道士可疑的咒語。但台灣島即將沉沒的流言，連住在其他地區的內地人也被操弄著。有人衝到銀行要提出所有的存款，也有人開始預約往內地的船票，可見這樣的混亂。

……應該是又軟又輕的被子突然變得又硬又重，美霞早晨的睡眠擠壓變成冰冷死亡的夢。而台灣痙攣發作開始沉沒，與數不清的亡靈一起沉入海底。還活著的人類則被置放到地表。下沉，下沉，死者的亡靈在海底成為魚，成為蝦、蟹。曾經是活生生的人在海底也馬上成為死者的夥伴。隨海流飄動的海藻中，人的屍體搖動著。

在昭和町的家中獨自一人起居的美霞每天持續被夢魘糾纏。被土角壓垮的身體蒼白的內臟飛出，也有桃紅色的腦漿從頭蓋骨的裂縫中溢出。唉呀，唉呀的本島人的歎息聲，文彥的哭泣聲，還有不停地呼喊美霞的叫喚聲參雜其中，從地底湧出，汗水完全沾濕了被褥。

大地震之後過了三天，結束大陸的旅行抵達東京的明彥打來電報，以及從韮崎捎來擔心Taihoku受災情況的電報，同時送到美霞的手中。明彥的電報內容說，因為地震騷動而很難訂到內台航路的船票，但還是能夠按照原定計畫回到Taihoku，請安心。如果明彥按照原定計畫回來，屈指一算只剩下四天了。就算現在打電報，也是明彥離開東京後才會到。美霞只給韮崎送了回信的電報。……這裡一切平安無事。請安心。明彥也將馬上返回。但遭逢不幸的人實在太多，讓我淚流不止。……

明彥要回來了。不過要做什麼好呢，美霞也不知道。一起了這個念頭，又硬又重的土角便不停落下。有時十個左右連續不斷掉落下來，也會撞擊到背上。美霞一直忍耐著土角帶來的疼痛，白天，裝作若無其事到庭院種田，重新縫製衣裳，如果阿玉在的話，便看著她工作，有時也到市場或城區辦事。身體內部傳來一陣一陣的頭疼，外部則是土角的疼痛襲來。只要疼痛加劇，便會因爲土角而肉綻骨碎，進而流血。美霞走過的痕跡留下了血。不過這個血，除了美霞以外，其他的人都看不見。

——這裡好像很嚴重呢。車站前有人募捐，我也捐了五十錢。

回到昭和町的明彥一開口就提起地震。

——在大陸和內地都成了大新聞。台北平安無事，實在太好了。一開始聽到台灣發生了大地震，眞的嚇出一身冷汗。我是在大連時接到消息的。因爲有山，台灣中部容易發生大地震吧。很久之前的大地震，震源好像在嘉義。美霞小聲回答。

——……接下來海嘯襲來或許會釀成大水災。

——水災？連這種事都要擔心的話怎麼受得了。

明彥笑了，但美霞笑不出來。

——是啊！是受不了。

——反正台灣就是個天災很多的地方嘛，颱風也多，也容易走山。……但這裡眞的很熱呢。才四月而已，太熱了。這裡是這麼熱的嗎？蒼蠅也非常多，居住的話京城可是好得太多了。滿州的哈爾濱就算到了三月還在寒冬當中呢。

——據說台灣要沉到海底了……。

——別說這麼愚蠢的事了，有這樣的流言嗎？不過這好像就是流言蜚語的典型吧。這次的地震到底流傳著什麼樣的流言蜚語，我來讓學生做做調查好了。

明彥笑著，他的心情一直都很好，緊接著便給美霞看他在大陸旅行所買的稀奇的土產，鋪棉的上衣、滿族的毛皮帽，給美霞的是翡翠髮飾、鏤金的盤子、朝鮮的面具以及精美刺繡的扇子等。然後也告訴美霞他旅途的見聞。滿州的「亞細亞號」速度快得驚人，比起Taihoku，大連是更美麗的都會。哈爾濱還殘留著俄羅斯濃厚的氛圍，讓他想起啓蒙他法語的俄羅斯老太太。俄式風味的麵包很好吃。在朝鮮他受到京城帝大優秀的教授與學生熱烈歡迎，這與Taihoku帝大是不能相比的，眞的非常的愉快，同時有意義。……

美霞隨便的點點頭，一直聽著明彥的話，她覺得有點不可思議，這個人的聲音是這樣的嗎？嘴巴的形狀也奇怪，好像假的明彥。他就在身邊，卻感覺距離好遙遠，美霞內部的不快與困惑正蠢動著。

總覺得有異狀，一個禮拜前大地震發生時不在這個昭和町的明彥不知道土角崩落的痛楚，對於世界正開始崩壞也如此漠不關心。當然並不是明彥故意避開台灣的地震，這美霞清楚。大地震發生那天，不在台灣的明彥與身處遠離災區Taihoku的美霞是多麼的不同啊。由於現在還常常感到餘震的晃動，不能不說是依舊體驗著餘震。即使如此，美霞仍感到強烈不對勁。

到了夜裡，明彥的「小黑」進入身體——可別忘了保險套——美霞忽然想起來。對了，明彥本尊大概還在內地某處徘徊，回到昭和町的明彥是另一個明彥吧。至今爲止，悲傷、怨恨還有互說愛愛愛，我珍愛的明彥不停進入我有著鱷魚銳齒的身體裡，我那令人懷念的gongon的明少爺已經一去不回了。

明彥2——美霞偷偷如此稱呼現在的明彥——回來的第二天，韮崎的母親和東京的弟妹捎來了信。第二天東京的姊姊與明彥的母親還有韮崎的弟妹也捎來了信，異口同聲擔心美霞與明彥的安危，從內地寄來這些信的每一個人——除了明彥的母親之外——不知爲何，比起明彥2更讓她感覺親近。就算美霞覺得疑惑，還是打算馬上回信。但信寫了不久眼睛便模糊起來，頭開始痛，連土角也落下了。心有餘而力不足，只寫了簡短的信。

給小弟的信她如此寫道：

……從地圖上看來台灣島雖小但意外的可是很大喔。震央的中部地方距離台北非常遙遠，山地則是更遠呢。我一輩子可能都接近不了，這次的地震，山中的人們不知道怎麼樣了，我非常的擔心。……

給小妹則如此寫道：

……犧牲的幾乎都是本島人，雖然令人心痛，但聽說也有討厭直接接觸肌膚的西洋醫學而忌諱就醫的婦人，原本能夠得救卻因此死去。比起本島人，我們對於裸體似乎沒有絲毫羞恥心，內地人或許還處於未開化的狀態。聽說最近的女學生開始使用男子用語？你（kimi，譯註：男性使用的第二人稱用語）或者是我（boku，譯註：年輕男性使用的第一人稱用語）這樣嗎？這很好啊！如果男女都能夠使用同樣的語言那該有多好，不過目前，你就是要努力讀書，不要像我一樣成爲一個既無知也無獨立能力的女人。……

爲了讓母親與姊姊安心，她只寫些無關緊要的事。

……台北很平靜。軍警似乎繼續救災活動，婦人會與青年團也在救災活動中發揮了很大的功用。這裡的五月已經完全是盛夏了，因爲酷熱，受災地會更辛苦吧！在台北黃色花朵的相思樹、火紅花朵的鳳凰木和扶桑花等似乎不知災區的疾苦而競相盛開著。好想看看美麗的相思樹。……

對大妹她更敞開心胸如此寫道：

……前一陣子天皇對震區恩賜十萬圓，侍從送到台灣來，報紙大肆報導。嗟！僅僅十萬圓！給貧者一盞燈的一般募捐到今天爲止已經募得三倍以上了。天皇的慰問金發給死者每人十圓，房屋全毀的家庭一圓二十錢，因爲是非常貴重的錢，已經下了指示別隨便買東西，一定得先買日章旗。居然向受災者的本島人這麼要求。不過啊，出乎意料地本地的內地人盡心盡力幫助受災者，這一點就讓我安心多了。我也不太好，在這裡只要有外國的船隻靠近就會有間諜的流言蜚語，據說許多間諜已經潛入了市區裡，在高校以及帝大對於危險思想的取締似乎嚴格到了極點。眞是可怕的世界。……

也給上面的大弟寫信但沒有告訴他關於明彥2的任何事情，不過信裡面可稍稍看出她的沮喪。

……我不是革命烈女的秋瑾，只好乖乖做家事，在家裡只有害怕的份，更別談什麼革命思想了。不過秋瑾要是知道現在支那的情況的話應該會嚇一跳吧。聽說有蔣介石的中國國民黨軍和中國共產黨軍？支那到底發生了什麼事？還有天皇機關說也被鎮壓了吧！現在的時代對你們學生而言也是很艱困呢，畢業之後你打算如何？上大陸去嗎？那可不行，你馬上會就被殺掉的。除了自然烙印的東西之外，沒有無法消去的刻痕。但自然本身便是可怕的東西，破壞人類的世界毫不手軟。最近我的恐懼無以復加，世界正在毀滅，接下來還會繼續發生更可怕的事情，我希望至少你能繼續活下去。你是母親的支柱，爲了她你也應該……。

五月五日，再次發生巨烈的餘震，氣溫也持續上升。

明彥2繼續詛咒酷熱的Taihoku，因高校的課程以及雜誌的製作還有新的翻譯與論文而忙碌。潤稿的工作一直交給陽太郎，所以明彥2到底翻譯什麼樣的書或者寫著什麼題目的論文美霞都一無所知。

大弟與大妹各自都擔心美霞的健康而來了信，美霞自責之前的信寫了讓他們擔心的事，火速寫了簡單的回信。

……我的事一點都不需要擔心啊，因爲有種種可怕的傳言說大地震將會發生，我變得很神經質，但現在已經安定下來了。聽說也舉行了好幾場募款的音樂會，本島人的名家當中有人曾在內地接受一流的指導，因而成爲一流的西洋音樂家喔。不用擔心悠閒度日的我，可要好好讀書，因爲還有下面的弟妹，送錢給你們的媽媽非常的辛苦。你們可別接近危險的思想運動喔，說什麼正義、人類的互愛那樣的話都是脆弱空洞的，請盡可能好好專心學業。……

五月底，住在後頭的池田太太終於生下了嬰兒——但是美霞一直懷疑著。池田太太一定是從別人那兒偷來了嬰兒，嬰兒徹夜的哭聲也開始傳到美霞家，就算美霞關上窗戶不想聽到哭聲，明彥2馬上就打開。這麼的熱你爲什麼關窗？別做這麼沒常識的事好嗎？明彥2以帶刺的口吻責備美霞，再也不想懷孕的美霞並沒有告訴明彥2爲什麼討厭嬰兒的聲音，只是默默地瞞過明彥2的眼睛繼續關上窗戶。不可思議的是，敏感察覺家中氣溫的變化，明彥2便會馬上打開窗戶，就這麼打開窗戶的夜裡，那令人詛咒的嬰兒的哭聲席捲了美霞。隨著這哭聲，連文彥的哭泣聲也甦醒了過來，讓她無法入眠。美霞不得不增加藥量，醫院的醫師不肯草率開出處方簽，她只好到各處的藥房買來便宜的藥。

之前某日，美霞不幸地在路上遇到即將臨盆的池田太太，由於是單行道，想逃也逃不了，輕輕點點頭便想迅速離去。穿著降落傘似的孕婦裝、撐著陽傘的池田太太，和美霞不認識的貌似教授夫人——雖然美霞不知道是否是眞的教授夫人——穿著洋裝的內地人女性一起走著。

一看就知道是明顯的謊言——就算瞞得了其他人，也瞞不了美霞的眼睛——挺著個大得誇張的肚子，妝濃得不像孕婦的池田太太對美霞說：

——你們還沒打算有下個孩子嗎？那可眞寂寞呢！婦人會大家都說小泉老師家眞是可憐啊。我這把年紀了才第一次生產眞的很不安呢。不過爲了國家這麼努力生孩子或許總督府會給我獎狀也說不定呢，唉呀眞討厭，這當然是開玩笑的。

接著和同行的婦人一起發出了笑聲，兩人的陽傘晃動著，美霞沒有回答，奔跑似地逃離了現場。要是我能戳破池田太太那僞裝的肚子的話，她悲痛的地祈禱著。

之後不久，池田太太就從後面的家裡消失，接著不知從哪兒弄來活像被丟棄的小貓般的嬰兒回來了，那咪咪咪咪的哭泣聲不斷傳出，無論怎樣痛苦，就算知道那是贗品，美霞既無法殺死這個嬰兒，也無法偷出來丟到河川裡。

到了六月，與日俱增的酷熱眞是令人無法忍耐。

池田太太的假嬰兒聲音拉得更高繼續哭著，就算白頭翁特地到附近來歌唱，也會被假嬰兒的哭聲蓋過。已經從之前的「工作」解放的美霞希望至少能擁有讀書的樂趣，但無論打開什麼樣的書或雜誌都無法集中精神，總是爲頭痛所苦。明彥2和阿玉都不在的日子，她便在家中的蚊帳裡睡到日上三竿，接著到浴室用剩下的熱水淋浴，人會稍稍清醒。

六月中旬，阿玉拿來了活生生的泥鰍，小小的鍋子裡裝了有十隻，這個holiu——台灣話好像這麼叫——是隔壁的囝仔給她的，說riburan的sensei不知道吃不吃這種東西，雖然不知道明彥——或者是明彥2吃不吃泥鰍，美霞很高興回答說：

——唉呀！是泥鰍啊，眞好呢，那我們今天晚上就吃這個吧！在內地的話會用這個做成「柳川鍋」喔，眞令人懷念呢。

孩提時，父親爲自己做過柳川鍋。記憶忽然甦醒。自己從未做過這道料理，成人之後也沒有機會嘗試，不過只要回溯那遙遠的記憶，應該能做出類似的料理吧，當時父親可能是臨時起意從哪兒弄來泥鰍，想特地爲自己做柳川鍋吧。美霞的腦海也浮現了父親的臉龐。

將去皮的牛蒡放入淺底的土鍋煮著，那裡已經放著幾隻處理過的泥鰍，用蛋將牠們和在一起，最後或許放上幾片水芹，確實是這樣的鍋。父親對孩子說這對身體很好，會讓你們有元氣喔。也對母親說。實際上已經無法想起是什麼樣的味道了。不過身體眞的變好了喔，母親很高興，孩子們也因此很高興。她有著這樣的記憶。

津津有味的聽著美霞說明柳川鍋的料理法，阿玉小聲說著，在台灣，大家不太喜歡這樣的東西，riburan無論什麼東西都會仔細調理來吃呢。在傍晚之前，泥鰍都是活跳跳的。

處理泥鰍的時候到了，美霞看了看鍋裡。泥鰍自在地游著，用那小小的眼睛時時看著美霞，美霞忽然發現自己無法宰殺這樣的泥鰍，又黏又滑，這麼小的泥鰍也不知道要怎麼抓住，反正先在流理台預備濾水盆之後便叫阿玉來。

——我殺不了這泥鰍，怎麼辦呢？

阿玉笑著，連泥鰍帶水整盆倒進流理台的濾水盆，泥鰍元氣飽滿地在濾水盆裡扭動著，她開始輕易用手扭去了泥鰍的頭，美霞在這當中一直看著窗外，其中一隻泥鰍順勢掉落流理台下，美霞連在地上跳躍的泥鰍也無法拾起。至少得看住牠，美霞蹲了下來打算監視著泥鰍。

——在這裡，快點，不撿起來的話……。

此時，美霞在流理台下方的暗處裡發現了黑色不知名的東西而尖叫了起來。

——好像有東西！好像是蛇，好討厭喔，怎麼辦？

美霞顧不得泥鰍，逃到了客廳朝著阿玉尖叫著。

——蛇嗎？是不好的蛇嗎？

阿玉口中唸唸有詞，放下手中的泥鰍看了看流理台的下方。

——嗯！有耶，是蛇，到底從哪進來的？

——拜託！把它殺掉丟到外面！

——Bobunde，這個是好蛇，殺牠不好，牠只是吞了隻老鼠所以動彈不得，把它趕出去就好。

——就算不是不好，牠在這裡我就沒法子進廚房，拜託你殺了牠！快殺了牠！我不想再看到蛇了！

美霞忘我地繼續尖叫，阿玉冷冷地看了美霞一眼，就用灶頭的火鉗先將蛇從流裡台下方趕出來，之後揮舞著火鉗把蛇頭打扁了。

——拜託！拜託！請饒了我，請把牠丟在我看不到的地方，快點！

用眼角確認了那又黑又長已動彈不得的蛇，美霞又叫了起來，阿玉不發一語，兩手拿了蛇的屍體往外走去。美霞癱坐在客廳，顫抖著，等著阿玉回來。

過了一會兒阿玉回來了，看了美霞的樣子，發出令人討厭的笑聲：
……我跟蛇說了，這是太太的命令，可別恨我歐。……
濾水盆裡還有正痛苦掙扎的泥鰍，摘下牠們的頭後，由於時間已到，阿玉便回去了。
不敢相信，不敢相信，我眞是不敢相信那個太太。可聽到阿玉在背後這麼說。也不想想自己什麼都不會，小泉sensei的太太眞是非常傲慢、殘酷啊。今後阿玉可能會到處這麼說美霞吧。因爲工作的關係，阿玉遊走在好幾家內地人sensei的府上。由於通日語，有威信的老師也信賴她，視她如家人，這是也是本島人阿玉引以爲傲的原因。和誰都合不來的小泉sensei的太太是太奇怪了。這個自私自利的太太或許會被蛇的同伴報復。只會爲這有成就的sensei帶來不幸，再也生不出小孩的愚蠢的太太。
阿玉離開之後，美霞戰戰競競地進到廚房，用草紙撿起泥鰍滾落在地上的屍體，和横躺在流理台中濾水盆旁邊的泥鰍一起丟到垃圾桶。這時，她感到作嘔。美霞在流理台不停地吐了起來。
不知道會有怎樣的流言會傳到明彥2的耳裡，而明彥2又不知道會怎麼想，怎麼說。對美霞而言，蛇的出現化作黑影悄悄地近身而來，這一切她只感到是某種惡意的象徵。
家中，已經沒有安全的地方了。

≋

七月，太陽暴虐的光線不停地炙烤著地面，而且發生了至今爲止最大的餘震。震源地的台灣中部，據說因爲這個餘震進而造成近九十個人喪生。這樣的酷熱連活人的身體都彷彿馬上要溶化般，被土角給壓垮的死者的屍體僵硬之後馬上便開始腐敗，那腐壞的屍塊連狗都不想接近，發出的惡臭與蒼蠅捲起了漩渦，殘存下來的人們除了只能陷入眼前的悲傷與茫然的忿怒當中，動彈不得。

學校進入了暑假，如同往年一樣，明彥2獨自一人出發到內地。

美霞沒有說，也帶我一起去，別留下我一人。她也沒說：這樣下去的話，我會崩潰的。我好像已經不行了。就算想說也不能說。如果美霞說了的話，明彥2在困惑當中或許會把美霞關入精神病院，之後決定與她分手。就算進入美霞的體內，也無法給予他做丈夫的滿足感，此外，美霞洞穴中的利齒會一點一點地啃食明彥2重要的東西，在他重要的東西從股間消失之前，還是早點分手的好。不過現在的明彥2因工作疲於奔命，認爲應該沒問題，或者他如此假設。無論如何，對昭和町的家而言，美霞必須暫時扮演起看門人的角色。

爲了節約，阿玉來工作的日子減少爲一週一次。其他的日子要是有緊急事故發生的話——例如生了急病，遭了小偷，或者地震颱風將房子壓垮之類的——他告訴美霞，就跑到森崎老師家中，向陽太郎求救。

對明彥2來說高中生陽太郎已是不可或缺的了。陽太郎的友人也加入，成立了明彥2「支援小組」，以原稿的工作爲最優先，雜誌製作的細部作業也由這個小組來進行。美霞現在主要的工作便是處理明彥2的郵件以及金錢的收支。如果是與雜誌相關的郵件，就必須交給陽太郎，因此見面的機會增加了，但彼此的距離依舊沒有改變。就算美霞笑著與他就種種的話題攀談，高中生陽太郎卻完全不搭理。

美霞打著陽傘，到郵局與銀行辦事，順便也到榮町，甚至更遠的西門町一帶走動。池田太太的假嬰兒哭得震天響，根本無法待在蛇——或許是蛇的妖怪加上泥鰍的妖怪？——或許會出現的家中，也無法向陽太郎求救。而且說不定陽太郎和他的友人都是「國際間諜」的成員。到底誰藏有什麼樣的陰謀，瞄準美霞的槍口或者是短刀或許正在某處閃爍著光芒也說不定。

地震還未平息，酷熱無限地持續加溫，身分不明的「國際間諜團」正逼迫著美霞。或許將她逼到絕路，之後將美霞的屍體分屍，投入海裡也說不定。或者將她絞首吊在山中的樹上也說不定。美霞也無法預料自己身上到底會發生什麼事。

美霞在混雜的人群中繼續走著。全身都被汗水所濡濕，眼睛也因頭痛而模糊。即使如此，她繼續地走著。發現路邊攤位的愛玉冰以及切片的西瓜，便買來大口地吃，在飲水處用手承接微溫的水放入口中。她想要混在許多陌生人的人群當中，每天這麼地熱，然而人群聚集的地方依舊沒有改變，還是人群眾多。

處在雜沓的人群中，能讓美霞安心。在人群眾多的繁華街道上，沒有白頭翁，也沒有水牛。到植物園去的話，或者到台北帝大校園內以及練兵場的馬場去的話，白頭翁應該一如往常地鳴叫才是吧。田裡有水牛，白鷺鷥正用長喙啄著泥水吧。但是美霞在街上徘徊。無論是白頭翁還是水牛都無法保護美霞免於人類的暴力。在人來人往熱鬧的地方，她想到被殘酷殺害的可能性很低。被分屍之後丟到河川或山裡，在無人發現的情況下腐爛殆盡的情況也似乎不會發生。

美霞打從心裡一直希望自己能活下去。只要再一些些時間，她想繼續活下去。

新聞高調地主張，台灣島有世界頂尖的戰艦以及驅逐艦守護著，儘管安心。基隆以及高雄都有不容敵人進犯的砲台，戰鬥機的戒備狀態也毫不鬆懈。但要是台灣島沉沒了，這些東西那派得上什麼用場呢？根本不需要人類所打造的武器。只要一棵神聖的Lala樹，美霞這麼想。即使如此，無論過了多久，離不開Taihoku的美霞還是無法發現支撐這個宇宙的Lala樹。或許根本沒有什麼Lala樹。

美霞必須自己拯救自己，在家中根本無計可施，她不想被持續惡化的頭疼與恐怖壓垮。莫那，或者父親曾經告訴自己的話拉了美霞一把。絕對不要祈求死亡。不要懼怕人類世界的孤獨。不要恐懼。……

爲頭痛所苦的美霞進到書店。

她拿起一本放在店外架上的婦女雜誌，之後進到店裡，在實用書籍專區的書櫃翻了翻兩三本種菜的書。天花板的電風扇送出暖暖的風，她感覺到吹在她的脖子後方。走到隔壁的繪本區，接著，也走到字典與參考書的書架。看了漢和辭典與國語字典——這有好幾冊——之後，拿起法日以及英日辭典翻了翻。也仔細地看著植物圖鑑。魚類圖鑑也很有趣。但由於是內地的書，只出現內地的植物與魚類。也有台灣的昆蟲與台灣群山的書，但並沒有拿來看看。走到文庫本的書櫃，從手提袋拿出手帕，擦了擦額頭與脖子，順便仔細地擦去手上的汗。她將手帕放入袋中時，也將一本契訶夫的《櫻桃園》放了進去。

緩慢地移動到園藝以及手工藝的書架，看了法國刺繡的書後，對站在身旁的女客微微低下頭，出到店外。慢慢地走了十幾二十步之後，緊接著快步地轉過了路角。來到不遠的巴士站等著共乘巴士。安全上了巴士之後，伸手到手提袋裡，美霞愉快地觸摸著新的文庫本。並不是想要《櫻桃園》，而是這本書正好位於最容易抽出來的位置。但是《櫻桃園》的話，覺得也能跟那位令人懷念的俄國老太太有了聯結，打算回家之後開始讀，之後便放入洗澡水的爐子裡燒掉。

這次也成功了。在巴士裡，美霞肩上放下重擔，朝窗外微笑著。無論何時，美霞都能成功的將店裡的東西偷偷地放入自己的手提袋。雖然有大小與重量的限制，但如果被人發現，被質問爲何做出這樣的事時，就哭著說：是「每月的東西」讓我有了奇怪的想法，美霞茫然地想著。世間常說女性「每月的東西」就是那樣，反而能博得同情也說不定。

當然那與月經沒有關係。在Taihoku徘徊的內地人美霞，無論做出什麼壞事都不在乎。因爲已經有了這樣先入爲主的想法，一定得試試順手牽羊。這種程度的犯罪，之後或許會意外地受到網開一面。同時只要順手牽羊，頭痛便能減輕如羽毛般，身體也輕鬆起來，當天夜裡也容易入睡。

最初，偷走了一條原本並沒打算偷的紅蘿蔔時，因爲太愉快了，讓她嚇了一跳。原來瞞過人們的眼睛居然是這麼愉快，已經不需要醫生的藥了。但到了第二天，效果便消失。只有一個晚上的效果。緊接著又爲頭痛所苦，假嬰兒以及文彥的哭聲，在地震中死去的人的尖叫聲，還有山中傳來呼喊美霞的聲音，在她身體的四周推擠著，只能讓她在蚊帳裡呻吟。

忍耐了幾天之後，美霞又乘著外出辦事來到熱鬧的市街順手牽羊。只有順利偷竊成功，認爲自己從殘忍的陰謀中被解放的一瞬間，美霞才回復笑容。

因頭痛所苦，「性冷感」的美霞，罪人美霞進入榮町的百貨公司。

一樓到處都放著外頭已經開始融化的冰雕。高高的天花板上有許多大型的電風扇持續運轉。每棟建築物的天花板風扇，數量多得彷彿要飛入空中般。美霞張著嘴看得入神。首先到化妝品賣場去。三五個的內地人女客站在賣場，聊著天，其中還有人請店員化妝。化妝品賣場的女店員常常馬上慇勤地上前詢問，所以還是避開的好。

通過氣氛看來高尚的香水賣場，往夏季的手套與陽傘的賣場走去。架子上並列著各種顏色與質料的手套，多半是蕾絲手套。白色蕾絲、黑色蕾絲。高級品都收在紙盒裡。最昂貴的舶來品則陳列在玻璃櫃中，誰都拿不到。美霞伸手拿了只用蠟紙包裝的內地製廉價手套。也比較看看有刺繡鑲邊的白色手套與黑色網狀手套。假裝將它們放回架子上，接著放入手提袋，緊接著拿起其他的手套。美霞顯出不滿意的樣子將它放回架上，離開了手套的賣場。也在手提包賣場漫步，緊接著便走向正面的玄關。

美霞後頭並沒有人追來。

因頭痛所苦，「性冷感」的美霞也上點心店。也到日常生活用品店，也到文具行、五金行以及舶來品店。

八月，太陽在台灣的天空下繼續膨脹，在充滿熱氣的泥沼裡籠罩著地面。即使到了夜裡，熱氣仍然不退去。幾乎在每天午後的黃昏時分下起雨來。這雨不但未能爲地面帶來涼意，卻只是倍增令人窒息的悶熱罷了。就算來颱風來臨，風雨凝聚了停滯於地面的熱氣，只會增高熱氣的熱度。

忍受不住酷熱，優渥的內地人便逃往涼爽的山中。也有人乾脆回內地避難。在昭和町，包括房東一家在內的幾戶人家都出走了。森崎老師一家也不例外，留下陽太郎，往山中的旅館移動。不知道池田太太是不是必須繼續她的監視任務，和照顧孩子的查某因仔都顯得疲憊不堪——美霞當然不覺得同情，只覺得應該趕快把嬰兒還給親生的父母才好——躲在家中。在人突然減少的昭和町，高瀨家的狗也有氣無力地叫著。房東的生番鴨與鴨群安靜地在自己的庭院玩耍。蟬與白頭翁都不知逃往何處去了，在昭和町也聽不見鳴叫聲。

就算曾經發生殺蛇事件，阿玉仍然裝作若無其事，在酷暑當中，繼續每週一次來上工。本來除了有錢人之外，本島人沒有「避暑」的概念。天氣熱的話便睡午覺。在榕樹以及樟樹的樹蔭下，扇著竹製的扇子睡午覺也是本島老人的權利。而年紀不那麼老的男人也在家中、戶外等處睡午覺。這當中，女性不論老幼，繼續勤奮地工作著。比美霞年長的阿玉也是元氣飽滿，說是需要用到水的工作令人舒暢，便把大盆子搬到庭院，彷彿享受著淋浴般，大量地用水拚命洗著衣服。連玻璃窗都用水洗，玄關以及浴室也都流滿了水。穿著被水濡濕的衣服在庭院裡挖著洞穴掩埋垃圾。接著撐著黑傘到市場去。

在盛夏裡繼續工作的並不只有本島人女性，新聞報導：「預定十月開場的台灣博覽會進入準備的最後階段，總督府以及州廳方面在異常的炎暑中揮汗如雨，忙得不可開交。」爲慶祝統治台灣四十年，將從秋天起以Taihoku爲中心，開始舉行長達五十天前所未聞的大博覽會。從內地來的觀光客預期將會蜂擁而至，Taihoku車站周遭陸續興建旅館，不知從什麼時候開始，公會堂、產業館、國防館以及南方館的建設也已經開始了。在基隆也興建了水族館。會期當中會有要人從內地、滿州以及朝鮮來訪，而超級客機以及戰鬥機都會在台北的天空飛翔。

雖然台灣中部的大地震並非完全平息，但Taihoku的內地人社會卻已經忘卻了這樣的天災。對本島人而言，比起內地人的博覽會，滿腦子想的都是八月的中元節該怎麼過，特別是在大地震中有親人死去的人，這是無論如何都不能草率的重要儀式。在大地震中阿玉失去了一位住在台中的遠房親戚，她也對博覽會毫不關心，好像忙著計算中元節所需的花費。

舊曆七月被稱爲「鬼月」（guigwei），據說是地獄門開，地下死者的亡靈全體回到人世來。世間的人準備許多祭品，以鄭重的「拜拜」（baiabai）迎接與自己有淵源的死者亡靈。死者透過這樣的儀式得以心安，如果順利或許能就此前往極樂世界。在基隆，也舉行放水燈的儀式。和內地的于蘭盆節一樣，在中元節，所有的親戚在老家聚集，「拜拜」之後，一起享用豐盛的料理。

阿玉在台中的老家有一個人死於這次的大地震，比起往年必須更加鄭重地舉行「拜拜」。也就是說必須準備許多豐盛的料理。然而連日來酷熱天氣持續，蔬菜與漁貨的供應不足，價錢也變貴了。阿玉想把在Taihoku賺的錢儘量帶回家去。但內地人教師在暑假中不太需要阿玉的幫忙。因此阿玉每次見了美霞，便說：我能幫太太更多忙，我其他日子也能來歐。但美霞無法答應她的請求，因爲到內地去的明彥只給她最低限度所需的錢。

「鬼月」的台語留在美霞腦海裡的印象是日語「onizuki」的發音。八月是鬼月，令人難以置信的酷熱也是因爲鬼月。死者的亡靈從地獄甦醒蜂湧至地面的鬼月。剛在大地震死去的人最先甦醒，共三千三百多名的死者。此外還有去年去世的文彥、梅梅、莫那、霧社的人以及至今爲止在台灣死去的人。

由於是鬼月，不是死者的地上鬼魂也增加了。位於昭和町北方的監獄，以及更近Taihoku中心的步兵第一聯隊以及山砲隊，從巴士的窗子——美霞經常搭乘的巴士路線只能看見山砲隊圍牆的一隅，而狀似步兵第一聯隊的灰色圍牆，從道路的另一側只能隱約瞥見——能看到站哨的警官以及士兵的影子，在刺眼的光線中眾多搖曳的影子。或許因爲博覽會舉行在即，因而嚴加戒備。就這麼乘著巴士越過南門，通過軍司令部、憲兵隊本部接著通過了南警察署前面，這次戒備森嚴的景象清清楚楚地刺入她的眼中，讓無法不偷竊的美霞覺得胸口發痛。

穿著制服負責站哨的男子在非比尋常的酷熱中，臉色忽紅忽白，手持著上了刺刀的槍，宛若死者亡靈般直挺挺的站立著。間諜們應該正從某處窺探，輕蔑地笑著。而尾隨著美霞身分不明的間諜也正隱身某處。

充滿鬼怪的夏天，是的，就連美霞自己都可能是某種間諜。雖然沒有槍，就連最起碼的密碼也不知道。

阿玉不在日子，依舊頭痛，「性冷感」的美霞脫去簡單的舊衣服，換上稍稍體面的連身洋裝，拿著陽傘與手提袋外出。這天美霞到了西門町，選了間藥房走了進去。必須避開熟面孔的藥房，有許多電影院與餐廳的西門町，聚集了來此遊玩的內地以及本島的年輕人。由於有幾家大的料亭，黃昏時分便有藝旦往來。有錢的老闆坐著人力車經過。吐著舌頭的野狗徘徊著，烤鴨肉的香味與垃圾的腐臭交混的味道瀰漫著。為了能讓夜晚能稍微涼快，道路兩旁的店家在路上撒水。小孩子玩著水發出笑聲。

本島人倚重中藥，所以不到只賣西洋新藥的內地人經營的藥局。即使如此，店內空間不大的架上，擺滿了琳琅滿目的商品，洗面皀與洗衣肥皀、牙粉、髮油、臉部保養品、貼布藥膏、痱子粉、脫脂棉花和紗布、消毒藥水，還有蚊香、指甲刀、清耳棒、拔毛夾，也有本島人到店裡買這些東西。而已經習慣了內地生活方式的年輕本島人也使用新式西藥。在夏季期間，價錢公道的內地古龍水與碘酒賣得很好。

滿身大汗的美霞混在客人當中在店裡來回走動，以一直以來的方法將一隻溫度計放入了手提袋。

這時，有人從背後粗暴地抓住了美霞的右肩。幾乎跌倒的美霞往後一看，發現個子矮小的年輕店員便在她眼前。店員的身旁站著穿著白色短袖襯衫的陽太郎。他是偶然在場的吧。陽太郎看著美霞，神情滿佈著深深的厭惡和輕蔑。

美霞祈禱自己化作小小的火燄，自己的身體在瞬間就這麼地燃燒殆盡。腦裡響起了尖叫聲，那是美霞自己的尖叫聲。

二十三、（二〇〇五）年 夏↓？

……咦？好像有什麼聲音。

是什麼呢？

好像是有人叫喚的聲音……不是孩子的聲音，好像是我母親的聲音。不過，或許是耳鳴。因爲天氣這麼熱……。

啊——感覺好像有三個太陽。

三個太陽……。

沒有雲，熱得嚇人。……我們往深山移動吧。

好，不過在這裡再待一會兒吧……。

啊——我們必須再等一下。

……再等一下，應該會有……。不過，照這情形，可能天氣只會更熱吧。

啊、這個時候是一天當中最熱的。這不是台灣的熱氣，彷彿是赤道的熱氣一般……。

到底有幾度了？五十度嗎？或者更高？

這、這裡有樹蔭，所以不那麼熱。不過日曬的地方，或許……。

一直待著不動，會疲倦。……身體覺得倦怠，開始想睡覺了。

啊、別睡，你睡著的話，不知道會發生什麼事。

對，跟在暴風雪中一樣啊。你睡著的話，這麼一直等待就沒有意義了……。

是啊。爲了別睡著，我們還是來聊聊天吧。

——午後兩點半。

楊先生與莉莉無法確認頭頂的天空到底浮現了幾個太陽。就算戴著太陽眼鏡，光線聚集地的天空實在太刺眼，讓人不得不閉起眼睛。兩人吃完了第二個芒果，又將果皮放在草地上給蟲子。接著喝著寶特瓶中已經變溫了的水。

只要熱風吹來，樟樹的影子便稍稍地拉長。隔著路，另一頭傾斜的日照面增加的關係，果實變黑，葉子凋零，草地也變了顏色。

彎度和緩的道路上，既沒有車也沒有人，也沒有狗經過。

是的，那麼……，不過……我一直覺得不可思議，現在不知道方不方便問。……楊先生負起父親的責任，細心扶養並非是自己親生的女兒，同時也一直是獨生女……。有特別的理由嗎？本來是不該這麼地打破沙鍋問到底，但我很好奇……。如果有失禮的地方，你可以不用在意我的問題的。

啊──你覺得不可思議嗎？

是啊，總覺得……。對不起，由於父母離婚的關係，我與父親的緣分很薄，強烈地感覺得不認識我的父親……但事實上我也不那麼知道母親的事。

啊──你可以儘管問沒有關係。……啊──我第一任妻子與她肚裡的孩子還活在我的身體裡。有她們的存在我才能成為父親。那是她們的希望……。

你說是她們，但那是你吧？

當然，是我，……是我這麼希望的。我的記憶。……啊──死去的人是不會消失的。我想會遺忘。不過，不會消失。因此，或許我才會認為是她們為我做了決定。

你的記憶。……我們的記憶與意識總是有差距吧。

啊──如果記憶與意識沒有差距的話，我們是活不下去的。……我的第一任妻子在我的眼前突然死去。我無法忘記。但還是會忘記。不去意識。我如此地努力著。

是啊，我也是……我失去的是我的孩子。我總是從記憶拉開與意識的距離，持續地拉開……。

啊──你活在那縫隙之中。不過，縫隙是不是越來越大了呢？……我自己是這麼感覺。時間在縫隙當中流逝。

對……對楊先生來說，那是與現在的女兒與太太的生活吧。

啊——我是非常平凡的公司職員。也沒有什麼特殊技能。……啊——我之前的妻子十三年前死了。從那時開始，前妻便不再增長年歲，活在我的身體裡。……不過，那並不是生活的喜悅，也沒有育兒的喜悅。

……我也是一個非常平凡的母親。不，曾經是非常平凡的母親。……孩子過世後，我曾經想過，如果勉強再生孩子，會生出死去孩子的複製品，而一切都會回復原狀。……實在太傻了。當然，不可能成眞。因爲我也沒有結婚的對象。

……啊——不過到底是生好還是不生好，誰都不知道。……啊——現在的妻子與我不能有孩子，所以去了醫院。……妻子比我更煩惱。她害怕我母親。也害怕我的親戚。說想逃到美國去。……啊——如果女兒長大了，妻子的心情也會改變吧。我喜歡女兒叫我爸爸。……我是假的父親。所以，我很高興。

不是假的……。不過女兒的父親是？

啊——和香港的女性結婚，現在人在香港。女兒出生時，已經不在台灣。……啊——那時候我的妻子是有勇氣的。一個人努力著。我們從學生時代起便是朋友。與之前的妻子，大家都是好朋友。學生時代的我們，並沒有想到將來的事……。

是啊……一想起沒有料想到的當時，如夢一般，所有人都天眞無邪，都很美。雖然那是一種救贖，但也覺得很殘酷。……我的孩子已經十一歲了。……無論如何，孩子都不會回來了，過了數年後好不容易才告訴自己，……也想過被已經不在的孩子束縛著活下去是不好的。……即使如此，「那孩子還在某處等著，我不把他找出來怎麼可以」，已經過了十七年的今天，令人不可置信的是，我還是時時做著焦急的自己到處奔走的夢。……而事實上或許我只是不停尋找孩子爲何那樣死去的理由。雖然我的責任絕對推託不了，但或許是爲了逃避痛苦吧，……啊，眞是不可思議。我原本沒有打算告訴你這樣的事。……不過，楊先生眞是不可思議的人呢。我是第一次與男人說這樣的事。

啊——不可思議的是你啊。

——隔著太陽眼鏡，楊先生的大眼睛落在莉莉的側臉。隨著楊先生的目光，莉莉也仔細地回望著楊先生的臉，一望見他右邊眼角的痣後，便將目光轉移到腳底下的草叢。

突然，耳邊閃過了嘆息聲。

美霞嗎？

因爲吃了一驚，莉莉再次向楊先生望去。

楊先生緊皺著眉，用沾溼的毛巾不停地敷在自己的臉頰與額頭上。或許是因爲中暑而導致頭痛。說來，莉莉也開始感到輕微的頭痛。

美霞嗎？

莉莉想著，打量著四周。

因爲熱氣的聚集，草木越發枯萎。頭頂上樟樹的樹葉也開始枯萎掉落，枝枒的形狀也開始現形。遮陽的地方消失之後，太陽光一點一點地射進來，兩人藏身的樹蔭處，水珠形狀的光線越聚越多。

蟲子繼續聚集在一旁所放置的芒果皮。

莉莉伸手扶住樟樹的樹幹站了起來。用手拍去附著在褲子上的草葉，慢慢地走到距離約十公尺處的岩石。接著在岩石後頭蹲下解手。兩人已經各一次將這個地方當成廁所使用。

雖然非常的炎熱，同時似乎要發生脫水症狀，但還是想要小解。雖然只解出一點水分，但如果不解出來也難過。體內所排出的水分讓火燙的肌膚有冰涼的感覺。

莉莉回回到原來的地方，喝過水後與楊先生談起話來。

楊先生將身體的位置挪動到僅存的樹蔭處，脫去涼鞋後，將赤裸的雙腳，向有太陽的草叢處伸展。可看見黑色的螞蟻在楊先生的腳上遲疑地走著。

「……嗯，楊先生，你不要緊嗎？」

「啊、別擔心。一小時之後，陽光會稍微減弱的。」

「是啊，……不管太陽變成三個還是五個，最令人感謝的是地球還是繼續旋轉呢。」

「啊——如果地球不旋轉，那地球就終結了。」

「……這個世界的終結。這麼糟的情況我想再怎麼樣都不可能發生。比起剛才，太陽光照射的角度傾斜了許多。」

「這裡是山中，所以太陽很快會被遮蔽。……啊——算怎麼辦呢？還不出發嗎？」

「是啊，……我想也差不多該出發了。不過我們的摩托車沒有問題嗎？」

「啊——我將它放到崖邊的洞穴裡，所以應該沒事吧。」

「那麼，再一會……。對了，眞不好意思，你一直這麼說日語，不累嗎？」

「啊——沒關係。對我來說是學習日語的好機會。」

「……很抱歉，我雖然學了一點北京話，但完全不行。嗯，哎，那麼……。明天……是我孩子的生日。……不過明天……所謂的明天眞的會來嗎？……孩子出生，現在回想起來是很久之前的事了。同時，孩子早就不在了。應該已經是沒有意義的日子。但我還是忘不了孩子出生的日子。……那樣出生的孩子，很奇怪地就突然不見了。每年每年我都不知所措，……此外，我不願意回想起來的記憶總是露出臉來……。要是我之後活了百年，迎接了百次孩子的生日的話，我應該不會再有任何感覺了……。

……啊——百年之後的你也和現在一樣不會有改變。我想你的身體不會忘記。你生了孩子……。

啊——我是男人，不會擁有生產的記憶。這應該是最不一樣的地方吧。

是這樣嗎？……我和孩子的父親都很年輕，年輕到令人不敢置信。……雖然孩子的父親與其他的女人生活，但也和我交往，那位女性生了孩子後，我也懷孕了。……就隨隨便便地生下了小孩，……簡直是無以言喻的膚淺，自以爲是……想對孩子道歉，因爲我們是太不負責任的父母，孩子卻不在了。最近的我也因爲自己的隨便吃了許多苦頭，但是與那時相比，我並不覺得我稍微變得聰明了。

——莉莉的耳邊再度傳來嘆息聲。

美霞？

這次莉莉覺得更確信了。

美霞已經來到這附近。

……啊——是啊，我之前的妻子也還年輕。受苦與否與年齡無關。並不因爲還年輕，現實便會對你友善。……啊——我的前妻因失足從樓梯跌落。但警察一開始懷疑我殺了妻子。因爲警察的工作是考量所有的可能性。殺人、自殺、所有的可能性。……問了很多問題。警察也拍了許多照片。……啊——我也漸漸擔心起自己。我眞的沒有殺了妻子嗎？……啊——這好像電視連續劇，我可不要自己看來像無聊的連續劇，我一個人開始生起氣來。

——莉莉微笑著點頭。

緊接著，感覺到一旁有人發笑的呼吸撫過了左右臉頰。

在這裡的，不只有美霞。

莉莉的孩子應該對大人的話題沒興趣，他也在這附近嗎？孩子離開這個世界已經十七年了，或許在另一個世界，現在已經能聽懂大人的話了。莉莉感到困惑的是，自己的孩子現在還是停留在孩子的階段嗎？還是該把他當作大人了呢？無論如何，莉莉無法想像孩子已經變成男人之後的樣子與聲音。

應該還有其他人吧，周圍的空氣熱鬧地騷動起來。

看著蟲子聚集在放置草地上的芒果皮，在香甜的氣味中睡去一般，莉莉說話了。不知從什麼時候開始，覺得蝴蝶變多了。

螞蟻依舊在草叢當中緩緩散步著。

……我的孩子是因爲交通事故而過世的。非常清楚，闖紅燈的是我的孩子，所以也沒有糾紛。即使如此，因爲警察與保險公司的關係，被要求做了好幾次的現場檢證，回答訊問，以及確認調查報告……。在事故現場拍照時按快門的聲音和閃光燈，長久以來一直在我的腦海中反覆出現……。一直覺得呼吸困難，是的，我一直非常憤怒。要是眞有神的存在，我也會對神表達我的憤怒，也不能原諒這個世界——我的孩子去世卻仍無動於衷。孩子的父親因爲擔心我而陪在我身邊，我對他同樣感到憤怒。不要因爲發生了這樣的事才假裝對我好……。我想著：到底要到什麼時候這樣悲慘的狀態才會結束？好像只有等待一途。我所能做的只有等待。……不過，那一定也是錯的吧。……後悔，或者是忍耐，只因爲孩子已經不在而自己活下來，已經不具有任何意義了。或許是這樣的願望當中的一種。對這世界而言，無論是孩子的生命或者是我的生命都沒有任何意義了。

……啊——因此我們必須發現喜悅。必須珍視某些東西。什麼東西是重要的，我們常常覺得很迷惘……。

是啊，所以我便獨自一人前來台灣了。

啊——身爲日本人的你，我有話想對你說，可以嗎？

——莉莉不出聲，只點頭答應。能感到四周無形的氛圍也同樣點頭答應。熱風再度吹過，兩人頭上乾燥的樹枝發出沙沙聲響，一起晃動。蝴蝶與蜜蜂停在芒果皮上，一動也不動。

啊——……我出生於竹東。竹東主要是客家人居住的鄉下城鎮。我父親也是客家人。……啊——竹東更裡面的深山有日軍訓練所。那裡是「賽夏族」原住民所居住的地方，現在則有溫泉旅館。……日軍撤走之後，我母親在友人的家聽到了這樣的事。……啊——這是口耳相傳的故事。也是很久以前的故事。也因此，並不正確。不過這是一個現在還流傳，非常非常重要的故事。請不要懷疑。……

——莉莉一邊盯著越過草葉接近芒果皮的螞蟻的動靜，一邊聽著楊先生的話。

仔細一看，意想不到的是還有許多螞蟻正徬徨地行走其中。比起莉莉在日本常見的螞蟻，是身體更龐大的黑螞蟻。

一隻螞蟻急忙到處打轉，來到日光直接照射的地方。以為牠只是在此處團團轉，居然發出摩擦的聲響燃燒了起來。

另一隻螞蟻也跟著燒了起來。其他緊接著又一隻。兩隻。三隻。

由於眞是非常的小，而且是瞬間發出的火燄，或許是看走了眼。也或許陽光眞的太刺眼，才會有這樣的錯覺。莉莉半信半疑，喝著寶特瓶裡的溫水。要是不幸的螞蟻眞的在日照處燒了起來，那麼不久之後，草木也該會開始燃燒吧。

楊先生眉頭深鎖，繼續說著。楊先生也注意到了這小小的異常變化嗎？莉莉並不想確認。

……啊——那人家的太太在軍隊的命令下，前往山中的訓練所。她負責處理士兵的衣服。……日本軍隊有五百人、六百人。聽說，再往裡頭的深山，曾有「原住民」的「高砂義勇隊」在此接受訓練。……啊——那裡也有其他地方來的女性。也有「原住民」的女性。夜裡，日本士兵來到小竹屋。那便是她們的工作。……啊——不過十五、十六歲的女性。還只是孩子呢。但她們無法逃走。在白天哭泣著，總是哭泣著。……啊——她們懷孕，把嬰兒拿掉，又再工作。……啊——當然嬰兒也有拿不掉的時候。肚子變大。出生之後馬上死掉。……也有人回鄉下生小孩。但無法回到父母身邊。因爲那是羞恥的事，無法對周遭的人說明。……啊——聽說也有人跟父母急忙找來的男人結婚。

——莉莉既不點頭回應也不動。左右兩耳的耳邊籠罩著熾熱的呼吸。

在日照處小小的火燄一個接著一個燃燒之後消失。

感覺到與楊先生的聲音重疊的，是昨天黑狗吠叫的回音。

……啊——在台灣有許多當時出生的日本軍人的孩子。Lanao的朋友應該也是日本軍人的孩子吧。也有許多人自己是不知道的。我母親這麼說。……在台灣的山裡，無論何處都有日本軍隊。……不過，我聽說的是竹東山裡的事。……啊——有原住民女孩被關在山中的訓練所。有男子親戚是在同一個地方的高砂義勇隊。他偷偷地給女孩的父親寫信。你的女兒在這裡，每天哭。……啊、父親要家人讀信給他聽。結果憤怒到了極點。……馬上帶了長刀，跑向深山，來到女兒所在的地方。拿刀打算殺了日本士兵，但如果這麼做的話，父親會被槍殺的。……不行，不行，被大家阻止了。父親背著女兒跑了。在山中跑著，跑著，中途在山中睡著了。接著，繼續地跑，回到家中。……啊——這位父親聽說也到村中警察那裡去了。因爲憤怒無法平息。……在警察那兒大鬧，被綁了起來。過了一年後，才被釋放。……啊——因爲警察也知道日本軍人幹了壞事。

——四周的空氣又騷動了起來。

好像是噗哧噗哧的笑聲，又好像是嘆息聲，小小的熾熱的呼吸在四周相互撞擊。

汪汪汪、汪汪汪的狗叫聲在莉莉耳邊迴盪。也可聽見與此交錯的動物低吼聲。

莉莉想著：或許是likujao的聲音吧。

啊——因爲你是日本人，一開始便想告訴你這件事。不過現在不這麼想了。……啊、這是我父親的故事。父親，經歷種種。……日本士兵在台灣成了父親。不知道孩子長相，不想知道孩子長相的父親。……啊——我是冒牌的父親。不過，要是女兒傷心的話，我想我也會揹起女兒，如likujao一般在山中奔跑。這是我個人執念，但……。

——楊先生喝水，莉莉也喝水。頭痛，眼睛深處也痛。

日照所到之處都飛舞著小小的火燄，在樹蔭下在芒果皮上安眠的蝴蝶與蜜蜂震動著翅膀飛離。

白頭翁啾啾喊喊、啾啾喊喊的鳴叫聲在頭上再度復甦。

然而在莉莉四周搖動的是被捲入熱浪，許多無形的感覺。莉莉無法數出這樣的感覺。

宛若在黑暗中探索般，莉莉向楊先生伸出手，悄悄低語著。

……哎，是likujao吧。……現在有多少個太陽呢？楊先生，我們差不多可以出發了。……

——被莉莉用力握住手腕，楊先生瞬間閉起眼睛，反握莉莉的手。楊先生的手如火一般熾熱。

甦醒的蝴蝶，成群地在四周飛舞。百步蛇花紋的黃色蝴蝶數量最多。汪汪汪、汪汪汪的狗叫聲持續迴盪著。

莉莉眼中反映的世界宛如巨大的機械裝置，與喧鬧的感覺一起開始迴轉。

離開楊先生的身體後，莉莉打算站起身來，一邊勉強支撐搖搖晃晃似乎要跌倒的身體。

二十四、一九三五年夏，夏→

在昭和町家中，美霞的耳朵淹沒在汗裡，眼睛爲汗的薄膜覆蓋，外面的世界也遠遠地消失了。因此她聽見在四周游來游去的魚兒，也感覺到爲逃離平地的暑氣來到山中的鳥兒與動物的呼吸，大概白頭翁的聲音也參雜其中吧。陌生的人聲有時如山中的喧鬧聲般迴響著。

美霞已經不出門了，所以她有的是豎起耳朵傾聽的時間。雖然家中沒有鐵欄杆，也不是從外頭鎖住，但她一直緊閉在家中不踏出庭院一步。

在家裡躺在吸滿了汗的被子上，因此長了痱子，就算想到庭院曬被子也沒有辦法。無論怎麼用蚊香的煙燻了房間，小蟲子還是在鋪被以及榻榻米上到處爬。腳、手腕還有肚子都有蟲子咬過的紅色痕跡，而且癢得不得了。早上起床用浴室剩下的熱水洗澡，中午又洗，晚上也用溫水洗。全身用痱子粉塗得白白的，暫時會感覺比較舒服。特別癢的部分便塗上白色的亞鉛華軟膏。美霞像是斑斑駁駁的白色怪物，但能看到她這副模樣的只有阿玉和高中生陽太郎，所以她一點都不在意。

九月之後，明彥馬上就從內地回來，就快了。確切來說到底還有幾日美霞也無法計算，她害怕計算，無論如何在那之前她必須繼續藏匿在家中。因爲不可能像魔法一樣悄悄消失，就算想從明彥眾多同僚居住的昭和町搬到其他地方，卻連那一丁點的自由也沒有。美霞已經不被當作是昭和町的居民，同時也不被看做是Taihoku的居民了。但她還是留在昭和町，並且繼續躲在家裡。

阿玉和新來的查某人每天輪流來看美霞的狀況，準備吃的東西，做好掃除、洗衣，順便清理垃圾。只要拜託她們應該也會幫她曬被子吧，卻很難開口，對於因順手牽羊而招來警察的美霞，兩個查某人絕不正眼看她，對她也不發一語。兩個人堅決表示她們的態度，絕對不想爲這樣的內地人工作。我們不是爲了已經完全墮落的美霞，而是爲了任教於未來將肩負起大日本帝國的少年學習的Taihoku高校的小泉sensei。在明彥母親的主張下，連錢也交由阿玉管理，阿玉到房東那兒付房租，水電費、報費也都讓阿玉從美霞的錢包當中拿錢支付。只有家計簿還是由美霞記帳，因爲阿玉無論是日文的讀寫或是數字的計算都很不在行。

目擊了美霞的「犯行」，也成了警察局重要「證人」的陽太郎，每天來察看明彥的郵件，必要時也代爲回信，如果有必須轉送東京的郵件便到郵局代爲處理。將從內地寄來的匯票兌換現金也成了陽太郎的工作。當然這個陽太郎也不停地躲避著美霞。

美霞已經不再爲任何人信賴，在東京的明彥打了電報來說：我無法馬上回台北，也不能讓她一個人回內地，就這樣讓她先一個人待著。

以偷竊現行犯的身分被送到警察局後，美霞被拘留了一個晚上。一直到得出只不過是單純的突發性順手牽羊這樣的結論之前，都一直待在警察局。因爲是Taihoku高校助教授的夫人，可能做出無意圖的順手牽羊的舉動，也因爲這樣的臆測因而被懷疑是思想背景的問題而遭到拘留，或許是某種地下組織所主導的陰謀之一。或許是間諜同志間的某種信號，無論什麼樣的嫌疑都有可能。

精通法語同時有許多外國來的郵件，同時有時會在家中接待西洋客人，她的丈夫明彥馬上就遭受調查，在房東的見證下，塞滿明彥書房的書、雜誌以及資料都受到檢查。而這樣的騷動，學校當局馬上就知道了美霞順手牽羊的事，也將這件事告知人在東京的明彥。連在東京讀書的大弟與大妹都成了調查的對象，對美霞而言她最不想讓韮崎的母親知道，不過當然是瞞不住的。

在警察署裡，美霞既沒有哭，也不能睡覺，只是一直低著頭，眼睛和耳朵已經不聽使喚，連經常性的頭痛都變成了心絞痛，她被汗水緊緊包裹住，散發出令人生厭的氣味。美霞彷彿沉到了冒著熱氣的溫泉水底，再也無法浮出水面。

在藥局看到店員與陽太郎的瞬間，水突然洶湧而至，那不是冷水，而是煮沸了的熱水，不只是美霞，其他人也沉到了熱水裡，卻若無其事的在走廊上行走，在書桌上寫著文件，拚命搧動扇子。是在水底什麼都聽不見，也看不清東西，地板和牆壁搖動，人影也搖動著，水泡此起彼落浮起又消失，有時在眼前因爲熱水的溫度而即將窒息的魚兒游了過去。水溫越來越高，這麼下去的話，魚兒遲早會被煮熟，那麼人會怎麼樣呢？不過或許我不是人類的同伴，美霞這麼想，不是人類，而是像在水底爬行的螃蟹那樣的生物，螃蟹也將被熱水煮熟，遍體通紅。在美霞看來自己的手、腳已經變成陌生的紅色了，她想在水底所有的東西或許都成了藍白色，不過在熱水當中原來是不一樣的，美霞在令人生厭的氣味的籠罩下了解了這一點。

由於Taihoku高校的校長暑假期間不在，由副校長做了擔保：小泉明彥助教授是學校引以爲傲的優秀的研究者，同時也是清廉、熱心的教育者，思想上無任何疑慮，是個穩健的人。或許這有了效果，美霞並沒有遭到粗暴的待遇，第二天黃昏副校長來保釋她，才能平安回到家。一直到走出警察局前，副校長沒對美霞說一句話，深深低著頭的美霞也看都不看他一眼。

在兩台人力車前，副校長沉重地說：

——因爲是這種情況，幫你安排了人力車，包含我的份在內，之後學校會向你要求支付這筆費用。你應該好好思考反省，如何不再做出像這樣讓學校蒙羞的事。之後便交給小泉老師了，在小泉老師從內地回來之前請盡可能待在家中，並謹言愼行，今後也會對你持續監視。

美霞點了好幾次頭，瞄了一眼確認自己要坐的人力車。眼角印入了副校長扁平的臉，那兩隻眼睛閃耀著陌生且不可思議的青苔色。美霞在昭和町家門前下了人力車，副校長坐在車上看著她直到玄關的玻璃門打開爲止，之後不發一語往高校的方向去了。

在家中，明彥的電報與阿玉正等著她，美霞朝阿玉點了點頭便走向浴室，人在廚房的阿玉僵住身子看了美霞一眼，馬上就裝作若無其事繼續準備晚飯。浴桶裡已經準備好了熱水。她感謝阿玉一絲不苟地，做好分內該做的事。接著馬上仔細洗了澡和頭髮，穿著剛洗好的浴衣，進到蚊帳裡在頸部和肩膀撲上滿滿的爽身粉，但身上令人生厭的氣味還是揮之不去。

躺在家中的被子裡，美霞繼續沉落到熱水水底——這熱水已經溢出地面了。熱水的溫度漸漸升高，水泡也增加了，被遮去了視線，她甚至無法呼吸。無論是頭、心臟、手腳都彷彿被從四面八方而來的鉛球撞擊般疼痛，雖然人在熱水裡，身體也爲汗水濡濕，喉嚨卻乾渴、眼睛乾澀，嘴唇也乾裂了。

蚊帳裡的美霞發了高燒。

第二天東京的明彥來了第二通電報。

……一到九月就回Taihoku，在這之前等著我，別隨便尋死，要注意健康喔。終究會讓你回韮崎，韮崎會有人來帶你回家吧。

再過了四天來了一封限時信。

……商量的結果決定由美霞的姊姊到Taihoku去接她回家，因爲種種事由她必須等到十月才能出門，在那之前美霞必須在昭和町家中繼續等待。十月開始有台灣博覽會，內台航線應該非常擁擠，或許會有買不到船票的情況發生，但擔心也沒有用。美霞的姊姊進行速往速返的長途旅行恐怕有困難，會讓她在昭和町休養三天左右。母親大人在東京也非常痛心，但即使如此還是擔心美霞。她說除了阿玉之外，再請個新傭人會比較好吧，所以做了安排，美霞你應該對母親大人寬大的心胸感動落淚吧。美霞的母親在大弟大妹的陪伴下從韮崎來到東京賠罪，她也已經完全同意將美霞接回韮崎一事。美霞的母親想當然爾相當的憔悴，看來非常可憐。如果還沒有寫道歉信，應該趕快寫吧！絕對不能忘了給母親大人的感謝信。……

美霞在家中沉沒到滾燙的洪水中，斷斷續續睡著，連一封信都沒寫。除了明彥的來信，明彥的母親、韮崎的媽媽、東京的姊姊與弟妹都保持沉默，這樣的話爲何美霞有必要寫信呢？十月就會回到韮崎，無須說什麼，只要和母親面對面就足夠了。

即使對明彥，事到如今也不知道要怎樣寫出賠罪的信。她從來沒想過要死，他在電報中提到別隨便尋死時反而嚇了一大跳，莫那與父親曾經對美霞說過別渴望死亡，別害怕人間的孤獨，明彥的話與這意義相同嗎？或者是完全不一樣的意思呢？美霞感到混亂，在這之前的美霞和現在沉淪到熱水底的美霞都想活下去，繼續活下去，她只這麼希望著。

包圍著地面的水量，即使時間過去了還是沒有減少，家中的屋頂被隱藏在冒著熱氣的熱水中，草木、電線桿都彷如海草般搖曳著，就這麼沉到熱水底，無法消去熱氣的美霞全身燙得通紅，處處是潰爛的痕跡，爽身粉與亞鉛華軟膏在皮膚表面呈現斑駁的白色斑點。眼裡也跑進了熱水，水泡的聲音持續在耳畔迴響著，水泡一破便散發出如被煮過的魚腐爛一般的氣味。魚兒似乎非常痛苦地，嘴巴一開一合地碰撞著美霞的身體。魚兒或許是非常痛苦吧，在熱水中不停呢喃，而這變成了像〈溜冰者華爾滋〉一般的旋律，有時聽來像是旋律變緩了的〈紫羅蘭花開時節〉。美霞成了全身紅通通的螃蟹，和著旋律邊吐著水泡，趴在熱水底。在熱水的海底裡，美霞繼續聽著遠山的騷動。

自從滾燙的洪水出現之後，池田太太假嬰兒的哭聲居然消失了。因爲美霞已經被警察逮捕，也就是說池田太太的任務告一段落了吧！不管怎麼說現在美霞沒有懼怕池田太太的理由了。對幾乎每天來到家裡的陽太郎也不在意。把給明彥的郵件事先放在玄關，陽太郎一打開玻璃門便可拿走，陽太郎對於美霞的想法已經再簡單明瞭不過了，對男人而言最可怕的是這樣的女人，連小泉老師都被騙了。女人撒嬌的聲音、女人擺動的乳房、女人纖細的身體，絕對不能被這些東西給騙了，使出那樣手段的女人的身體，良知是不存在的，就連道德、理想和任何美德都不存在。

美霞不久後將會被遣返內地，只要一回到內地就跟「內地婦人」這樣奇妙的語彙絕緣了。這裡是外地，內地人稱之爲「本島人」的台灣人稀鬆平常地去到大陸或者爪哇、呂宋，連日本這個國家也不放在心上了。荷蘭、法國、俄國、美國等的船隻也在四周海域來來回回。住在山中被稱爲「番人」的人已經不會再叛亂了，這裡是外地台灣，但在台灣出生長大的人看來這裡才是內地，而內地是外地。從北方列島來的riburran派遣了軍隊與警察到全島，用槍枝、大砲、轟炸機與戰艦持續警戒，持續監視來到外地的內地人，因爲外地就是外地。

管他是內地還是外地，美霞只想回到韮崎，不過還得暫時沉潛在這熱水底，因爲明彥會回到這個家裡。爲了與美霞分開，明彥將滿懷怒氣回到這來。

一個人沉到熱水底，對於外面某處奉命令監視美霞的憲兵或是刑事便能毫不在意了，他們在這滾燙的洪水中無法開槍，腰間的劍也會被腐蝕，重點是美霞不出家門一步，就算他們再怎麼監視也毫無斬獲。但可憐的是他們的身體一定會被熱水給泡腫，會因熱氣而頭昏眼花。

美霞沉溺在熱水的洪水中繼續等待明彥的歸來，不想看到他的臉，不過比起任何人，她最想要的還是看著這張臉，用自己的雙手撫摸他的頰與唇。在這家裡迎接丈夫明彥，度過夫婦兩人最後的日子。明彥會再進入美霞的身體嗎？或者不再進去了呢？美霞無法丟棄剩下的保險套盒子。

緊閉在家中迷迷糊糊地度過，一醒來便重新縫製明彥的浴衣，仔細縫補襪子的破洞。她將橄欖色的洋裝與裙子拆了線，做了書房的窗帘。她之前念茲在茲的書齋窗帘只用舊了的藍色包袱巾代替，沒有再重新製作。她後悔應該早點動手就好了，明彥的書齋因新的窗帘顯得明亮起來，她拆了自己的襯衫，盡量縫製明彥的內褲與衛生褲，就算美霞不在了，明彥也暫時夠用。

沉到熾熱的海底，疲憊不堪的美霞，一天當中大半的時間身體變得又紅又白，繼續沉睡著。躺在潮濕的被子上，睜開眼，凝視著彷彿要完全消失的遠方的光線，聽著遠方的聲音，

深山裡，巨大的Lala樹展開了枝枒，樹葉茂密的樹枝重重地搖晃著，枝枒底下，雲豹與羌和熊互相依偎，俯瞰著Taihoku城，互相低語著。

「美霞怎麼了呢？她都不出門。出不來嗎？她死了嗎？還活著啦。眞奇怪呢。是啊，眞想把她放出來呢。她不到外面走走的話，腳可是會消失不見的呢。腳不見了可麻煩呢。是啊。她不想外出嗎？美霞都不出來。眞麻煩，看不到美霞呢，她不出門。」

飛過Taihoku天空的白頭翁及其他的鳥兒，接近昭和町的屋頂時，如此鳴叫著。

「美霞怎麼了呢？她不出門，無論怎麼等待，就是不出來。美霞生病了嗎？看不到她欸。見不到面也不知道情況，待在家裡，應該很無聊吧。我在空中如此呼喚她呢，她聽不見嗎？應該聽不見吧。我還要再等多久呢？她不出來，美霞不出來，應該是生病了。眞寂寞呢，她什麼時候才會出來呢？」

Taihoku牧場的牛和田中的水牛，傾聽飛過頭上鳥兒喧鬧的鳴叫，互相低語著。

「美霞不來呢，她已經不來了，躲在家裡，美霞動不了，在家裡躺著，一直躺著，她會死嗎？還是

已經死了呢。還活著啦。美霞還活著，但美霞已經動不了了，她從家裡出不來。美霞很悲傷。沒有哭，不過很悲傷。她想到外面呢。不過美霞躺著。美霞動不了了。」

練兵場馬場裡的馬兒，搖著頭，鬃毛隨風搖曳，前腳踢著地面，喘著鼻息，如此喃喃低語。

「美霞躺著呢，她躺著喔。無法到外頭去，生病了，是嗎？美霞動不了。還沒死。不過就快死了呢。看不到美霞，她在家裡一個人傷心著吧。傷心啊，因爲無法外出。美霞動不了。一直無法動彈。那就讓我們去探病吧。是啊，我們去看看美霞吧。美霞傷心著，孤伶伶地傷心著。」

馬兒接二連三地跳過馬場的木頭柵欄，排成一列，開始往昭和町的道路上奔跑。首先沿著河岸奔跑，河川的水被過度強烈的陽光衝擊潰散，發出遲鈍笨重的光芒，也照耀著馬兒汗水淋漓的身體。馬總共有十頭吧，或十五頭，或者更多，河岸道路上響起的馬蹄聲，宛若旋風般迴響著。馬兒踢散的小石子，紛紛掉落在河川，在河面激起了水波。河川上的竹筏搖晃著，在草叢中發怔的青蛙與蟲子，爲突如其來的地動聲驚醒，正驚慌失措，結果其中也有遭馬蹄蹂躪的。佇立在河川對面水田當中的水牛，目送著馬群。停在牛耳背上的小鳥，和在四周覓食的白鷺鷥，想知道馬群的去向，便渡過河川，追趕著馬兒。白頭翁也發覺了，慌忙地加入鳥群。

馬兒通過大橋前方，最後轉向左方的道路，跨過鐵軌，穿越共乘巴士往來的寬廣道路，從Taihoku高校的後方直闖昭和町的住宅區。各處的狗兒聽到陌生的馬蹄聲，豎起了身上的毛，出來迎接馬兒，接著便一起奔跑。馬兒從未來過此處，也不知道禁閉美霞的家到底在哪兒，在頭上飛翔的鳥兒告訴牠們，狗兒對美霞的家很熟悉。美霞，美霞。馬與鳥還有狗，大家一起低聲地呼喚，美霞，美霞，美霞，美霞。

路上的行人稀少，就算偶爾遇到人，他們也無法辨識隨著地動聲飛馳而過的馬群。這些人躲在圍牆的暗處，揉著眼睛想：那應該是軍隊正在進行訓練吧。待在家裡的人則縮起身體想：又有地震了嗎？

一靠近美霞家，馬兒停了下來，安靜地包圍四周，同時小心翼翼地，爲了避免踩爛小小庭院裡盛開的花朵和蔬菜。狗兒也向牠們看齊，小心走著。大鳥停在圍牆、屋簷及馬背上，小鳥從家中的窗戶與遮雨門的縫隙進入家中，在美霞休息的蚊帳周圍和屋梁上停了下來。

躺在蚊帳中的美霞突然清醒，現在是晚上還是早上呢？每天的熱氣沉重的停留在房間當中，揮之不去。汗水濡濕的耳朵裡並沒有聲音迴響，但空氣當中卻有著奇妙的騷動聲，形形色色陌生的氣味混雜在一起。美霞爬到蚊帳邊緣，看著玻璃窗，玻璃窗是完全打開的，遮雨門也未完全關上，爲了慎重起見，從裡面用了一枝短短的竹棒支撐著，就算從外頭也無法打開遮雨門。在蚊帳裡，四面八方掛滿了預防壞人入侵的鈴鐺，這是這個夏天美霞突然想到的方法，只要稍微搖晃蚊帳，鈴聲就會響起。

因爲美霞的浴衣若隱若現地露出了乳房，她整理了一下，爬出了蚊帳外頭。蚊帳的鈴鐺有兩三個叮叮噹噹響起，遮雨門的縫隙和廚房的窗戶，從外頭射進了白色的光線，至少現在好像不是夜晚。外頭的光線應該從遮雨門的縫隙射進才是，卻有影子遮蔽著。美霞漸漸朝遮雨門的縫隙靠過去，有幾隻大眼睛閃閃發光著，比起人的眼睛要大上許多，也看到了非常大的牙齒，那大概是牙齒，不過不是人的。熱風送來了甜美的氣味，籠罩著美霞的身體。那不是風，這氣味是馬的鼻息。

馬兒從遮雨門的縫隙露出了臉，朝美霞微笑。馬的鼻子上下的歙動著，嘴巴震動著，睫毛搖晃著，朝美霞微笑。

從客廳遮雨門的縫隙，還有書房朝北的窗戶，都能看到馬兒的臉，他們的微笑乘著濕熱鼻息的微風，送進了家中。仔細一看，頭部小些的狗兒也正窺探美霞家中，伸出了舌頭，伏下了耳朵，各自朝美霞微笑著。

美霞，打起精神來。美霞，別傷心，從家裡走出來吧。美霞，沒什麼好怕的，外面的世界可是非常大的，很有趣的喔。

美霞察覺到，房間裡形形色色的低語聲宛若微風吹拂過樹葉的迴響。美霞抬起臉。蚊帳上、屋梁上，白頭翁及其他的鳥兒，排成了一排。鳥兒各自忙碌地舞動著鳥喙，為羽毛包裹的小小身體膨脹緊縮著。從身上掉下的白色和黑色的羽毛，宛若大片的牡丹雪花，掉落榻榻米，也覆蓋著美霞的頭及肩膀。鳥兒看著美霞，異口同聲地說。

美霞，你怎麼了，美霞你生病了嗎？你要死了嗎？美霞。只要外出的話，你就能恢復元氣的，你害怕什麼呢？美霞，沒問題的，到外面去吧，外頭很有趣的。

在其他的日子美霞也察覺到了。

這次又發生了什麼事了？她邊想邊離開了床，到蚊帳外頭去。這次則飄散著人類腥臭的氣味，細小的眼睛閃閃發光。從遮雨門的縫隙，看到的不是馬與狗，而是憲兵與便衣刑事，還有像是池田太太的臉。耐心地監視著美霞的憲兵，眼睛的四周為制服帽的帽簷遮蔽，嘴巴四周都是黑色的鬍鬚，只要一笑就只有嘴巴露出紅色來。好像別勉強自己笑比較好，鬍子憲兵笑著說。為了不讓美霞受到驚嚇，槍劍都藏了起來。便服刑警也在外頭沸騰的熱氣中，戴上了陰森森的獵帽，遮蔽著眼睛四周，朝美霞露出不自然且慘淡的微笑。池田太太披散著微微捲髮遮住了臉，臉則塗上了慘白的粉以及鮮紅的口紅，舉起赤裸的嬰兒讓美霞看，同時發出了宛如要震破玻璃般的笑聲。有時也讓變形的嬰兒含著自己的乳房。

美霞，美霞。你好嗎？你平安嗎？到外面來，趕快來。美霞，你的小文少爺等著你呢。這是你的小文少爺喔。你到外面來的話，就會讓你抱抱他，美霞，快出來，大家等著你呢，美霞。你爲什麼躲著呢？出來吧，沒有什麼好害怕的。美霞，這裡已經沒有人會回來了。你是孤伶伶的。美霞，快逃吧。你要逃走喔。看啊，你的小文少爺哭著呢，小文少爺正喊著你呢……

〓

九月初，明彥從東京出發，先到神戶，緊接著搭上內台航線的大型客輪，應該馬上，或者明天，不，可能今天午後，明彥就會抵達昭和町的家。拿著沉重的行李箱，滿身大汗，持續移動著，正朝美霞明彥的妻子，不過就快不是了——所在的昭和町的家出發。

早晨，在炎熱的海底沉睡著的美霞，好像受到驚嚇似地跳了起來。震動了鈴鐺，出到蚊帳外頭，打開遮雨門，此時夜色仍殘存，拖著庭院用的拖鞋，站立在睽違許久的庭園。阿玉有時會替她整裡，雜草並沒有那麼地茂密。不過白天的太陽太熱了，蔬菜已經枯萎，好不容易才開的花也奄奄一息。

這麼早，只有公雞醒著。四周的街燈還綻放著淡淡的光芒，豎起耳朵，便能聽到遠處火車的汽笛聲與海洋的波濤聲。山中寂靜無聲，穿著浴衣的美霞深深呼了一口氣。忽隱忽現的氣泡聲，已遠離耳畔，已不再聽到魚兒的低語。由於太過安靜，四周一片昏暗，像被帶回在距此非常遙遠的韮崎所作的夢中。

美霞仰望著天空，東方的天空下方，正閃著朦朧的白光，就算沉入海底，太陽依舊上升，早晨依舊來訪。天空的顏色一點一點的出現了變化，白色光芒擴散著，閃耀著淡淡的粉紅，最後則閃耀著橙色。

好像有東西在美霞的腳邊蠢動了起來，是又黑又長的影子，是蛇嗎？還是鰻魚？

驚恐地往腳邊看去，整個地面又黑又濕，可看到從右往左移動著，令人毛骨悚然，美霞懷疑是不是又有地震發生了。但到陸上的電線並沒有搖晃，高瀨家的狗也沒有吠叫。不，不是地震，這是佔領了海底的巨大鰻魚，不不，是巨大的蛇。由於牠阻塞了出海口，海水倒灌，除了山頂之外，地上的所有一切都沉入水中，台灣的山中應該有這樣的故事。

不知是鰻魚還是蛇，黑色的背不僅橫向移動，也開始緩緩地直行扭動。美霞一個踉蹌，趴在地上，手的觸感是溫熱且柔軟的。美霞看了自己的手，就像是螃蟹紅色的鉗子……對了，我是在海底爬行的螃蟹。而這故事當中，螃蟹將鰻魚或者是蛇用鉗子給剪了，將地面自洪水中解放。不過已經被煮得紅透熟透的螃蟹，仍然有辦法對付牠嗎？一邊猶疑著，美霞拚命揮舞著已成了蟹鉗的兩手，正打算剪去這整體樣態不明，又黑又長的巨大生物。

啊，美霞尖叫著，劇痛朝頸部襲來，她的視線顛倒了。黎明中籠罩著淡淡的薰衣草顏色的地面世界上下顛倒，她發覺自己的頭滾落在急速乾燥的地面上。

太過分了，我居然不小心剪下了自己的頭！

美霞慌忙撿起自己的頭，沉重得令人驚訝。真正的螃蟹應該正在某處，把我當成阻塞住出海口的又黑又長的生物吧。也因此我的頭才會被眞正的螃蟹給剪了下來吧。美霞嘗試著將手中的頭朝向天空，但什麼都看不見。

美霞！美霞！快逃吧，跑吧，到這兒來，趕快逃離那兒！

美霞的身體抱著自己的頭，體內迴響著某人的聲音。無論如何快逃吧，非逃不可，穿著浴衣沒有頭的美霞跑了起來，穿著木屐行動不便，馬上就脫掉了。手中的頭非常重，很想把頭丟掉，但沒有頭，什麼也看不見，什麼也聽不見。

拿著頭，赤腳的美霞跑了起來，應該是在昭和町裡，但卻在不知名的道路上奔跑著。腳底覺得一陣熾熱，頭又重，所以跑不快。頭上的毛髮隨著美霞奔跑的身體上下搖晃著，纏繞在她的胸口，早晨的陽光已開始照射。

美霞！這裡，快快，你再不快點，可會來不及！

美霞奔跑著，大屯山的蟬發出的近似猙獰的低鳴聲，從前方傳來。狗兒也像在遠方不停吠叫。地面似乎已從海水當中被解放了。魚兒已經不再碰撞美霞的身體。在盛夏的陽光直接照射下失去了水分，眼看著龜裂的地面的熱氣變成了痛楚，從美霞的腳底傳遍全身。即使如此，手臂裡的頭又重又熱，越來越熱，由於太過熾熱，兩手和胸口都要被燙傷了。

這兒啊，美霞！再一會兒！來得及的！跑，快點！

正想問「你是誰呢」的瞬間，美霞的腳絆了一下，往前跌倒，手中的頭也滾落到地面，成了一團火，四處竄燒，發出像笛子的聲音往上飄揚。往上，往上，緊接著成爲在清晨空中閃耀的太陽。美霞站起身來，那不是我的頭，不過，怎麼會成了太陽呢。

美霞用手確認自己的頭是否連結著自己的身體，因炫目的陽光而瞇起了眼睛，眺望著天空。不再爲滾燙的洪水阻礙的廣闊天空，太耀眼了。有好幾個太陽浮現於空中，美霞計算著，一、二、三。啊，居然有三個太陽！

美霞感到身體彷彿爲火焰所籠罩般熾熱。從滾燙的洪水解放的同時，這世界似乎被三個太陽炙烤著。在熾熱的海底雖然痛苦，但在三個太陽的熱氣直接照射下更加痛苦、更無法忍耐。地上爲洪水淹沒，所有的火都消失了，只有在山頂殘留著最後的火……。總覺得螃蟹的故事應該是如此連結的，但接下來到底怎麼樣了呢。

火將地上的洪水引去，轉移到天空繼續燃燒著。新的太陽誕生了，火球繼續延燒、膨脹、炙烤著地面，這樣下去的話，世界將因熱氣而融化。三個太陽逐漸在天空中央相互競爭，熱度越來越高。

美霞！快快，還來得及！快跑吧，我們必須修復這個世界，趕快想起那三個太陽的故事！

美霞點點頭，邊點頭邊思考著。那是什麼樣的故事呢？剛才所想起的螃蟹的故事，如果弄錯了呢？

毛髮燒焦的味道撲鼻而來，浴衣也因太過乾燥，彷彿就要從衣擺燒起來。好熱、太熱了。那當然，因爲有三個太陽的關係。

美霞又開始跑了起來，爲了修復即將被三個太陽毀滅的世界。說要修復，也不知道如何是好，不知自己正前往何處。即使如此，她還是想著，保護這已經四分五裂的世界應該是我的責任吧，而繼續奔跑。美霞，美霞。對不斷如此呼喚的聲音問道：你到底是誰呢？同時美霞繼續奔跑。

美霞在熱氣當中奔跑。

***

咚、咚咚……，咚、咚咚……

海浪來了又退去。

咚、咚咚……，咚、咚咚……，咚、咚咚……。

三個太陽持續在天空燃燒的這個島，或許從前曾經存在某處，是與台灣非常相似的島嶼。

呈蕃薯形的島，聳立著海拔四千公尺的山群，即使在盛夏，山頂仍殘留著一條雪溪，但要是有了三個太陽，這樣的雪溪也會融化。這個島從群山的山峰到平地的距離很短，坡度也相當斜。山的高度與島嶼的大小並不相稱，只要颱風一來，以群山為源頭的河水，便粗暴流著，劃下山崖的岩石，帶來土石流災害，它是與台灣如此相似的一個島。

不過要是有三個太陽的話，這個島的河水別說是暴漲，反而會乾涸殆盡，地面的岩石也會龜裂，樹木則乾枯傾倒，草原燃燒，就連颱風也會被熱氣彈開無法接近。平地飼養的豬群與牛群，將遭灼傷倒斃。雞群與鴨群的羽毛也被燒焦殆盡，斷了生息。小鳥與蟲子掉落地面，成了焦炭。在夜裡，能夠長途移動的大鳥與動物，則前往深山避難。

無論山地或平地，白天無人在外頭行走，太陽下山的傍晚時分到日出時候，才是人們活動的時間。捨棄這個島逃亡的人，乘上夜晚的船隻，在黑暗中航向對岸的大陸，或是位在北方的群島。為了遠遠逃避過度強烈的三個太陽的光線，國境彷彿在太陽的熱氣下完全消失殆盡，渡過夜晚的海洋。

咚、咚咚……，咚、咚咚……，咚、咚咚……，咚、咚咚……，咚、咚咚……。

美霞與莉莉。

這是莉莉的夢呢？或者是美霞的夢？

結果都一樣，既無法區隔莉莉與美霞的夢，也沒有區隔的必要。

與台灣酷似的這個島嶼的山路，在枝葉繁茂的樟樹樹蔭下，莉莉繼續等待著。就算枝葉燃燒殆盡，光線的水珠增加，樹蔭不成樹蔭時，仍會繼續等待。

穿著浴衣，赤著腳的美霞，上氣不接下氣地跑到這個地方，在三個太陽的光線直接照射下，滿臉通紅，臉上處處殘留著痱子粉的白色斑駁痕跡。

莉莉站了起來，招呼美霞。這裡啊！看！是這裡！我在這兒！不出聲，只高高舉起右手，揮動著。浴衣的衣襬被捲起，似乎痛苦地彎著身體，美霞好不容易抵達樟樹的樹蔭下。

哇……嗚……，莉莉腳下的狗發出吼叫聲，這一來，蝴蝶與莉莉周遭喧囂的空氣倏地靜了下來。美霞拚命跑過的山路處處，在莉莉眼中可看到無聲的小小火燄，忽明忽暗。

劇烈的喘息著，美霞靠在樟樹的樹幹。心臟狂暴的跳動聲，拍打著莉莉的身體，莉莉的心臟也同樣加速了悸動。

這個人就是美霞！終於和美霞見面了！

莉莉首先遞給了美霞瓶裝水。美霞不可思議地凝視著，用兩手接過了寶特瓶。莉莉看著美霞的臉。這個人真的是美霞嗎？或者看見的只是年輕時的自己呢？莉莉感到迷惑。美霞已經在很久之前過世了，居然還這麼年輕，同時，對莉莉來說，還是一張再熟悉不過的臉。仔細一看，或許有很多地方與莉莉不同。但長久以來，在這個地方一直等待著美霞的莉莉，並不想刻意仔細端詳美霞臉孔的每一個細部。飄散著令人懷念的痱子粉香味，與芒果味相似的汗味，朝莉莉的鼻子撲來。

從美霞裸露的胸口可窺見她的乳房，隨著她痛苦的喘息，可見乳房輕柔地搖動。乳房雖然不大，但形狀均勻，像是剛烤好的派餅般的乳房。莉莉不由得想用自己的手直接觸摸這對乳房，不只有乳房，連美霞的臉頰、脖子、肩膀，還有因汗濡濕而黏結在肌膚上的每一根長髮。

乍看之下，和玻璃非常相似，但這寶特瓶更輕、更柔軟，且呈透明狀。吃驚的美霞很快打開了瓶蓋，將其中的水倒入口中。然後，這個容器是什麼？你是誰？爲什麼和我長得如此相似？彷彿如此說著，皺起了眉間，看著站在自己對面的莉莉。注意到莉莉正盯著自己的乳房，慌忙將胸口敞開的浴衣合了起來。肩膀瘦削，脖子也非常纖細，美霞瘦了許多。

莉莉摘下太陽眼鏡，朝美霞微笑。身體比莉莉小了一圈，長髮赤足的美霞困惑著，但也回報莉莉曖昧的微笑。髮際與頸項殘留著痱子粉，汗水變成白色混濁的顆粒掉落。又細又長的眼睛宛若用盡力氣哭泣的孩子般紅腫，閃閃發光，被直直定著看，反而是莉莉忍不住垂下眼睛。

對美霞而言，莉莉是她大妹的女兒。回到故鄉的韮崎後，在瘧疾所引起的高燒和頭痛的極度折磨下，年滿三十歲時去世了。美霞就停留在剛滿三十歲的狀態，永遠地。

所謂死亡是這麼一回事。就算腦袋能夠理解，實際上和年輕的美霞面對面，莉莉還是覺得很困惑。美霞的大妹活到八十五歲，她的女兒莉莉也還活在這世上，已經是可以做美霞母親的年齡了。莉莉存活的時間是美霞永不可及的未來的時間。美霞不知道在自己過世後，曾經發生大型的戰爭，也不知道何謂原子彈及寶特瓶。

但，應該知道彼此是認識的。未來的時間，不知在何時已被轉換成過去的時間。在無人察覺之下。未來的時間無論到何時都是未來，持續著，而過去的時間，也無止盡地繼續展延。已無法辨別從哪裡開始是未來，到哪裡爲止是過去。對莉莉與美霞而言也沒有必要勉強分辨。

咚、咚咚……

莉莉尋找著楊先生的身影，在樟樹的周圍，只有莉莉與美霞，俯瞰道路，好不容易發現了他的身影。不知在何時，楊先生從崖下的洞穴牽出了黑色的摩托車。

道路為夕陽淡淡閃亮的紅光照射著，樹影、草影與岩影，各式各樣的影子伸展得長長的，相互交錯。多數的人影也晃動著。楊先生的身影與這人影重疊，到底哪一個才是楊先生，很難區分。

除了楊先生外，到底還有誰呢？莉莉揉著眼，想到她已經摘下太陽眼鏡，便重新戴上近視眼用的太陽眼鏡。雖然能清楚看到種種影像的輪廓，但反而因為人影增加，不安穩地蠢動著，在三個太陽光直射下的道路，反射出黃昏的各種顏色，也許是成群的蝴蝶吧，宛若黃色的煙霧，與熱氣一起捲起了漩渦，連黑色摩托車的形狀都扭曲了。莉莉暫時閉上眼，吸了一口氣後，回頭望著美霞。

美霞仰望天空。莉莉也朝她眨著眼之後仰望著天空。三個太陽正好在不規則的群山的稜線上方，友好地並列著。山的上方擴展的天空，正綻放著橙色的光輝，在華麗的亮光中，三個太陽看來蒙上一層黑影。群山輪廓的外圍有著澄明的紅色，只有此處，是透亮閃耀著。

在這美景當中，莉莉不由得想起，美霞最喜歡的書中的一句話。

……對的，對了，宛若紅寶石般！這兒是南國。

美霞與莉莉同時發出了嘆息。

再過一會兒，三個太陽便會隱蔽在山中。好像沒有錯。照射在地表的光線，稍稍變得柔和。即使吹著熱風，螞蟻已經不再燃燒，草木也不燃燒了。大小枯葉有時在熱氣的波動中飛舞，笨拙地在空中旋轉，掉落地面。在果樹園裡，焦黑的芒果與木瓜略帶疲憊的神情，彷彿已經死心，從枝枒掉落。在此聽不見它們和枯葉的聲音。

太陽沉睡的場所，一定是在山的那一邊，在遙遠的那一邊吧。

咚、咚咚……

莉莉再次看了美霞一眼，同時注意到，瘦弱的美霞背著嬰兒，只要一微笑就感覺到自己背上的重量。莉莉也背著嬰兒。不知是否都安心睡著了，兩人背上的嬰兒一動也不動，也沒發出哭聲。但嬰兒不是死了，死去的嬰兒與活著的嬰兒的差別，是馬上就能察覺的。四周空氣的氣味與流動感是不一樣的。那有記憶的體溫，有記憶的重量、氣味，在莉莉的身體裡甦醒過來。棉的藍色襁褓巾在胸前交錯，在肚臍處打了個結。這是莉莉以前用的襁褓巾。莉莉用這個襁褓巾背著她的寶寶，他一直活到十一歲。

孩子還在嬰兒時期，雖然是很久之前的事，在路上已經看不太到使用襁褓巾揹著嬰兒的母親。即使如此，當時的莉莉覺得沒有比這更好用的東西了，無論到附近的托兒所、搭乘電車或巴士外出時，她總是用襁褓巾背著嬰兒。一開始覺得很害羞，但馬上就習慣了。這或許是莉莉的母親準備的吧。對莉莉的母親而言，帶著嬰兒時，這是理所當然的樣子。

莉莉的母親是美霞的大妹。背著嬰兒的樣子絕無所謂難為情。美霞則用茶色的襁褓巾，在胸前交叉的帶子與浴衣攪在一起，捲起了美霞的乳房。嬰兒很重，而且很熱，嬰兒睡得越熟就越重。無論是莉莉還是美霞，在嬰兒時期，一定都是這樣在母親背後沉沉睡去的。

莉莉忽然想到，每個人活著然後死去這件事，是這麼單純。莉莉將右手伸到背後，撫摸背後嬰兒的屁股。她並不想看嬰兒的臉，也不清楚自己的年紀，就這樣如同往昔背著嬰兒，是回到過去的莉莉嗎？

或是在逝去的時間中，只有嬰兒回到已增長年歲的莉莉身邊呢？

咚、咚咚……，咚、咚咚……，咚、咚咚……

曾經失去了自己的嬰兒，而現在牢牢背著他們的莉莉與美霞，互相看了看對方，接著小心翼翼地看著腳下，下到了楊先生等待的路上。睽違許久的嬰兒的重量，讓身體的重心失去了平衡。

各種長長的身影在染成橙色的道路上搖晃著，背著小嬰兒的三人佇立在路上，好像正等待著莉莉她們。其中一人，看著莉莉與美霞，浮現了微笑，深深的點了好幾次頭。莉莉想，這個人是楊先生，也報以微笑。楊先生的身體變大了，好像有了些變化。他的背上也以繩索綑著小小的嬰兒，莉莉推測，這應該是楊先生那個在出生之前便與母親一起失去生命的嬰兒吧。

摘下太陽眼鏡後，楊先生的大眼睛變得更大更閃亮了，吸入了在山邊閃耀的三個太陽的顏色，綻放著複雜的色彩。粉紅色、橙色、以及紅色，還有水藍色、茶色以及綠色。站在楊先生身旁的是誰呢？是很年輕的女性呢。而她們也背著嬰兒，其中一人穿著泰雅族的民族服裝，另外一人是臉色蒼白瘦削的少女，穿著黑色的台灣服。美霞好像和這三人已經認識很久似的，毫不猶疑地接近她們，互相微笑著，彼此看著背上所背的嬰兒的臉，互相撫摸著彼此的肩膀與手腕，甚至相互用衣袖拭去臉上的髒污。

從那樣子看來，莉莉想到了，這些是美霞在Taihoku生活時特別親近的人。是的，或許穿著鮮豔泰雅族服的，是莫那・魯道不幸的妹妹蒂瓦絲，而穿著台灣服的少女，說不定是曾經爲美霞工作的梅梅。

她不能確信，不過，從美霞那似乎高興且輕鬆的臉龐看來，這一定是很久之前，美霞在台灣度過她人生最後四年時印象最深的人，聚集於此地。而楊先生這個男子，可能也以楊先生的身分，成了莫那・魯道。因爲美霞將莫那與韮崎的父親形象重疊，一直非常仰慕他。不要害怕人世當中的孤獨，不可求死，在莫那或者父親這句話的支持下，美霞在Taihoku的昭和町活了下來。

喂，楊先生，是這樣嗎？莉莉想要這麼問他。因爲與Mutokutoku老婆婆相遇，得到了Iikujao的力量，你才有辦法連莫那都召喚出來吧。

但莉莉只朝楊先生／莫那微笑，並沒有出聲。在此無人出聲，嬰兒也不哭鬧。三個太陽隱沒在山的稜線當中。帶著紅色的光線中，無論哪個影子都被盡可能拉長，現在看來，比實際的身高要長上五倍。

這些人到底是誰呢？各自在背後都背負著，繼續帶領著的小小生命，也有莉莉無法捨棄的生命。小生命好不容易成長，開始用自己的雙腳走路，而莉莉等人變老了，失去走路的力氣，視力也變弱了，在已經茁壯成長的小生命背負下，逐漸死絕。那時，在此的嬰兒好不容易才能接近太陽安眠的地方。楊先生的孩子並未在這世上誕生，而梅梅在少女時期便已死去，但在太陽增加爲三個，或許所有的生命都將被燃燒殆盡的這個世上，是多麼深具意義啊。

應該在路旁的摩托車消失了，大黑狗在楊先生／莫那的腳邊，忙碌地來回奔跑著。纖長的身體，尾巴又粗又長的雲豹、Iikujao的身影，緊靠著繼續奔跑的黑狗。狗兒吠叫著，汪……汪……，山貓的夥伴，雲豹的身影，露出了牙齒，如金色玻璃珠般的眼睛閃耀著光芒。

有著雲豹身影的黑狗或許會守護著五人即將開始的漫長旅程。然而先不說雲豹的影子，肉體的狗兒的壽命是短暫的，一定會先死去。黑狗並沒有將自己的嬰兒綁在背後。五個人的旅程，從很久之前便被口口相傳，關於狗兒，卻無人提及，這個準備，並不周全。

咚、咚咚……，咚、咚咚……，咚、咚咚……

楊先生/莫那．魯道用大眼睛一個人一個人確認，同時將弓箭與短的竹筒交給女性。竹筒當中有粟米粒，就算每天吃，粟米粒也不會減少，無論經過多少年，量也不會變，不會讓五個人餓肚子。女性哧哧笑著，將重要的竹筒掛在耳上，接著每人也拿到裝有橘子的袋子。如果爲了補充水分吃了橘子，一定得將種子種在路旁，讓年老的嬰兒回到此處時，能夠吃到這些果實。所有的一切，就如同從前口耳相傳的那般。要說到變化，就是前往太陽巢穴的不是強壯的青年，而是一位男子，與年齡各自不同，包括體弱多病的美霞與梅梅等四位女性。

由於這是莉莉與美霞的夢，這便成了自然的結局。

五名男女與黑狗背後拖出了長長的影子開始步上閃耀橙色光線的山路。

咚、咚咚……，咚、咚咚……

漫長的、漫長的旅程，從此開始，爲了避開三個太陽的熱氣，只在夜晚前進，白天則在樹蔭或者是洞穴裡睡覺。在路上謹慎地種下吃完的橘子的種子，咀嚼著粟米的米粒前進。手拿弓箭，身背嬰兒的這五個人與一隻狗，將會在山中見到畏懼著太陽熱氣的各種動物吧，也會見到許多人的屍體吧，吊掛在樹枝上的屍體、被斬去首級的屍體。也能見到渡過彩虹橋的人們吧，也能夠見到留在地面上，每天平靜過生活的人吧。也能夠見到爲了從日軍那兒救出已經長大的女兒，背負著她不停奔跑的父親吧。之後，也能看見反覆征戰，彼此無法理解的語言交錯，人們紛紛逃避倒斃吧。就這樣，或許也能看到孩子開始使用新的語言，島的天空飛過大型客機，所有的人拿著行動電話，「高速鐵路」在地上跑著吧。

即使如此，手拿弓箭、背著嬰兒的這五個人與一隻狗繼續走著。爲了將因太陽的數量過度增加而發生異常變化的世界回復原來的安穩——小鳥能快樂歌唱，動物可安心入眠，蟲子不再被燒成焦炭，植物豐盛茂密，魚兒在海中嬉戲的狀態。

美霞與莉莉，也各自背負著小小的、但每過一天便確確實實成長、變重的生命繼續走著。

咚、咚咚……

太陽沉睡的地方是如此遙遠。

好不容易，五個人與一隻狗到達山頂，眺望雲海，接著更越過了幾個山頂，下到了山的另一端，站立在鹹鹹的海水環流的海洋前方吧。

海浪膨脹、潰散，更大的波浪出現，耀眼的海平線搖動著，回過神來，與台灣酷似的這個島，彩虹色彩的水花四濺，劃破了海浪，或許就在閃閃發亮的海面開始前進。

島正開始朝向太陽沉睡的地方環繞地球。越過一個海洋，再越過一個海洋，往更南邊、更西邊，或者是往更東邊、更北邊。

漫長的、漫長的旅程還未終止。

咚、咚咚……，咚、咚咚……，咚、咚咚……，咚、咚咚……，咚、咚咚……

≡

美霞與莉莉的故事在此告一段落。

美霞消失了，莉莉也消失了，只有我還存在。或者是美霞也是莉莉的我，一個人還存在。

因此，這個故事就送給你吧。雖然我不知道你想不想讀。

背著死去的孩子，我來到了這遙遠的地方，要是能就這麼回到你身旁，或許是可喜可賀，不過那是辦不到的。現在的我到底身在何處呢？我已經想不起你的臉來了。連你的聲音，或許就連你是誰也。你或許會嘆息吧，女人眞是野蠻！

我必須與你告別，因此，我有必要回顧美霞與莉莉的故事。

我對你而言，「鳥語鬼形，幾非人類」。而我們要是一直勉強住在同一個地方的話，只會造成「此地水土，人多蒙害，且多染疾」、「非人所至處」這樣的結果吧。就算彼此的語言並無不同，膚色也無差異，和美霞的婚姻一樣。

我一直隨隨便便的想著就算不費工夫，反正早晚都會死。不過人似乎沒那麼簡單就會死去，雖然現實當中，死亡的時候一瞬之間便過去了。

有朝一日，我將會死去吧。但連眞正的衰老也都不願意接近我。令人感謝的是，因爲這樣我應該還能工作一陣子。

然而，就算是如此的幸運，因果循環下，我們愚蠢的人類也有可能成爲「外出獵首，馘首良民」、「生番即人面野獸」的「番人」吧。不，我們已經開始互相殘殺了，不是嗎？或許你會爲爲何有如此愚蠢的事情發生而感到沮喪，但也不會就這麼一直停留在沮喪的階段。我們走向各自被指引的道路，應該朝向「人類所應至之處」吧。故事會結束，但我們的時間只有隨著死亡才會結束。在那之前的時間，對現在的我而言，是再珍貴不過了。

曾經失去孩子的女性，到底要如何活下去才好，我還不清楚。我想只會讓你覺得厭煩，因爲沒告訴你關於孩子的事。連我自己都覺得厭煩，因爲曾經希望能夠忘掉。但孩子的生命並不會消失，而我也無法單方面將他消去。你也會說，無論是什麼人，由自己授予的生命，或者該說是靈魂吧，還是記憶？都不能隨便消去。

對了，美霞的前夫在美霞死後，終於實現他長久以來的願望，再度前往法國留學。或許在戰爭期間也經歷了許多辛酸，但之後應該順利成爲法國社會學研究者，度過他的人生吧？他從法國回來時，應該再婚了吧？那時他或許曾到韮崎掃墓。因爲韮崎的墓裡，長眠著美霞與一歲時離開這人世的兒子。

不過，已經都無所謂了吧。

也請你好好保重，繼續活下去。還有更多、更美妙、更快樂的事，在你未來的時間中等待著你吧。

那麼，再見了。Byebye。咚、咚咚……，咚、咚咚……。

參考文獻
竹中信子《植民地台湾の女性生活史》，田孝書店，大正篇（1969）、昭和篇（2001）
又吉盛清《台湾　近い昔の旅　台北編　植民地時代をガイドする》，凱風社，1996
洪郁如《近代台湾女性史　日本の植民地統治と「新女性」の誕生》勁草書房，2001
柳本通彦《台湾先住民・山の女たちの「聖戦」》現代書館，2000
柳本通彦《台湾・霧社に生きる》現代書館，1996
鄧相揚《史実シリーズ1　抗日霧社事件の歴史　日本人の大量殺害はなぜ、おこったか》，下村作次郎、魚住悦子譯，日本機関紙出版センター，2000
鄧相揚《史実シリーズ2　植民地台湾の原住民と日本人警察官の家族たち》，下村作次郎、魚住悦子譯，日本機関紙出版センター，2000
鄧相揚《史実シリーズ3　完結編　抗日霧社事件をめぐる人々　翻弄された台湾原住民の戦前・戦後歴史》，下村作次郎、魚住悦子譯，日本機関紙出版センター，2001
アウイヘッパハ《証言　霧社事件　台湾山地人の抗日蜂起》，許介麟編，草風館，1985
黃靈芝《台湾俳句歳時記》，言叢社，2003
佐山融吉、大西吉寿《生蕃傳説集》，台北南天書局，1996（重出1923年台北杉田重蔵書店版）
森丑之助《台湾蕃族図譜一巻、二巻》，台北南天書局，1994（重出1915年台湾総督府臨時台湾旧慣調査会版）
《台湾鐵道旅行案内》，台北日本旅行協会台湾支部，1940
鹿野忠雄《山と雲と蕃人と　台湾高山紀行》，文遊社，2002
森宣雄、吳瑞雲《台湾大地震　1935中部大震災紀実》，台北遠流出版公司，1996

加藤寿子《旧台北イラストマップ　古老的台北市地図》《旧台北鳥瞰図》フジグラフィック・アーツ，1993

引用文献

伊能嘉矩《台湾文化志》，刀江書院，1965（重出1928年刀江書院版）

J・J・ルソー《ルソー選集 八、九、十　エミール上巻、中巻、下巻》，著　菀口謹一譯，白水社，1986

ニコライ・ネクラーソフ《ロシヤの婦人》，深見尚行譯，太洋社，1925

ニコライ・ネクラーソフ《デカブリストの妻》（ロシヤの婦人），谷耕平譯，岩波文庫，1950

ガブリエレ・ダンヌンチオ《全訳 死の勝利》，石川戯庵譯，大日本図書，1921

宮島喬《古典入門　デュルケム自殺論》，有斐閣新書，2001

E・デュルケーム《社会学と哲学》，佐々木交賢譯，恒星社厚生閣，1985

E・デュルケーム《社会科学と行動》，佐々木交賢、中嶋明勲譯，恒星社厚生閣，1988

山内義雄、矢野峰人編《上田敏全訳詩集》，岩波文庫，1962

佐々木信綱編《新訓　万葉集》，岩波文庫，1927

居住在台北的諸位，日本殖民時期居住在台灣的日本各位，台灣山地原住民的各位，以及熟悉戰前「內地」與「外地」社會的各位，還有許多許多人，我在此不一一列舉姓名，承蒙您寶貴的指導，並慷慨提供個人資料，在此一併致上無盡的謝意。

LINK 11

太過野蠻的 あまりに野蛮な

作　者	津島佑子
譯　者	吳佩珍
總編輯	初安民
特約編輯	黃筱威
美術編輯	黃昶憲　林麗華
校　對	黃筱威
發行人	張書銘
出　版	INK印刻文學生活雜誌出版有限公司 新北市中和區中正路800號13樓之3 電話：02-22281626 傳真：02-22281598 e-mail : ink.book@msa.hinet.net
網　址	舒讀網 http://www.sudu.cc
法律顧問	漢廷法律事務所 劉大正律師
總代理	成陽出版股份有限公司 電話：03-2717085（代表號） 傳真：03-3556521
郵政劃撥	19000691 成陽出版股份有限公司
印　刷	海王印刷事業股份有限公司
出版日期	2011年2月　初版
ISBN	978-986-6135-18-7

定價　450元

國家圖書館出版品預行編目資料

太過野蠻的／津島佑子著.
吳佩珍譯. --初版. --新北市：INK印刻文學,
2011.2 面；　公分. --（Link；11）
譯自：あまりに野蛮な
ISBN 978-986-6135-18-7（平裝）

861.57　　100000848